一种诞生

梅洁文学作品典藏

散文随笔

梅洁 著

长江出版传媒
湖北人民出版社

图书在版编目(CIP)数据

一种诞生/梅洁著.
武汉:湖北人民出版社,2015.9
ISBN 978-7-216-08629-5
Ⅰ.一… Ⅱ.梅… Ⅲ.散文集—中国—当代 Ⅳ.I267
中国版本图书馆CIP数据核字(2015)第147983号

出 品 人:姚德海
责任部门:高等教育分社
责任编辑:沈 红
封面设计:汪 汉
责任校对:范承勇
责任印制:王铁兵
法律顾问:王在刚

出版发行: 湖北人民出版社	**地址:**武汉市雄楚大道268号
印刷:武汉中远印务有限公司	**邮编:**430070
开本:710毫米×1010毫米 1/16	**印张:**27.25
字数:418千字	**插页:**4
版次:2015年9月第1版	**印次:**2015年9月第1次印刷
书号:ISBN 978-7-216-08629-5	**定价:**71.00元

本社网址:http://www.hbpp.com.cn
本社旗舰店:http://hbrmcbs.tmall.com
读者服务部电话:027-87679656
投诉举报电话:027-87679757

你选择了这个凛冽的季节
把一树灿烂留给生命的壮美……

编者导语

散文创作已成为作家的生命形式，七部（集）“梅洁文学作品典藏”有三部为精选散文。

从20世纪80年代伊始迄今，三十多年来，作家始终以淳朴、真切、高洁、忧伤的文字，表达着对亲情、故土、艺术、生命，以及爱与孤独、苦难与命运、大自然与人类的深情注视和眷恋。对生活博大精致的爱心，对世界深邃悠远的体验以及建筑在此基础上的独特的艺术魅力，使读者在感受作家对人类精神和文学真谛呼唤与追索的同时，发现一个文学女性对艰难人生的凛然接迎。

因其家庭遭际和个人命运的特殊经历所形成的情感积淀和人生态度，使其创作风格始终以哀婉、忧伤、典雅著称，成为中国新时期散文创作的一枝独秀。

以忧伤美著称的《童年旧事》《那一脉蓝色山梁》《通往格尔木之路》《谛听水声》《另一类生命》等，成为20世纪百年百篇经典名作，多篇作品被收入海内外150余种经典文本和大学、中学、小学课本、教材、读本，以及中考、高考语文模拟试题，其散文作品广泛享誉于中外读者。

一种诞生

——写在扉页上的话

许多年来，我为自己拥有“梅”的姓氏而感念着一种生命高贵，我也冥冥中意识到我因拥有“梅”的姓氏而一生在悲悯着这个世界。

于是，许多年里，我都总是企图诠释我的家族的生命状态和命运密码。我曾那么庄严、那么孤寂、那么久地想过。

有一天，我从一部图腾崇拜与姓氏关系研究的书中获悉了一种远古的信息。这信息使我看到了我祖先起源的日子——

古老的汉水岸畔，岩崖丛生，梅林古苍。一个英杰的母亲统治着一个部落，那便是我茹毛饮血的祖先。在冰清玉洁的季节，在风雪迷漫之中，我的祖先们“咿呀”着在梅林的古苍中穿越、奔跑、捕获、坚守和做爱……

漫长的艰辛和苦难走过，他们无数次向上苍祈求着福佑。终于，他们把在料峭季节中给予他们生命惊讶和喜悦的暗香奉为部落的“福佑神”。从此，“梅”便成为我的祖先们的图腾崇拜。年年岁岁，一代又一代，他们从这高洁的花开花落中体验生存、忧伤、孤傲以及生命和爱。

犹如崇拜牲畜牛、马、羊、猪，崇拜颜色红、黄、蓝、白，崇拜其他植物杨、柳、松、柴……的部落将图腾崇拜物定为部落人姓氏一样，我的茹毛饮血的祖先们便以“梅”为姓了。从此，一种在高阔深远的冬季凛然怆然、不亢不卑、不媚不俗、孤独冷傲的自然生命景观，永远地成为梅氏部落人精神的象征。日后，部落人的气质、性格、经历、苦难便不言而喻地在这种象征中显现。

岁月千年、万年地轮回。我的祖先们站着、倒下，再站着、再倒下。汉水岸畔，古苍的梅树被雪水雾气湿润，从山谷流出的清澈里漂泊着我姓氏的花瓣——当我的祖先和我的家族从千年的梦中醒来，才认识到自己的孤苦伶仃原本就是命运的使然……

当我走过几十年人生，当我发现孤独、伤感而永不媚俗的生命状态在我的内心埋得有多深的时候，我才知道，就在我生命孕育的瞬间，那个以“梅”为图腾崇拜的部落的生命信息，已经从遥远的世纪外飘然而至，生命之初之末在一个瞬间无言地重合。于是，所有人生与自然的隐情，就从此命定。

有一次诞生，就有一次死亡。在不尽的人生轮回中，当我从一个女婴长成一个成熟的女人之后，我发现我始终把眺望的目光和情感的草巢栖息在一棵老梅的枝梢上，深深地爱着那风雨飘摇的、总会消亡的一切，深深地崇尚着那清冷纯洁的盛开与凋零……

是的，我生命的丰饶是蕴藏在这永远的忧伤与回忆之中了。

我庆幸我有如此的诞生。

我也庆幸日后我有如此的死亡。

1993 年第 8 期西安《美文》杂志发表

目　录

第一辑

一种诞生

有一次诞生，就有一次死亡。在不尽的人生轮回中，当我从一个女婴长成一个成熟的女人之后，我发现我始终把眺望的目光和情感的草巢栖息在一棵老梅的枝梢上，深深地爱着那风雨飘摇的、总会消亡的一切，深深地崇尚着那清冷纯洁的盛开与凋零……

关于父亲

一匹白色风

我很恋我的父亲。

某一天，当我发现，体育已成为民族精神的凝聚，成为民族强弱兴衰的象征时，我流泪了——作为一个真正的体育生命多么光荣！

我的感动并非是对一种“生命状态”的觉醒和启迪，而是在我童年的记忆里，永远滞留着一个鹰一般矫健的运动生命，这生命犹如宇宙中的一匹白色风，岁岁月月在我心灵的长廊回旋。当我每每感悟这只鹰这匹风时，他就穿越时空、穿越天堂地狱向我奔跑而来。于是我就看见他剪着颀长的双腿、交替着健美的双臂，在单杠、双杠、木马上紫燕般翻飞旋转；看到他静若一只神鹰，展翅俯冲在两条绳子系着的吊环中间；看见他旋转着白色躯体，把标枪、铁饼连同“呼呼”的风声掷在了60米开外；看见他“嗖”地一跃，白鱼般钻入江底，然后在 30 米、50 米以外露出江面……

这便是我的父亲，我的犹如白色精灵般的父亲！我的在 20 世纪 50 年代中期就获得了“国家健将级运动员”称号的父亲！

我的父亲本该有他一生的骄傲，一生的光荣，但他却一生都在承受风雨磨难。当他最终告别这个悲苦世界时，他居然痛苦万般地说：“我一生的苦难，究其根本是我当初不该选学体育……”

我的父亲最终未能破译他人生苦难的密码，他携带着极大的心灵迷惘和苦痛，化做了一缕白烟，在宇宙间消失得无影无踪。唯有他的女儿知道，他曾经是怎样一只魅力非凡的“神鹰”，一匹玄妙无极的白色风！也只有他的女儿知道，他的入世和出世，原本都是一个多么悲怆的灵魂……

瞬　间

1947 年冬天湖北郧阳解放，已大学毕业 4 年、但始终因找不到一份稳定的职业而漂泊的父亲，终于获得了一份稳定的工作。1947 年以后的十年，我从一个咿呀学语的小女婴长成为一个开始懂事的豆蔻少女。这十年，是我和父亲相处最多也是最亲密的十年，也是我了解父亲最多的十年。十年对于人生只是一个瞬间，而作为真正意义上的“人”存在于世，父亲所拥有的也仅仅是这个瞬间。

行政专署所在地的湖北郧阳府，由于三千年文明史的文化影响及新中国成立后人民获得新生活的喜悦，使这所古城充满了一种古朴向上的民风。这座古城里有一个偌大的体育运动场。在这个体育场里，每年都要举行包括田径、球类比赛所有项目在内的大中型运动会。在所有的运动会上，身着白色运动服的父亲，总是像一只矫健的鹰出现在各种场合。从亲自参与组织各类运动会到担任田径或球类竞赛裁判；从参加标枪、铁饼和体操全能的比赛到月光下拎着灰桶划 400 米跑道线和篮球场地；有时，父亲背起突然发病的运动员飞跑着上医院，有时又为扭伤脚骨的运动员按摩接骨……在鄂西北那所偌大的运动场里，洒下了父亲无数的汗水，也闪烁着父亲理想、奋斗的生命之光。

也就是在这岁月的瞬间，父亲以体操全能、标枪、铁饼、万米长跑的优异成绩，获得了“国家健将级运动员”的称号。

常常从梦中醒来，发现父亲在雷电交加声中翻身下床，然后箭一般冲进风里雨里。我们从母亲那里得知，原来每当这种时刻，父亲不是想起有一块运动垫子或一只跳箱没收进屋子，就是想起教研室的窗子没有关好，他怕大风大雨毁坏了这些东西。父亲用与生俱来的纯朴，真城地保护着他人眼里不屑的事情。

父亲一年四季都爱穿一身白色运动服。而父亲的运动裤、运动鞋居然都是母亲用手工缝制的。50 年代，父亲一月只有 49 元工资，负担着全家六口人的生活，我们兄妹四人都在上学，家里的生活紧紧巴巴。每月父亲一发工资，母亲首先去把全家一月的粮食买回来，其余的精打细算，有钱就买菜，没钱就少吃菜或不吃菜。那时候，到缝纫社做条裤子加工费只要 5 角钱，但母亲仍是亲手为父亲缝制。母亲的针线极好，3 角、5 角钱一尺的白斜纹布或白华达呢经母亲精心裁剪，裤侧线用勾针细细密密地缝，一条像样的白西裤或松紧带运动裤、一双双布底白力士鞋，总是把父亲打扮得英俊挺拔。

母亲常常欣赏着父亲说：“你爸爸身材好，受打扮，穿什么都精神。”而父亲却笑着说：“是你妈手巧，针线好……”

记得每每在夜晚睡下后，父亲总爱为我们兄妹量身高或上身与下身的比例，然后笑着对母亲说，谁长大了适合做运动员，谁不适合。父亲说我下身比上身长，断定我长大后能成为一名运动员……

小学四年级时，我写了一篇命题作文《我的家庭》，内容大约就是这些。后来这篇作文被拿到郧阳师范学校去展览，去当范文，因为我所在的学校是这所师范学校的附属小学。

彼时和此时，我记下的无非是一个平凡的生命艰辛的奋斗和一个清贫的运动员之家的“天伦之乐”，然而这一切，对于父亲和我们，都仅仅是一个瞬间……

血脉相传

1957年夏日的一天，父亲下班回来，拿了一本《新体育》杂志，封面是我国跳高运动员郑凤荣剪式越竿的彩色照片——郑凤荣以1.77米的成绩打破了那一年的世界女子跳高纪录。午饭间，父亲非常激奋地向我们讲述着郑凤荣。几十年过去了，我都始终难忘父亲那一日的亢奋，难忘杂志封面上那个身着半袖红色运动衫、短发飘飞、双腿紫燕般剪着飞越跳竿的大姐姐。

自此，那生命美与力的瞬间在我少女的心灵里"哔哔剥剥"燃起了熊熊的理想的火花，我居然发疯地想长大后也当个跳高运动员，去打破世界纪录。我自觉地开始强化训练——每天午饭后或放晚学后，我就在小学校操场边的一个沙坑里，独自一人几十次、上百次地跳跃、翻滚、越竿……打着赤脚，疯了一般。在此之前的这个时间里，我总是草草吃完饭撒着丫子跑新华书店或钻进教室抢着看长篇小说《高玉宝》《钢铁是怎样炼成的》《牛虻》《青年近卫军》《青春之歌》《卓娅和舒拉的故事》等。后来的年代里我没有长高，1.60米是我现在的身高，我不知小学四年级的我那时有多矮，但我清楚地记得，在半学期内我居然越过了1.10米的跳竿，我的跳远成绩达3.98米，超过了班上所有男女同学！

父亲知道我迷上了体育之后很高兴，他开始有步骤地训练我的短跑速度和弹跳力，从如何起跑、如何摆臂、如何越竿一一教起，纠正过去所有的不规范动作……父亲总是50次、100次地让我高抬腿原地跑，春夏秋冬，父亲一有闲暇便带我在跑道上练，在沙坑里滚。

后来，我在全专区小学生运动会上获得60米短跑第一名；中学时代我能以14秒1和13秒9的百米速度，5次参加襄樊市和湖北省的青少年运动会并取得百米、200米的好成绩；在女子400米接力、800米接力赛中教练老师总是安排我跑第一棒；高二时，在全市中学生女子乒乓球淘汰赛中，我过关斩将，36场激战后我取得了冠军，最终获得国家体委颁发的乒乓球等级运动员三级证书的荣誉；高中三年我一直担任校学生会文体部长，直到考上北京的一所大学后依然担任体育班长……

我想，这一切都是另一个运动生命的真诚赐予和他生命信息的必然传递。在我为理想蓬勃奋斗的真情中，我深深觉着，我的血管里汩汩流淌着父亲殷红的血脉！

1965年夏天我高中毕业时，化学老师希望我学化学，将来去填补门捷列夫化学元素周期表的空白，外语老师希望我报考外语学院，语文老师又希望我学中文——我各科成绩始终保持在全年级的前三名——而我却想报考体育学院。当我把这种心愿写信告诉早已在秦巴山东麓“劳动放造”的父亲时，我却听到了他悲苦的声音：“孩子，你学什么都不要学体育……”

我惊呆了！

雪天的祭奠

我高中毕业时，父母和弟妹已在鄂西北深山里生活了五年，如同背负沉重的大山一样，父母弟妹在鄂西北深山里整整背负了二十年的苦难，直到1980年他们才走出深山……

1958年春节刚刚过去，一天傍晚，我和弟妹在院门外马路上踢毽子，只见平日去过我们家的一位父亲的同事站在路边一堵很高的坎子上喊我弟弟：“梅四，回去让你妈给你爸爸拿几件衣服和洗漱用具来！”我和弟妹飞跑回家告诉母亲，母亲听后一愣，随后“哇”一声哭了起来：“娃子呀，你爸爸出事了……”母亲搂着我们，一家人哭成一团，我们虽然不知道世界到底发生了什么，但我们都有大祸临头的恐惧。

父亲工作的学校离我们很近，第二天我即看见校门口的墙壁上贴满了父亲的大字报，凡是写有父亲名字的地方，全用红笔打上了“ X ”，父亲被画成了“头脑很小，四肢发达，身后拖着一条又粗又长的毛尾巴”的畸形人。从此，“资产阶级右派”的帽子便成为父亲和我们一家人长达20年的政治苦难！

父亲被隔离了，后来又被送到很远的山里喂猪、放羊，这是我们很久以后才知道的。母亲让我去父亲的学校领工资，当母亲发现父亲的工资只剩下 24 元时，又搂着我们哭了起来，母亲从父亲工资的大量减少中预感到父亲的“问题很严重”，我也隐隐感到我们家的灾难真的来了，心里非常恐惧。为了生活，母亲开始到一处基建工地挖土方，挖一方土挣 8 角钱；大我五岁的哥哥课余和假期到文化馆画画，为我们挣学费；我和 11 岁的弟弟星期天都去挑砖，我们每人挑 6 块，往返五里地，挑一块砖只挣一分钱脚钱，我们一天挑四趟或五趟。我们什么苦什么累都能忍受，万分悲苦的是我们一直不知父亲在哪儿？不知父亲什么时候才能回家？母亲常常独自流泪，看着母亲哭，我们就像一只只受伤的小雏鸡，幼小的心灵里充满着难以言说的酸楚、孤独和无望。

那一年的冬天，一个黄昏，父亲突然出现在我们面前，他蓬头垢面，我们和母亲大哭着一起扑了过去。父亲告诉我们，他已被开除工职，大颗大颗的泪珠从父亲青黄而消瘦的面颊上滚落下来。原来父亲被划成右派以后不久，就被秘密送到一个坐落在深山里的农场劳动改造，父亲喂的一窝小猪崽不幸患瘟病死了，监督父亲改造的一位先生诬陷是父亲害死的——这位先生我们平时都认识，他是父亲的同事——这便罪上加罪了。其实有谁知道，父亲是夜夜将自己的破棉袄、破棉被给患病的小猪崽们盖上，而自己却冻得瑟瑟发抖，不得不靠着母猪背取暖，就像他童年在牛圈里偎着母牛度过寒冬一样。可世界叵测人心叵测啊！我虽然还不明白世间所发生的一切，但我却分明感受着一种万箭穿心般的疼痛。

不久，父亲母亲带着弟妹被遣送到鄂西北深深的大山，他们被取消了城市户口，到山里当农民去了。在完全失去尊严和自由的年代里，父亲仍以不泯的真诚和坚毅面对苦难的生活，他依然每天早上 5 点起床，沿着坎坷不平的山路，跑 5 里、6 里，甚至 10 里！父亲还在幻想什么呢？

1979 年 7 月，父亲长达 20 年的冤案平反改正了，一辆黄色吉普车把父亲和母亲从山里接了回来。许多和父亲同命运的人又都重新走向了讲台，而父亲却永远不能！他老了！他教不了体育了！他被分在了校基建工地，除了每天负责领发保管基建材料外，父亲总是在基建工地上拣拾丢弃的东西：半袋水泥、一根铁丝、几枚螺丝钉、一节绳头，以及废弃的水泥包装袋。父亲常常一板车一板车地把这些废纸袋破绳头锈铁钉拉到废品收购站卖掉，卖的钱全部交给学校。谁也没有让他这样做，他却默默地做着这一切。

做着这一切的父亲给远在塞外工作的我写来了信，他在信中说，他做梦都想再给学生们上一节课，他说教中文、化学、数学的老师都已重新走向讲台，他却不能；他说在几十年的改造中他都没有停止锻炼，原因就是担心有朝一日回到学校不能工作，而现在却真的不能了……

我知道，父亲忍受着事业、人格、尊严全部失落后的巨大苦痛和迷惘。他在信的末尾写道："我一生的苦难，究其根本是我当初不该选学体育，现在我已明白，从 1958 年伊始，我体育运动的生命就结束了……"

1979 年 12 月 30 日凌晨，父亲带着他一生的苦难和迷惘，永远离开了这个世界。天亮，鄂西北的天空飘飞起漫天的大雪，雪下了两天，静静地覆盖了整个秦岭巴山，世界一片苍茫洁白……

我视这场大雪是对一个苦难知识分子的祭奠。

关于父亲的一首诗

父亲去世后，我带着孤苦悲怆的母亲，三千里迢迢回到了塞外。从那时起，我便无法遏止地想写东西，我的眼泪每日不断，我的创作欲每日不断。几十年的酸甜苦辣犹如决堤的大水，每日冲刷着我悲苦的心。170 行的长诗《弯弯的石径》就是在那些日子里完成的——

……父亲，我没有忘记
你说木槿花盛开的时候
女儿就会唱第一支"太阳"的歌了
你说酸咪咪变甜的时候
女儿就会写第一首"太阳"的诗了
你说木香香树长高的时候
女儿就能念大书了

于是，哭声跌在石径上
笑声跌在石径上
“长大了”的梦跌在你的背上
希望像苦苦菜的小花
映在你的心上
金黄金黄
……

母亲告诉我，在鄂西北深山里，父亲进行着“脱胎换骨”的劳动：当他挖完一天的塘泥之后；当他收拾完月下的谷场之后；当他拾完一天两筐的野粪之后；当他砍回够烧几天的山柴之后；当他救起溺水的儿童之后；当他截断电源、救出生产队长的性命之后……他便拖着疲惫的双腿和同样疲惫的心灵，夜夜去生产队的社员大会上，老实交待他一天的“言行”。母亲说，每天看着父亲卑微可怜的样子，她的心里都在流血。于是，在《弯弯的石径》里流淌着我悲怆的哭声——

我的当“农民”的父亲啊
你学会使牛扶犁了
你说你愿意做一头牛
于是我想
你的双犄能挑起日月
还能挑起逝去的希望么
我的当“农民”的父亲啊
你常常望着我们哭
说对不起我们
说我们不该和你一起背负十字架
然而，我们却沉重地背上了

我的当“农民”的父亲啊
你曾一千次地想到过死

你却又一千次地“活”了下来

……

1984年，著名的《星星》诗刊将这首170行的长诗发在了第9期上，自此，我把忆念永远摆在了祭坛上。从那时起，我便觉着，亲爱的父亲依然拉着我的手，永远地走在我的路上……

1994.2.20—3.20《中国体育报》连载，入选河北教育出版社《天地父母》“父亲卷”

关于母亲

我始终认为，我母亲倘若有文化，她会是一个非常了不起的女人，可惜她没有念过一天书。除了善良、贤淑、坚韧和刚柔相济的秉性之外，我发现我母亲有相当细腻的记忆力，她同时拥有把所有记忆的往事非常真切、非常动情地表述出来的能力。父亲的许多经历、尤其是童年的故事都是母亲讲述给我听的。她也经常向我讲述她的童年。我不知道我日后的写作是否与母亲这些重重叠叠、情情切切的讲述有关，但我相信，从童年起就被她的故事感染和震撼的我，是在她的讲述中长成了我这样的女人……

母亲这样告诉我……

母亲 13 岁时被在城里做女佣人的我奶奶领去做童养媳了。我奶奶做帮工的那座古城叫郧阳府，郧阳府傍临汉水，汉水从三面围拢郧阳城，郧阳城呈半岛状。郧阳城也像一艘停泊在江岸的帆船，日夜飘摇在汉水的润泽之中。这种飘摇是从明代开始的，因为明成化十二年这里就建了府城，相当于现在的地级市。

母亲是用小花轿抬到城里的，小花轿在鄂西北的山坳里走了四十里，吹手们的唢呐嘹亮了四十里，母亲在小花轿里抹眼泪抹了四十里。

郧阳城开了七座城门，这和古代的城市多是开七个城门有区别。我奶奶在位于西城门附近的张家府上做女佣人。奶奶租用的铺板门房子也在这座城市的西边，但在城门外边，叫小西关。母亲来了之后，白天也和我奶奶一起到张府做帮工，晚上就在小西关的铺板门房子里帮奶奶给别人磨面，磨面能挣些麦麸皮做粮食。母亲的另一活计是和奶奶一起纺线，纺线的棉花是别人家的，母亲和奶奶只是挣一点工钱。母亲的纺车几乎陪伴了母亲一辈子，我懂事的时候，还看见母亲还在用她少女时代的那辆纺车纺线。我是蹲在母亲的纺车边看母亲纺线时学会了她教我的第一支儿歌："棉花白，白棉花，纺线的姑姑在想家；线儿长，线儿短，姑姑不知家在哪儿。"许多年里我都顽固地认为，这首儿歌绝不是什么流传，它是母亲自己的创作。那是她在思念外公外婆和山坳里的家时的独自低吟。今天做了作家的我依然不改初衷地想，倘若母亲能念书，她很可能成为优秀的诗人或作家。

母亲 17 岁时和父亲"圆房"。所谓"圆房"，就是正式和父亲结婚。母亲的头发很黑很浓，辫子很粗很长，圆房后盘起的发髻比许多女人都大得多。每当母亲对我说她的头发时，湖水般清彻的眼睛里总是充满了一种对美的回味和向往。我小时候曾仔细观看过母亲的发髻，那真是像一朵硕大的盛开在母亲头上的黑牡丹。如果母亲再在发髻上别一支紫红色的小花，这时我会发现有着宽阔高贵的额和湖水般荡漾的大眼情的母亲是这世界上最美的人儿。母亲还有一头天然的卷发，这是她晚年后把发髻剪成了短发时我发现的，在那个不允许烫发的年代，母亲那波浪式的大花儿卷发，使包括我在内的多少女人羡慕不已啊！凭心而言，我们兄妹四人，做为每一个个人，我们谁都没能遗传母亲全部的丽质。

母亲 21 岁时生了我的哥哥，一年后我父亲考上了大学。那时，我奶奶继续在张府做女佣人，我母亲一边奶我哥哥，一边给张府做奶母。母亲的奶质非常好，奶水也多。用母亲自己的话说叫"奖娃子"，吃母亲奶的哥哥和张府的小少爷都长得又白又胖。母亲和我奶奶挣的工钱大部分都寄给了上大学的我的父亲。

母亲不可能知道大学里有一位女学生爱上了我的父亲，父亲也爱上了这位女学生。父亲把唯一的一只金戒指送给了女学生，母亲不知道，母亲照样往父亲的大学寄她和奶奶挣来的工钱。

后来，父亲把这件事告诉了母亲，母亲只是哭着对父亲说："不怪你，只怨我没有文化……"

少女时代，我就听母亲向我说过这个伤心的故事，那时我只是似懂非懂地陪母亲流几滴眼泪外，说不出一句像样的话。记得在我为人妻后，母亲又很郑重地对我讲述过这件往事。母亲的讲述仿佛已不是这件事情的本身，她是在说："夫妻之间要想白头到老，最重要的是学会宽容。婚姻这一辈子不知要遇到多少麻烦和伤心，有时候眼看着挺不过去，其实咬着牙挺过去就又是一重天地。"

应该说，母亲的这个故事，连同她的教诲甚至她血脉中的宽容和本分，实在是影响了我整整一生……

母亲的儿歌

儿歌对我童年生活的浸润，至今想起来都使我心灵深处的温暖感倍增，它每每唤醒我许多已经远去的童真。而这些儿歌都是母亲教给我的。

现在的许多孩子依然都熟知那个关于"狼外婆"的故事，这个故事是母亲以儿歌的形式最早唱给我们兄妹听的。母亲每次讲这个故事时，总是这样开头："小羊儿乖乖，快把门开开，外婆带来了馍馍，来看亲亲的崽崽。"我至今没有看到过这本有关"狼外婆"的书面文字，所以我不知道这个童话的开头是否有这段儿歌，如果没有，那肯定又是有诗质美的母亲自己创作的。母亲讲这个童话时总是在夜晚我们躺进被窝里以后，因为母亲知道，讲到狼外婆骗进门以后我们很恐惧，我们恐惧时，都可以立即钻到被窝深处，紧紧搂住母亲。我比弟妹大，总是睡在母亲的脚头，我害怕时就紧紧搂住母亲的脚。

夏天的夜晚，天气闷热，母亲总是领着我们兄妹到离家不远处的运动场上乘凉。那个有400米跑道的运动场，有许多年里父亲的生命都在那里蓬勃驰骋。城里的人都叫那个运动场叫体育场。夜晚，体育场里乘凉的人很多，体育场中心和跑道外边长满了一种草，人们叫这种草为“蚂蚁草”，蚂蚁草节节扎根，一根草能长到几尺长甚至几丈长，它们全部匍匐在地，盘根错节、重重叠叠、严严实实覆盖着所有裸露的地面。我非常奇怪我长大后走了很多很远的路，可我再没有看到过这种草。

我们的童年许多时候是在这种草滩上度过的。我们铺一张大大的竹凉席，然后分别躺在母亲的两边，母亲和我们一起躺在地上望天上的星星，这时母亲开始念：“青石板，板石青，青石板上钉洋钉”，然后让我们猜她说的是什么。我们猜对了是“夜空和星星”之后，母亲接着又念：“虫萤虫萤飞飞，翅膀翅膀乍乍，快快飞回家去，家里有着妈妈。”这首儿歌直到我做了母亲之后，她还唱给她的外孙听。母亲这首儿歌是唱给萤火虫的。童年的草场上空，飞舞着许多发着蓝色亮光的小小的萤火虫，孩子们常常以追逐萤火虫为乐，抓住萤火虫后就放在手中或包在纸里看稀奇。这时，母亲总是告诫我们：“放掉它，它很小，家里有妈妈在等它。”以后我们再逮住萤火虫，便一边唱着母亲教唱的儿歌，一边放飞它。

我们的童年少年时代，没有电视，没有电话，更没有电子游戏机和儿童娱乐世界。男孩们不是玩“打玻璃珠子”、玩“泥巴手枪”，就是打木翘或用鞭子抽木旋螺；女孩子至多叠纸蛤蟆、“抓子儿”或拍皮球，再小一点，就是母亲给缝个布娃娃。哄布娃娃是我童年爱干的事。我把布娃娃抱在怀里摇呀唱呀时，也是唱的妈妈教给的儿歌：“娃娃乖呀抱上街呀，买个油馍揣回来呀，爹一口妈一口，剩给娃娃啃骨头。啊——啊——”

母亲还有许多好听的儿歌，比如母亲带我在河边洗衣时教我唱：“小河小河慢慢流，小鱼小鱼慢慢游，我的棒槌轻轻捶，我的脚丫轻轻走。”我相信是母亲这些美丽的儿歌，唤醒了我最早的生命意识和文学意识。

赎不回的爱

1958年新春伊始，父亲被划为右派时，我哥哥刚过17岁，我刚过12岁，弟弟10岁，小妹7岁。灾难降临的时候，全家人都哭作一团，恐惧成一团。那时，我们兄妹四人都在念书，父亲被开除工职之后，不用说念书，就是全家人的生活都没了着落。父亲开始是到城里一家缝纫综合社搞基建，每天拉砖搬瓦挣些工钱。后来又到西河滩拉沙，给新城基建工地拉石灰……那时，全国的“大炼钢铁”运动开始了，城里建起了无数炼铁的土高炉，后来，各家各户的锅碗瓢盆刀铲都被搜去炼铁。炼铁用的铁矿石离城里三十多里远，父亲又去挑铁矿石。父亲早起晚归，一天往返30公里，挑90公斤！我不知父亲刚刚走下知识的讲坛何以能承受这般的劳苦！我被父亲巨大的力量震撼着。可我发现，每到夜晚，母亲总是默默地望着父亲流泪。她是为父亲的屈辱父亲的苦难，也是为我们兄妹四人小雏鸡般锅里望着碗里、碗里望着锅里，她喂不饱我们她的心被泪水淹渍着。

为养活我们，母亲去炼铁的高炉砸石头，土高炉炼铁时要配一种石灰石，石灰石从山里运来时，硕大无比，非常狰狞，母亲要把这些硕大狰狞的大石头砸成乒乓球大小的碎石。母亲砸一吨石头挣一元二角钱；再后来，母亲又到新城基建工地挖土方，挖一方土挣八角钱。寒暑假和星期天我或陪母亲去砸石头，或同母亲一起去挖土方，我还小，做不了太多，但母亲总把我看作一个帮手……许多年过去，总也忘不了母亲在深深的土壕里弓身挖土方的颤动的身躯；总也忘不了母亲那被汗碱一圈叠一圈满满淹渍了的蓝衣衫；总也忘不了昏昏的月下，母亲担着土筐镢头从山梁上恍恍地归来。

少年时代的许多年里，我们都为吃不饱饭而恐慌。我们兄弟姊妹根据年龄大小由粮库每月按粮本上的定量卖给我们粮食，我记得我每月只有8公斤粮食，小妹只有10斤。母亲每月10公斤，父亲好像只供给13.5公斤。在父亲干重活我们正长身体的年代，这点粮食几乎不够我们吃半个月！俗话说：“半大小子，吃穷老子”，就是说这个年龄是最能吃饭的年龄，可我们却天天吃不饱，以至于后来我们兄妹四人全没能长高，更不用说长到父亲1.76米的个子。那时市场上根本不允许卖粮食，也没有粮食可卖，全国六亿人都在饿饭。粮食不够吃唯一的办法是去挖野菜。我和弟妹经常随母亲到离城四五里地外的乡下挖牛舌菜、刺芥芽、灰灰菜、芨芨菜、马齿菜、野苋菜……至今我依然都能认出十几种可食用的野菜；槐花和榆树叶也常是我们猎取的食物。除此，母亲还到她娘家的山里“溜红薯”。所谓“溜红薯”，就是生产队把红薯从地里收走后，母亲去捡一些边边角角被生产队撩下的、不屑的小红薯。母亲去十天、半月，能捡几十斤或上百斤这样的小红薯。四十多里山路母亲搬不回这些重物，那时，山里又根本不通汽车，她只好就地把红薯切成片晒干，再一袋一袋往回运。记得在一个夜晚，我们已睡下很久，蒙胧中发现母亲回来了，她背了一个布口袋，口袋里装了大约有十多斤红薯干。母亲的发髻已脱落散开，浑身上下布满尘土，母亲进屋的第一件事是抓起水瓢从缸里盛了半瓢水，“咕咚咕咚”一饮而尽，母亲渴极了。接着母亲坐下脱掉了鞋子，我发现母亲的脚掌打了好几个血泡，母亲说：“这双脚不争气呀！不然，我还可以多背一点……”母亲说这话时显得非常无奈非常遗憾。望着母亲披头散发和被汗水湿透了的脏衣服，母亲那双打满了血泡、前脚掌还永远爬着两个脚趾的女人的脚，我难过得哭了。许多年里，只要我一想起母亲从乡下背红薯干归来的深夜，我的心就止不住地颤抖：母亲为养活我们，吃了多少苦啊！

粮食少，家里做饭也必须定量下米。母亲买来一杆小秤，每次做饭母亲都按计划称米下锅，其余全用野菜薯干垫锅底。饭熟后母亲也按年龄大小给我们分饭。父亲活重，母亲总是用一个大一点的饭盒先给父亲把饭盛上，然后是我们兄妹，最后才是母亲。最“绞穷”的是我的弟弟，每次分饭，他都死盯在锅边，明明他分到的饭都比我和妹妹多，可他还是鼓气不走，母亲每每总是把自己碗里已经不多的一点饭拨给他一些，或多给他铲一个锅底他才罢休。那几年，母亲饿饭要比我们多得多。

1959年夏天我小学毕业，以全郧阳府第二名的成绩被郧阳第一中学录取，而许多父亲母亲被划为右派的同学却纷纷落榜。许多同学包括他们的家长都为我的被录取而感叹、为自己的孩子落榜而伤心流泪。我的父母也为我的被录取而高兴而感到是个奇迹，但我却清楚地记着那一晚父母很晚才睡，他们在为我拿不出5元报名费和一月7元的伙食费而犯愁。母亲年轻时有一只别发髻的玉簪，这只玉簪陪伴了她整个的青春和美丽，但母亲决定把这唯一的一件纪念物卖掉，为我凑学费和伙食费。那时人们生活都很艰难，玉簪卖得很便宜，听说只卖了26元钱。

日后的许多年里，我好像一直在寻找这只玉簪。我不知母亲把这只玉簪卖给了何人。我想倘若能找到，我宁愿化260元、2600元把母亲的那只玉簪赎回来！

然而，即使我赎回了玉簪，我能赎回母亲的爱么？

一条裤子的尴尬

1960年，城市开始精简下放人口，精简下放对象首先是那些家庭成分不好的人家，我们家当然首当其冲。当时，19岁的哥哥师范已经毕业，分到了襄阳教书，我正上初一。弟弟那年考中学成绩很好，但没被录取，看榜回来，妈妈搂住弟弟在灶膛边哭了很久，我和妹妹也跟着哭。弟弟知道从此以后他便不能再上学后，一直像只受伤的小猫，躲在屋子这里那里的旮旯里，不言不语。后来母亲听弟弟的班主任说，招生的一位中学老师说："去年刚录取了他姐姐，不能让一个右派分子的两个孩子都上中学……"就这样，弟弟永远失去了上学的机会和权利。那年，小妹读小学四年级。不久，街道居委会下了通知，父母弟妹的城市户口已经被取消，限定我们家在几月几日离开，限定的日子很紧。连着几个晚上，父母都在收拾一些破棉絮烂衣裳。一天晚上，母亲把我叫到一边说："这是从赵奶奶家给你买了条裤子。以后，我们都走了，你要学会自己照顾你自己……"说着，母亲就开始抹眼泪。

母亲从赵奶奶家给我买的是一条赵爷爷活着时穿的一条大裆夹裤，赵爷爷已去世多年。大裆夹裤是黑斜纹面小黑格里子，另上了一个约五寸宽的白市布裤腰。所谓大裆裤，就是裤裆裤腰包括裤筒都很肥大，裤子可以两面穿，不分前后。裤筒足有一尺宽，裤腰裤裆也要比实际人体宽出八寸到一尺，裤子穿上时，必须把裤腰折回一大片，再系上布裤带。那时，到布店里买布要布票，一人一年只发六尺布票，我们家可能已没有布票了，母亲才不得已花了14元钱为我买了这条已故老人的裤子。14元在那个年代已是非常昂贵的，那种昂贵的感觉我至今都无法作恰当的比喻。我只觉得很奢侈、很心疼，觉得我不配有这条裤子。我对母亲说："你们带到乡下穿吧，我不要……"母亲说："这是条夹裤，冬天冷了，你把它拆开缝进些棉絮，可以作棉裤穿。冬天过了再拆开就是两条裤子……"

这是母亲生前给我买的最后一条裤子。后来，这条裤子我穿了许多年，虽没缝成棉裤，但我却把它拆成了两条单裤，直穿到高中毕业，又穿着它们走进了我的大学。那时我长高了，裤子已经变短，我把一块旧头巾剪成布片，接在了裤角处，接了三四寸长。记得那块旧头巾是灰驼色，和裤子的颜色很不相配，我还买了包色粉，把头巾染了染才缝到裤子上的，然而，这条裤子依然是两种截然不同的颜色组接的。我穿着它们上大学了。

在给我买好裤子不几天后，父亲母亲便带着弟妹走了。和父母弟妹离别的伤心笼罩了我的一生，致使任何时候想起那一幕我就泪如泉涌。我后来在北方的塞外生活了几十年，塞外的夏天很短暂，而又几乎不经过秋季便寒冷了起来，繁树绿叶常常在一夜之间被突然冻僵。天亮，你会发现冻僵的树叶纷纷飘零。"风裹着青色飘零，发出'嚓嚓'的碎裂的响声。黄沙大面积从北方的天空扑泻下来，拍打着我糊白麻纸的窗棂。这些时候，我总感觉有一种伤感和疼痛离我很近。故乡那么遥远，而往事却飘然降临……"几十年后，我在《寻我家园》中这样写道——

……父亲挑着一只木脚盆，脚盆里装着破旧的棉衣棉絮；一只土瓦缸，缸里一点点剩米一只铁锅……母亲牵拉着幼小的弟妹，一步一个含泪的回眸……亲人们无声地穿过那片草场，走下一大排石条台阶，走过那口老井、那条老巷、那座老城……我独自坐在草场北端的石坎上，伤心地望着渐渐远去的父亲母亲弟弟妹妹。在我埋头哭泣的瞬间，他们消失了，消失在秦巴山东麓的山径上。永远的消失，永远的天各一方，永远的孤苦伶仃……

秦巴山东麓山径上的小黑点。飘零的树叶。卑微如草如蚁的人生……

没有"命"的女孩

我出生在抗日战争胜利后第一个隆隆的冬，屋外下着小雪。鄂西的小雪，静悄悄地温柔，带着胜利的微笑。

一生下我，母亲就得了月子病，病得倒在雪地里爬不起来，病得险些丧了命。于是，我便没有了奶水，只有整日价四肢朝天地哭啼。这便是我哭的历程的开始。母亲在病床上躺了很久，望着窗外树上的小鸟，母亲很伤心……

母亲说，我从小就是一个以"大姐"自称的女孩，比如我刚刚学会走路时，遇到过不去的小泥沟或大石块时，便站在那里对大孩子甚至大人们说："拉拉大姐姐，拉拉大姐姐！"以至于母亲最终没有给我起小名，所有的大人小孩、包括父母哥哥弟妹一律喊我"姐"，或者加个"儿"，叫"姐儿"。十多岁时我曾求母亲给我改个小名，母亲问："改什么？"我不加思索地说："叫叶子！"我多么想叫"叶子"！可我不知道我为什么这么想叫"叶子"，是寓意着我最终要四处漂零么？但终因大家都已叫熟了口，我改小名的事便不了了之。日后的年月里，所有的人始终还叫我"姐儿"。

"姐儿"不足6岁就开始摇摇摆摆到河沟给小妹洗屎尿布子；"姐儿"在家顿顿帮母亲洗碗，星期天到棒槌河给全家人洗衣服；"姐儿"在家从来不争吃不争穿，破破烂烂一年又一年；"姐儿"10多岁就到河滩帮父亲拉沙、拉石灰，帮母亲砸石头挖土方，和弟弟一起挑砖；"姐儿"从小就知道同情帮助小朋友，从不招惹别人家的孩子不高兴；"姐儿"一入小学就当班长、当少先队大队长……这就是"姐儿"啊，母亲！"姐儿"最大的错误就是每次晚饭后洗罢碗就和弟弟一起到电影院"溜票"，因为一角钱一张的电影票"姐儿"从来买不起；"姐儿"最大的缺点就是不好生待在家，吃完中饭就撒丫子跑到新华书店去看长篇小说《沉浮》和《青春之歌》；“姐儿”最大的不规矩就是常常和男孩子一起打玻璃珠子、打布球、玩泥巴手枪！母亲，除此，“姐儿”还有什么不好？

许多的不幸和厄运使从来不信神、不信鬼的母亲相信起命运来。记得我 13 岁的那年，母亲请一个盲人算命先生给全家人算命，母亲从算命先生家回来，有些心事重重。我好奇地问母亲结果，母亲说，她是火命，父亲是水命，哥哥、弟弟、妹妹分别是金命、土命、木命。母亲还说：“我和你爸爸的命不合呀！”我着急地问母亲：“我是什么命？”没想到母亲很生气很不耐烦地说：“不知道！”我问：“妈没给我算命？”母亲断然地说：“没有！”我至今记得我听到母亲的回答后有多么伤心，多么失落，多么困惑！母亲，你为什么偏心眼？全家六口人，你们五人都算了，为什么不给我算？你们都有“命”，为什么我没有“命”？你不是说过“天上一颗星，地上一个丁”吗？你说人都有自己的星座啊！而现在你们都知道了自己的星座，为什么不让我知道？我真希望母亲回答我所有的疑问，但我却什么也没说，只是不解地、失望地盯着母亲。半天了，母亲连望都不望我一眼地迸出了一句话：“瞎伯说你命硬……”啊，原来母亲也为我算了命！

“命硬”是指什么呢？我一生都没敢再问母亲瞎伯到底说了我什么。我只是觉着，我这一生真是命硬硬地闯过了许多艰难和险关，最最重要的是我背着“政审不合格，不同意升学”的档案，小学毕业考上了初中，初中毕业考上了高中，高中毕业考上了大学，大学毕业又有了今天的人生。仅此，我是我们兄妹中的最幸运者。我经历了许多艰难困苦才长大成人。成人后，我把许许多多深刻的爱与同情、帮助和援助无私地给了父亲母亲和弟弟妹妹，给了我所有的亲人！不论我有多难。

那么母亲，瞎伯到底说了我什么呢？

2000 年第 6 期江西《百花洲》杂志发表，入选河北教育社《天地父母》“母亲卷”

那一脉蓝色山梁

一

不知那一脉蓝色山梁有多高，不知那一脉蓝色山梁有多远。哀思如一缕淡淡的云，绕山梁悠悠地飘呀飘……

啊，母亲，母亲的山梁！

一丝丝夜风低诉着，一把把清泪滴落着，山顶的月碎了，凄凉如水。

含泪望母亲的山梁，山顶的月碎了……

扬一扬手吧，母亲！在你高高的山梁上，扬一扬手……

二

我总说四月是春天，我总说四月在故乡很温馨，我总记着四月在母亲的山那边有洋槐花飘淡淡的清香；我总想母亲在四月微笑地走进丝瓜架缠绕的、木槿花纷呈的、莲藕腊菜笼盖的季节；我总想母亲在四月站蓝色山梁远远望帆，望女儿从江那边归来。故乡四月的风吹拂母亲的浓发，在蓝色山梁高高地扬……

可母亲，你为什么在四月的温馨里突然地走了呢？你不该在四月就孤寞地颓然倒下啊！

家兄急电催我匆匆上路。三千里北方南方，太阳苍茫、月亮苍茫、心苍茫啊！抬头望车窗外蓝色天白色月我悄悄祈祷：母亲，你等我啊！

三

仓惶 48 小时回到了故乡。母亲，你为什么不等我？

硕大的帆布篷在母亲的屋前搭着母亲的灵堂。母亲，你再睁开眼看看我！

乡亲们打开棺木说还没有“合口”，为的是等我们归来和母亲见最后一面。

狭小的粗糙的棺木挤紧了我的母亲。那苍灰的卷曲的花发，那高高的宽阔的额，那紧闭的坚毅的唇……

醒来，我的母亲！

那光明朗澈的眼睛在哪儿？那如春的光辉灿烂的笑在哪儿？那扬一扬手就有一片流向我们的暖色光在哪儿……

起来呀，我的母亲！这粗糙的、狭小的鬼地方何以能容你的宽厚、你的豪爽、你生生息息的劳苦？我母亲宏大的、无边的、细致的感情原本在滚滚流淌，何以凄凉的寂寞的被堵截在这里？坐起来！坐起来！！

坐起来！！！我的母亲！你说过了四月五月你到北方去。你起来，我们走。去北方，不去那鬼地方……

我号啕着摇撼着这漆黑的什物。

这漆黑的什物你凭什么只发出一阵阵阴冷的怪笑？

母亲嘴角有血……

四

淡淡的月从蓝色山梁那边悲哀地升起，远处高楼里如魂的灯光孤寞地灭了。我和小妹凄凄的相依守护着母亲的灵，悲苦的泪如注地浸冷了四月的夜。几十幅挽帐在四壁垂挂诉说四月的伤心……

乡下的亲戚来了，乡下善良的农民来了。母亲随负荆的父亲在乡下度过了漫长的岁月；漫长的七千二百个日日夜夜，乡下人没有忘记母亲。

夜，很深重很深重，淡淡的月从榆树的叶隙里寂寂的洒下。善良憨厚的乡下人曾经给予了父亲和母亲生的希望，如今，他们又从遥远的山那边赶来抚慰母亲的亡魂……

含泪向真朴善良的乡下人道一声珍重！

含泪向人类美好的感情道一声珍重！

这世上的至善还该有什么呢？

五

四月如泣的风在母亲的灵前流淌。

再给我说一支山那边的故事呀，母亲！山那边孔雀飞起的地方女孩子变得都很善良都有出息，山那边太阳花盛开的林子里有一条白色路，走过白色路就是太阳升起的地方……再给我说一支山那边的故事呀，母亲！

我真的考上了山那边人们景仰的中学啦，弟弟却没考上。你搂着悲伤的、可怜的弟弟在灶膛边哭了多久！然而，你却已不能为我拿出 5 元的报名费和每月 7 元的伙食费。父亲被牢牢钉在“耻辱”与苦难的十字架上已没有工作，只靠每日到 15 公里地外的黑石山上挑炼铁的黑石头养活我们兄妹，父亲一次挑 90 公斤！我不知苦难的父亲何以从知识的讲坛上刚刚走下来就能承受这般的劳苦！我小小的心被父亲巨大的力量震撼着、鼓舞着。母亲，你却每日在哭。为父亲的屈辱父亲的苦难也为我们兄妹四人每天小雏鸡般碗里望着锅里，锅里望着碗里，你喂不饱我们你的心被泪水淹渍着。

后来，山那边要搬迁一座即将被江水淹没的古城，你挖土方去了。母亲你去了。

许多年过去总也忘不了母亲在深深的土壕里弓身挖土方的颤动的身躯，总也忘不了母亲那被汗碱一圈一圈满满淹渍了的蓝衣衫，总也忘不了昏昏的月下，母亲担着土筐扛着镢头从蓝色山梁恍恍地归来……

许多年许多年，许多年总也忘不了母亲从枕下拿出两元纸币让我去学校先交 10 天伙食费时的惆怅；总也忘不了母亲在十分拮据的日子里竟用昂贵的 14 元钱买来已故赵爷爷的一条黑布大裆夹裤，黑布夹裤裹着母亲无望的泪水送我到江下边的哥哥那里念书。

“……天气快凉了，到了冬天把夹裤拆开缝成棉裤……到哥哥那里好好念书……”清冷的大江流淌着母亲清冷的泪水。

总也忘不了！总也忘不了!!

这世间最纯挚最宏大最无瑕的爱唯属母亲了！

何样的爱能比母亲的爱更至善更无私更永恒呢？

六

蓝色山梁寂寞地孤立寂寞地孤立，父亲的坟茔已爬满青藤爬满青藤！

傍着父亲的坟茔我们和乡亲们一起掩埋了母亲。一隆冷土和父亲的坟茔接为一体。

一铲铲黄土培在了母亲的坟上，一把把清泪落在了母亲的坟上。我突感心碎欲裂心碎欲裂！我何以变得如此残酷如此残酷！竟用这冰冷的黄土把母亲窒息在另一个世界！倘若母亲活着，我会为母亲的新屋添砖加瓦起椽架檩，那是何样的幸福，何样的慰藉？可现在，我却将一铲铲冷土拥在母亲身上我在干什么？我恨不能扒开这地狱之门还我母亲的笑面，我怆然扑倒在母亲的墓碑上，蓝色山脉怆然旋转……

母亲活着时，尽管天涯海角尽管十年八年，女儿归来故乡偎母亲床边总可以再做一番女儿，此后呢？生之匆匆死之匆匆，苦之楚楚累之楚楚，我到何方再觅母亲膝下的这份浓福？

谁能再给我这劳顿的心以无边的抚慰？

七

回我的北方。回我几匹长风几抹沙梁的北方。

回眸再望母亲的山梁。母亲的山梁如愁苦如悲恸高高耸立。

华哥痛苦地说几十年都未能让母亲去和他住几日，明弟泪水涔涔说失去了母亲他的家失去了支撑，失去了母亲才懂得了母亲理解了母亲，小妹攥一张汇款单悲恸号啕，她这月寄母亲的钱竟在掩埋了母亲之后才汇到，母亲在最后的日子没能享用小妹的这份情意。我忽也想到我的自私我的不懂事，我何以在父亲受难的年月让母亲南方北方地走了五年……

回眸再望如悲恸如愁苦的母亲的山梁，我问我自己：为什么失去了才感到真正的存在？为什么失去了才感到追悔莫及？为什么失去了才知道应该珍视？这混沌人生心灵的慰藉究竟还应该有什么？

回眸再望母亲的山梁，深重地想：在我生命勃勃的年月，我将加倍珍视人世间的一切美好。珍视友谊珍视感情珍视尊重，我定以涌泉之心报人于滴水之恩。需要我做的我生前都做好，倘若生前做不好生后何以补偿？这世上最不能欠下的是感情，我脆弱的女儿的心何以能欠下世间什么？

八

含泪望母亲的山梁，山顶的月碎了，凄凉如水。

扬一扬手吧，母亲。在你高高的山梁上，扬一扬手……

1989 年第 3 期天津《散文》月刊发表

1989年第11期《散文选刊》转载
被收入《20世纪中国女作家散文精品》等11种文学选本
河北电视台拍摄其为电视散文

扼杀与救赎

父亲猝然驾到的政治苦难，使我和我的亲人们一夜间跌入人生的陷阱。这陷阱有多深，我们的挣扎就有多深；我们的挣扎有多深，陷阱就有多深。因此，我们既不知晓陷阱的深度，更不知晓我们的挣扎还能坚持多久。我们在一种灭顶之灾中，有望无望地争取最后一口呼吸……就在那个时候，我稚嫩、纯洁的心经受了人世间最伤心的事情。那是1958年初春，我上小学五年级。那时，我刚刚张开凝视人生的、小羊羔般善良的眼睛，我怀着一颗同样善良、同样柔弱且极易受到戕害的心灵，明白了我和我的亲人已无可逃循地被打入另册，我们的额头鲜明地被烙上了“资产阶级右派子女”的烙印，这烙印烙在我们身上，也烙在我们心上，我们的身心一起鲜血淋淋。一种与那个年龄不相称的负罪感和赎罪意识，就在一份份“政审不合格，不同意升学”的档案里、在老师与同学“与家庭划不清界线”的一片指责声中，泪水涔涔地孳生了……

是谁弄死了兔子

兔子咬死兔子是一种生物自然现象，即一个家族的或自小生活在一起的熟悉的兔子、对外家族或初来乍到的同类的不容是一种天性，这种天性促使他们可能毫不客气地咬跑、咬伤或咬死外来者。兔子的这种天性对于养兔者和大人们简直可以视为一种常识，而对于一个十三四岁的女孩，却是在老师和同学的一片呼喊与指责中，被承认为一种“犯罪”——是这个女孩搞破坏，弄死了班上勤工俭学的兔子……

上初一时，全国性的“大炼钢铁”运动好像已经结束，而全国性的饥馑却接踵而至，饥饿从 1959 年我升入初中时开始了。它最终成为一种灾难在全国漫延长达三年，是许多年后、我们长成了大人时才知道的。

为了补充粮食的严重不足，每个班都在搞勤工俭学，即开荒种地、种菜，我们班的菜地梯田般拾级而上，我至今记得我们这些未成年的孩子抬水、抬粪浇出的大白菜硕大而茁壮。秋天，白菜收获了，学生宿舍的房檐底下，横竖拉满了晒菜的绳子，我们把收获的大白菜一切两半，骑马状挂在绳子上晒干以储备秋粮。同学们因为饥饿偷着抠吃白菜心的事时有发生，“偷吃”一旦被发现被视为一种违犯校纪的耻辱。我偷吃过，让一位班干部发现了；在地里收萝卜时，我还偷吃过一个很小的胡萝卜，也让一位女同学揭发了。因此，我一直怀着一种恐惧和耻辱感。加之我父亲的政治问题，我感到我的恐惧和耻辱感非常深重。

后来，老师弄来了 5 只兔子，圈在教室外同学们自己垒就的土窝里。老师让我和一位姓杨的女同学一起负责喂养，可我觉得这位脸上有麻点（出天花落下的吧！）的女同学好像专门在监督我喂养，因为她从来不拔兔草，下课或放学后都是我在拔兔草。可怕的是第二天一早就有一只兔子死了，杨同学在全班同学和老师面前作证，说是我毒死了这只兔子，说我对勤工俭学不满。老师和同学们也不分青红皂白，都认为是我毒死的，都认为我对勤工俭学不满。我当时为什么不问老师和杨同学，有什么证据说明是我毒死的兔子？我从哪儿弄毒药？可那时的我，有什么勇气？有什么自卫意识？有什么尊严？一切都没有！我对外部世界浑然不知，我只知道我是一个右派分子的孩子！人家说什么都得忍着。我被惊吓得一塌糊涂，只知道哭……

班主任老师姓陈，肚子很大，在怀孩子，走路很艰难很缓慢。陈老师梳着剪得很齐的短发，一边卡一只黑棍儿铁卡子。她大眼睛，高鼻梁，大嘴巴，嘴唇很厚，有点往外翻，上门牙处有个较宽的缝隙。不知是怀孩子还是别的什么原因，陈老师的眼神和面部表情什么时候都显得很烦燥，很不高兴，很生气。这幅面孔一点也不和蔼可亲，这更增加了我对她的惧怕。

"你必须赔班上的兔子！"陈老师严厉地对我说。说这话时，她的厚嘴唇有点发乌，这使她看上去很凶。

不赔兔子已没有可能，可怎么赔呢？我没有钱！一只兔子的钱对我是一个极大的未知！即使有钱上哪儿买兔子我都毫不知晓。父母弟妹已被赶进秦巴深山，哥哥也已分配到襄阳教书，家人们都离我那么远，我该怎么办？我吓得瞪着眼睛睡不着觉，课也上不进去。

我突然想到哥哥半年前毕业实习的乡村有一位李妈妈，李妈妈有个儿子是哥哥的学生，这个学生的一只眼睛有白内障。哥哥给了这个有眼疾的学生更多的照顾，于是善良的李妈妈也处处心疼哥哥，知道哥哥吃不饱，总让自已的儿子上学时悄悄给哥哥带块发面馍或端一盆米饭。这个有眼疾的男学生曾到过我们家，给我们家挑了点白萝卜。那时父母还没有下乡。"找李妈妈帮忙，看她家有没有养兔"的想法突然占据了我的脑海。

李妈妈居住的村子叫艄公庙，艄公庙是汉江边一个比较大的镇子，离郧阳城有 8 里地。星期天我即出发到艄公庙，我问了没几户人家就找到了李妈妈家。我哭着向李妈妈说清了情况，李妈妈立即答应给我一只兔子赔学校，李妈妈家养了八九只兔子。那天下着小雨，李妈妈答应给我一只兔子使我居然有晴空万里的感觉！李妈妈能救我，我怎样感激李妈妈？

下午，李妈妈把一只又黑又肥的兔子装进一只小布袋，晚自习前我即抱着这只兔子回到了学校。我对杨同学说了"我赔班上的兔子"的话之后，便如释重负地把大黑兔放进了兔窝。天仍下着小雨，可我的脑子里却开始了晴空万里的晚自习。

第二天早自习后我去喂兔草，发现我赔的那只大黑兔居然又死了！这惊吓胜过一个晴天劈雷！在我头晕耳鸣的惊吓中，杨同学噘着嘴看了看死去的大黑兔之后，便一转身气呼呼地走进了教室。我楞怔了一会儿后，也抱着大黑兔进了教室。我小心翼翼地把大黑兔放在教室的门后，我在无限的惊吓与眩晕当中有一点清醒：那就是我想让同学们知道，班上的兔子都是白色的，这只大黑兔你们看见了，是我赔的。我赔的兔子我干嘛还要弄死它？你们不能再冤枉我呀！

恰在这时，陈老师已请产假，一位年轻的郭姓女老师接替她当我们班主任。在此之前，我有点认识郭老师，因为她父母开了个小卖店兼磨房，她家住在黄家桥北头，离我们家很近，不足30米的样子。我经常去她父母的小卖店买火柴、打醋什么的，还常常好奇地在她家磨房前站半天，看那只蒙着眼的驴子推磨，我觉得她们家磨房很黑很脏，驴粪就堆在磨房墙角。我就是在这种时候，见过郭老师几面，那时，她还在读书。

上午四节课上完后，我抱着已死去的大黑兔去郭老师家。我存有一个小小的侥幸：郭老师和她父母认识我，她总该不会像陈老师那样，非让我再赔兔子不可吧？郭老师长得高，有一张黝黑的圆脸庞。当她从磨房后面的房子里走出来、走到小卖店外面的街面处时，我颤抖着向她说了我赔大黑兔和大黑兔又死了的经过，末了，我又说：“大黑兔死了，李妈妈也不会要了，留给郭伯伯和郭妈妈吃吧……”我说这话时，又存了个侥幸，郭伯伯郭妈妈吃了兔子，总该会说服郭老师不再让我赔兔子吧？

万幸的是郭老师收下了大黑兔，并没再说赔兔子的事情，也没骂我什么。以后，也再没任何人说让我赔兔子的事。

是兔子咬死了兔子，这是我长大之后才明白的事情。可是从那时起，凡事要小心谨慎、凡事都要光明磊落以证明自己无罪，成为我沉重的背负。

糖

糖，现在在人们生活中算什么？我这里指那些散红糖或散白糖，它已几乎不被人们注意，甚至遭受冷落，越讲究饮食卫生的人越不吃糖或少吃糖就是例证；医疗卫生专家们不断在广告里、在电视上宣传：儿童不宜多吃糖，因为容易坏牙；中年人不要多吃糖，因为容易发胖；老年人不要多吃糖，糖尿病患者不要吃糖，心脑血管病人不要吃糖……糖这种极易产生饮食快感的、甜蜜蜜的食品遭此设防和冷遇，实在是标志着现代人生活的极大丰富和生活质量的极大提高。可是糖，在我们童年和少年时代待我们是何等尖刻和吝啬？

城市居民购买各种物品施行发票始于20世纪60年代，粮票、布票、油票、棉花票、糖票、肉票、豆腐票、手表票、自行车票……各类票证多达几十种。票证是社会供给极大缺乏年代的一种物资分配、定量供应的手段，而票证和需求之间是存在着巨大的矛盾的，比如我们少年时期每月只有17斤粮食、2两油、半斤肉、一斤豆腐，一年只有6尺布票、6两棉花；后来，大人们一年还有一张工业卷。三张工业券可以买一只当时最好品牌的上海牌手表、5张工业券可以买一辆自行车等。票证之外人们是无法购买到任何所需要的物品的，偶有得到，也是鬼祟的、违纪的，甚至是犯法的。最后一种票证——粮票走出中国历史舞台已经到了20世纪90年代。中国人在票证年代遭际的尴尬和挫折，至今是记忆犹新的。我为“一斤红糖”几乎被开除了学籍……

父母弟妹走进秦巴山的乡村时，我被留在了城里，因为我已考上了郧阳中学，我的被录取实属不易，被人们视为奇迹，因为那年和我同时小学毕业、而父母被划为右派的学生一个也没被录取。一位负责录取工作的女教师后来告诉母亲说，我考了全郧阳城第二名的好成绩，不录取太可惜。父母嘱咐我“好好学习，照顾好自己”之后，就领着弟妹走了。

有一次，父亲到城里来拉石灰，大概受了湿热，父亲开始拉肚子。在原来和我们家友好的胡妈妈家我见到了贫病骨瘦的父亲——胡妈妈的丈夫胡伯伯是郧阳中学的教工，他悄悄告诉我：“你爸爸来了，在我们家，他病了……”和父亲见面是不能让老师和同学们知道的，否则他们将指斥我“和右派分子划不清界线”，胡伯伯知道这种形势，所以他不声张，只是把我叫到一边悄悄告诉我。父亲没有钱买药，治拉肚子的办法是胡妈妈给炒了一碗炒面，胡妈妈说吃炒面能补住肚子。父亲很为难、很可怜地对我说：“姐儿，你能帮爸爸买斤红糖么？红糖也补肚子……爸爸要是拉个不止，怎么回去？队里等着用石灰，四十多里山路……”“队里”是指父母弟妹在山里落户的生产队。我望着父亲青黄贫血的脸，泪流不止。父亲平时最爱吃甜食，粽子、蒸肉、糯米肉，甚至稀饭、米饭、喝水，父亲都离不了糖。在城里时，家里供应的那点糖，母亲几乎都留给了父亲。到乡下被解除了城市户口父亲便吃不上一粒糖了，农村是不供应糖的。红糖能不能补肚子我不知道，但我知道，病中的父亲怎样想吃糖。

那时买糖还没开始发票证，只是要盖着单位公章的证明。上哪里弄证明呢？我一点办法也没有。下午第二节课后是劳动课，老师分配我和一位姓杨的女同学到伙食团（学生食堂）帮忙，即给学生餐票上盖伙食团的公章。盖着盖着，我就突然想起给父亲买红糖的事。盖伙食团的公章大概也能买红糖吧，我这么想着，就留意餐票纸。那个年代的纸非常粗糙，那种着了草绿、淡粉颜色的糙纸上面，附着着许多小米粒大小的土疙瘩或石灰疙瘩，用手轻轻一扣，就能抠起来，但抠起小疙瘩后纸上就留下一个小洞。印着“二两”、“四两”粮票数和“年月日”字样的餐票就是用的这种纸。我发现有一张纸上印着一大排餐票，但后面还剩着一小片空白，我把这片空白纸折起来，舔了点唾沫，撕下来，然后对杨姓女同学说：“我爸爸进城拉石灰，病了……他让我给他买斤红糖……我开不出证明。我想在这片纸上盖个伙食团的章……行么？”我带着无限恐惧和无限央告的口气对杨说。杨拿着公章。

敢把父亲来找我的事情和想盖公章胆大妄为说出来，是冒了很大风险的。想到杨同学平时和我玩得还好，我们一起跳方，一起踢毽子、抓子儿，一起双手撑地、头朝下脚朝上地“扳腰”——我们的“扳腰”比男同学玩得还英猛——便相信杨不会向老师告密，不会出卖我。杨“嗯、嗯”了两声后，就把伙食团的公章“啪”地一下盖到了我撕好的那片草绿色糙纸上。那个瞬间，我感激得恨不能给杨磕个头！

第二天中午，我在盖了伙食团公章的糙纸上填写了“某某学生因病、需要红糖一斤”的内容，然后跑步到十字街的一家杂货、食品商店去买糖，当我把“证明”递给一位卖货的阿姨时，我紧张得心都快从嗓子眼里嘣了出来。谢天谢地，阿姨什么也没问，看完“证明”就给我称了一斤红糖——什么红糖啊？都是一块块板结的、红黄色土面疙瘩！我抠了指甲盖那么一小点尝尝，倒是很甜。阿姨用一种灰黑色草纸包好糖、又用灰黑色细纸绳来回扎了几下便递给了我。

我抱着“糖包”贼一般飞快离开了食品店，无限紧张、无限兴奋地跑到胡妈妈家，然而，父亲已经回乡下了。

“我爸爸不是让我买红糖吗？他拉肚子怎么回去呢？”我上气不接下气地问胡妈妈。

“你爸爸只是说说，他哪儿知道你个小娃子真的能给他买上糖呢？昨天傍黑他就回去了，他说他摸黑走凉快……再说，回去晚了生产队也要找他麻烦。”胡妈妈告诉我说。

我把红糖寄放在胡妈妈家，无限遗憾地回学校了。这一天相安无事。

急风暴雨的批斗是发生在盖章后的第三天。其实，从盖章之后，我没有一刻心里安宁过，我一直担心要出事。真的出事了！

我不知杨姓女同学什么时候已把此事报告了老师。上午第一节课时，班主任陈老师就喝令我站到教室后边去。陈老师不是休产假了吗，她怎么又回来了呢？看来我的问题很严重了！陈老师向全班同学开始细数我的“严重立场问题”：“和右派父亲划不清界线、同情右派分子是政治问题”；“擅自盖伙食团公章买红糖是套购国家物资的犯法行为”……陈老师宣布了我的“严重问题”之后，就发动全班同学辩论我。当时，辩论就是揭发，就是批判。同学们开始发言，每一句话都如万箭穿心……我站在教室后边已无地自容，我觉得我已犯了滔天大罪，罪不可赦。我站了整整一节课，站了整整一上午，其他课的老师来上课我也不敢回到座位上去，也没人让我回到座位上去。我为其他课的老师也知道我受了辩论而感到耻辱万分！后来，其他班的同学也知道我受了辩论，下课后他们纷纷跑到我们教室窗外、门外看我，然后“嗷嗷”着跑掉。我真是无脸见人，我真想有个地缝好一下子钻进去……

中午，一位赵姓女同学便带着几位男同学到胡妈妈家抄走了那斤红糖，还抄了我的一只小衣箱——小衣箱是真皮的，是父亲40年代上大学时的一只小衣箱。下乡时，母亲把这只衣箱留给了我，我装了点零碎东西寄放在胡妈妈家。临走，他们威胁胡妈妈，让她以后不要再包庇我。从那以后，胡妈妈就不让我再在她们家放东西了……

下午两节课后，继续开始辩论。陈老师让每个同学写一份批判稿，贴到教室后墙上。以后的两天，陈老师仍然不让我上课，她只准我站在后边，认真读每个同学的批判稿。读完写检查，把检查稿也贴到墙上。同学们根据我的检查再辩论、再写批判稿。比如，我在检查里写“一定要听党的话”的“听”字，同学们硬说我写的是“叫”，那绝对是连笔，可同学们硬说我“思想反动”、“态度不老实”、“是资产阶级右派的孝子贤孙”……让我再写检查。这样的轮番批斗是“反右派运动”时对待大人们的办法，可我那时只有 15 岁。15 岁的心被蹂躏得鲜血淋淋，15 岁的绝望和耻辱刻写了整整一生！

我们初中班的几排教室坐落在一个土坡上，那个土坡好像叫“北门坡”，北门坡后面就是悬崖峭壁，悬崖峭壁下面即是滚滚滔滔的汉江。汉江流到这里是个急弯，江水格外深，咆哮声也格外轰响、瘆人。听说常有人从这里投江自杀。

一天深夜，我坐在北门坡的悬崖上，听着咆哮翻滚的江水，哭了很久，我想如大人们那样投江自杀，一了百了。可我毕竟还小，我难舍远在秦巴山里的父母弟妹，也难舍远在襄阳、且已每月为我寄来 7 元伙食费的哥哥。

就在那个生死夜晚，我因想到了哥哥而突然想到了“逃亡”……

父亲站在雨里，送我……

一个没有课的下午，我趴在女生宿舍的铺板上给哥哥写信，我让哥哥救救我，让我离开郧阳，到襄阳去上学。我说我走不了可能要被开除学籍；我还说，我若走不了我就可能死去……写到这里，我多么希望哥哥至今保存着我的那封信，那是一个女孩子启开的命运之书的第一页密码。我至今都为一个绝望的少女在人生眼看要窒息的时候能够突然想到只有 20

岁的哥哥、而哥哥的帮助最终改变了她的人生而感到吃惊！

哥哥读着被妹妹的泪水满满洇染了的长信，也哭了。哥哥工作的学校是襄阳县一中，位于离襄阳市45公里的太平店。太平店是汉江边一个古老的码头小镇，哥哥在这个码头中学工作还不足一年。哥哥毕业前就读的学校是郧阳师范，哥哥师范毕业那年，国家允许师范生报考大学——当年，哥哥是因为家庭负担重、为帮助父母供弟妹上学而放弃考高中的。品学兼优、多才多艺的哥哥日夜梦寐着考大学，同届、同班的许多同学都报考了大学，而学校却冷酷地拒绝了他，因为他是一个右派分子的儿子。心灵负重的哥哥深知妹妹处境的险恶，他找到教务主任，请求让妹妹转到襄阳县一中来。

教务主任姓邹，是和父亲差不多年龄的男人，他走路缓慢，说话节奏也缓慢，但他的眼神和面部却总是密布着一种严厉和冷峻。这是后来转学成功后，邹主任留给我的永远的印象，为此，我从未敢和他说过一句话。就是这位严厉冷峻的邹主任，在哥哥提出请求的第二天即答复，同意我转学。哥哥后来告诉我说，他接到答复前的那两天，度日如年；还说邹主任大学时和父亲同过学……哥哥很快将“同意转学”的函件挂号寄我。

我接到函件如同在漆黑恐怖的暗夜看到母亲掌来的一只油灯，也如同我在江水里挣扎、就要沉没时看到的一艘迅即赶来搭救我的舢舨。我高兴而又紧张，我不敢将这件事告诉任何人，更不能让班主任陈老师知道，但我又不知怎样办转学手续。紧张与焦虑中，我想到了一位老师，他叫陈保南，他是父亲大学时的同学，后来又是同事。我隐隐记得，父亲被遣送乡下时曾交待过我：“有过不去的难处时，去找陈伯伯……”放午学后，在陈伯伯回家的路上，我撵上对他说：“陈老师，我爸妈走了……没人照顾我，我想到哥哥那里念书……哥哥已寄来了接受函……”我对陈老师说了一个很圆满的理由。我那时最担心的是学校会不会卡我、不让我走。陈老师接过函件，看完之后说：“你马上去找学生食堂管理员小杜，让他帮你办户口、粮食手续，我也对他说。学籍手续我来办……”

许多年我都不能忘记那位脸膛红红的、鼻头也红红的陈伯伯，没有忘记那位仅比我大三岁的、初中毕业留校当食堂管理员的、聪明机灵的小杜，当他们在极短的时间内把转学的一切手续交到我手里时，我便觉着，我亲爱的哥哥、邹主任、陈伯伯、小杜，他们是我人生中永远的救命恩人了！

几天后，父亲接到我的信赶到城里来送我，我悄无声息地离开了学校。那是一个下着小雨的傍晚，我和父亲走过长长的石板街，到西河码头乘木船过汉江，我们准备在三门车站住一夜，第二天一早好乘长途汽车到襄阳。雨霏霏着，天色灰蒙蒙的，木船上除了艄公就我和父亲两人。我望着远远向我流来又远远离我而去的江水，望着穿一件灰粗布烂衣衫一双破草鞋、坐在船帮上默默无语的父亲，想着我就要离开这条江水、离开可怜的父亲母亲和弟弟妹妹，便鼻尖一酸，泪如泉涌。我看见，父亲也在无声地流泪……

许多年我都在回忆：这是我生命中一次多么成功的逃亡！但又是我小小年岁中多么凄楚的离别！

晚上，父亲在三门车站旁边的一家小旅店里要了两碗开水，我们就着开水吃了母亲专门为我蒸的酸菜包。旅店住宿一夜一人只要 7 角钱，但我们没钱住。小旅店好像是我小学一位女同学的家长在主事，因为我在小旅店里看见我那位同学在忙着什么，我知道她没考上中学。她没有理我，我也没有理她。自父亲被划为右派后，我就觉着无论我们走到哪里，全郧阳城的大人小孩都会用异样的眼神看我们，鄙视我们。我们躲着人、人也躲着我们。所以人不搭理我时我也不愿搭理人。夜里，雨还在下，父亲问我同学的母亲借了两只小板凳，我们就在小旅店的房檐底下坐着。风飕飕的，雨飘零着，我和父亲都很冷。就在这时，我同学的母亲端出一个木火盆，火盆里有两小截还没完全烧化的木炭，我感激地望着那位个子不高的、圆圆滚滚的阿姨，父亲一连声说：“多谢了！多谢了！”

我趴在父亲的膝上，父亲一边用小火剪拨拉着炭火灰一边对我说：“到哥哥那里后，要好好学习……”我答应着就在父亲的膝上睡着了。我做了个梦，梦见阿姨的那个炭火盆里有一截截飘着蓝火苗的木炭，真是一截截、红堂堂、暖烘烘、蓝荧荧的炭火啊！而端着火盆的人又好像不是阿姨，是我那个同学……永远难忘在三门小旅店的房檐底下、趴在父亲膝上度过的我在故乡的最后一夜。

天亮，雨还在霏霏地下，父亲花 3 元 7 角钱为我买了到襄阳太平店的汽车票。车就要开时，父亲突然说："姐儿，你还有1角钱么，我回去买渡船票……没钱……"摆渡过江，船票只需一角。此刻，我才知道父亲已分文全无！

无论怎样艰难，我都会有新的开始！我揣着转学手续，就揣着一份挣脱枷锁、爬出地狱的好心情！我要展翅飞翔！我要大声歌唱！我要走向一个新世界！"爸爸，再艰难我们都会走过去的。"这句话，本应是父亲说给我的，但我却清楚地记得，是我噙着泪水激动地说给了父亲。

车开出老远，父亲依然站在雨里，送我……

关于哥哥

我常常想，倘若不是哥哥，我的人生肯定是另一种艰难和平庸。刚刚工作不到一年的哥哥，一月只有29元工资，后来加到34元，如此微薄的收入，哥哥无怨无悔地接纳了我。

哥哥有绘画的天才，读小学高年级时，哥哥就在繁华的青年路口办"抗美援朝"的壁报，壁报栏内贴满了哥哥画的"志愿军打击美国鬼子"、"英雄黄继光堵碉堡"的水彩画，哥哥把美国鬼子的鼻子很夸张地画得又高又长，还涂上红色。我对美国人的认识最早就是始于哥哥画的那些"美国鼻子"。有时，哥哥画速写，他让我背着书包或坐在小板凳上为他当模特儿；有时，随哥哥到乡下姨妈家挑柴、挑红薯时，我发现他总好在一个叫"响水桥"的地方停下来画速写。他画桐花，画在桐树上啁啾的鸟，画响水桥下奔涌而来的水……他总是背着写生板和各种铅笔、画笔。但哥哥最终未能到他童年少年时期即梦寐、憧憬的中央美院学习，这是哥哥命运中的无奈与遗憾。我到襄阳后，为供我上学哥哥开始业余给报刊画画，当时画一幅画只挣两元到三元的稿费，哥哥画了十多年，直到我大学毕业。

哥哥大我五岁，小时候，我们和哥哥在一起的日子并不多，他好像总在住校，也不常和我们在一起玩。偶尔回家，他不是给我们讲故事，就是围着一幅床单、站在床上又说又唱地给我和弟妹演戏。哥哥讲故事时绘声绘色，潇洒幽默。哥哥的故事都是从爸爸为我们订阅的《儿童时代》和《少年文艺》里看来的，但经哥哥一讲便活灵活现。哥哥读中学时，曾在学校举办的讲故事比赛中，荣获第一名。记得哥哥最反对我们听“鬼”的故事，一旦他发现我们围在邻居奶奶、妈妈们旁边听“鬼”故事时，便不由分说，连拖带拽地把我们带回家，然后，围起床单就给我们又唱又扭，逗得我和弟妹大笑不止。但是在很多时候里，我们是看不到哥哥的，哥哥好像经常不回家。就是在这样若即若离的年代里，哥哥成为我少女时代的偶像。

女友们都说哥哥长得像电影《野火春风斗古城》里的王心刚，这种评价令我非常骄傲，以至许多年里我都非常喜欢看王心刚演的电影，直到前些年王心刚退出影坛我依然关注他的动向，好像他真的与哥哥有什么关系；有时，我和女友们还把哥哥想象成《青春之歌》里的卢嘉川。其实，依我现在观察人的能力，我倒觉着哥哥年轻时更像电视剧《刑警本色》里的王志文。那浓密高耸的、如同黑森林般的头发，那成熟、聪睿、又略显抑郁的眼睛，那像天鹅般高高挑起的、傲岸的长脖颈，以及那棱角分明的脸庞和透着坚毅的嘴唇……我知道，哥哥曾是好几个优秀女孩心中的“白马王子”，这几个女孩我都认识，她们都是哥哥同班或同年级的学生。她们和哥哥的感情都能写成琼瑶笔下那些催人泪下的小说！然而，父辈们政治灾难的突然驾到，粉碎了他们所有的梦想和感情……

感谢我们的父亲、母亲，赐予了哥哥出类拔萃的少年英俊，但我深深知道，对于我的哥哥，重要的还不仅是这些，最最重要的是哥哥从亲爱的父亲、母亲那里承接了做为一个好人的极其重要的品质：他一生正直、善良，鄙夷世故，嫉恶如仇，默默忍受磨难，不仰人鼻息，不卑躬屈节……

我和哥哥相依为命，在江汉平原一起度过了五年，直到我考上大学，走进北京。江汉平原小麦成熟的五月，哥哥总爱在月朗星稀的的夜晚，拿一把二胡，坐在江湾那所中学的操场上拉《病中吟》或《二泉映月》。江湾忧伤的月亮陪伴着我们，忧伤的二胡曲常使我们兄妹含泪思念远在秦巴山里苦度的父母弟妹……

兴许是父亲血脉基因的传承，哥哥的体育生命也极为活跃。他篮球打得极好，投篮的命中率极高。以哥哥为主力的球队在江汉平原的篮球比赛中，屡战屡胜；哥哥的乒乓球打得也很出色，抽拉弧旋快攻，游刃有余。每当哥哥心情好时，他总喊我：“梅洁，抽几板去!”于是，我们兄妹便会厮杀得难解难分，当然，败下阵的多是我。后来，我在高二时能在襄樊市女子乒乓球淘汰赛中，获得唯一的国家乒乓球等级运动员三级的荣誉证书，实在是得益于我的哥哥。

最难忘的是上高一那年的春季运动会。这次运动会我除了参加100米、200米短跑项目外，体育老师还安排我参加1500米中长跑，长跑不是我的强项，我有速度，但缺乏耐力。两圈下来，我还能跑在别人前面，但跑第三圈时，我已感力不可支，嗓子发干，像喝了辣椒水；两腿像灌了铅，每抬一步都很困难。接踵而至的是胸闷，呼吸困难，眼睛发黑……失败的阴影和身体的痛苦一起折磨着我。

就在这时，我听到耳边一声轻轻呼唤：“梅洁，加油!”原来，哥哥就在我身边，他一边轻声呼喊，一边在我左前方慢跑。像一针兴奋剂，哥哥的出现，给我惊喜，给我力量。我的眼睛不再发黑，胸闷也突然减轻，铅一般沉重的双腿也变得轻松起来。我迅速向哥哥递过一个笑后，便紧跟在他身后跑完了全程，并取得了这个项目的第三名。

后来，我才知道，哥哥是从他任教的襄阳东津中学专程赶来看我比赛的——我读初三时，哥哥已从太平店调往东津。东津中学离襄樊市有15华里路，汉水在这里拐了一个很大的弯，哥哥要渡两次江和步行好几里才能到达我比赛地点的。哥哥一直没有惊动我，他只是站在人群中注视我所有项目的比赛。当他发现我在1500米跑道上开始踉跄时，他就悄悄跟上了我。哥哥在我身后跑了近一圈，最后200米，在我就要彻底崩溃时，他突然出现在我的旁边，轻轻地呼唤着，为我“加油”，并带我跑完了全程。

几十年过去了，我都不能忘记这一幕，不能忘记那湾蓝色江水，不能忘记我和哥哥在一起度过的那些日子。人生的岁月里，哥哥总是默默地、或近或远地注视着我。在我极其困难抑或是大祸临头时，他就出现在我的面前，咬紧牙关，平静地接纳我人生的苍凉……

生命里，无数次渡过命运蓝色的江水，哥哥是江水里那艘无言的木船。

帮老师洗衣服的女孩

“离开郧阳后，谁都不知你到了哪里?”这是1999年10月我在厦门遇到当年班上的女同学玉华时，她告诉我的一种情景。玉华说：“你突然消失，同学们议论纷纷。有的说你可能被开除学籍了，有的以为你不想念书、回乡下找你父母了，也有的认为你可能转学了。总之，谁也不知你究竟去了哪儿……”“我那时真是巴望永远消失在郧阳人的眼里。”我对华说。华是当年唯一能给我信任、给我同情的人，但我要走的事依然对华保密——我想消失得干干净净。

初中一年级是艰难、痛苦的一年，许多时候只有华和我来往、和我说话，别的同学都离我很远。我和华钻一个被窝；到山里抬柴，我总是和华搭伴；华的家在春树巷口，学校吃不饱时，华总是带我到她家做“炒红薯糊糊”，离开的许多年里，我都依然能回味出华做的又甜、又咸、又香的“炒红薯糊糊”；华始终拒绝揭发我、批判我，这使陈老师在我走之后依然对她耿耿于怀，始终认为她是“立场不稳、政治上有问题”的不可信任的学生……

华是个美丽的女孩，华的美丽里带着一种冷毅而不可侵犯的高贵。我至今都认为，华与生俱来的正义感和同情心，始终和她那美丽、高贵、冷毅的容貌相辅相承。

在我离开郧阳的那个年龄，我对地理上的距离，感觉非常愚钝。襄阳至郧阳，公路距离仅四百余华里，在我离开两年后，两地还曾合为一个地区。但在交通很闭塞（郧阳至襄阳只有一条土公路）、信息网络基本没有（电话都很少、有也只是摇把电话）的年代，对于一个从未出过远门的15岁女孩来说，我感觉我已插翅飞到了很远的地方。我已暗下决心：纵有刀山火海，哪怕天涯海角，只要能让我栖身，我都在所不辞。只要能永远逃出陈老师和同学们的目光，纵是一生吃苦受罪我都乐意。这种心态使我一踏上襄阳那块土地，就感动得泪水涔涔。我曾好几次在日记本上写道：“襄阳啊，我的亲娘！你接受了我，我愿一生一世做你的女儿……”致使后来初三毕业时我就下决心，如果考不上高中，我就在襄阳的农村找个婆家，决不再回郧阳！

我到襄阳中学后，插班初二。班主任老师姓李，是个高高的个儿、圆圆的脸盘、肤色黝黑适中的青年男子。李老师有双眼仁很黑、眼睫毛很长的毛绒绒的圆眼睛。最令我感动地是这双毛绒绒的黑眼睛望人的目光是那样平静、持重、温和，我从这双眼睛里发现我不再受歧视并被关心的感觉。比如，我们班去蚕豆地里劳动时，去时来时李老师都陪着我走，我们都担着竹筐。李老师带我们平面几何，他一路走一路考我一些几何定理，比如，他问："同位角相等，两条线是否平行？"又问："两条线平行，内错角是否相等？"对于平行线的这些基本定理，我当时一概回答不上来。初中一年，我们挑粪、种菜、担柴，我还要养兔、挨批判……我好像什么都没有学到，好像一直糊糊涂涂、懵懵懂懂。回答不上李老师的问题，我感到一阵阵的羞耻，但李老师并不嫌弃我。比如，劳动完毕归校时，李老师让同学们带一担猪草回去，学生大厨房养了几头猪。我感觉李老师是为培养同学们的劳动习惯而不是必须完成的任务。但我发现男女同学都不愿挑这担猪草。我立即走上前去、挑起猪草就走。我心想，这算点什么事啊！摆脱歧视的幸福感觉焕发了我多少要去做好事、苦事、脏事的力量啊！我挑着猪草往回走了一段路后，李老师赶上来要帮我挑，他不由分说地把竹担抢了过去，其实，那担猪草并不沉，只是一堆灰灰菜、野苋菜之类。李老师的举动使我这颗备受冷落、喝斥、歧视的心顿时泪雨滂沱。李老师，我一定好好学习！把功课赶上去……我也一定要像你一样，永远善待这世界上所有可怜的人……我走在李老师身后，一边偷偷地抹泪一边想。回来后，李老师当着全班同学表扬我，受表扬的事件也使我震撼不已……

我把李老师待我好的感觉说给哥哥听，哥哥很高兴也很感动，哥哥说："李老师家不在这儿，以后星期天你帮李老师洗洗衣服……"自此，每个星期天上午，我帮哥哥洗完衣服后就去帮李老师洗衣服，开始李老师不同意，但我拿起他的衣服就走。久而久之，李老师习惯了，他不再推让，但他总是把需要洗的衣服提前泡到脸盆里，把不想让我洗的东西提前藏起来，比如袜子、内裤。我发现后，常趁他不在宿舍时（他和哥哥一样，在校内住单身宿舍)，都一股脑儿找出来给他洗个干干净净，甚至他穿脏的球鞋、布鞋、鞋垫，我都一概洗干净。有一次，我发现他对我这样做不高兴，好看的黑眉毛皱了皱，那双毛绒绒的黑眼睛好像在说："谁让你这么干的?"我生怕他批评我什么，但他只是轻轻地嗡动几下嘴唇却什么也没说。这使我一生都记住了：保护他人的一个好心愿不受伤害多么重要!

有一次，我在给李老师洗衣服时，突然萌发了一个可怕却幸福的念头：我长大了若能嫁给李老师该多好，那样我就能一辈子为他洗衣服了……后来，我从哥哥那里得知，李老师已结婚，已有一个一岁的儿子。瞬间，我的那个念头便落花流水、荡然无存！我一如既往地帮李老师洗衣服、洗鞋，我只是想全心全意地报答一个好人，报答一个不歧视我、给我平等、给我尊严的老师。初二结束时，李老师调回了他老家的中学，我不知他老家在哪里。许多年我都在忆念着李老师，也不知李老师是否忆念当年那个全心全意地、拼命地为他洗衣服、洗鞋的16岁的女学生?

后来我的学习成绩直线上升，有种"突然开窍、一通百通"的感觉，各科成绩迅速跃居全班第一，作文比赛获全校状元奖；初三开学时，经全校各年级各班投票选举，我竟以最多票数当选为学生会主席；初中毕业考高中时，我竟奇迹般地考出了襄阳县第一、襄阳地区第三的好成绩！老师、同学们一片唏嘘哗然。这样的结果实在是我始料不及的。

然而，"政审不合格，不同意升学"的政审鉴定却在我毫无知觉中被装进了档案，成为我命运最黑暗的咒语……

天边出现"鱼肚白"

初考的成功使我对考上高中充满了信心。等待通知的日子里，我既没有去东津找哥哥，也不可能回鄂西深山里找父母弟妹，我独自住在学校里，焦灼不安地准备迎接未知的命运。

我就读的汉江边的那所中学全部是全日制初中班，上高中必须到别的中学。记忆中，当时允许我们报考的高级中学只有两所，一所是襄阳县重点高中——牛首中学，另一所是湖北省重点高中——襄樊市第四中学。我不加思索地在志愿表的第一志愿里填上了襄樊四中，第二志愿里填上了牛首中学，其他中等专业学校我一个也没报。襄樊四中是所有尖子生梦寐的学校，政策规定襄樊四中可以从全地区各县首先录取尖子生，之后才是各县重点中学开始录取。我被理想鼓涌着：我要上四中，上完四中考大学！考北京的大学！

许多年之后我曾问自己，我为什么不报考中专？为什么不想哥哥的负担和我们经济的拮据？是上大学的理想灿烂地遮盖了我心灵的窘迫？是我的哥哥无怨无悔的搀扶使我忽略了经济上的困难？也许都是，也许都不是。也许懵懵懂懂不知命运为何物的我，正在接受一种命运的使然。

一个蓝天如洗、骄阳如铂的午后，我在教室外的走廊里看书，带语文的刘老师踽踽走来。刘老师稍稍上了些年纪，他走路有些四平八稳，他说话也四平八稳，从不急惶。平日对人讲话时，他眼睑大多是垂着，不看人，只看地。刘老师的这种样子，使我觉着他内心有永远的不争与平静。我只见过刘老师一次异样的兴奋，那是我的作文《麦收的一天》获“状元奖”之后。他在全班讲解我的作文时，突然提问：“梅洁，你向全班同学讲讲什么叫‘天边出现了鱼肚白’？你怎么观察出‘鱼肚白’的？”我站了起来，想了想回答：“‘鱼肚白’就是鱼肚子的那种白，灰灰的，凉凉的……我早晨跑步时常看到‘鱼肚白’，麦收的那天早晨我也看见了‘鱼肚白’。”听完我的回答，他异常兴奋，向来下垂的眼睑突然睁了起来，望着我和全班同学说：“听到没有？灰灰的、凉凉的！她说天边有灰灰的、凉凉的鱼肚白……”他微微地笑着，眼睑始终睁着，然后就沿着课桌中间的走道，一边四平八稳地走着一边抑扬顿挫地朗读《麦收的一天》，朗读“鱼肚白”……

就是那个蓝天如洗、骄阳如铂的午后，刘老师走到我跟前时，我发现他的眼睑也是睁着的，他眼睛很亮地望着我——其实他的眼睛已有些混浊，只是我平时很少看到他这样亮地望我们——他说：“分数已出来了，你考了全襄阳地区第三名的好成绩……应该是能录取到四中的。”听声音他很有些激动，但他却很快又垂下了眼睑，说：“但……恐怕还有麻烦……”我惊喜而恐慌地望着刘老师，我无法掩饰我考出了这样的好成绩的惊喜——襄阳地区有多少个县多少个考生呀！那个“第三”是怎样辉煌的排位呀！但我瞬间就知道刘老师说的那个“麻烦”是我的“出身”，是父亲的“右派问题”。其实，父亲的政治问题一时一刻也没走出过我的心灵，那是一种如“铅坠心扉”、如“病入膏肓”的无法挥去的沉重和无望。但我还是要追问刘老师：“您说的是什么麻烦？”刘老师顿了许久才说：“政审鉴定……出了问题……”刘老师几乎是嗫嚅着说完了这句话的。没等刘老师落音，我的眼泪已夺眶而出。伤心、无望、焦虑和渴望搭救的心情，使我一边抹泪一边问刘老师：“我该怎么办呢？刘老师……”我知道我因为品德好、学习好，尤其是作文好我是刘老师喜欢和器重的学生，我倒觉着我的班主任对我总是存有戒心，无论我多么努力，多么为班集体争光争气，他都从不表扬我。毕业前，他和所有同学谈话，就是从不和我谈话。唯一的一次谈话，他居然质问我和我们班长（一位男同学）晚饭后单独出去干什么去了。我永远觉着他的这次质问别有用心……此刻，我看见刘老师混浊的眼里也噙着泪水，他没有回答我的问话，他又能怎样回答我的问话？他只说了一句：“看看再说……你看书吧……”就背转身踽踽地走了。

我一生都不能忘记带语文的刘老师踽踽向我走来、而后又背转身踽踽离我而去的身影，那是一个走来悄悄问候我命运的“父亲”，一位苍宇间企图搭救我的悲悯的使者……

我知道刘老师不能救我，但我却永远难忘这比“救”还让我震撼的问候与悲悯。

“全襄阳地区第三”和“政审出了问题”这是我命运中一个最残酷的悖反，我常常在这种悖反中心灵流泪、流血，前途的未知和难卜使我看到的不是朝阳，也不是骄阳如铂，而只是“天边出现了鱼肚白”……

沿河行走

关于命运，我相信有多种解释，但我更愿意把它解释为“机缘”。许多年我都在想，我人生的许多时候，和故乡那条古老的大河——汉水，有着无法割舍的机缘。诞生与出走、幸福与苦难、险境与转机、扼杀与救赎……都在河边发生，最终揭示出我生命的禅机——命运沿河。

初考结束一个月后，我居然接到了襄樊四中的录取通知书，这是苍天的赐予呀！这突如其来的喜讯使我长久地沉醉在感谢世界的泪雨与幻望之中。

襄樊四中，是一所坐落在汉水岸畔、古襄阳城南隅的湖北省重点中学。在我精神的凝望里，它始终似一泓神秘圣洁的光环，笼罩在我生命的天空。从20世纪50年代至今，这所中学已为国家培养了两万三千多名毕业生，在恢复高考的23年中，20次名列全市第一；有些年份，襄樊市高考理科前十名全部被这所中学囊括。它曾培养出了荣获新华社《半月谈》中学生奖学金的学生；培养出了一人荣获数理化三项奥林匹克竞赛和全国大赛一等奖的学生；培养出了年仅15岁的理科状元和少年大学生……无论岁月怎样老去，我对这所中学、对人生的关键时刻救助了我的老师的感恩，始终都似那条宁静、母性的汉江，永远滋养着我善待多难的世间，永远润泽着我奋斗的人生！

高一刚开学，班主任兼带我们数学的周老师即找我谈话，他明确地告诉我，说我的档案里装着“政审不合格，不同意升学”的政审鉴定，本来是不能被录取的，因为成绩考得特别好，学校费了很大劲儿才录取上的。又说，为我的录取与否，招生委员会十几个人坐下来讨论，最后大部分人还是只同意至多录取到县重点中学，即牛首中学，而不同意录取到襄樊四中。只是襄樊四中录取的老师力排众议、执意不放，最后才“破格”录到四中来的。周老师的谈话进一步应证了初三带语文的刘老师的担心。

周老师最后还说了“出身不由己，道路可选择，重在表现”。要我在高中三年，“好好努力，各方面严格要求自己，做一个好学生，不辜负四中的期望”之类的话。我第一次听到了“破格”这个词，我没想到我是在如此震撼的状态中懂得了它的意义，我更没想到，日后的年月里，它居然多次作用于我的命运！

我这一生什么时候、什么人再对我说过如此“绝密”、如此信任、如此深契我命运的话呢？自此，感谢周老师（我始终认为他就是那位据理力争要录取我的老师）、感谢汉水边的襄樊四中成为我生命中最厚重的感情。几十年过去我都在想，在那充斥着“以阶级斗争为纲”的历史时期，怎样想象我的中学、我的老师所承担的风险呢？我还想，倘若我的中学当年不录取我，我的人生一定是别一种意义的艰难和平庸；而我的中学录取了我——在扎扎实实接受了三年高中教育之后我考上了大学——这就使我成为今天能够理性地参与民族文化建设的知识者。所以，我在数十年之后第一次踏进我的中学时，我对那里的老师和年轻的校友说：“如果我的学生时代有过辉煌时刻的话，那么，这个时刻是在襄樊四中。”

“出身不由己，道路可选择，重在表现”这句话，在又过了许多年之后我才知道是敬爱的周恩来总理说的。应该说，这句话救助了那个年代里无数没有出路的大人和孩子，它也天语般无可抗拒地支撑着勇敢走出来搭救我们于水火的良知者。总理的这句话始终救赎我做一个好学生，高中三年，我除了朝气蓬勃地做好学生会文体部长的工作外，还获得了国家乒乓球等级运动员三级的证书，我以优异的田径成绩被选拔赴武汉参加了湖北省青少年运动会，我为队长的校女子篮球队打败襄樊无敌手，而我的学习成绩始终又保持在全年级 5 个班的前三名而从未落后过……

记得高中第一学年结束时，周老师在我成绩册的评语栏内写道：“该生热情、正直、积极、向上……”这是一个心灵受难的女孩获得的第一次也是最珍贵的奖励。记得看到这份评语时，我躲在一棵树下哭了……应该说，人生的梦想从这一份奖励开始便插上了飞翔的翅膀；我甚至深信，成绩册开头的那“八个字”的评价，成为我日后精神与心性的永远牵引。而“重在表现”已经成为我对“政审不合格”的绝望背负的最亢奋的反叛！

我无数次站在故乡的河边思忖：我在河边发生的和以后永远离别的都成为纠缠我一生一世的情结。如果说文学创作之前我有什么准备，我还是那句话，是上苍赐予了那条远远向我流来又远远离我而去的大江，以及江边的站立和倒下、江边悲风徐徐的前行和故去……

关于命运的解密

2000年5月20日，我打开设置在河北作协收发室的我的个人信箱，收到了一封来自襄樊四中的信，对母校的来信我始终怀着一份温馨和敬畏的感情。我站在收发室里便迫不及待地阅读了此信——

梅洁：

我认为还是这样称呼好，毕竟我们之间还有一段师生之情。

1994年10月你来母校时，曾由蔡顺华主任（校办室主任——笔者注）转我的你的《古河》大著，当时我拿起笔，想给你写封信，写别离情？但我没有见过你，没法写；但有一件你来四中上学时的情况，（想写给你）又觉不妥，因为这里面涉及我个人，不好写。信封写好了，又把它放下了。

最近，《襄樊四中报》上刊登了一些关于你的情况，看后又触动我给你写这封信的念头。读了整版（指《襄樊四中报》——笔者注）关于你的情况，很有感触。首先是：你这位离别四中已三十多年的校友，还时常想到母校，并还不断帮助四中后来人，其精神可嘉。其次，通过现在的同学写的一些文章，了解了你近来的一些情况，我作为一名四中老教师，也感到光荣。总之，四中永远是你的母校，你永还也不会忘记这一段培育之恩；而四中有你这样一位学生，也总感到骄傲与光荣。

我给你写这封信的时候，还有一件需要告诉你的事，一件有关你来四中的真实情况，以便将来你老了写自传的时候不至断层。过去，四中写关于你的文章时，曾写到你受×××老师（关怀）如何如何到了四中，这不是真实。而真实情况，我是第一知情人。你入学那年，我是四中招生班子成员，而且襄阳县我具体负责。由于“左”的影响，你当时属不录取对象，但你又同时是襄阳县成绩最好的学生，我认为党的政策是家庭问题看本人，一个小小年龄的学生，本人不是很好吗？经过多次交涉，他们就是不给档案。我回校将你的情况专题向当时的书记凤仪同志汇报，凤仪书记同意了我的意见。双方僵持好久，最后不得不将档案给了我们。为此，他们当时还说过一些关于我个人有立场问题等。

现在，我为什么要说这些？一、你当时的情况我只跟徐明超老师说过（因他家在牛首，我们招生时是在牛首），他已作古；二、我现已74岁了。古稀之年，人说不定哪个时候就去见了马克思，我见了马克思你这段情况就会是一个空白。这是我要给你写这封信的动机。

你工作很忙，写了这多，耽误了你的时间。

最后，我特别要申明一点，决不是向你表白什么。当我写这段情况（简要）时，思考再三，我是一个将近50年党龄的党员，只要襟怀坦白，又有什么可考虑的？就这样写了。

祝你工作顺利

程康

2000年5月13日于襄樊四中

很难全面说清我读完这封信时的复杂心情，我迅即回到我的办公室又一字一句重看了这封迟到了38年的信！我独自在办公室呆坐了很久……

我是一个在许多方面都成熟很晚的人，唯独在政治苦难方面，我却有非常的警觉、非常的清醒，我就像一只被弹弓打伤的鸟儿，看见闲置的弹弓或压根没对准我的弹弓也会吓得心惊肉跳。我非常清楚我的命运多舛，人生的许多关口都充满了险情，许多“刀斧手”横刀立马，眦目凶凶，横挡在我的路上。如果我没有足够的勇气和能力企图通过这些关口，或者天宇间没有杀出一个又一个同情我、拯救我的“大义大勇者”，我不知已经多少次地毙命在命运的关口。所以，我这一生都在很认真、很深情地回忆和感念我是怎样超越这些险象丛生的关口的。没有这些超越，我现在必定无疑已成为鄂西北山地一个庄稼人的老妻，一个不懂得计划生育而生育了四个、五个儿女的妇人。而超越成功，回忆和感念“超越的过程”便成为我生命时光里永远的隐秘。17 岁时被意外地录取到襄樊四中（那年我们学校毕业的几百学生被录取到四中的只有两人，除我外还有一位男生）是这隐秘里最深刻的忆念，也是我一生企望找寻的秘密。

自那个“蓝天如洗、骄阳如铂”的午后，带语文的刘老师踽踽向我走来，告诉我令我难以置信的初考成绩和“政审出了麻烦”之后，我就知道我已深陷绝境，但襄樊四中又意外地录取了我，而且高一时的班主任周老师已经告诉我内里的隐情，所以，30 多年来，我一直以为这一“秘密”早已揭开，除了永远的感念我的中学、周老师和当年的校长之外，我早已没有关予“真相”的牵挂和追寻意愿了。

程康老师的信使我在倾刻间又陷入遥远的迷惘和深刻的感激之中，程康是谁？高中三年，我怎么从来没有听到过这个老师的名字？更无法回忆有关他的丝毫印象！但我却一点也不怀疑一位 74 岁高龄的老人向我透露的真情，更不怀疑一个“人之师长”曾经和现在的铮铮人格。我按程老师提供的住宅电话和程老师接通了长途，这是一位操着襄阳口音的、吐词清晰、声音并不苍老的先生，听到是我的电话他很激动，除了再三表示不安外，他重复了信中已陈述的想对我说出“真相”的动因。末了他又补充说：“我只带了两届毕业生，其余全在做行政工作，所以你不认识我。我知道你已来四中上学，也放心了，不带你们班的课，也就没想去认识你。九十年代之后，你曾几次回学校来我都知道，想对你说些情况但却又始终觉着不妥……你是河北作协的作家，我感到很亲切，因为我曾和河北的作家梁斌有很好的交情。梁斌曾任襄阳地委宣传部部长，我那时在宣传部负责青联工作，我们交往很多。梁斌的好几部著作出版后都亲自寄我。我从梁斌著作中发现作家老了都喜欢写自传，梁斌的自传里就写了在襄阳工作的那段经历……你是学生里很独特的一个，现在又是作家，否则也记不住你。我写这封信，只是希望你更清楚地了解你的经历和身世，这对你将来写自传有好处……”

感谢先生的拳拳之心，先生在事隔 38 年后寄予了我一份解惑命运的“大书”，我把此看作先生对一个 17 岁女孩解救的继续。我问到了凤仪书记。程老师说：“凤仪书记姓崔，参加革命后改名为凤仪，后来调国务院水产部工作，现已作古，当年就是他同意并支持我一定要录取你。知道情况的徐明超老师也已作古，所以我操心的是，我若再不告诉你真相，你对这一人生的转折关口会有迷误……因为这一关对你很重要。”

命运中所有的扼杀与救赎、泯灭与复活、混沌与廓清、困境与挣脱都值得纪念，我纪念 2000 年 5 月 13 日程康老师写给我的信并心存深深的感激。

2003 年第 5 期《安徽文学》发表

遥远的鄂西

一

小妹不大的年龄，但却执拗地信“命”，执拗地信“运”呢。

她极爱说梦，真不知道那寂夜中的缥缈给她带来了多少喜乐和惆怅……

梦见蓝天白日，她便高兴地说，第二天准有吉利；梦见清清的河水，她便说准有母亲的信来。那年，她有了身孕更是常常的与梦不能分解：梦见花儿，她便说是怀了女儿；梦见蛇（她最爱梦见蛇），她便说准是怀了儿子。然而，她时而梦见“花儿”，时而梦见“蛇”，她终不知自己是怀儿还是怀女了。

小妹，快做母亲了，竟像孩子似的。

这几天，她一有空，便跑来对我说，她今年要回鄂西看望母亲，怎么也得回去。她还说，丈夫同意她带着孩子回去——她真的生了一个儿子。她还说她攒了 20

天的公休假，她可以和母亲在一起住 40 天了，她可以和乡下那群和她一样信梦的女儿们一起住 40 天了。一说起母亲和乡下的女儿们，她就很神往，很思恋，就泪流满面……

二

小妹是 10 多年前来我这里的，小妹是在“文革”动乱之中从鄂西乡下逃跑出来的，跑来找母亲和我。母亲是在小妹来的前一年，就来帮我看小勃勃的——那年，我生了第一个儿子。

由于父亲政治上的遭难，小妹 9 岁时便随父母到了乡下。那像久病的老妪一样枯瘦、贫穷、荒漠的山野！小妹在城里只读到小学三年级。乡下的 10 年，她像父母一样悲苦地度过。

记得小妹来那天，我正在机关里上班。突然有我的电话，当听见小妹在电话里呼唤我时，我简直像做梦一般。

“姐，我在车站……我找不着你的家……”小妹泣不成声。

“你等我，我这就去接你……”我恍惚、惊喜地说。

放下电话，我飞也似地往家里跑，我本该往车站跑的，可我往家里跑了。小妹来了，我得赶忙告诉母亲。小妹来了！小妹来了！

三

小妹是我们兄妹四人中最小的一个。从鄂西到塞外，那时，许多地方还没有公路，没有直达火车，这三千里地，一路上坐汽车、轮船、火车，要倒三四回！还要步行 50 里山路，小妹如何地走来？

听母亲说，小妹在乡下已有了“主儿”，那是母亲在家时给她定的。但她始终没有同意过，她不爱他。

然而，母亲说，石家洪哥儿老实，有正式工作，成分好；母亲又说，石家洪哥儿离爹妈远，修丹江水库时，石家在淹没区，便搬到京山去了，留洪哥儿一人在乡下诊所工作，怪孤单的；母亲还说，人家洪哥儿不嫌弃我们，便是天赐了。于是，母亲来我这里之前，便把这门婚事定了。石家洪哥儿给送了个“篮子”(定婚后的聘礼!)，“篮子”里装几斤肉，几斤水果糖，几斤挂面，一瓶酒什么的。另给小妹买了双蓝色网球鞋，买了件半袖红秋衣。小妹心里很苦，但还是默允了。小妹怕伤母亲的心，小妹相信这便是“命”了。于是，小妹便有了第一次“爱”，这无望而寂寞的爱啊!

那年，北京的学生都已经开始“串联”，我趁此机会偷偷从北京跑到鄂西乡下看望父亲母亲，我没有红袖章，只能钻到火车座椅底下偷跑回去的。乡下不像城里那样乱，荒极静极的小山村，只有小学校墙上的那条“打倒刘邓陶、打倒王关戚”的大标语，说明这里也在“闹革命”。说来也好笑，乡下许多人、特别是女人们除了知道有一个很大很大的国家主席被“打倒”了外，别的什么人她们也并不太清楚，也毋需太清楚。她们对这种事心里很淡，并不像城里人那样风火。

我从北京回到鄂西乡下，山里人没见过我，都从很远的地方跑来看“稀奇”。

“……囡子都这么大了，没想到的。”

“……表嫂子也算有福气，大囡子大学毕业后，你们老两口就有指望了。”

乡亲们围着父亲和母亲，说着最宽厚、最善良的话。他们或用木升子给母亲送来一升新碾的白米，或端几块自家磨制的豆腐，他们把我当你客人啦。

父亲只是蹲在地上，双手抱着头，流着眼泪；母亲止住哭，一边直擤鼻涕，一边感激地和乡亲们说笑……

乡下人委实善良了，到了这种年头，他们还和我们家往来，并不嫌弃我们，真是无限地感激了。

四

母亲让我劝小妹和石家洪哥儿好。母亲说我念书多，懂事多，能说服小妹。母亲并不知道我还是个不谙爱情是何物的人呢！唉……

母亲说急了就对我骂小妹，说小妹是个“牛犟筋”，说小妹“不知好歹”。

“你不喜欢石家洪哥儿？”我问小妹。

“我不喜欢，姐。一会儿也不想跟他在一起……”

“为啥子？”

“说不清。他太死寂……连句囫囵话都不会说。”

“你愿意找个油嘴滑舌的？”

“也不是。反正，反正喜欢不起他来……再说，我也不能害他。”

“啥意思？”

小妹低头啜泣，小妹诉说着自己的心事——

五

乡下穷得要命，女儿家有了“经事”，都没有钱买纸用。小妹和乡下的女人们，谁也没见过卫生纸是啥样子。代销点知道乡下人买不起这等“洋货”，也就压根没进过。

小妹和母亲做“经事”，把小妹念书时所有的旧书和破本都扯着用了。小妹和女伴们到山里修水库，放完石炮，趁着男人们不在时，小妹和乡下女人们便抢着捡拾火药纸，那硬梆梆的牛皮纸，毫无吸水性，且那样脏！可怜的乡下女人们，怎样地在用呢？唉，可怜的、不能言说的乡下女人们的角落啊！那本该属于女人们的生活，她们究竟能得到多少呢？

终没有纸的时候，她们就用烂衣服、破棉花套子。小妹把破衣服撕成布缕条儿，厚厚地迭成几层，密密地用线缝缀好，便和母亲留着用了。

“经期”过去，小妹把布垫洗净晾干，用布包好，压到床头下次再用。无奈鄂西的乡下，一到雨季，什么都发霉，破布垫常常返潮，长出一层薄薄的绿毛。小妹和母亲用时，只得把细毛搓搓，天长日久，小妹终患了妇女病，三天两头地不干净，腰也常常疼得直不起来。

“姐，说啥子也不能害人家洪哥儿，我这样的身子，婚后对他有什么好处？再说，他们家已搬到了京山。即便我去了那里，水田的活那样多，一年种两季水稻，我怎能支撑？姐，隔壁的五子、福姐，对门坡的菊子、叶子，下沟的九娃，都合计着到陕西、河南去找婆家。那里是平原，种麦子，水里活少。再说，到那里累死累活，总能挣个零花钱，买点纸用……”

小妹掩着脸，伤心地哭泣。我也实在难忍，潸潸地泪下。可怜的小妹，多么可怜卑微的希望啊！

“姐姐，我不想在这里找婆家。”小妹抬起头，泪眼里含着不容抗拒的光。“我想等你大学毕业后，分配了工作，我跟你走。姐……”她望着我，眼神里出现了不可遏止的渴望和乞求。

“妹妹，姐毕业后，还不知分配到哪儿，眼下又这么乱……听说我们要四个面向：面向农村，面向工矿，面向边疆，面向基层。倘若我分得很远，你能舍得妈？”

“没得别的法子了。我已想好，我把‘篮子’退给洪哥儿，等你分配工作后，我就找你去。以后，你有了孩子，我帮你看，我什么活都能做……”

“妹，我还没有呢……”

“你会有的，姐。你会有的……等你安了家，就在你那儿帮我找个人家算了，我一辈子跟你做伴。我死也不想在这个地方了……”

小妹扒住我的肩，哭得很厉害。

母亲听见，走了进来。母亲很生气。

“你是不知道，她成天好歹无事地哭，真是妨家长了……”母亲对我说。

“妈，小妹难呀……”我望着母亲，不知怎样说才好。

我要回学校了。我找到石家洪哥儿。那是一个晚上，在水塘边，月亮昏昏的。

“你该多关心小妹。你该主动些，暖她的心……”我极希望地说。

“她总不给我好脸嘴子，我怕……”洪哥儿揪着手中的草，揪成一节节。

望着老实巴交的洪哥儿，望着高高大大的洪哥儿，我无尽地同情，无告地哀怜……

六

小妹终于找我来了。

我推着车子，母亲抱着小勃勃，慌慌张张、跌跌绊绊地来到车站。老远就看见小妹站在车站门口。

“小妹——”母亲老远就喊了起来，一边喊，一边颠着跑。母亲是那种大一些的尖足，跑起来后跟先落地，显得很吃力。

“妈——”小妹扑过来，扑在母亲怀里，使劲地哭了起来。

“娃子，你咋找来的呀……你走了，你爸爸咋办呀……”母亲一把鼻涕一把泪，不知先说什么好。

“姐姐……”小妹过来拉着我的手，泪流不止。

“小妹，真苦了你……来了就好……”我笑着，眼泪却簌簌地流。

我驮起小妹的行李——仅有的一床用草绳捆着的棉被套，绳子下塞着两双龙须草鞋。小妹说，怕路上遇到不通车的地方，带上草鞋准备走路用。小妹又说，路太远，她怕把被子弄脏了，就把被里被面拆下来夹在被套里，几件换洗衣服也在被套里夹着。

回到家，一晚未睡。

小妹跟母亲钻一个被窝。小妹说，她想妈想得厉害。小妹是母亲最疼的一个孩子，长到 16 岁时，还和母亲睡一个被窝，夜里还摸母亲的奶。现在见面了，有几多的亲昵啊！

我真眼气小妹和母亲的感情。我是长女，自幼离开母亲走得很远，终也回忆不起多少母爱。后来，自己做了母亲，才深深地体味了，大凡做母亲的，总是最疼爱最小的孩子。虽10个指头不一般齐，但十个指头都连着心啊！

“‘篮子’呢？”母亲问小妹。

“退了……”小妹说。

“咋对得起人家娃子……”母亲抹泪。

小妹告诉母亲，她给洪哥儿写信退的婚，她说她决定要走了。洪哥给小妹回信，再三保证，一生不让小妹吃苦，一定想法子帮小妹把户口从山里迁出去。然而，小妹终不能回心转意，小妹已铁心要到塞外找我和母亲。小妹觉得，走得离鄂西越远越好。

小妹为洪哥密密地纳了两双鞋底，做了两双绣花袜底，便走了。

小妹毅然从遥远的鄂西来到了塞外，一片冰冷寒凉的土地。

七

其实，也难怪小妹——

自母亲来我这里以后，小妹和父亲在乡下的处境更难。母亲在家时，全生产队的大人孩子，没有不说母亲好的。母亲终以自己无私、善良、精明和干练维持着村里许多人。她谁也不得罪，对谁都敬而亲之，帮而诚之。她几乎帮生产队所有人家做过鞋。母亲绱鞋绱得极好，从不歪，乡下女人们极佩服母亲，都请母亲帮助绱鞋，母亲从不推托。倘若不是因着父亲无辜的株连，母亲在陌生的乡下，当能享有很高的德望。就连那位操着全大队生杀大权的队长兼书记，对母亲也是温文尔让的，见了面总是“表婶”长、“表婶”短的。尽管母亲攒下的几颗鸡蛋是等着去换食盐、换煤油或火柴的，但只要吟歌小唱的队长兼书记来了，母亲总是要给他做碗好吃的，至少得煮四个荷包蛋。

小妹常常看不惯，生母亲的气：“巴结他，何苦呢？”

“娃子呀，你不懂事。我们在乡下做人有多难？维下他们，你爸爸少受许多罪……”母亲说。

小妹不能不承认，父亲在漫长而艰难的岁月中活过来，从某种意义上讲，全仗着母亲忍辱负重、忍气吞声地应付着各方面的人。母亲本是个性格极刚烈的人，刚烈的人要时时压抑，母亲心里有多苦。而小妹知道，为了维持这些人，母亲和父亲要常常饿肚子……

母亲来我这里后，这一切便失去了。小妹刚烈地活着，父亲卑微地活着。

谁曾想到，这位比小妹大10多岁的、长年呼噜喘气的“佝偻”队长兼书记托人向小妹求婚，小妹断然拒绝。于是，小妹和父亲的日子更难了。父亲开始承受许多无名的“罪状”，本来就很卑微的生命愈发卑微了。小妹呢，被罚到很远的山里修路、修水库，一去就是好几个月，小妹不能照顾父亲了。

小妹和民工们一起，一头挑着一捆稻草（民工们睡地铺，稻草是准备铺地用的），一头挑着一袋红薯面或红薯干，担头上挂一串干酸菜。这就是她的全部口粮了。

工地上最怕下雨。一下雨，到处是一捅很深的泥巴，鄂西红泥巴黏性很大，一粘上就掉不下去。小妹和民工们一身泥一身水地干着，草鞋上粘的泥巴足有10多斤重，拖都拖不动。放工回来，小妹和民工们在铁锨、砖头上使劲蹭着草鞋上的泥，或在门槛上使劲地刮着。

民工们累极了，潦潦草草地吃过晚饭，和着淋湿的衣裳，往稻草铺上一滚，一个呼噜便睡到天亮，醒来后，湿泥巴衣服也就暖干了。

小妹睡不着，她操心父亲。小妹后悔走时忘割把山草让父亲缮缮房子，下这么大的雨，房子又要漏了；小妹操心蚊帐又要漏，许多屋漏水，洗不下去；小妹操心父亲的绒衣放在床头当枕头，又该漏得发霉了……

民工们轮流着留工棚做饭。轮着小妹给民工们做饭了。一个露天支着的大铁锅，小妹为民工们做着红薯叶酸菜糊糊。小妹很为难，大家都是从各自的家里捡着粗粮带——有的带红薯，有的带红薯面，有的带苞谷糁，可怜的一点细粮都留给了家里人。怎么做好这么多人的饭？小妹很为难。

雨下得很大。小妹用一个大大的斗笠盖到锅上，但雨水夹着泥点仍不时地往锅里流去，本来还是从山上刚砍回的青柴，雨一淋，更不好烧了，呛得小妹又咳嗽又流眼泪。一盒火柴也潮得划不着，一划，那一星点绿色的火药就无声地粉碎了，小妹急得直哭。小妹操心人们回来吃不上饭，操心饭里溅着那么多泥，碜牙，怎样吃呢？

然而，人们没有埋怨她，人们顾不上埋怨她。大家抢着盛锅里的饭吃，大家不嫌碜牙，吃得很快。小妹端着一碗红薯叶酸菜糊糊，含着泪望着劳累的人们，小妹感激大家都不埋怨她。

小妹端着碗时，总呆呆地想着父亲，父亲还有粮吃么？

早先，小妹和父亲随二哥二嫂一起过日子，无奈嫂嫂总克扣父亲和小妹，背着父亲和小妹做白米饭吃，而给小妹和父亲熬清汤红薯。于是，小妹和父亲与哥嫂分家过了。为分家，小妹和嫂嫂怄了许多气，几乎打了起来。然而，分家后，嫂嫂还是趁小妹和父亲上坡做活时，偷小妹和父亲的粮食。连把好锁也没有，那把锈锁嫂嫂一弄就开。小妹发现嫂嫂偷粮，就留了心——她在粮食上画上手印或什么花样。兴许嫂嫂发现了什么，倒是好长时间不见粮食少了。

如今，小妹一走好几个月，嫂嫂还偷父亲的米么？父亲能记着在粮食上做记号么？

小妹端着碗就痴痴地想。

夜很深了。只听见屋顶上的雨漂漂地响，屋顶是牛毛毡搭就的。小妹和罗家囡子谁也睡不着，她俩头并头地躺在地铺上，不时地翻着身，草铺上发出悉悉挲挲的响声。

“小妹，没睡着？”囡子问。

“没呢，囡子。”小妹答。

“……真是的，小妹！你为啥子不去找你姐姐和你妈？福姐、菊子都嫁了，你还等啥子？”

“……我不敢走，囡子。万一我前脚走，后脚队里就扣口粮，就找我爸的事。再要是卡住不给迁户口，姐姐怎么养活我？再说，我一走，我爸爸他……就没人管了……”小妹说着就偷偷地哭。

“说天我是要走的。我要到襄北农场找他，和他结婚。那里有电灯，耕地用拖拉机，能吃上白米……咳，天堂哪！我再不怕什么人说闲话，反正我家是贫下中农。再说，他爸已释放十几年了……”囡子说完，再无话，一个人翻来覆去地想。

囡子的未婚夫是囡子的表姐介绍的。囡子和未婚夫只见过一面，未婚夫又矮也胖，脸像女人一样寡白，走路还有点鸭步。然而，心地却好极了，囡子说啥他依啥。是呀，那年代，一个劳改释放犯的儿子，能娶一个贫下中农的女子，那是天赐的造化了。

囡子虽不怎么爱这个相貌不扬的男子，但她觉得，那个广阔的农场是她幸福的指望，她把未来寄托在那个只要劳动就有白米吃、就有三四十元工资的地方，她觉得那里就是天堂。

尽管囡子的父母、哥哥百般阻止，甚至打她，她也不顾了。她横下了一条心，要走出这条山沟，要寻找属于自己的生活。

囡子不识字，没念过一天书，囡子所有给未婚夫的信都是托小妹代写。囡子什么心事、什么秘密都不瞒小妹，小妹了解囡子就像了解自己一样。

“囡子，你走吧。你往婆子（出嫁），谁也说不着。我呢，我没得法子……”

“你不会也说是去你姐姐那里找婆家？”

小妹觉得囡子是个泼辣、热情且很有主意的女子。

小妹终于下了决心——到姐姐那儿去！找上安生点儿，再回来接爸爸……

小妹和囡子商量好后，利用下雨天不能出工的机会，请假冒雨回到50里外的村里。小妹从装衣服的小木箱里拿出一个小布袋。小布袋里有10多斤米。这是小妹头年和哥嫂一起过时，一手巾包一手巾包悄悄攒的。小妹一次不敢多拿，也不忍心多拿，每次只用一块小手绢悄悄包一包，放到自己装衣服的小木箱里，小木箱整天锁着，嫂嫂没发觉。就这样，小妹攒了10斤白米。

鸡子还没叫，小妹就和囡子摸着黑，背上白米悄悄进城了。囡子的妈也给了囡子10斤白米。她们在城里一个很背静的小巷里，做贼般地卖掉了白米——工商部门发现了要没收的——她们各得了3元钱。然后，她们从商店里一人买了6尺蓝斜纹布，就慌慌张张跑回了工地。她们把蓝布裁成两条裤子，制服式的。裤侧线她们用勾针齐齐密密地缝，和机器轧的差不多。她们把全部的希望、全部的幸福都倾注在手里的针线上。囡子想着穿着这条新裤子去见自己的未婚夫，小妹想着穿上这条新裤子去找母亲和姐姐。她们痴痴地想，细细地缝。工棚里的灯昏昏的，把她们硕大的身影投在了墙上……

八

几天后的夜晚，小妹和囡子又偷偷从水库工地回到村里。父亲知道小妹要走，心里很难过。

“小妹，到了你母亲和姐姐那里，赶快来信……”父亲说。

“嗳……”小妹打点着行李，拆着被子，低头啜泣。

“找到了婆家，赶快来个证明，我好给队里说，给你迁户口……”父亲惆怅地又说。

“嗳……”小妹的眼泪像断线的珍珠。

“你去了以后，让你母亲回来……”父亲在哽咽。

“嗳……”小妹用被角擦拭泪水。

父亲睡下了，小妹听着父亲的竹床吱吱地响，小妹知道父亲睡不着。小妹打好行李，又把父亲换洗的衣服一件件整理好，包在一个装化肥用的塑料袋里，小妹心想，这样就不怕漏雨了。

小妹没有脱衣服，随便地枕在被套上睡了。打了个盹，小妹一怍下子醒了，没有钟表，也不知几点了。听听鸡子还没叫，打开门出去看看，月亮昏昏的，对门坡的路上还没见囡子过来，小妹又悄悄掩上门。

父亲也起来了。小妹坐在父亲的床边。

“爸爸，还早呢？您再睡会儿。”小妹说。

“好几千里路，一路上可要小心……”父亲坐在被窝里对小妹说。

“爸爸，我走后，你一个人要多保重。上坡时，记着把瓦缸里粮食画上记号……”

“噢……”

“每天记着把火柴装到身上，免得潮了划不着。”

“噢……”

“衣服长了虱子，用开水烫烫……”

“噢……”

“秋天割了山草，爸爸抽空把房子缮缮……”

“噢……”

“我出去后，如果能挣来钱，就给您寄……”

父亲再没有答出来，喉咙里梆梆硬，眼泪直流。小妹也用衣角抹着滚滚的泪水，再也说不出话来。

有人敲门，是囡子。

囡子说和父母哥哥闹了半夜。家里人说囡子真要走，就永世不要再进家门。但家里人答应为她们保密，暂不把她们走的事情告诉别人，就说她们到外边走亲戚了。小妹听毕，心里宽展了一些。囡子的哥哥是小队长，总还能遮掩一阵。

鸡子叫头遍，小妹叫醒隔壁屋里的二哥。二哥送小妹和囡子过老坟冢，老坟冢很背，她们害怕。小妹和囡了悄悄来到沟底下黄妈家，问黄家九娃走不走。黄妈和九娃都哭了，黄家成分是地主，九娃不敢走。

“可怜，娃子就穿双草鞋走……”黄妈拉着小妹的手，哭得说不出话。

“九娃，不管怎样，总得找个……好点儿。”小妹泪水涔涔。

“小妹，找到了安生处……来信……”九娃也泪水涔涔。

小妹和囡子走了，月亮昏昏的，看不清路，磕磕绊绊的。小妹走了很远，还看见二哥站在梁子上看着她们，像山梁上孤独的、寂寞的树。

“可怜的二哥……可怜的爸爸……”小妹心里一阵酸楚，忍不住又哭了起来。

走不了时，小妹她们心里油煎似的焦虑；真的要走时，小妹又感到割心割肝的难受。

再见了，鄂西的山，鄂西的树；再见了，这块淹渍着泪水的土地！

小妹感到一阵眩晕。

九

小妹来后，我愁了很长时间，小妹找不到工作啊！我们刚大学毕业三年，没有一点法子。

后来，和一家缝纫社说好，让小妹在那里缝皮袄。皮子很厚，一天下来，小妹的手指火辣辣地疼，碰都不能碰。到了第5天，小妹的食指和拇指都渗出了血。

小妹的手指再拿不得针，只得歇工了。缝纫社给小妹发了3元5角工钱，小妹拿到这些钱，高兴地扑在母亲怀里，哭了好长时间。小妹在乡下时，一年也见不到这点钱啊！小妹说，等攒够了10元钱，就寄给父亲。

母亲在小妹来了半年后，便回鄂西去了。

后来，小妹在姐夫的帮助下，到一家小工厂做临时工。不久，小妹便成为很出色的铣工。

七年后，也即十一届三中全会后，父亲长达20年的冤案昭雪了。父亲和母亲很快便离开了鄂西乡下，恢复了工作。小妹在遥远的塞外也恢复了城市户口，转成了正式工。后来，小妹被调到一家国防军工厂，开很先进的铣床，造很先进的火箭炮……

小妹说，她做梦也没想到的。

小妹来的第三年，我们就帮她找上了对象。小妹丈夫是做银行工作的。他很体谅可怜的小妹，也很爱懂事的小妹。公公婆婆也很喜欢温厚善良的小妹。虽然，小妹那时还没有正式工作，还是农业户口。

婚后一年，小妹就生了个黑黑胖胖的儿子，儿子长得很像爸爸。儿子聪明透顶，5岁时就学会了好几种拳术——小红拳、大红拳、罗汉拳、六角势、八卦掌，还有什么剑呀、棍呀的。

小妹一家人生活得很幸福。

小妹说，她做梦也没想到的。

小妹极勤快，极爱干净。她在家里从不闲着，整天都在洗呀涮呀的。

她不会做北方饭，但她很长眼色，她不停地帮婆婆拉风箱生火、洗菜扫地倒垃圾……搭很好的下手，婆婆极满意的。星期天，小妹一盆子一盆子地洗衣服，洗被子，给公公婆婆丈夫拆洗棉衣棉裤，小妹做着善良的媳妇。

“姐姐，说起来也挺有意思的。”小妹对我说，“早些年，日子不好过时，天天夜里盼做个好梦。一做好梦，一整天心上都特喜气特平安的；一做坏梦，一整天心里都不痛快。现在好过了，对做梦也是极淡的，想起来也都是些寡事……姐，我真的做梦也没想到我今生今世还有这个样子！我这个人没有大望，只望这一辈子安安生生过日子。丈夫疼我，儿子争气，我好好工作。”

小妹，善良温柔的女儿，对生活从不苛求，极易满足。

“姐姐，你说梦到底灵不灵？你应过梦里的事吗？”

唉，小妹，都做母亲了，还是一见面就“梦”、“梦”地叨叨个没完。

昨天，小妹又跑来对我说，一大早起来，就听见喜鹊在树上叫得很欢；夜里呢，又梦见一地水汪汪的青菜，她硬说这是母亲在望她回去。她说这几天她就动身回鄂西去；她还说，路过襄北农场时，无论如何也要去看看囡子，她很想囡子。

小妹就要回去了，回到鄂西那块生她养她的土地上去，回到鄂西青青郁郁的橘子林里去，回到鄂西乡下飘着米酒香的感情里去，回到那块生长眼泪、也生长向往，生长苦难、也生长甜梦的土地上去。

遥远的故乡——鄂西啊！

1987 年第 2 期《长城文艺》发表

一只苹果的忧伤

一个盛大的国庆之日。我和阿敏所在的腰鼓队已以最好的舞步走进了会场，我看见工人、农民、学生、街道居民都排着整齐的方队，举着纸花、打着红旗或抬着工农兵勇往直前的模型潮水般涌进了汉江边那块偌大的操场。鄂西北这块古老的运动场地，每年“十一”都光荣地接纳着数万人的庆典。

我是班长，我没有顾上吃早餐就跑到学校帮助老师组织腰鼓队入场，天气很好，欢乐如灿烂的阳光。然而快到中午时，我感到又渴又饿。就在这时阿敏变戏法似地拿出了一只又大又红的果子，我从来没有见过这样鲜亮无比的水果，它在阳光下闪闪发光，发出的一种味道蜜甜清香。我真想问阿敏这是一只什么果子，可我知道阿敏是个骄傲优越的女孩，她的父亲是教务主任。虽然我们住一个院子，但阿敏很少和我一起玩，她常常把一本又一本好看的小人书带到学校，借给男同学看。许多男同学、包括“王”都围着阿敏转，好像谁也不敢欺负她，只是一味讨好她。自尊使我始终没有开口，但我知道我望阿敏手中的果子时，目光充满了羡慕和贪婪。

天气越来越热，我望着阿敏手中的果子竟已忘记了饥渴。大约阿敏已忍受不了干渴便吃起了这只水果，随着阿敏的“咔哧”一声，我的心抽搐了起来——阿敏为什么要吃掉这么神奇美丽的果子呢？如果我有这样一只果子，我会十天八天舍不得吃的。我背转阿敏不再看她，但听着阿敏吃果子的声音我心里老是“咯咚”、“咯咚”的。

庆典大会一结束我便回家问父亲：“爸爸，阿敏有这么大一只果子……”我几乎张开整个双臂向父亲比划阿敏的果子有多大，“那是什么水果呢，爸爸？”爸爸在弄清了我的意思后笑着说：“那是苹果，北方才产那种水果。阿敏的父母是河北保定人，可能是老家那边什么人捎来的吧。”我问父亲：“我们家什么时候能有那样的苹果？”父亲望着我急切渴望的眼神想了想说：“明年国庆节前我可能到北京参加体操比赛，到时候我从北京给你们买。”望着英气勃勃的父亲我高兴极了，我非常感激亲爱的父亲给了我一个鲜艳无比的苹果的承诺。

父亲是鄂西北50年代独一无二的国家健将级运动员。一年四季总是身着白色体操运动服的父亲，是我少女心中永远的偶像。就在那个国庆节的夜晚我做了一个鲜红鲜红的梦——我梦见一大片红光笼罩着我，父亲买回的苹果又大又亮，像天安门城楼上的大红灯笼一样。我抱着灯笼一样大的红苹果又跑又叫……

我没去过北京，更没见过天安门城楼上的大红灯笼。我只是在我的小学语文课本上见过一幅天安门城楼的彩色照片。我想，苹果、北京、国庆节、天安门、大红灯笼，这些世界上最美丽的物像都在那个国庆节的夜晚一股脑儿走进了我少女的梦乡。以后的日子里，我又好几次做这样的梦。我想，我是天天在盼来年的国庆节了。

灾难突然降临了。第二年春节刚过（1958年春天），父亲就被打成了右派。1958年的国庆庆典没让父亲参加，父亲更没能去成北京。晚上，父亲抚摸着我的头，用很低的声音对我说：“对不起，爸爸以后恐怕再也不能到北京给你买苹果了……”我抬起头望着父亲，伤心地哭了。许多年过去，我都无法忘记父亲那忧伤的目光。从那天起我便知道，一个鲜红无比的苹果的梦永远地破灭了。不久，父母弟妹都被遣送到秦巴山东麓的乡下，我也在父母走后便离开了故乡……

二十多年后，即1979年中秋，已经在塞外工作和生儿育女的我突然收到父亲很长的一封信，父亲在信中对我说，他已回到了他魂牵梦绕的学校，他说他的右派问题已得到改正。他在信的开头还写了一段毛主席语录："我们要相信群众相信党，这是两条根本的原理……" 接到父亲的信我哭了一个晚上。第二天我即到供销社买了5斤苹果，缝了一个布袋，到邮局给父亲捎苹果，我想以此表达对父亲"新生"的祝贺——很难说清几十年前的那个关于苹果的"事件"何以化做了我心灵深处的一个情结，总是不失时机地呼之欲出。然而邮局拒绝了我。一会说我包装不行，一会又说苹果不允许邮寄。我好说歹说，答应把布袋改为纸箱或木箱，邮局依然不让邮寄。我想来想去，便到百货公司给父亲买了一身绒衣绒裤，在缝包裹时我把一只又红又大的苹果偷偷缝在了绒衣绒裤中间，寄包裹时终于顺利避开了邮局的检查。包裹寄出的当天，我就开始牵肠挂肚地操心那只苹果，我生怕出什么偏差父亲收不到包裹。

国庆节过去十天之后我收到了父亲的回信，打开父亲的信我看见了泪水如何在一个苦难者心里滚滚流淌，因为我发现信纸上的许多字迹因被泪水洇染而变得模糊。父亲说，国庆节前一天他收到了我的包裹。他还说国庆节那天他把那只苹果洗干净放在盘里，然后在毛主席像前摆了整整一天。可怜我的父亲依然在信中说自己"有罪"，"对不起毛主席"。并写道："你小时候爸爸答应给你到北京买苹果的，现在你自己圆了这个梦，也为爸爸圆了……"

就在那年冬天，一个大雪纷飞的夜里，苦难的父亲带着他一生的伤痛和迷惘离开了这个他爱过恨过的世界。鄂西北很少下雪，可父亲去世时大雪纷纷扬扬下了两天……

后来，在我生活工作了二十多年的塞外，在山城周边的土地上，到处都种满了苹果，我还听说在鄂西故乡也引进了苹果；现在我和家人不仅一年消费一二百斤苹果，就是苹果的品种我都能叫出十几种。每年春天果树开花的季节，塞外成千上万亩苹果、葡萄、海棠、山楂、梨树硬是把果花开成了一个喧闹的花的海洋。这些年北京人开着大车小车到塞外看果花已成为一道亮丽的风景；而每年的国庆节放假，他们又开着大车小车举家到塞外的果园自买自摘各种水果，那实在又是一番生活的畅想。

然而，无论这个世界现在和将来有多少苹果，也无论时光和岁月怎样无限和苍茫，童年的那个节日和一只苹果的情结将永远成为我生命的守望。

2001 年第 11 期《山西文学》发表

回忆与默想

凝视照片上的小女孩，你是看不到她曾经和后来的命运之劫的。她目光纯稚，有很自然平和的微笑，碎花上衣和三角形短裙透着那个时代女孩子的清纯和矜持，“家乡留影”四个字也显得很有些温暖，乍一看，仿佛生活之于她并无缺陷。然而，只有上苍知道，苦难和不幸是她的必经之路，是与她的姓氏紧紧连接在一起的。在长大之后她才想明白，这一切原本是上苍有意摆放在她面前的，目的是让她积蓄成为一个真正的人的力量和信心。

其实，在照这张照片之前和之后，我的心灵已伤痕累累——父亲猝然驾到的政治厄运使我用一颗孩童之心开始体验着破碎、孤独、生离死别和家破人散。父母弟妹已被遣送到秦巴山东麓的深山，我也已沿江出逃，从诞生我的古城湖北郧阳来到了汉水畔的襄阳寻找哥哥。十多岁的我，以为逃到了襄阳就逃到了天涯海角，逃到了地老天荒、无人知晓的地方——孰不知，郧阳与襄阳的路程只有200余公里——我深切而恐慌地渴望走得离家乡越远越好。因为我不走，我也将与父母弟妹一起被遣送到深山里去了，也将与弟妹一样，再也不能念书了。后来的几十年里，我一直在想，是上苍在冥冥中指引了我的路，她用意志之手牵拉着我攀爬命运的坎坷之山。舍此，我现在肯定已是秦巴山麓里一个农人的老妻，一个不懂得计划生育而生了四个、五个儿女的老妇人了。

1961年夏天，我从我就读的湖北襄阳中学又悄悄回到了家乡湖北郧阳，因为学校放假了，老师说那个暑假要放3个月——我至今没有弄清那个暑假为什么那么漫长，也没弄清暑假之后为什么那么多同学没再来上学——当时，我没有一分钱，襄阳中学一位章姓女同学从她父亲一只粗糙的小木盒里“偷”了3元钱送给我做路费。这里说“偷”，是因为至今我都忘不了我的同学从她父亲的小木盒里抽钱时的胆怯、慌乱和小心，她是永远不敢把这件事告诉父亲的。父亲的木盒里全部是一分、一角、一元、两元的小面值纸币，那是在10个工分只值一角、二角钱的年代，一个农民怎样可怜的一点积蓄！我也至今无法忘却，我的同学把3元钱悄悄塞到我手里时我的内心是怎样的困难和感激！但3元钱是不够买从襄阳回郧阳的长途汽车票的。于是，我们两人便又疯一般在土公路上拦截货车，企望能有一位好心的师傅拉我回家。最终，我钻进了一辆运货卡车，夜间睡在车箱里、白天啃着几只生萝卜回来了，我思念秦巴山里受苦受难的父亲母亲、弟弟妹妹。

下车后，蓬头垢面、满身泥灰的我，到一位小学同班黄姓女同学家里洗干净了衣服和红领巾，梳好了长长的发辫，辫梢上扎了粉红色的蝴蝶结，穿上了碎花上衣和蓝色短裙之后，我便站立在照像馆里了——我知道找到父母弟妹后我仍要毅然离开，我想在家乡留一份纪念。

至今我都在想：当年，我小小的、深深伤痛着的心灵何以想到了纪念！这纪念如今竟成为我有幸珍藏的唯一一份少女的时光。然而，对于诞生我的老家——汉水岸边那座古老的城池郧阳，永远的离别和日后永远的找寻，从那一时刻起，便成为我生命中永远的乡愁了。

后来漫长的年月里，我从襄阳到北京、从北京到大漠塞外，在离家乡越走越远的路上，在随着年龄而增长的艰难与孤寂中，我越来越感念少女时代的那个具有纪念意义的瞬间，因为那个瞬间使我无数次进入回忆与默想，而这无数的回忆与默想使我顽强地抵御着生命被岁月——包括无数的艰难与幸福、困境与挣脱、希望与失望、爱与孤独——磨钝的进程，从而获得比少女时代更成熟、更庄重的感动与忧伤。

2002 年 1 月 5 日《文艺报》发表

血　　脉

1

参天之树，必有其根；怀山之水，必有其源。

中国人的姓氏历史悠久，每一姓氏都有自己专门的家族生命史。

在古人看来，姓氏是表明自己血统所出的血缘标志，每一个姓氏都拥有自己的血缘先祖，醒目地表示了一个人的家族系统和血缘关系。

这段话我好像是在安徽宣城梅氏研究文字里看到的。

宣城梅氏是中华梅氏这棵大树上最辉煌的一支，我在后面的文字里会作简述。现在，我只是想说，这段文字让我在长期寻找祖先、寻找我姓氏来源的空茫中突然有了“着陆”的感觉。

应该说，在我懂得感恩生命的年代，我就一直在寻找我的祖先，“我从哪里来”是这寻找之旅上灵魂的一路眺望与追索。

我知道，这世上的千古人类，凡是有灵性的人没有不崇尚大自然之梅的，这是情操、品格、心性之寄托，这是美丽、挚爱、孤独之望高。

是淡淡疏影也是卓约辉煌，是冰清玉洁更是典雅端庄，是独傲寒风却不张不狂，是零落成泥依然清香……

在命运几度于幸福和苦难的轮回之后，在我深深懂得挚爱大自然梅之绝美之后，有一天，我把寻找的脚步停在了汉水岸畔，那时，我看到我姓氏的花瓣从冰融的山谷流淌了下来，我更仿佛看到我的一个英杰的母亲带领着以梅为图腾的部落，从远古中向我走来。于是，我在 20 年前的一个冰雪之春，写下了我的“一种诞生”——

……

古老的汉水岸畔，岩崖丛生，梅林古苍。一个英杰的母亲统治着一个部落，那便是我茹毛饮血的祖先。在冰清玉洁的季节，在风雪迷漫之中，我的祖先们咿呀着在梅林的古苍中穿越、奔跑、捕获、坚守和做爱……

漫长的艰辛和苦难走过，他们无数次向上苍祈求着福佑。终于，他们把在料峭季节中给予他们生命惊讶和喜悦的暗香奉为部落的“福佑神”。从此，“梅”便成为我的祖先们的图腾崇拜。年年岁岁，一代又一代，他们从这高洁的花开花落中体验生存、忧伤、孤傲以及生命和爱。

犹如崇拜牲畜牛、马、羊、猪，崇拜颜色红、黄、蓝、白，崇拜其他植物杨、柳、松、柴……的部落将图腾崇拜物定为部落人姓氏一样，我的茹毛饮血的祖先们便以“梅”为姓了。从此，一种在高阔深远的冬季凛然怆然、不亢不卑、不媚不俗、孤独冷傲的自然生命景观，永远地成为梅氏部落人精神的象征。日后，部落人的气质、性格、经历、苦难便不言而喻地在这种象征中显现。

岁月千年、万年地轮回。我的祖先们站着、倒下，再站着、再倒下。汉水岸畔，古苍的梅树被雪水雾气湿润，从山谷流出的清澈里漂泊着我姓氏的花瓣——当我的祖先和我的家族从千年的梦中醒来，才认识到自己的孤苦伶仃原本就是命运的使然……

当我走过几十年人生，当我发现孤独、伤感而永不媚俗的生命状态在我的内心埋得有多深的时候，我才知道，就在我生命孕育的瞬间，那个以“梅”为图腾崇拜的部落的生命信息，已经从遥远的世纪外飘然而至，生命之初之末在一个瞬间无言地重合。于是，所有人生与自然的隐情，就从此命定……

2

是的，许多年来，我都为自己拥有“梅”的姓氏而感念着一种生命高贵，我也冥冥中意识到我因拥有“梅”的姓氏而一生在悲悯着这个世界。

许多年里，我都总是企图诠释我的家族的生命状态和命运密码。我总是那么庄严、那么孤寂、那么久地想着。我知道我庄严、孤寂、空茫的想象依然不能替代一种真实的存在，世界上没有哪一个国家像中国这样有着如此庞大如此遍布大地的姓氏血脉，正如我的族妹仕丹所说：世界之大，没有哪一个国家的国民像中国人这样，如此重视流淌在自己身体里血液的来源。我们的祖先是那么真实地存在过，而且活生生地留存在一代代人的心里，那是每个灵魂的源泉，是生命之根。对于每个华夏民族的人来说，我们都不愿意陷入一种无根无基的虚无中。作为炎黄子孙，血脉、根系、传承是每个家族最根本的精神依托。所以我们对祖先的敬重几乎超过了一切，从兽皮、龟背、竹简到充满墨香的线装书家谱，记载着每一个姓氏的生命来源。

应该说，所有的寻找都成为一种生命现象、一种生命图景，集结在诸如仕丹这样的言说之中。我寻找的脚步没有停下，我的家谱在哪里？

2012 年 10 月的一天，我终于从汉水岸畔、从秦岭东麓密密的丛林之中发现了一尊石碑，石碑上记载着我祖先迁徙的日子和路径，记载着从清雍正至民国九年 197 年里，长眠在这片青山围拢、阳光灿烂的山地里的祖先姓名，记载着我的祖先感恩祖先的文字——

> 盖闻：水必究其源，方知泉流所自出；木必穷其本，始知枝叶所从来。而家族繁盛，亦宜追其本源；刊刻于石，庶不知后人遗忘其宗派。我梅族始祖公讳君律，自武昌省大冶县迁于郧阳县麻峪保高山岭故所，生一子恩华，由麻峪迁于龙东保，居住梅家山，居已三迁矣。由前清雍正至于民国，今已二百余年矣。由“君、恩”以致“继、锦”，已历八世矣。人类繁殖，愈出愈众，故详考宗谱，谨将历代公分刻于石碑，后人一览週知，不忘其本云尔。

石碑矗立在汉水边叫做“梅家山”的山脚下，茂密的青草、藤蔓覆盖着一个家族的前世今生。拨开青色覆盖，发现碑的顶端有一尊与石碑同宽同厚的古制“石官帽”，石碑序文之上刻着“百世其昌”，立碑时间为中华民国岁次庚申仲春月吉日，落款“合族人等仝立”。随行的我的朋友李凡立即从手机上查到，这个日子是1920年三月中旬。

啊，郧阳梅氏家族墓碑在这片山地里静静地屹立了93年！

墓碑上刻着自始迁祖梅君律之后八世先祖的名字（只刻男未刻女，先祖婆婆们也只有姓没有名），共159人。

碑刻久远，有些字已看不太清。我和胞弟、我家乡的朋友李峰、李凡努力辨认着石碑上雕刻的文字。站起身来，环望梅家山之北，崇山峻岭逶迤；南眺，五里之外的汉水漾漾汤汤。我不禁在心底念诵：啊，我郧阳的始迁祖君律公！我的祖居地武昌大冶！啊，灵魂栖息在秦岭深处、汉水岸畔290年的先祖……你因何故千里迢迢，带着比你小10岁的胞弟君辰来到这荒山野岭！是战乱、逃荒还是躲避仇敌？是隐居、贫穷，还是来这人迹罕至的山野开垦一块属于自己的土地？与你一起走来的君辰公何故无妻无儿无女孤单一生？

我殷殷拜问，先祖默默无语。

梅家山脚下，离墓碑不远的地方，现在只居住着七八户梅姓人家，这里属于湖北郧县安阳镇寨沟村的一个组。村支书说寨沟村还有80多位梅姓人，说周边大洼、马沟等村还有很多梅姓人家。镇长李锋说，郧县还有一个镇叫梅铺镇，即以梅家铺子命名的，那里姓梅的人也很多，故事肯定也很多，但不知是不是你郧阳先祖的后裔。

梅家山的叔、婶说，这里原有两块碑，其中一块在文革“扫四旧”时被抬走修水库了，留下这一块是他们秘密把碑砌到这片薯地的石坎中间，有藤蔓野草覆盖，才幸存了下来。

望着忠厚老实的叔、婶，我充满感激。

三天后，我家乡的朋友、博物馆馆长周兴明带着考古人员来到梅家山，他们耗费了两三个小时，非常精心、专业地在石碑上完成了两幅拓片。兴明送我一张拓片，他说，这是你祖先迁徙的足迹，你留念吧。

望着10月灿阳下已大汗淋漓的兴明和考古人员，我感激不尽。

3

我多么希望看到郧阳梅氏家谱，但梅家山的叔、婶们说，他们没有见过，听说文革中被烧毁了。但叔、婶保存着一份梅氏历代辈份排序，这个排序写在一张粗糙的红纸上，即：良万尚应丹，楚大世君恩，安定忠臣继（此一句原记有误，后订正为此），锦绣家邦兴。

这是我第一次看到的梅氏生命传承。叔婶们告诉我，我应是“绣”字辈。这让我想起，20世纪50年代，在我就要去报名上小学时，父亲给我起名“梅绣珍”，我当即反对，嚷嚷着“不要！不要！”我嚷嚷的原因是在我童稚的心里，我压根不喜欢“秀”呀、“珍”呀、“荣”呀、“花”呀这些太女性的字眼，我从小到大所有的玩耍、游戏都是与男孩子厮混在一起，做泥巴手枪、滚铁环、打纸蛤蟆、弹珠子、打翘、捞浪柴、徒手倒立、打篮球、打乒乓球、黑夜疯跑着玩“八路夜壶”等，男孩子会玩的，我都会玩、都爱玩。这是一种独属于我的生命信息。父亲无奈，又给我起了一个极男孩的名字，一直用了七年，七年之后，我又自己把名字改成了“梅洁”，那是一个15岁少女自己的心事，也是冥冥中上苍的赐予。

后来我想，当年父亲的意愿是想按家族谱系给我起名吧？可我那时浑然不知这世上还有什么家族谱系！

梅家山墓碑上刻写着君律公是郧阳梅氏九世祖，依次往下，墓碑上刻写的已故前辈已到15世祖，即“继”字辈。墓碑应是健在的“继”字辈人和“锦”字辈人的孝举。父亲为“锦”字辈，但1920年父亲只有5岁，不可能参与立碑；祖父“继”字辈，但36岁的祖父在1921年惨遭迫害而死，1920年的墓碑上不会刻有他的名字。后来，我听我86岁的舅父说，我祖父不埋在梅家山，又说，祖父的坟早在“学大寨”年代给平掉了，已找不见了。祖父去世后，年轻的祖母黄氏为抗争“抓寡”（寡妇被家族人偷卖给另外的人家），星夜出逃至郧阳府城，在有实业有土地有钱的张姓人家做了20余年佣人。守寡30年的祖母含辛茹苦把她唯一的儿子培养成了大学生，之后悲惨离世。离世前，因“土改”错划成分，穷农把她的寿棺、粮食、衣物全部没收瓜分，可怜的祖母做了一辈子佣人，最终裹着树叶、树枝被“尸填”了。弟弟曾由舅父带领到祖母的坟地看过，坟也已在“大跃进”年代给平掉了，只有坟旁边那棵柿子树在孤独地守望，黄叶在风中凄凉地飘零。

曾祖父呢？曾祖父是“臣”字辈，墓碑上“臣”字辈的人多达35人，可我少小离家，况且家破人散，父母也都已悲惨离世，祖父叫什么名字我都不知道，何况曾祖父！站在墓碑前，我好一阵难过、好一阵伤心！我甚至有些恨自己，为什么没有在父母生前问清这些事情。

梅家山的叔叔告诉我，说在离这里15里地的大洼还有两位“继”字辈老人，不妨去问问祖父的事情。朋友兴明立即让文物局小王开车，送我和弟弟前往大洼。

车子在秦岭余脉的山地里上上下下，颠颠簸簸半个多小时才找到大洼。不想，梅继林前辈年龄与我们相仿，大不了几岁，他除了记忆父亲曾去过大洼之外，什么也不知道。我们怅然而归。

君律公既然是九世祖，那一世祖是谁？叔、婶保存的那张写有辈份的纸，纸上写的一世祖“良公”在哪儿？祖地上没找到最最接近我生命血脉的亲人，但并不妨碍我寻找生命之根、之源的激情，我要去大冶！

4

转眼到了2013年。3月30日，我从泰国归来，辗转十堰、武汉，数千里迢迢，到了大冶。

其实，我并不知大冶在哪儿，大冶在我心里只与钢铁有关。有限的历史知识告诉我，19世纪末湖广总督张之洞主持兴建了中国第一家近代钢铁企业大冶铁矿，大冶铁矿成为中国第一家用机器开采的大型露天铁矿，当时，成为世界瞩目。别的我一无所知。

能找到大冶我要感谢我的梅氏宗亲梅放。几年前，梅放参与主编《中华梅氏当代散文选》，他选了我五篇作品入书，但此书我不知道。在十堰记者朋友冰客帮助下，我得到了此书，并由此与梅放、梅杰联系上。之后得知，这些年梅放一直在致力于梅氏宗谱的搜集、修撰、研究工作，浩繁的资料搜集、一丝不苟的宗谱编写、梅氏谱系的艰辛核对、“梅氏文史园”网站的打理等，他投入了巨大的热忱与责任。

我给梅放打电话，说我想去大冶。梅放说，你来吧，我带你去。心花怒放中我感念着这位宗亲。

辗转到达武汉后我下榻卓刀泉酒店。早8点，梅放和另外两位武汉梅氏宗亲梅益新、梅敏陪我前往大冶，一路车马劳顿。望车窗外的大冶，山脉稀有绿树，土地一片赤壤，我感觉离武汉仅90公里的大冶风景不美。大冶依然还是“铁山”？我在心里想。

近3个小时的急驰奔波，上午11时到达大冶竹林庄。梅继林、梅泽启、梅相武、梅济池一行宗亲早在村口接迎，还有从黄冈市赶来的梅守福、梅再华、梅玉荣宗亲，也都等候在村口。梅相武前后奔跑，带我去买祭祀先祖的用品：花、纸、香、炮等。梅放告诉我，大冶梅氏新修宗谱时，“锦绣家邦兴”改为“辅相列朝廷”，而郧阳梅氏未参与修谱，仍沿用清乾隆年间老谱系，“绣”字辈与大冶的“相”字是平辈，梅相武比我稍年长，我就称相武兄了。

与梅放一样，相武兄这些年辛辛苦苦、勤勤恳恳为大冶梅氏修谱、为先祖修墓、为宗亲回乡祭祖、聚会等四处奔忙，可谓呕心沥血、凡所不辞。在他带领下，我到良玉公、应春公墓地敬香跪拜，到竹林庄梅氏祠堂拜谒梅氏得姓始祖梅伯和我族一世祖西汉时期的梅福，到“梅家老屋”、“黄冈嘴”瞻仰先祖的千年祖宅和迁徙的脚印……

在走过大冶竹林庄之后，在仔细研读了梅相武主持修编的《大冶梅氏宗谱》之后，在梅放亲自为我辨认、核对了郧阳墓碑上 159 名宗亲名字之后，我终于看到了筚路蓝缕走在千年之旅上的我的祖先，终于听到了我的祖先从遥远的世纪外发出的阵阵声音，终于感受到我殷红的血脉里流淌着的我祖先的生命信息……

一条清晰的家族迁徙路线展现在我的眼前——

中华梅氏得姓始祖为殷商纣王时期的梅伯。

大冶梅氏由宗谱追溯至西汉末，尊奉梅福为一世祖。梅伯与梅福之间大约嫡传 34 代，因代远年湮，这 34 代有名字但支系不清。

从一世祖梅福至第 48 世祖梅荣华（字添宇）这 1400 余年间，梅福公后裔始终居长江以南，即江西九江、庐山、寿县、兴国等地。

第 48 世荣华公于明洪武元年（1368）由江西武宁石塔迁湖北阳辛月山庄（今湖北黄石市阳新县），为今湖北阳新县、通山县、大冶市等地梅姓的始迁祖。从 48 世至 59 世的直系为：荣华——文鼎——先珑——德明——胜聪——谷重——宗仁——廷芳——丹椽（字仁则）——邦发（字观海）——志仁（字汉贵）——良玉（字汝德）。

第 59 世梅良玉，于明正德二年（1507）从阳辛月山庄迁居大冶西野山创业，大冶梅氏奉梅良玉为大冶一世祖。从良玉公始，大冶梅氏 40 世字辈为：良万尚应丹，楚大世君恩，安定忠臣继，锦绣家邦兴，志通崇显达，文武同相卿，圣朝升恒久，松柏永长春。据悉，这一支梅第 20 世“兴”字辈已有子丁。

郧阳梅氏始迁祖梅君律是大冶良玉公第九代孙。从梅良玉至梅君律的直系为：良玉——万嵩——尚仁——应春——梁——明吾——大吉——世杰——君律。

从以上谱系看出，应春公之后到梁公、再到明吾公，按谱系这两代应为丹字辈、楚字辈，但这两世祖为什么没有按辈份起名呢？我从大冶梅氏谱系瓜藤图细数，从良玉公下派至应字辈已有14子，14子下派已有44子，这44位先祖的名字全部没走辈份字“丹”，各起各名，且几乎全部是两字名，比如我这一直系祖叫梅梁，为应春公第五子。只有一人为三字名，叫梅正楚，是应春公的第六子。

接着下一辈份为“楚”，130多男丁的名字依然没用“楚”字而用“明”字，比如梁公二子名为明所、明吾。明吾为我直系祖。明吾之后才又进入谱系“大世君恩……”

我纳闷：为什么这两代人泱泱近190男丁全部不再按宗谱排序起名？1949年以后才开始逐渐乱谱、毁谱，生于明嘉靖已酉年（1549年，我在大冶竹林庄陈家山头拜竭应春公墓碑时，看到碑上刻有应春公生于明嘉靖巳酉年，我查了嘉靖年表，没有巳酉，只有己酉，应是笔误）的应春公，以及他的下两代人分别处于明嘉靖、隆庆、万历年间。这之间发生了什么而导致他们不再按宗谱排序起名？也许有一天，梅氏后裔会告诉我这个400年前的秘密。这个秘密肯定藏在一个历史的暗处。

大冶梅氏宗谱上记载，明吾公生二子，大楚、大吉；大吉生五子，世和、世任、世辛、世俊、世杰；世杰公有五子，梅君律为世杰公四子，生于雍正丙午年（1726）二月二十八日申时，卒未详，葬郧阳县，地名麻玉，坐北向南。娶李氏，生于雍正辛亥年（1731）二月十五日辰时，葬与夫同山同向。生一子，名恩华。恩华生于乾隆甲戌年（1754）。恩华生二子，宗谱上写这二人名字是安龙、安虎，但我在墓碑上看到的名字是安魁和安有。我更倾向1920年刻在墓碑上的名字是准确的。

宗谱上也记载有梅君辰，为世杰公五子，生于乾隆丙辰年（1736）十一月二十一日巳时，殁葬郧阳县，地名麻玉，坐北向南。与郧阳墓碑刻写相同。

谱上所记的麻玉，坐北向南，就是我们发现墓碑的梅家山脚下那片寂静的山地。

从两位安公之后，大冶宗谱上再没有郧阳梅氏的记载，好在我们发现了隐蔽近百年的碑刻，谱系可以较完整地再续100年。至于1920年以后的宗亲谱系，只要郧阳宗亲们努力还是能续起来的，毕竟已到了近代。

我在想，从两位生于清乾隆年间的安公开始，郧阳梅氏就与大冶失去了联系，这之间又发生了什么呢？从郧阳墓碑上看到，两位安公共有 8 子，为定字辈，均娶妻，此为 12 世祖；13 世祖为忠字辈，整整 20 男丁（其中 4 人未娶妻）；14 世为臣字辈，更是泱泱大观，整整 35 男丁……

应该算是枝繁叶茂了，何以与祖庭失去了联系？

不管怎样，我多年寻根的夙愿到此基本实现。感谢宗祖恩德护佑，感谢宗亲、朋友倾力相助。也应了梅放一句祝福："是上苍对你的恩赐呀！"

5

梅姓起源由多种史料证明出自于殷商子姓，是商汤的后裔。

殷商时，商王太丁封其弟于梅（今安徽亳州东南）为伯爵，世称梅伯。看来，梅在当时是一个地名。

公元前 17 世纪至 11 世纪，商朝从成汤到帝辛（纣王）在历史上走过了 600 余年。到商纣王（太丁之孙）时，太丁的弟弟梅伯在其兄仙逝后又作为臣子效任于帝辛，也就是我们所说的商朝最后一个最残无人道的纣王。纣王荒淫无道，大肆残杀王公贵族，梅伯几次进谏，均不听，时有朝臣劝梅伯"忠言逆耳，小心招来杀身之祸"，而梅伯却慷慨陈词："文死谏，武死战。如果人人都不敢直言，朝廷还要我们这些大臣干什么？"他依然如故，凡遇纣王无道，就当庭指出。终被纣王废黜，后又用醢刑（砍成肉酱）杀害。

一代忠臣梅伯惨死在孙辈暴君纣王之手。

周武王灭商后，为了纪念曾令他无比敬仰的忠臣梅伯，追谥封号为"忠侯"，封梅伯的后裔于黄梅，后世子孙遂以祖先的封地为姓，称梅氏，以示永远的纪念。

今日天下之梅姓人为 3100 年前因此得梅姓而骄傲着，因为我们看到了一个光明、正义、为国为民不畏权势、风骨凛然的祖先。

我们的骄傲不是来自姑妄且说。

战国末年楚国诗人屈原所作的《楚辞·天问》篇，就有"梅伯受醢"的文句；又譬如，《唐书·宰相世系表》指出："系出子姓，殷王太丁封弟于梅是为梅伯，后以国为氏”；明代宋濂的《梅府君墓志铭》更详细地指出：“梅本子姓，其先梅伯，为殷纣所废，周武王既伐纣，封伯诸孙黄梅，号曰忠侯，遂以梅为氏”。《唐书》是宋代大学者欧阳修的作品，《梅府君墓志铭》则出自明初学者、著名文学家宋濂的手笔，一书一铭，可见得梅姓源自梅伯，是自古以来就已被认定。

在明代撰写的《封神演义》一书中，梅伯是封神榜中的天德星。

无论是3100年前太丁封其弟于“梅”，还是周武王封梅伯后裔于黄梅，今天的安徽亳县还是湖北黄梅，我们都为能作为梅姓的始源地而骄傲着。为着这个姓氏的古老、高贵，为着这个姓氏的清凌、洁净，为着这个姓氏能让我们肃然起敬，为着这个姓氏能让世人想起绝世的美丽。

应该说，比之中华各姓，梅姓人少，是小姓，在中国560多姓氏中（包括少数民族），排136位。仅就大冶梅氏而言，“锦绣家邦兴”，“兴”字辈现已有人丁，若从始祖梅伯算起到兴字辈已传承111代了，人依然不是很多。据不完全统计，21世纪伊始，全世界梅姓人有130万左右，中国不到100万，占全国人口不足千分之一。也就是说，一千个人中难找到一个梅姓人。

无论怎样，梅氏的祖先和后裔们，在人类文明前行的路上，他们高举着火把，始终秉赋着先祖的光明、正直和大义，不屈不挠，前仆后继，留下了烛照千古的佳话与精神……

这里，我第一个想说的人是大冶梅氏传承有籍可考的一始祖梅福。

梅福出身于西汉末年，字子真，九江寿春（今属安徽寿县）人。少年求学长安，初为郡文官，后来补为南昌县尉。为古时研究《尚书》和《谷梁春秋》的专家。西汉末年，大司马王凤当权，外戚王氏控制了西汉政权。汉成帝永始元年（公元前16年），皇太后之侄王莽封为新都侯，朝政日非，民怨四起。梅福忧国忧民，以一县尉之微官上书朝廷，指陈政事，并讽刺王凤，被朝廷斥为“边部小吏，妄议朝政”，险遭杀身之祸。为此梅福挂冠拂袖而去。

班固修《汉书》，有《子真公本传》，洋洋洒洒上万言赞其节高忠耿。

历史上，梅福算不得什么重要人物，所谓南昌县尉也就是警察局长之类的芝麻官，但他的名字却一再见诸于史书。公元前 14 年，梅福上表章，提醒皇帝应广揽贤士、虚心纳谏，并警惕权臣“势隆于君”。当时的汉成帝荒淫好色，外戚专权，梅福眼看朝覆之险，屡屡谏言，但皇帝根本没有采纳。汉成帝绥和元年（公元前 8 年），梅福又与匡衡（就是凿壁偷光的匡衡）联名上书请求“封孔子世为汤后”。

梅福的奏章每每洋洋洒洒数千言，其中有“天下以言为戒，最国家之大患也”这样的警句，《资治通鉴》全文照转，也说明了司马光的重视。

汉平帝元始年间（公元 1—5 年），梅福料知王莽必篡政，乃隐居于南昌西郊飞鸿山学道，遁避尘世。公元 8 年，王莽篡位称帝，改国号曰新，为逃避王莽挟嫌追究，梅福离家去了海昏（今江西永修县）……

梅福隐遁之后，去向传说纷纭，他的后半生身世扑朔迷离。有人说他死后葬于道院，有人说他得道成仙。在他隐居漂泊的地方，在他脚步到达的山野密林，后世人无不留下对这位“真人”的怀念与祭祀。比如：

梅福最初隐居于南昌城郊之南，垂钓于湖。东汉时，他垂钓之处被称为梅湖，并建梅仙祠祭祀。

后人赞叹梅福的高风亮节，将隐遁处飞鸿山改称为梅岭，梅岭今为国家级森林公园，并立梅仙观、梅仙坛、梅尉宅以祀之。

梅福曾在泰宁栖真岩（福建省西北部，武夷山脉中段的杉岭支脉东南侧）炼丹修行，岩内至今保留其炼丹的石炉。

后人崇奉梅福气节，南宋绍兴二年（1132），高宗赐封梅福为“吏隐真人”。明万历三十五年（1607），在南昌西湖南岸建造吏隐亭，又名梅仙亭，民国十九年（1930）重修，并立石碑。

在浙江普陀山梅岑山脉西巅有梅福禅院，传是为纪念汉儒梅福来山修道而建。

在梅福禅院碑记上刻着：普陀山古称梅岑山，得名于西汉隐士梅福仙翁。梅翁字子真，九江寿春人，为严子陵岳父，汉成帝时为南昌尉。尝以大将军王凤专权，不计安危，上书弹劾；后值王莽乱政，汉室将亡，遂弃家遁世，漂然于吴越山海间。其居山隐修之处，即今普陀梅岑峰巅之梅福禅院也。庵内灵佑洞，“清波泓然，大旱不竭”，世称“仙水”，即梅翁炼丹遗迹。清代学者许琰有诗赞曰：“青林长秀蔚，苍岭故纡回。井地犹存汉，山岭尚姓梅。抱忠徒海窟，避世且云隈。千载真冰玉，桐江亦钓台。”

梅福禅院，明万历末称“梅福庵”，清康熙间改名“梅岑禅院”，后经梅福五世孙出家师梅照祚、七世孙出家师梅通哲及徒弟心恒、心观重修。光绪元年（1875），普济寺住持隆璋法师同徒弟妙昌重建，复名“梅福庵”。1980年起由佛协全面修复，重塑金身。大殿中供阿弥陀佛、观音、大势至菩萨“西方三圣”。

不独有偶，梅福的女婿严子陵（浙江余姚人），东汉著名隐士。严少年时就很有才气，与刘秀是同学好友。刘秀登基做了皇帝后，曾在16年里五次恳请严子陵进朝辅佐，甚至与严子陵同床而枕回忆少年同窗，均被严子陵婉拒，最终隐居，终老于山林泉水间。

严子陵被后世传颂为不慕权贵、高风亮节的楷模。这应了一句古语：“不是一家人不进一家门。”

今天，在余姚“四先贤故里碑亭”园，矗立着汉代严子陵、明代王阳明、明清之际朱舜水、黄黎洲的纪念碑。纪念碑在这里已静静屹立了190余年！

北宋名臣范仲淹写诗赞严子陵曰：云山苍苍，江水泱泱，先生之风，山高水长。

依然是北宋诗、书、画巨匠黄庭坚在梅福归隐处写诗怀念梅福：吴门不作南昌尉，上疏归来朝市空。笑拂岩花问尘世，故人子是国师公。

南宋著名诗人陆游有诗曰：酒隐人间六十年，晚途敛版自伤怜。庄周聊寄漆园吏，梅福终为吴市仙……

1999年我曾随几位作家到达普陀山。2008年，我又携胞妹拜谒普陀山。那时，我们只知道那里是观音菩萨道场，扬名四海的佛教胜地，一点也不知道我们的祖先梅福曾在此，但我相信，祖先的圣灵之光一定照耀过我们。

近日，从网上又看到一则文字，说江西宜丰历代县志记载：梅福隐于宜丰天德（今新庄镇），葬潭山逍遥道院，后代则繁衍于天宝等处。为今宜丰县天宝等地梅氏基祖，与大诗人陶潜、南宋状元姚勉并称为宜丰三大先贤。

据天宝《杭溪梅氏族谱》载：梅福之父梅彩为西汉名儒，杜门训子。梅福因王莽专政，乃护太子避难于天宝逍遥道院，另有一员称“白马将军”的大将陪同到逍遥。不久，太子病逝于道院，梅福自以为失职，触堂柱而死，将军也随之拔剑自刎。时隔十八年，刘秀登基，建立东汉，遍求天下忠耿旧臣和隐士，同时派兵访太子及梅福下落，找到后，乃敕令在逍遥道院建子真墓，太子则立塔祀之，并赐梅福当年顶戴之铜顶帽予梅福后代，世代供奉。

据族谱载，梅福曾娶赵氏为妻，生子梅端、梅肃。梅端后回寿州，梅肃则居天宝，子孙繁衍于上梅、下梅等地。今天宝镇下梅村梅氏宗祠，唐时改为老子宫，后毁；明天启年间，宜丰天宝乡人刘曜金重建，易名“存梅祠”。

看完这段文字，我心溢满悲情。我的祖先无论活着还是死去，无论漂泊还是隐遁，无论站着还是倒下，他们都是顶天立地的大写之人，都是我们后世万代精神之魂！无论这世间怎样沧海桑田，我们的血管里永远流淌着他们生命的殷红……

现在，说说安徽宣城梅氏。

宣城梅氏的始祖追溯至梅福第23世孙梅远（字维明）。晚唐昭宗光化年间，梅远自江西吴兴至宣城为幕僚，因笃爱宣城风土文化，遂筑室定居于双羊山下九溪河畔（今城南九同碑村）。从此，其后代即繁衍于此，现宣州区境内的大、小、上、下、东、西梅村等，凡有“梅”字为头的地方，皆为梅氏的后裔。

北宋以来，宣城梅氏人文蔚起，名家辈出。仅现存《梅氏家谱》、《宁国府志》和《宣城县志》等残史断籍记载：梅氏先后有进士29人（其中武进士3人）；举人48人（其中武举人7人）；贡士84人；荐辟（朝廷特诏）10人；获各类科举功名的不下2000人；各级、各类府衙官吏160余人；正史、方志入传者有27人。

此乃为梅氏花团锦簇、香飘万里的时代。

20世纪80年代，台湾著名文学家张其昀教授在《梅光迪先生家书集·序》中写道："宣城梅氏是中国族姓中实为最光荣者之一。宣城梅氏所产人物有两种：一为文艺家，一为数学家。梅氏家风合文学与科学而为一，在吾国绝无仅有。"

在封建科举时代，读书求仕是天经地义，也是每个知识分子的毕生追求。然而，最难能可贵的是梅氏家族一代又一代知识分子中，却有那么一批经天纬地、超凡脱俗者，他们读书不仅仅是为求仕，而是将一生心血献给所热爱的科学文化事业，并取得了卓越的成就——

梅尧臣（1002—1060年），字圣俞，号宛陵先生，北宋著名诗人、文学家，被誉为宋诗的"开山祖师"。在晚唐五代淫靡、浮艳的诗风主宰宋初诗坛的时候，他与欧阳修、尹洙等人发起了"诗文革新运动"。他继承唐代现实主义诗歌创作的优良传统，在诗歌创作领域取得了极大的成就，成为开创北宋新诗风的先驱。一代文宗欧阳修、苏轼、王安石以及当时人民对他极为尊崇，谓其"名满天下"。故《宋史》称："宋兴以诗名家，为世所传，如尧臣盖少也。"

从现存的家族文化典籍与谱牒中可以看到，梅氏后裔中的文人学士，对这位"微生守贫贱，文字出肝胆"的先祖是仰慕有加的，即使是在民间，过年家家挂的灯笼上就都有"诗伯"二字，可见其影响之深远。

自梅尧臣之后，宣城梅氏就人文蔚起，名家辈出。鼎盛时期，兄弟子侄同时在朝为官的就有二三十余人，故宣城自古就有"宣城梅花遍地开"，"都夸荆地人人玉，不及梅家树树花"之说。明代中后期至清代前中期，避居宣城东南约七十余里柏枧山的梅氏，就涌现了一批出类拔萃的人才，并形成了蜚声中外的近代宣城数学派、宣城画派与宣城诗派。其代表人物有与汤显祖"契若金兰"的明代著名戏剧家、文学家梅鼎祚；编纂《康熙字典》监本《字汇》的明代文字学家梅膺祚；被誉为近代世界三大数学家之一的清代著名数学家、天文学家梅文鼎（另二人为英国的牛顿、日本的关孝和）；"黄山画派巨擘"的清代大画家、诗人梅清；被称为"诗、书、画三绝"的梅朗中。此外，继姚鼐之后"桐城派"的领军人物、古文大家梅曾亮，虽是江苏上元（今南京）人，其曾太祖就是宣城文峰梅文鼎。以及数学家梅瑴成、梅冲，画家兼诗人梅庚、梅磊、梅蔚等。

宣城梅氏是一个古老的、集科学文化艺术于一体的家族。清代雍正年间保和殿大学士张廷玉，曾有过这样的誉评：“上江人文之盛首宣城，宣之旧族首梅氏。匪特仕科名甲于遐迩，而文章经济理学名儒，自有宋以来，彬彬郁郁绵亘辉映。”

张廷玉是安徽桐城人，桐城自古文风昌盛，有“五里三进士，隔河两状元”之誉。桐城张家更是声名显赫，有“父子双宰相”之称。这样一位名高位重的人物，却给了宣城梅氏如此的肯定，绝不是没有理由的。

历经宋、元、明、清、民国，梅氏家族也曾多次遭受战乱兵燹之苦，族人四处迁徙，散居全国。

谱载，现代戏剧大师梅兰芳的先祖梅乾元，就是明代初期从宣城迁居江苏泰兴的；曾留学美国，于1916年任教清华大学、1931—1948年任国立清华大学校长、奠定清华校格的教育思想家、后任台湾中央研究院院长的梅贻琦也是宣城梅氏的后裔。

宣城梅氏还有一位值得骄傲的近代名杰是不能忽略的，他就是梅光迪(1890年1月2日—1945年12月27日)，字迪生，觐庄，安徽宣城人，著名学者、文学家。

梅光迪出生书香世家，为宋代梅尧臣、清代梅文鼎直裔世孙。1911年考取第三届庚子赔款留美生。同年赴美入威斯康辛大学，1912年夏，转入美国西北大学，1915年夏毕业，获理学学士学位，再转哈佛大学深造，专攻文学。

在哈佛大学的4年，是梅光迪思想发展的重要阶段，他的文学导师、新人文主义创始人伊尔文·白壁德深深地影响了他。美国在20世纪20年代，在白壁德等人的影响下，一度兴起一个人文主义哲学和思想批评运动，梅光迪认为新人文主义和中国传统文化有许多相近之处，决心用新人文主义作武器改造当时中国混乱的思想界。梅光迪一到哈佛大学，就和当时哥伦比亚大学哲学系研究生胡适以长篇通信进行激烈的讨论。在已公之于世的胡适日记里，记载了他们当时关于中国文学改革的争论。梅光迪与胡适意见相左，他认为胡适的理论和实践还不够深刻，认为胡适把语言同文学的复杂关系简单化了，低估了传统文化对诗歌创作的借鉴作用。

1917 年胡适回到北京，举起了文学改革的旗帜，在《新青年》上发表文学改革文章和中国最早的新诗。梅光迪仍留在哈佛，跟随白壁德研究文学。1920 年，梅光迪回国，任南开大学英语系主任。1921 年去南京任东南大学英语系主任，次年，梅光迪和东南大学同事吴宓等人创办《学衡》杂志。

梅光迪在该杂志上发表了《评提倡新文化者》等文，对新文学运动提出批评。梅光迪指出：要引介西学就必须“穷其本源，查其流变”。因为西方的教育、哲理、文学、美术等“源于其历史民性者尤深且远”，若无广博精粹之研究，就会“知之甚浅，所取尤谬”。这样的“欧化”，只能是“窥时俯仰”，“惟新是骛”，结果是“厚诬欧化”，“行其伪学”；他并特别强调引进西学须与中国文化传统相契合，必须适用于中国之需要。他指出：有些新作家对自己的文学传统无知，对西方文学也知之甚少，这些新作家妄自尊大，既不客观又不谦逊，充满空想，气量狭窄。梅光迪表示他从不反对西方知识，但反对那些搞文学改革的人不加区别的偶像崇拜，反对那些人对中国传统的东西统统打倒，对西方的东西不加分析地接纳。

时至今日，当中国仍处在对传统文化的虚无与所谓新文化谬误的雾霾之中时，我读到梅先生的文化之倡论，内心不禁产生愧疚与光荣交织的情感激荡。

五四新文化运动过去 100 余年了，中国新文化史上的重大事件“胡梅之争”（胡适、梅光迪）也过去了 90 余年，梅先生当年思考的问题今天依然没成为我们的思考，梅先生毕生奋斗的实践也没成为我们的实践，而梅先生批评的文化现象却依然是今日文化之大象。

正如著名学者、北京大学教授乐黛云在 2011 年撰文指出的：“过去我们对以《学衡》杂志为代表的中国现代保守主义研究得很不够，往往因他们和激进派与自由派的一些争论，把他们置于文化启蒙运动之外，甚至把他们作为对立面而加以抹煞，这是完全不符合历史事实的。”又说：“我常常感到过去由于政治运动和意识形态的原因，许多睿智而具有深刻影响的重要学者并没有得到应有的重视和深入研究，许多重要史实也就随之湮灭，梅光迪先生就是其中之一。”

为了使国内读者对西方文学有个广泛的全面的了解，《学衡》发表了不少介绍西方文学的论文和译文，梅光迪的文章主要是介绍一些西方带有哲学色彩的文艺批评家，如卡莱尔、阿诺德、白壁德等。梅光迪通过《学衡》杂志，向国内读者介绍西方文学的同时，又在太平洋彼岸充当了文化使者的角色。1924年至1936年间，除1930年至1931年任中央大学文学院院长外，他一直任哈佛大学中文讲师，对美国早期的中国语文和中国文学的研究很有影响。在讲课中间，他力求使美国学生接受中国传统文化的精华。

1936年，梅光迪回国，任浙江大学英语系主任、文理学院副院长。1939年浙江大学迁往贵州遵义，梅光迪任新成立的文学院院长，在任职期间深得师生爱戴。他竭尽全力在艰难困苦的环境中维持较高的教学水平，关心学生福利和学习生活，不遗余力地鼓励和帮助有才华的学生，倾囊相助外出学生的旅费，为住院动手术的学生募集药费，冒险营救参加革命活动被秘密逮捕的学生。在遵义时，他教英国文学课，以18至19世纪的文学批评和散文为主要内容，引起不少学生的兴趣。在此期间，他还发表一些文章介绍西方作家，分析20世纪欧洲重大事件的历史背景对作家的影响。

1945年2月，梅光迪病重，在离世前的日记中谈到不少他已感到无力完成的写作计划，他手稿中的一些笔记和草稿，是他准备用中文和英文同时写作的一本关于韩愈的书的大纲，他还准备为中国读者写一本西方思想史，包括从伏尔泰到尼采间近30名重要人物的传记和批判性研究。这些计划是同他一生的追求相一致的，他的使命就是以历史眼光和传统的意识向中国介绍西方文学，向西方介绍中国文学。他认为纯文学是没有的，文学只有和道德和哲学思想相嫁接，才能发挥更深刻的效用，才能被用来拯救人民，改造社会。

在梅氏宗亲梅铁山和梅杰先生编辑、华中师范大学出版社出版的《梅光迪文存》一书中，我们不仅第一次读到五四时期以《学衡》为中心的知识分子为中西文化借鉴、融合所付出的努力，还第一次读到了作为文学家、教育家的梅光迪。他讲授的《文学概论讲义》和《近世欧美文学趋势讲义》，前者包括文学的界说、文学之起源、文学与思想、文学与情感、文学与人生、文学与想象力、摹仿与创造、文学之标准、文学之形式、文学之体裁、散文、小说、诗、戏剧等；后者从文艺复兴时代开始，讲了亚里斯多德的诗说、古典学派、浪漫主义之源流，特别分析了浪漫主义与自然主义、浪漫派与自然界、浪漫派与近世大同主义、浪漫派之超人主义等专题，对歌德、卡莱尔、安诺德等大家皆列有专章。这两部讲义再加上首次录载的“中国文学在现代西洋之情形”和“中国古典文学之重要”两篇论文，可以说全面展示了梅光迪先生的文学思想和他对欧美文学发展的主张。

正如乐黛云教授在本书的序言中所说：“这无论是对中国文学理论、文学史和跨文化文学研究（比较文学）的发展都有不可替代的重要价值。”

对于这位为中国现代文学史研究做出了重要贡献的学者、教育家、文学家梅光迪，我们对他的认知还任重而道远。

“雪后燕瑶池，人寰第一枝”。有一枝素洁的梅花不畏残冬的风雪，不屈不挠把春色带给人寰。此刻，我特别想说的这枝梅，就是坚持把日本法西斯送上绞刑架的中国法官梅汝璈。

最早了解梅汝璈是从《东京审判》这部电影。影片真实地再现了世界反法西斯战争胜利后，发生在 1946 年东京盟国远东国际军事法庭对 28 名日本战犯的艰难审判过程，许多从未曝光的历史密闻在影片中解密。在当时多数不同意判处战犯死刑的多国法官会议上，中国法官梅汝璈上演了一场场思辩缜密撼人心魄的法庭传奇，终于艰难扭转了局面，以六票对五票的一票之差，最终把血债累累的日本战犯送上了绞刑架。以此告慰了在战争中千千万万死难的冤魂。中国法官在长达两年七个月、818 次的开庭中，写下了一部人类奇迹。

60 余年前那场跨越国际的正义与罪恶的较量，永远旗帜般高擎在人类严惩战争、侵略的文明之路上。

影片是那场大审判的真实再现。有几个场景震撼人心——

场景一：日本帝国饭店，盟军最高统帅部的中国联络官王将军为了给梅汝璈法官接风洗尘，特别举办了一个小型宴会。而宴会之上，王将军和正在东京考查的中央大学校长顾毓秀，特意买了一把装饰华贵的宝剑，郑重地表示要送给梅汝璈。

梅汝璈见状，深一鞠躬，双手过顶，俯身接剑说："红粉送佳人，宝剑赠壮士。可惜我非壮士，受之仍感有愧。"顾校长则兴奋地高声说："你代表四万万五千万中国人民和千百万死难同胞，到这侵略国的首都来惩罚元凶祸首。天下之壮烈事，以此为最。君不为壮士，谁为壮士？"

听得此话，梅汝璈拔剑出鞘曰："戏文中常有尚方宝剑，先斩后奏。如今系法治时代，必须先审后斩，否则，我真要先斩他几个，方雪我心头之恨。这些战犯扰乱了世界，残害了中国，同时也葬送了日本的前途。这真是'自作孽、不可活'。我中华民族素来主张宽恕以待人，但为防止将来再有战争狂人出现，对这些战犯必予严惩。非如此，便不能稍慰千百万冤死之同胞，非如此，便不能求得远东世界和平。我既受国人之托，决勉力依法行事，断不使战争元凶，逃脱法网。"

这壮士之言，何等大快人心！

场景二：远东国际军事法庭，主要是根据 1945 年 7 月中、美、英、苏四国敦促日本无条件投降的《波茨坦公告》设立的。公告说："欺骗及错误领导日本人民、使其妄欲征服世界之威权及势力，必须永远剔除……吾等无意奴役日本民族或消灭其国家，但对日本战犯，则将处以严厉之法律制裁。"

各国法官到达东京后，最先关注的竟然是法庭上的座位排列顺序。远东国际军事法庭庭长已由盟军最高统帅麦克阿瑟指定澳大利亚德高望重的韦伯法官担任，庭长之外，还有美、中、英、苏、加、法、新、荷、印、菲十国的法官。庭长，当然居中座，庭长右手的第一把交椅，无可争议地属于了美国法官，可庭长左手的第二把交椅应该让谁来坐？法官们各执己见。中国、英国、苏联的法官，都对第二把交椅感兴趣，而庭长韦伯与美国法官，则较为支持英国法官。

的确，坐在庭长之左右手，不仅可以随时与庭长交换意见，掌握庭审动向，更重要的是表示着该法官所属国在东京审判中的地位。当时的中国，虽然号称"世界四强"之一，可惜国力不强，徒有虚名，作为中国的法官，梅汝璈该说点什么呢？

轮到中国法官发言了，梅汝璈说：“若论个人之座位，我本不在意。但既然我们代表各自国家，我还需请示本国政府。”梅汝璈的话顿时让四座吃惊，若法官们各自请示本国政府，何时才能讨论出个眉目来？望着同事们的惊讶神色，梅法官接着说：“其实我认为，法庭座次，应按日本投降时各受降国的签字顺序排列才最合理。首先，今日系审判日本战犯，中国受日本侵害最烈，而中国对日抗战的时间最久、且付出牺牲最大，因此，有八年浴血抗战历史的中国，理应排在第二；再者，没有日本的无条件投降，便没有今日的审判，按各受降国的签字顺序排座，实属顺理成章。”

随之，梅法官幽默一议：“不行就以各人体重排位，我体重最轻排末位也心安理得，回国也好向我的政府交待。”各国法官早已忍俊不禁，庭长韦伯笑着说：“你的建议很好，但它只适用于拳击比赛。”

几天之后，开庭前一天预演，庭长韦伯突然宣布：入场顺序为美、英、中、苏、法、加……梅汝璈见此立即表示抗议，并愤然脱下象征着权力的黑色丝质法袍，拒绝登台预演。韦伯相劝并说明“今天只是彩排”，但梅汝璈回答说：“今日预演，各国已有许多记者和电影摄影师在场，一旦明日见报，便是既成事实。既然我的建议在同仁中并无很多异议，我请求立即对我的建议进行表决。否则，我只有不参加预演，回国向政府辞职。”

韦伯无奈，只得立即召集法官们开会、付诸表决。预演因此被推迟了半个多小时，但法官座次经投票表决，终于决定按日本投降书上各受降国的签字顺序，即：美、中、英、苏、加、法……逐一排定。

一席之争，梅汝璈在世界面前，终于为中国争得了应有的席位，捍卫了中华民族的尊严。

场景三：在对战犯量刑方面，再次发生激烈的争辩。一些来自未遭到日军过多侵略践踏的国家的法官们不赞成对日战犯处以死刑。为了伸张正义，梅汝璈根据审判过程中两年来收集的日军暴行，例如在南京大屠杀中就用了砍头、挖心、水溺、火烧、砍去四肢、割下生殖器等令人发指的暴行，较之德军在奥斯维辛集中营单纯用毒气杀人残酷百倍，坚决主张对首恶必须处以死刑。

法国法官柏奈尔反对死刑，认为死刑不应在文明的国度存在。梅汝璈举起一个杯子，说：“如果说杯子代表人类，水代表文明，”说到这里，他把杯子摔在地上破碎，水四溅。梅汝璈盯着柏奈尔说：“文明是人类创造出来的。可如果人的生命都被无情地被毁灭，那文明还从何谈起？”

印度法官巴尔以佛教慈悲为由反对施用死刑。梅汝璈望着巴尔说：“巴尔先生，我再次提请您注意，您是一个法官。法官的职责是什么？是对罪行进行审判进行认定！然后根据法律给予他们惩罚！我不知道您为什么要来做法官。您具有一个佛教徒的伟大情怀却在纵容犯罪，这决不是一个法官应该有的立场。如果您要坚持这样，那您没有资格坐在审判席上，您应该回到印度的寺庙里去！”

转而，面对全体法官，梅汝璈慷慨陈词：“死刑是什么？死刑是法律对犯罪最严厉的惩罚！为了掠夺别国的资源为了扩张自己的领土为了占领亚洲甚至全世界，日本干了什么？他们杀中国人杀朝鲜人杀菲律宾人杀新加坡人杀美国人杀英国人杀无数无数无辜的平民！他们强劫他们强奸他们放火他们杀戮，难道这些不足以让他们受到法律最严厉的惩罚吗？！如果法律不给日本不给这些战犯以最严厉的惩罚，谁敢保证日本有一天不会再次挑起战争？！谁敢保证日本不会再侵略别的国家？！谁敢保证日本军国主义的幽灵不会再次复活？！”

说到这里，梅汝璈强忍着眼泪，再次环顾各位法官说：“在座哪位先生敢做这样的保证？！”

梅汝璈，中国人民的优秀儿子！他以人类伟大之正义、以智慧博大之渊深、以生命壮烈之激情，最终赢得世界之良知，以 6 票对 5 票之险胜，将东条英机等 7 名日本甲级战犯判处绞刑，荒木贞夫等 16 人被判终身监禁，东乡茂德等 2 人被判有期徒刑，其余 3 人或病死或发疯。

这就是著名的“东京审判”。

东京审判历时两年零七个月，开庭 818 次，法庭纪录 4.8 万余页，出庭作证的证人达 419 人，出示文件证据 4000 多件，判决书长达 1213 页。

在历史的长河中，东京审判是人类正义战胜罪恶的伟大篇章！

时至今日，日本右翼拒不认罪，还频频到靖国神社拜觐血债累累的战犯灵位，正如梅汝璈先生68年前预言的那样："谁敢保证日本军国主义的幽灵不会再次复活？！"

出于对梅先生的无比敬重，我开始从互联网、从图书中搜索查阅梅先生的有关情况。

梅汝璈，字亚轩，1904年出生于江西南昌，祖籍湖北黄梅县孔垅镇梅列村。1924年毕业于清华学校（清华大学前身），后赴美国留学，1926年于斯坦福大学文学院获文科学士学位，1928年于芝加哥大学法学院以优异成绩荣获法学博士学位，当年他只有24岁。

1929年，梅汝璈学成回国，先后在武汉大学、山西大学、中正大学、南开大学、复旦大学当法学教授，并长期担任国民政府立法院委员之职，对于各项法规的制定与推行，多有胜人一筹的贡献。抗日战争胜利时，他代理立法院外交委员会主席。因其在法学界的威望以及对英美法律的精通，42岁的梅汝璈被任命为"远东军事法庭"首席法官。

1948年底，梅汝璈在东京审判日本战犯期间，国民党政府即任命他为行政院政务委员兼司法部长，并电催他回国履新，他托词迟迟不到任。

1949年12月初，出于对国民党政府的彻底失望，梅汝璈决定开始另一种人生。他由东京设法抵达香港，与中共驻港代表乔冠华取得联系，秘密由港赴京。抵京第三天，便应邀出席了中国人民外交学会的成立大会，周恩来在会上介绍："今天参加这个会的，还有刚从香港回来的梅汝璈先生，他为人民办了件大好事，为国家争了光，全国人民都应该感谢他。"

从1950年起，他先后担任外交部顾问、外交学会常务理事、法学会理事、全国人大代表、人大法案委员会委员等职。

1957年"反右运动"时，梅汝璈受到了不公平的对待。在1966年爆发的"文化大革命"中，他遭到了更严重的批判。外交部的"造反派"在抄家时搜出那件他曾在东京审判时穿过的法袍，如获至宝，以为抓住了梅汝璈有反动历史问题的确切证据，他们质问："你保存着这东西，是不是盼着国民党回来变天？"梅汝璈气愤地回答："国民党给我那么大的官我都没做，我是一个被国民党通缉的要犯。说句笑话，真要是复辟了，我的人头落地恐怕还在各位青年之先呢！"当红卫兵要烧掉法袍时，梅汝璈一脸正气地说："你们知道这是什么吗？这是咱们中国人历史上第一次审判外国人时穿的衣服，是民族尊严的见证……”梅汝璈义正辞严，使对方失去了烧掉法袍的勇气。这件历史珍品终于幸免于难。

1973年，遭受“文革”迫害的梅汝璈怀着对未能写完《远东国际军事法庭》一书的遗憾（他从1960年就开始写这部巨著），默默地离开了人世，终年69岁。

1976年，梅汝璈家属遵嘱将他在东京大审判时穿过的法袍和判决书底稿无偿捐献给国家，希望能作为历史的见证，警示后人永远不要忘记那段岁月（据悉，这件法袍现陈列于南昌青云谱区南莲路朱姑桥梅村梅汝璈故居，《远东国际军事法庭》一书由梅先生后人梅小璈于1988年在法律出版社出版）。

梅汝璈，这位曾在远东国际军事法庭上顶天立地的中国法官，世界反法西斯人民都不会忘记这位杰出的中国英雄。

在我开始寻根之旅的日子，我非常想知道梅汝璈先生是梅之树上哪一枝。有一天，我在一位先生的博客里读到，说梅先生先祖是西汉末年的梅福，我惊喜万分！因为我们是同一个宗祖。那一刻，我感到我多少年来对这位英雄的崇敬有了更多的归属感、亲切感，毕竟我们血管里流淌着同一个祖先的血脉！

但该博客说他是梅福第63世孙，这点我不能认可。我虽然没看到梅先生这一支系的宗谱，但我们可以做这样一个概算：梅先生出生于1904年，距公元前四五十年出生的梅福相隔1950年，按梅氏文化研究资深人员梅放告诉我，每一代大约为25至26年，那梅汝璈应为梅福第78世孙或75世孙而不应是63世孙；还有另一佐证：根据一部千辛万苦由四川泸州梅氏保存下来的乾隆三十七年梅氏宗谱记载，1915年出生的我的父亲是梅福74世孙，梅汝璈仅比我父亲早出生11年，怎么说也不应错11代。

不管怎么说，梅汝璈不仅仅是一个家族的骄傲，对他的尊崇和怀念应是整个中华民族的记忆。早在2005年我和孩子在京西万佛华侨陵园安葬丈夫的骨灰时，孩子们突然发现在陵园的一泓湖水之畔，在绿茵茵的草地之上，巍然屹立着梅汝璈和夫人萧侃的合墓。墨黑色花岗岩墓碑前，用汉白玉雕凿着一把闪闪发亮的法律之剑，剑柄朝上剑尖插地，剑与墓碑等高。

站在墓碑前，我们仿佛听见，墓碑里的灵魂在庄严地告诉人们：任何罪恶都无法逃脱正义之剑。

我们全家不禁肃然起敬：是的，法律之剑在梅汝璈这样的法官之手，永远会与正义同歌！

大儿媳凌说："妈，以后清明节我们来祭奠爸爸时，也给梅先生献一束花……"我知道孩子们心中真诚的感情，我明白他们对这位中国英雄何以深深的景仰和敬重。

最后，说说梅氏老谱。

乾隆三十七年的泸州老谱是从商朝末期梅伯开始记辈，我由此觉着泸州老谱是这世上梅氏宗亲的珍宝，是中华文明三千年传承的缩影。也由此我无比感恩在"文革"中冒着生命危险把老谱保存下来的泸州宗亲！感谢把已几乎烂成碎片的400余页老谱千辛万苦、百倍小心粘贴起来的宗亲梅岭初！感谢宗亲梅邦华数百里迢迢从重庆赶往泸州，用相机一页一页拍下了这部277年前梅氏先祖修编的、可以信赖可以传承的族谱。

根据泸州老谱，梅放绘制出一个大冶梅氏三千年世系的表格，他从网络把表格传到了我的电脑，表格异常清晰，一目了然。从这份表格我一眼看到我是梅伯第108世孙、是梅福第75世孙。三千年沧海桑田，我看到了一支汩汩流淌的孤高、洁傲、坚贞、不屈、不媚、不俗、风骨凛然的梅氏血脉！

这血脉汇入华夏五百六十姓氏血脉之汪洋大海，以汤汤漾漾之千钧大势，或滋润或灌溉我华夏广袤大地，创造了中华博大精深之五千年文明。今天，为实现伟大的中国梦，为中华伟大之复兴，这血脉之河之江之海，还将滔滔既往，前仆后继，永不停竭……

2013年10月27日于北京建西苑

2014年第6期《十月》杂志发表

第二辑

往事难如云烟

我深信，人性的善与恶在母亲孕育时已经注定，在儿童年龄期已经铸成。成人后的性格呈现只是原性的继续、修正抑或是在外部环境下的原性发扬和掩藏……

童年旧事

在人生的路上，不知要遇到多少人，然而，最终能留下记忆的并不太多，能够常常眷念的就更少了。

这次回鄂西老家，总想着找一找阿三。阿三是我小学高年级的同学。记得有一个学期，班主任分配阿三和我同座，老师说让我帮助阿三学习。阿三很用功，但学习一般。他很守纪律，上课总是胳膊背在身后，胸脯挺得高高的，坐得十分的端正，一节课也不动一动。

阿三有个坏毛病，年年冬天冻手。每当看到他肿得像馒头一样厚的手背、紫红的皮肤里不断流着黄色的冻疮水时，我就难过得很。有时不敢看，一看，心里就酸酸地疼，好像冻疮长在我的手背上似的。

"你怎么不戴手套?"上早读时，我问阿三。

"我妈没有空给我做，我们铺子里的生意很忙……"阿三用很低的声音回答。阿三说话的声音很好听，带着女孩子的腼腆和温存。

知道这个情况后，我曾几次萌动着一个想法："我给阿三织一双手套。"

我们那时的十三四岁的女孩子，都会搞点很简陋很粗糙的针织。找几根细一些的铁丝，在砖头上磨一磨针尖；或者捡一块随手可拾的竹片，劈开做成四根竹签，用碎碗碴把竹签刮得光光的，这便是毛衣针了。然后，从家里找一些穿破了后跟的长筒棉线袜套（我们那时还不知道世界上有尼龙丝袜!），把线袜套拆成线团，就可以织笔套、手套什么的。为了不妨碍写字，我们常常织那种没有手指、只有手掌的半截手套。那实在是一种很简陋、样子很不好看的手套，但大家都戴这种手套，谁也不嫌难看了。

我想给阿三织一双这样的手套，有时想得很强烈，但却始终未敢。鬼晓得，我们那时都很小，十二三岁的孩子，却都有了“男女有别”的强烈心理。这种心理使男女同学之间界线划得很清，彼此不敢大大方方地往来。

记得班里有个男生，威望很高，俨然是班里男同学中的“王”。“王”很有势力，大凡男生都听“王”的指挥。一下课，只要“王”号召一声干什么，便会有许多人前呼后拥地跟着去干；只要“王”说一声不跟谁玩了，就会“哗啦”一大片人不跟这个同学说话了。“王”和他的“将领”们常常给不服从他们意志的男生和女生起外号，很难听、很伤人心的外号。下课或放学后，他们要么拉着“一、二”的拍子，合起伙来齐声喊一个同学家长的名字（当然，这个家长总是在政治上出了什么问题，名声已很不好）；要么就冲着一个男生喊某一个女生的名子，或冲着一个女生喊某一个男生的名字。这是最糟糕的事情，因为让他们这么一喊，大家就都知道某男生和某女生好了。让人家知道“好了”，是很见不得人的事情。

这样的恶作剧常常使我很害怕，害怕“王”和他的“将领”们。有时怕到了极点，以至恐惧到夜里常常做恶梦。好像从那时起，我就变成了一个谨小慎微的可怜虫。因此，我也暗暗仇恨“王”们一伙，下决心将来长大后，走得远远的，一辈子不再见他们!

阿三和“王”们在一起玩，但却从来没见他伤害过什么人。“王”们有时对阿三好，有时好像也很长时间不跟他说话，那一定是“王”的世界发生了什么矛盾，我想。我总也没搞清阿三到底是不是“王”领导下的公民，可我真希望阿三不属于“王”们的世界。

在上小学5年级的时候，爸爸突然在一个早晨，被划成了“右派”。大字报、漫画、还有划“×”的爸爸的名字在学校内外满世界地贴着。爸爸的样子被人画得很丑，四肢很发达，头很小；有的，还长着一条很长很粗的毛茸茸的尾巴……乍一看到这些，我差点晕了过去。爸爸的学校离我家很近，“王”们常来看大字报、漫画。看完，走到我家门口时，总要合起伙来、扯起喉咙喊我父亲的名字。他们是喊给我听的，喊完就跑。大概他们以为这是最痛快的事情，可我却难过死了。一听见“王”们的喊声，我半天不敢动弹，生怕“王”们看见我。等他们扬长而去之后，我就每每哭着不敢上学。母亲劝我哄我，但到了学校门口，我还是不敢进去，总要躲在校门外什么犄角旮旯或树荫下，直到听见上课的预备铃声，才赶忙跑进教室。一上课，有老师在，“王”们就不敢喊我爸爸的名字了，我总是这样想。

那时，怕“王”们就像耗子怕猫！现在想起来还心有余悸，也很伤心。

“我没喊过你爸爸的名字……”有一次，阿三轻轻地对我说。我也不知是他见我受了侮辱常常一个人偷着哭，还是他感到这样欺负人不好，反正他向我这样表白了。记得听见阿三这句话后，我哭得很厉害，嗓子里像堵着一大团棉花，一个早自习都没上成。阿三那个早读也没有大声地背书，只是把书本来回地翻转着，样子也怪可怜。

其实，我心里也很清楚，阿三虽然和“王”们要好，但他的心地善良，不愿欺负人。这是他那双明亮的、大大的单眼皮眼睛告诉我的。那双眼睛望着你时，很纯真，很友好，很平和，使你根本不用害怕他。记得那时，我只好望阿三的这双眼睛，而对其他男生，特别是“王”们，我根本不敢正视一次。

很长很长的岁月，阿三的这双眼睛始终留在我的心底，我甚至觉着，这双给过我同情的挺好看的眼睛一生也不会在我的心底熄灭……

阿三很会打球，是布球。就是用线绳把旧棉花套子紧紧缠成一个圆团，缠成西瓜大、碗大、皮球大，随自己的意。缠好后再在外面套一截旧线袜套，把破口处缝好，就是球了。那个年代的鄂西城小学校里，学生们都是玩这种球，缠布球也几乎成风。阿三的布球缠得很圆，也很瓷实。阿三投球的命中率也相当高，几乎是百发百中。阿三在球队里是5号，5号意味着球打得最好，5号一般都是球队队长。女生们爱玩球的极少，我们班只有两个，我是其中之一。

记得阿三在每每随便分班打球时，总是要上我，算他一边的。那时，男女混合打球玩，是常有的事。即便是下课后随便在场上投篮，阿三也时而把抢上的球扔给站在操场边的可怜巴巴的我。后来，我的篮球打得很不错，以至到了初中、高中、大学竟历任了校队队长。那时就常常想，会打篮球得多谢阿三。

然而，阿三这种善良、友好的举动在当时是需要勇气的，也是要冒风险的。因为这样做，注定要遭到“王”们的嘲笑和讽刺的。

这样的不幸终于发生了。不知在哪一天，也不知是为了什么，“王”们突然冲着我喊起阿三的名字了，喊得很凶。他们使劲冲我一喊，我就觉得天一下子塌了，心一下子碎了，眼一下子黑了，头一下子炸了……

有几次，我也看见他们冲着阿三喊我的名字。阿三一声不吭，紧紧地闭着双唇，脸涨得通红。看见阿三难堪的样子，我心里就很难过，觉得对不起他。

从那以后，我就再也不想给阿三织手套的事了；阿三打布球，我再也不敢去了；上早读，我们俩也不再悄悄说话了；我们谁也不再理谁，好像恼了。但到了冬天，再看见阿三肿得黑紫黑紫像馒头一样厚的手背时，我就觉得我欠了阿三许多许多，永远都不会再给他了……

阿三的家在“王一茂酱菜铺”的对面，我不知道他家开的什么铺子，只记得每次到“王一茂酱菜铺”买辣酱时，我总要往阿三家的铺子里看。只见门口的台阶上下，摆着许多的竹筐、竹篓、竹篮子，还有女人们用的黄草纸；漆着黑漆的粗糙的柜台上，圆口玻璃瓶内装着滚白砂糖的橘子瓣糖，也有包着玻璃纸、安着竹棍像拨浪鼓似的棒棒糖……其实，在别的铺子也能买辣酱的，但我总愿意跑得老远，去“王一茂酱菜铺”买。也说不清为什么，只是想阿三从铺子里走出来就好了。其实，即使阿三从铺子里走出来，我也不会去和他说话的，但我希望他走出来……

有一次，我又去买辣酱，阿三真的从铺子里走出来了，而且看见了我。知道阿三看见我后，我突然又感到害怕起来。这时，只见阿三沿着青石板铺就的小街，向我走来。

“他们也在这条街上住，不要让他们看见你，要不，又要喊你爸爸的名字了……”说完，他“咚咚”地跑了回去。我知道他说的“他们”，是指“王”们。

望着阿三跑进了铺子，我又想哭。我突然觉着，我再也不会忘记阿三了，阿三将来长大了，一定是世界上最好的男人！

后来，考上中学后，我就不知阿三在哪里了。是考上了还是没考上？考上了在哪个班？我都不懂得去打听。成年后，常常为这事后悔，做孩子的时候，怎么就不懂得珍惜友情?！

中学念了一年以后，我就走得很远，到汉江的下游去找我哥哥了，为求学也为求生，因为父母弟妹已被遣送到很深的山里了。从此，我就再也没有看见阿三，但阿三那双明亮的、充满善意的眼睛却常常出现在我的眼前和梦中。

人生不知怎么就过得这样匆匆忙忙，这样不知不觉，似乎还没有弄清是怎么回事就走过了许许多多的年月。20 多年后的一天，我回故乡探望母亲，第一个想找的就是阿三。

出乎意料之外，我竟然很顺利地找到了儿时的“王”。“王”很热情地接待了我，“王”有一个很漂亮年轻的妻子。这个年龄、这个时代见到“王”，我好一番百感交集。说起儿时的旧事，我不禁潸然泪下，“王”也黯然神伤。

“不提过去了，我们那时都小，不懂事……你父亲死得很苦。”“王”说得很真诚，很凄楚。是呀，几十年的风风雨雨，我们都长大了，儿时的恩也好，怨也好，现在想起来，都是可爱的事情，都让人留恋，让人怀念……

“王”很快帮我找到了阿三以及儿时的两个同学。当“王”领着阿三来见我的时候，我竟十分地慌乱起来，大脑的荧光屏上不时地闪现着阿三那双明亮的单眼皮眼睛。当听到他们说笑着走进家门时，我企图努力辩认出阿三的声音，然而，却办不到……

阿三最后一个走进家门。当我努力认出那就是阿三时，我的心突然一阵悲哀和失望——那不是我记忆中的阿三！那双明亮的眼睛在哪儿？站在我面前的阿三，显得平静而淡漠，对于我的归来似乎是早已意料中的事情，并未显出多少惊喜和亲切。已经稍稍发胖的身躯和已经开始脱落的头发，使我的心痉挛般地抽动起来：岁月夺走了我儿时的阿三……我突然感到很伤心，我们失去的太多了！人的一生有许多值得珍惜的东西，可当我们还没来得及去珍惜它时，一切都已成为过去，一切都不存在了……

阿三邀我去他家吃饭，“王”和儿时的两位同学同去，我感到很高兴。我知道，这是阿三和“王”的心愿。很感谢我童年的朋友们为我安排这样美好的程序。我们这些人，一生中相见的机会太少了，这样的聚会将成为最美好的忆念。

阿三的妻子比阿三大，也不漂亮。妻子是县里的“三八红旗手”，劳动模范。望着蹲在地上默默地刮着鱼鳞的阿三和跑里跑外为我们张罗佳肴的阿三的贤慧的妻子，我感到很安慰，但却又一阵凄恻：儿时的阿三再也不会归来了，这就是人生……

“……1969年我在北京当兵，听说你在那里上大学，我去找过你，但没找着。”吃饭的时候，阿三对我说。这是我意料不到的事情。望着阿三，我便有万千的感激，阿三终没有忘记我！

“我提议，为我们的童年干杯！”我站了起来。

阿三和“王”、还有童年的好友都高高举起了酒杯。

这一瞬，大家似乎都有许多话想说，但却谁也没说什么，我不知这一颗颗沉默的心里是否和我一样在想：人生最美好的莫过于友谊，友谊最深厚的眷恋莫过于童年的相知……我突觉鼻尖发酸，真想哭。

临走，阿三开着小车送我上车站（阿三在县政府为首长们开车）。

“很难过，我们都长大了……”真真没想到，临别时，阿三能讲出这样动情的话。然而，他的样子却很淡漠，很祥静，甚至可以说毫无表情，只是眼望前方，静稳地打着方向盘。这种不动声色的样子使我很压抑。自找到阿三，我就总想和他说说小时候的事情，比如关于手套、布球或者“喊名字”的风波……然而，岁月里的阿三已长成一个沉静而冷凝的男子汉，成年的阿三不属于我的感情，我想。实在是没想到，临别，阿三却说了这句令我一生再不会忘记他的话。

感谢我圆如明月清如水的乡梦，梦中，童年的阿三向我走来……

1986 年第 7 期《作家》杂志发表
1987 年第 2 期《散文选刊》转载
1991 年第 3 期《读者文摘》转载
收入人教社八年级语文读本
获吉林省第二届“作家奖”
收入《中国百年百篇经典散文》等 29 种选本

福哥儿

我总也忘不了儿时的那株白腊树，白腊树是它的小名，它的学名叫女贞子树。多好听的名字，女贞子！有这样纯洁名字的树给了我怎样纯洁的记忆呢？大半生了，从鄂西走到北京，从北京走到大漠塞外，走了怎样远的路啊？唯忘不掉乡下茅屋旁那株白腊树。啊，我童年的树……

1

“笛——笛——”福哥儿在白腊树下吹“叫叫”了。

“叫叫”是用翠绿翠绿的白腊树叶卷做的。白腊树叶很像我后来在北方随处可以看到的冬青树的叶子，而冬青树只是矮小的灌木树丛，白腊树却可以遮天蔽日，可以独树成林。福哥儿常常用白腊树叶做“叫叫”吹，我也喜欢。福哥儿的“叫叫”一响，我便抱着小妹出得门来。于是，我们便团坐在白腊树下，吹“叫叫”

了。我们使劲地鼓着腮，看谁吹得响……我们总这样坐在白腊树下吹“叫叫”，葱郁的白腊树下蓄满了夏日的荫凉，也蓄满了我童年的喜乐。

那是父亲在城里教书的时候，妈帮奶奶在乡下种张府给的那儿亩水田，我要看小妹，便跟着妈了，哥哥和弟弟在城里跟着爸爸。

多寂寞啊，深深的山坳；多神秘啊，深深的山坳。两家人对山一喊，便能听得真真的，可要走呢，近者得一顿饭工夫，远者需半天呢！白天，大人们一上坡——鄂西人把“下地”叫作“上坡”——门子便都丢给孩子们了。山坳里是这般的静，这般的寂。我们只能抬头看着窄窄的天上飘着几片云，听白腊树顶几只小鸟唧唧地啁叫。于是，福哥儿和我的“叫叫”便是山坳里最美的“乐”了。

孩儿家总是不甘寂寞的，我们总是变着法儿玩。

我们玩“做饭”：福哥儿找来一片瓦，用两块石头把瓦支起来，他说这就是锅了。然后，他便去田埂上采来芥菜、牛舌菜、芨芨菜之类，放在瓦片上，这便是我们的“饭”了。

我们玩“喂蚂蚁”：我们常常把抓来的苍蝇放在蚂蚁路过的地方，然后开始呼唤：“蚂蚁蚂蚁抬蚊来，大娃不来小娃来……”我们趴在地上，死死盯着来往的小蚂蚁，看着它们一个、二个、三个……地走过来，围着苍蝇转圈，然后开始闻闻、嗅嗅，然后相互把触角碰碰，好像在说：“我们把它抬回去。”其中定有一个掉转头跑回去，好像是去给爸爸妈妈兄弟姐妹们报信。不一会儿，一队浩浩荡荡的蚂蚁队伍出发了。当它们齐心协力把大苍蝇抬回洞里时，福哥儿总是第一个从地上爬起来欢呼：“有饭吃了！蚂蚁有饭吃了……”这时，我们总是相互望着沾满了土的肚皮“吃吃”地笑。

我们玩“抬轿轿”：我们各自双手交叉，然后相互紧握着对方的两只手腕，小妹便可以坐在我们的腕子上。我们抬着小妹转圈圈，福哥儿一边转一边喊：“往婆子了！往婆子了……”鄂西人把嫁姑娘叫作“往婆子”。那时节，我们都不满 8 岁，常常是抬不动的，一不小心便将小妹摔了下来。小妹因常挨摔，左腚上淤血化脓，母亲发现后带小妹去山那边找人割脓疮，竟流了一碗脓血。这已是后来的事了。

我们还玩“做爸爸妈妈”：福哥儿捏个小泥人，我摘来肥阔的柿树叶，用指甲把柿叶掐成小衣样儿，然后套在小泥人身上。福哥儿有时还把汗腥腥的小褂儿脱下给小泥人盖上，然后装模做样地说："睡吧，爹爹到山上砍柴去了。"说完，他便扛着一只扁担（柴棍！）蹒跚着向白腊树后面的山坡上走去。我用福歌儿的小褂儿把小泥人裹住，裹成一个大团团，然后抱在怀里，学"做妈妈"。我轻轻地、有节奏地拍着怀中的小泥人，一摇一晃地唱着小时候母亲哄我们时唱的歌："啊啊，娃娃乖呀！抱上街呀，买个油馍揣回来呀！啊啊……"这大概是我最早的扮戏了。

白腊树下我和福哥儿总这样扮戏，有时玩累了，我们便在树下蚂蚁草滩上睡去。一觉醒来，我们身上、脖子里爬上了许多蚂蚁。我们一直玩到大人们从地里回来，便各自回家。

有一次，母亲从地里回来，给我带回一柿叶像桑籽一样的野莓子。母亲坐在门槛上喂小妹吃奶，我偎在母亲膝边吃酸甜酸甜的野莓子。半天了，我才想起福哥儿，往树下一看，他双手托腮坐在那里，正呆呆地看我们呢！那时，我是怎样地心酸……

"福哥儿爸为啥子不要福哥儿妈了呢？"我问母亲。

"小孩子家不要问了，拿莓子给他，一块儿吃。"母亲说。

我跑过去，把柿叶里的野莓子倒给他一半，他用两只小手捧接着，然后大口地吃。野莓子汁把我们的脸蛋染得黑紫，我们互相看着，"吃吃"地笑……

后来，母亲告诉我说，福哥儿的爸已在武汉给他找了"新妈"。可福哥儿和奶奶依然住在乡下。我常想，福哥儿知道他有"新妈"了么？但我总也没问，母亲不让问。

福哥儿爷爷奶奶们那辈人家，是乡下大户人家。新中国成立时，他们家族的成分不是地主就是富农。福哥儿爸从小在外边读书。1947 年郧阳解放时，他又和我父亲一块儿参加组建郧阳专署工作，我父亲在陕南公学当文化教员，福哥儿爸在专署财政科，后来大军南下时跟部队走了。福哥儿爸不爱福哥儿妈，因为人们说福哥儿妈和长工过着……这是许多年以后我才听说的。

我们在乡下只住了几年，后来，爸爸又接我们进城住了。从此，我有许多年再没有看见福哥儿，再没有看见童年那棵白腊树。

2

我再看见福哥儿的时候，已是我离开乡下10年后的一个夏天。父亲政治上遭难、我们全家被遣送下乡时，我没有跟去，我到很远的地方找我哥哥念书去了。记得那年的暑期放4个月假，下放了许多出身不好和年龄偏大的学生。暑假这么长，哥哥已和老师们下乡帮农民搞“抢种抢收”，我只得又从很远的地方回鄂西乡下找父亲母亲，这时我又看见了福哥儿。我们一时竟不敢相认。他长大了，瘦瘦的，高高的，两只眼睛晶亮晶亮，像两颗黑宝石镶在黝黑的脸庞上。母亲说，福哥儿的两只眼睛像他妈，福哥儿高而端正的鼻梁像他爸。

白腊树下，我和福哥儿说着小时候的故事……

快开学了，哥哥来信叫我。我走的头一天，福哥儿来了。他坐在我家门槛上，呆呆地看着我，说：“姐，我真想跟你一起走，到武汉找我爸。我高小已毕业两年了……我想上中学。”

“你真该找你爸爸去的……”我说。

“可我爸爸来信说，叫我在乡下照看奶奶。再说，我也没有路费……”他低着头，哀哀的。蓦地，他又抬起头望着我说：“姐，你到了武汉，帮我找一下爸爸，叫他给我寄点路费，我一定要去的……”说着，他的眼内噙满了泪水。

我是一阵怎样的心酸、怎样的凄惶啊！福哥儿，我是去襄阳而不是去武汉，武汉在哪儿我也不知道。我想，那时福哥儿肯定和我一样，压根儿没弄清武汉和襄阳的地理概念。但就在那个瞬间，我多么希望我的家突然变得有许多许多的钱，可以帮助福哥儿去武汉找他爸爸。然而，我是怎样地难过！我仅有的15元报名费和路费还是父亲卖了两担山柴、母亲卖了一只猪崽才凑起来的。于是，我掉泪了。

“姐，这是我妈给我做的一双布凉鞋，很好看。听说新妈的女儿也长大了，姐帮我把这双布凉鞋带给那里的小妹……”福哥说着，打开一个白布包，包里放着有福哥儿爸地址的信皮，另有一双崭新的布凉鞋。毛边白鞋底纳得密密的，鞋耳全用各色新布缝制，一层叠一层，尽是彩色花了，鞋鼻处还缀着一个红红的小绒球，委实好看。这便是母亲做的，我心想。然而，我知道他母亲已改嫁到很远的山里，又为山里的那个男人生了5个孩子！

“城里人不穿这个，你留着，这是母亲做的……”我对福哥儿说。

“那我没得啥子捎给爸爸了……”他无望地低下了头。

可怜的福哥儿，你要捎给爸爸什么呢？你爸爸又捎给你过什么呢？

后来，我再没回过鄂西乡下，直到高中二年级我到武汉参加湖北省青少年运动会时，我真的去找福哥爸了，按福哥儿那年给我的信皮上的地址。后来的年代里我反复地想过一个问题，那就是：我惊讶少女时代的我，何以顽强地将福哥儿给我的那张揉皱了的粗纸信封从初中保存到了高中?!

武汉，那么大的城市！我有被淹没的感觉。何况，福哥儿爸还做着那么大的长江航运局的什么官！那我也要去找，为了福哥儿能念上书，为了福哥儿能到武汉。

记得那是黑夜了，我终于找到福哥儿爸爸家。不巧，他爸不在。保姆把我领进卧室，保姆没为我开灯，因为福哥儿的新妈已睡了。我咬了咬牙，壮了壮胆，便隔着蚊帐说了：“表姨，”过去母亲曾这样教我称呼，“我是福哥儿家乡的……福哥儿让我捎个信，他想来武汉念书，让表叔给他寄点路费……或者，帮他找个临时工。”我终于把福哥儿的意思全说了。模糊中，我见蚊帐里的“表姨”翻了个身，说了声：“知道了！”于是，我便退了出来。

天呀，我竟有这般的勇气向一个躺着的、陌生的大人说了这般严肃的事情！她“知道了”，我释然了。当我独自走在武汉大街上时，我心中有说不尽的轻松和喜悦。我竟觉武汉的马路变宽了，路灯更亮了。我甚至是蹦着跳着走的——因为福哥儿能来武汉了！

3

我第三次见到福哥儿，是又过了五年之后，那时，我正在北京上大学。史无前例的“文化大革命”已进行一年了，学生们开始了史无前例的“大串联”，全国停课“闹革命”，我也便史无前例地偷跑回鄂西乡下看父母亲了。说“偷跑”，是因为我已被归为“黑五类”子女，不能参加红卫兵；不是红卫兵，便不能也不敢到全国各地“串联”。

白腊树下，我和小妹说着小时候的事情。

“福哥儿最终也没去成武汉，他爸从没给他寄钱来……”小妹很伤心地说。

“这是为什么？我是真的告诉了他新妈的！”我惊极气极。

“妈是这样猜的……你不该告诉他新妈，你该告诉他爸才是。”小妹哀怨。

我好一阵怅惘黯然。这是怎么回事呢？但我终有所悟了，他新妈怎么会把这事告诉他爸呢？我真是傻呀！如果说生活在不断告诉我纯洁无知的心灵许多严酷的事情，那么，“福哥儿新妈不是福哥儿亲妈、新妈不会对福哥儿好”这件事，绝对是对我认识人间世情的一次新的惊醒。我很后悔自己曾经的无知。

福哥儿，我是将你辜负了！

“他现在怎样？”我问小妹。

“他奶奶早死了，是前几年饿死的，他现在一个人过。这年月，生产队又说他是富农后代，走资派的儿子，恐怕他爸也出事了。他挨了许多打……妈说，他已有些神经了。前天，队里分的稻谷，放在家里让人偷了……听说他病了。”

“这就去看他……”我起身就走。

小妹领着我顺着山坳往下走，不到一里地，便看见一间小茅棚，像一个乞讨的老妪，孤独无望地立在半山腰上。唯有一株幼小的白腊树在风中摇着，默默地陪伴着茅屋的寂寞。

小妹说，那便是福哥儿的家了。我不禁一阵难言的颤栗，这充其量不过是一间“看瓜棚”啊！茅屋顶上的山草已变成灰白色，矮矮的土板墙上留着许多圆圆的“鼠洞”，用玉米秸扎成的门大开着。一只小猪崽儿在灶前“哼哼”地拱着，小耗子贼溜溜地顺着墙根跑……我们进得屋来，只能站在棚脊处，别处是立不起身的。福哥儿蒙着又脏又烂的棉被躺在地铺上，没发现我们进来。

“福哥儿……”小妹轻轻地喊。

“福哥儿……”我轻轻地喊。

福哥儿从被里伸出头来，漠然地看着我们。我原以为他会惊喜的，然而却无。他很黑很瘦，头发又长又乱，眼角堆满眼屎，目光滞滞的。我又一阵颤栗：他本该有的那双宝石般的眼睛啊！

“姐，听说你回来，没去看你，我病了……”他说。“姐，你走时，到武汉再找找我爸，让我爸帮我找点活儿……我想，武汉那边总有农场的。要不，我爸在航运局工作，在船上、码头上帮我找点活也行。告诉我爸，我什么苦都能吃……”他流着泪。

我默默地点头，无边的凄然、无边的悲凉啊！我只觉得我的心沉下去了！沉下去了……

福哥儿，你竟这般境遇、这般境遇啊！而你的母亲当初却给你起了一个怎样辉煌的名字？

我和小妹为福哥儿整理了家，喂了那只小猪崽，坐了一阵便走了。走过一段路后，我忽地转过身来，见福哥儿依在门口，向我们笑着。啊，那含泪的、凄凉的笑我一世也不会忘了！

“小妹，他应该成家。有人照顾他就好了……”我说。

“姐，没人跟他，一辈子没人跟他的……”小妹说。

我长时间地默然，终于无语。

返北京时，我又到武汉去找福哥爸了。然而，满世界的大字报已糊满了我五年前曾去过的那所楼寓。那世人惶惶不可终日的岁月啊！我无从打听，无从打听呀……

4

时光流逝，人世沧桑，又 15 年过去了。我这心灵的脆弱者，总也无法忘却乡下的旧事。感谢母亲给我带来了福哥儿的福音，说 38 岁的福哥儿终于结婚了，新嫁娘还是一个未婚的女子，比福哥儿小十多岁。福哥儿这两年终于可以在外面做些临时工，挣了几千元钱，是不是他爸帮忙的，不知道。于是，村里人和亲戚帮助福哥儿盖了两间瓦房……

夜深了，我出得门来，月儿镰似的，挂在中天；风微微的，像说着悄悄话。高高的月啊，想你能看见我故乡的那株白腊树的；微微的风啊，想你能听见福哥儿在白腊树下吹“叫叫”的，能听见福哥儿妻在白腊树下唱着那支“做妈妈”的歌：“啊啊，娃娃乖呀，抱上街呀！买个油馍揣回来呀……啊啊……”

5

又过了 7 年——1991 年秋天，我回故乡采访。郧阳地委的车送我去中国著名哲人杨献珍的故乡安阳镇。车过我童年呆过的山坳，我让司机把车停下，我说什么也要去看看福哥儿，已 22 年没有见到他了。

顺着一座山梁的路走下山坳再上对面的山梁，就是福哥儿的家——福哥儿家族的人这么指引着。这是一堵简易粗糙的干打垒土墙瓦房，但已比当年的“看瓜棚”不知强多少！然而，我万万没有想到，福哥儿竟依然乞丐般躺在后墙角的一摊稻草上，病得奄奄一息。环视土屋，门口一捆湿柴，树叶还泛着青绿，是亲戚刚刚帮他砍的；后墙的另一角有个大锅台，落满厚厚的尘土；水缸里无一滴水，米筒里无一粒米，只有一只破碗里有一点粗盐，盐里混着很多土粒；屋子中央的地面很高，且坑坑洼洼，好像当初盖完房从没有清理过屋内的堆土。除此之外，这堵土屋空空荡荡……

福哥儿怎么会是这样？我惊呆了！

这时，福哥儿慢慢从草堆里坐起，然后拄着一根比他还高的长竹竿，踉踉跄跄地朝我走来。我迎过去，拉着他枯瘦如柴的双手，泪水同时从我们的心底汹涌着流出。福哥儿，都什么年代了，你为什么还是这个样子啊？福哥儿艰难地走出屋门，坐在门外的土坎上，很长的竹竿搂在怀里，只是无声地流泪。

福哥儿家族的人们围过来告诉我说，前几年，福哥儿在外面打工时，妻子跟别的男人跑了，福哥儿打工挣的三千元钱也让妻子骗走了。后来，妻子死活要与福哥儿离婚，法院判离了，两岁的儿子也判给了女方，福哥儿彻底崩溃了，从此便一病不起。这几年吃饭都是这家一碗那家一碗地给他送，有一顿没一顿的……

"姐，我快要死了……你到了武汉，找到我爸爸，让他回来看看我……他回来看看我，我就安心死了……"福哥儿说着，眼泪哗哗。

"福哥儿，你不会死的……你一定要挺住……这次我一定要找到你爸爸……"我也眼泪哗哗。

福哥儿说着给了他爸爸的一个新地址，我想，这些年，他们父子有过书信。

留给福哥儿一些钱后，我走了。

返回塞外途中，我专程去了武汉。我终于在江岸码头附近的一座13层的高楼里找到了福哥儿爸爸——在客厅与卧室之间的过道里有一张简陋的小床，小床上躺着一个干瘦的老人，他就是我从未找到过、又仿佛大半生都在找的人。客厅门口处，一位看上去比福哥儿爸年龄小一些的老年女性在洗着炊具，我认定她就是当年在蚊帐里翻着身说"知道了"的那位"表姨"！我感觉她望我的眼神很警惕，而如今的我望她的眼神同样也很警惕！

打过一声招呼之后，我便向过道里的老人径直走去。我向老人做了自我介绍，向他说了我父亲的名字，他听后便流泪了。我随之拿出我的身份证、工作证和名片。我说明着来意，老人边听边泪流满面。我们说话的声音尽量压低，因为洗着炊具的"表姨"就离我们不远。我希望老人能在儿子最后的日子里回去看看，但老人无奈地说一个月前他做了疝气手术，回去是不可能的了……

从楼里出来，我说不尽的伤感！福哥儿，对于父亲，你是永远地空望了！就命运而言，你这一生都是一个孤苦无依的孩子，谁人能道尽你心中对父亲、对爱的苦望？

回到塞外，我给福哥儿寄去了一大包衣服：单的、棉的、薄的、厚的，一共13件。我希望他能度过冬季，他只有46岁！

后来，弟弟来信说，福哥儿死了，就在那年冬天。他父亲终没有回来……

1984年第9期《参花》杂志发表

1992年续写

玩泥巴手枪的男人

1

壬申年早春时节，收到申子哥从遥远的鄂西北寄来的一张明信片，上面写着：赠你一支四十年前的泥巴手枪。明信片右上角贴着一块指甲盖大小的、从什么合影中剪下的黑白照片，照片是20世纪50年代的十多岁的申子哥。申子哥的大眼睛清澈黑亮。于是，一个女孩子和一个男孩子黑亮黑亮的童年便梦幻般在眼前跳荡……

后来，书桌上的电话铃每每响起，便传来申子哥三千里外的声音："你发表了文章都寄给我看，我是你最好的读者。""你写作累了，回故乡来，童年的朋友们都很想念你。" "到了晚年时，你回故乡，我们可以'采菊东篱下，悠然见南山'"……

一段时间以来，来自故乡的温慰抚摸着我孤独而疲惫的心。于是我想，今生今世，无论我走多远，但永远走不出童年真纯的友情。

我无尽地怀念着童年，说不清那一段童年的生活为什么三十年、四十年地在我的记忆里浮泛。

2

……父亲终于接母亲和我们兄妹进城住了。我们进城的那年，申子哥一家也从武汉来到了这座被汉水三面环绕的古城郧阳府——郧阳是明代成化年间设府，距今已有四五百年的历史，后来的年月里，无论它的建制如何改来改去，人们却一直习惯称它为郧阳府。

申子哥的父亲和我的父亲同在那所全省一流的中学堂教书，他们是否在20世纪40年代初毕业于同一所大学我没问清，我只记得我是从来没敢和这位长得很高很瘦很平静的先生说过一句话的，但我却常常挤在母亲和申子哥母亲中间，仰着脸，听申子哥母亲说很洪亮很急切的武汉话。

申子哥也说武汉话。那时，小城里的孩子们很羡慕从山外边来的人，申子哥一说话，一伙孩子便围了过来，好奇地望着他，“吃吃”、“嘻嘻”地笑着，喊他“小蛮子”。每当此时，申子哥脸都涨得通红，不再讲话。望着申子哥真纯明亮的眼睛，我就想：申子哥是从什么地方来的人呢？那地方一定有汽车、大炮、高楼、飞机和马……有我在小人书里看到的而小城没有的所有的好东西。

20世纪50年代初，郧阳府的人还很穷，同学家里多以推磨、挑脚、做豆腐、卖豆芽为生。每每到同学家玩耍，常常看到蒙着眼的毛驴围着一盘石磨默默地在转，驴粪堆在屋角；看到一口一口比我们还高的装豆浆或泡豆芽菜的大缸。同学家吃的大都是苞谷糁、豌豆面，有的家还吃麦麸子。那时，我们这些教师的孩子就算很优越的了。尽管我们的父亲母亲们一月的工资只有四五十元，但每天早晨上早学，母亲们都要给我们三分、五分纸币，让我们去买根油条或切块锅盔馍做早点，这是郧阳府娃子们极眼馋的事。常有同学们围着申子哥说：“给我掰一点……”申子哥从未让他们难堪过，总是很痛快地让他们“掰一点”或“吃一口”。记得有个家里很穷、头上长满秃子又总留级的同学为了能“吃一口”或“掰一点”，硬缠着要和申子哥“桃园三结义”，申子哥都同意了。那时，我总觉得，从遥远地方来的申子哥是个心眼顶好的小男人。

那个年代，鄂西北小学校的娃子们多是剃“光光头”、打赤脚，下雪天也有不穿鞋的。有的学生还长秃子、疥疮、烂眼梢等，而从武汉来的申子哥却留了一个漂亮的偏分头。每每下课，同学们都要很好奇、很羡慕地去摸他的头；申子哥穿的拉链衣衫，同学们也没见过，他们总爱抻着那个拉链上上下下地拉了又拉；下雨天，申子哥穿双浅腰胶鞋，同学们便指着自己的光脚板对他说：“你看，我们的肉胶鞋……”说完，他们就把脚伸得高高的，大拇指上下活动着。申子哥总是笑着，笑得很友好、很善良。

3

我们家和申子哥家同住一个小院。古老陌生的小城使我们这些萍水相逢的孩子很快亲热起来，申子哥也很快成为小院孩子们的领袖，我们常常被他吸引着，召唤着。郧阳府的娃子们会玩的，我们都玩得淋漓尽致。

几十年过去了，我没忘记申子哥，申子哥竟也没有忘记那个梳着男孩一样的短分头、穿着小裤衩、豁着牙在泥水里“咯咯”傻笑的小女孩。

最开心的莫过于和申子哥一起玩“八路夜壶”。“八路夜壶”是郧阳府的娃子们最喜欢玩的一种捉迷藏的游戏。每当月朗星稀的夜晚，家属院的十几个孩子都被申子哥召集到一起玩这种游戏。“八路”是我们童年就崇拜的“八路军”，“夜壶”即土匪，父亲母亲们把新中国成立前横行在鄂西北的土匪叫“夜壶队”。我们很乖地一溜排靠墙根站着，月亮照着我们弄得很脏的小背心小裤衩。申子哥和我弟弟先是“包子”、“锤子”、“剪子”地猜一气拳，猜赢者为八路军的“头儿”，猜输者为“夜壶队”的“头儿”，然后，由他们两人开始“点兵点将”。申子哥和我弟弟必须要一字一句地反复念一段歌谣：“点兵点将，苛苛和尚，有钱喝酒，没钱和我同路走。”他们把最后一个“走”字念得很响很重，我们则按这 19 个字的顺序被来回点拨着，“走”字落在谁头上，谁就站出来。把队伍“点拨”完，“夜壶队”人员便开始迅速躲藏，几分钟后，“八路军”开始英勇搜捕。大街小巷，残垣断墙，花地橘林，葡萄架下，抑或是中学堂的学生宿舍，都是“夜壶队”藏身的地方……

那个时候，仿佛整个世界都属于我们的童年。

有一次，属“夜壶队”的我钻进了中学堂宿舍院内的一堆稻草里，不一会，便被属“八路军”的申子哥发现，他本可像捉小鸡一样把我“擒获”，成为他的俘虏，但他却一声没吭，把我从稻草堆拉出来，他望着满头草屑的我说：“你跑吧！”说完，他就飞跑着去捉别的“土匪”了。

申子哥为什么要放我？是对我的怜悯，还是对一个小丫头的不屑？还是……正闷着，中学堂一个高高的男学生一把抓住我，厉声喝斥：“你这个假儿娃子成天在这里捣乱，今天非惩罚你不可……”说着，他就把我拽到宿舍，绑在了床腿上，然后关上门走了。我吓得哭了起来，这时，申子哥从天而降——我以为他是从天而降——出现在我的面前。看见申子哥，我更加大哭起来，申子哥三下五除二地解开了绳子，拉起我的手，撒腿就跑……

人生本有许多逆境，拯救帮助我的人也很多，但我总也不能忘却这次童年的“拯救”。

最令人难忘的是和申子哥一起玩泥巴手枪。申子哥雕塑的泥巴手枪足可以以假乱真。不知申子哥和我弟弟常常从什么地方挖来又红又黏的泥巴，他们把泥巴在光石板上扳得又光又硬，扳成长方形，然后用小刀雕成一把把大小、式样不同的手枪。雕好后，放在阴凉的地方晾干，然后涂上墨汁，墨汁干后再用软铅笔涂抹，直抹得一把把“小盒子枪”铮明瓦亮。

我常常坐在泥地上，歪在申子哥旁边，看他和我弟弟雕泥巴手枪，口水流老长都不觉察。申子哥总是把雕成的小手枪送我一支。

看着腰间扎着皮带、别着“手枪”的申子哥，我就很羡慕。十二三岁的申子哥像电影里很潇洒、很英俊、很帅的八路军连长或游击队队长。

我们还常常在一起“打珠子”、“打泡”、“打纸蛤蟆”、“打木旋螺”、“打翘”……鄂西北郧阳府里唯一留着短分头的女娃子就这样整日价和儿娃子们厮混在一起，像尾巴和影子一样跟在申子哥和我弟弟的身后，度过了人生最珍贵、最无忧无虑的时光。

许多年过去了，我都无法忘记那段没有小女孩的长发、没有小女孩的娇柔的童年。许多年许多年之后，鄂西北已经长成大人的男人们见到我时就说："你就是那个小时候成天和儿娃子一起玩的假男孩么?"我哭了。多么美丽的记忆啊!

4

假若不是那场猝然驾到的政治风云，假若不是后来我们和父辈一起经历了漫长的人生苦境，我也许不会像现在这样深刻地眷念那一段童年，眷念申子哥……

我的父亲，申子哥的父亲，中学堂的许多叔叔、阿姨们一夜间都被划成了右派，灾难乌云般笼罩了我们的生活。虽然，我们并不知道世界究竟发生了什么，但我们从父母痛苦的神情、忧伤的眼泪，甚至不再敢大声说话的情景中知道，我们无忧无虑的童年和少年时代结束了。

父辈们很快被隔离，不许再和家人见面。不久，便又发配到很远的地方劳动改造。我的父亲被遣送到牛头山放羊喂猪，申子哥的父亲被遣送到花果山农场种地，同院的黄校长被抓进了监狱。每到夜晚，在我们居住的街巷里，我们总看到有戴手铐的叔叔、阿姨们从我们身边走过，母亲们搂住我们，恐惧到了极点。在我们偎在母亲的怀里、瞪大惊恐的眼睛看这个世界时，我们童年的梦刹那间破碎了，变成一片片深秋的落叶，忧伤地在风雨中飘零……

很久没见到申子哥，家属院的孩子突然都变得沉默孤独起来，谁也不再找谁。记得从那时起，我们谁也没再玩过"打珠子"、"打泡"、"打纸蛤蟆"、玩"八路夜壶"抑或是"斗蛐蛐"、雕泥巴手枪，孩提时代所有的游戏从此永远成为记忆。我们一夜之间长大了 10 岁……

父亲被革除了工职，我们不得不帮着父亲拉石灰，五里长路拉一板车石灰能挣两元运费；放假后，我和母亲一起到新城挖土方，挖一方土可挣八角钱；和弟弟一起往新城挑砖，累了，就用"搭柱"支着扁担，喊一声悠长的号子；哥哥到四十里外的山里挑柴，城里的柴我们已买不起……我们就这样整日价挑呀担呀拉呀，挑着担着拉着几倍于十二岁、十三岁、十四岁的生活。

那时候，全城人似乎都在大炼钢铁（我们长大后才知道这是一次全国性的荒诞!），小学校也不例外。到处贴着口号标语："铁水遍地流，卫星飞满天"，"老的赛黄忠，青年赛赵云，妇女赛过穆桂英"；"肥猪如大象，亩产三万斤，五年赶超英法美"……常常在夜里，人们刚睡下，突然一声呼喊，要"夜战马超"，于是，人们又晕头转向地走出家门……

后来，开始吃食堂。母亲们把家里的锅、铲、菜刀、门环、衣箱角上的包铁等所有属钢铁金属的东西，统统交出去炼铁了。街道以居委会为单位成立食堂，所有人家都到食堂领饭。一日三餐，母亲都让我抱着一只白瓷盆到食堂打饭。饭多是白菜萝卜粥或酸菜面籽，打回的饭由母亲分发，每顿都有各人的定量，但母亲总要给父亲多分一碗、半碗，因为父亲活重，不是拉石灰就是到30多里外的山里挑铁矿石。

有一次，人们捧着饭盆子、排着队在食堂门口等着打饭，打饭是按家里人口多少，一人两勺，由食堂做饭的大师傅负责分发。突然，前面的队伍发生了争吵，打饭的人说大师傅少给了一勺，大师傅不承认，于是，日妈操娘，吵得很凶。大师傅是蹲在宽大的锅台上发饭的，这样大吵，唾沫星子不知要往锅里、盆里喷多少！这时，一个年轻的男性声音传过来："大师傅，请别对着锅吵，以免唾沫喷到锅里!"我踮起脚往前一看，是申子哥！一年不见，申子哥长得更加清瘦高挑，只是浓黑的眉毛下那双纯净清亮的眼睛变得成熟而忧伤。我没顾上和申子哥说话，只见大师傅"呸！呸!"，索性把两大口唾沫吐到锅里，吐得恶狠狠的，并说："老子吐了，看谁不吃!"人们又气又恨，但谁也没再吱声，照旧排着队打饭。饥不择食啊！人们不敢得罪大师傅——他打饭的勺子一偏，你家的饭就要少一碗、两碗，谁家不想多出一碗、两碗饭啊！

申子哥捧着饭盆走出食堂时，屈辱与愤懑已使他英俊而清瘦的面颊变得一片惨白……

5

记不清吃了多久食堂，也搞不清因为什么，食堂“哗啦”一下又解散了，人们又开始回到各自的家里做饭。许多人家已经没有了锅、刀、铲、勺，不得不重新购置，购置不起的，就削木头棒代替铲、勺。我们家自制的木头铲勺虽很粗糙，但用了很久。而这时面临的困难是家家粮食不够吃，粮店开始提前5天供应下月粮食。于是，每天天不亮，粮店门口就排满了篮子、筐子，抑或是一张烂席片、一把破蒲扇，甚至一块砖、一片瓦，全都是代替人在那里排队的。那时，人们心里都有一个不成文的“规矩”——无论人什么时候来，只要说那把破蒲扇、烂席片抑或是那块破砖碎瓦是他放的，他就可以站在队里，没有任何不同意或疑义。那个人也绝不说谎，烂席片或破砖碎瓦也绝对是他放的。长大后我们才知道那叫“民风纯朴”。记得郧阳府在南门街人们为买粮、买豆腐排的这种“席片砖头队”每天每夜都有一里多长。

郧阳府的娃子们开始成群结队到城外剜野菜：芨芨菜、马齿苋、野苋菜、牛舌菜、刺芥芽、地曲莲、苦菜、榆叶、槐花、生产队砍完白菜后的白菜根……都是我们猎取的对象。当然，我们伺机在生产队的地边偷偷剜一棵白菜或拔一个萝卜而被扣了篮子的事也时常发生。

20世纪90年代，当各种宴席上把野菜当作稀罕、把摆“野菜宴”当作时髦时，我们这些吃野菜、饿饭长大的孩子，真是感慨万千：我们的国家和人民终于赢来了一个丰衣足食的年代！

在剜野菜的路上，偶尔也碰见申子哥，不知为什么，每当申子哥从我身边经过时，我心里都很难过，少女时代的我，根本无法弄清感情上的事，只觉着有一种同情和悲悯从心头升起。

最后一次见到申子哥，是他到西河码头挑柴。运柴的船一靠岸，城里的男人女人都蜂拥着去挑，挑一担柴能挣1角脚钱。申子哥走在挑柴人的队伍里，柴捆比申子哥还高。

“……你爸爸在哪儿?”申子哥用“搭柱”顶住柴担问。

“……他在牛头山喂猪，一窝猪娃得病死了，人家说他害死的……他被开除工职了……”我哽咽着对申子哥说。

“我爸爸也被下放了……长大了，我也许不能参军了，”说着，申子哥从上衣口袋里掏出两把精巧黑亮的泥巴小手枪，“这两把手枪留给你和你弟弟。”说完，申子哥就挑起柴捆走了。站在街心，望着申子哥远去的背影，我泪流满面。我在心里祈祷：愿上苍保佑我们！保佑申子哥……

一年后，我的父母弟妹走进了秦巴山东麓的深山，15 岁的我也告别了故乡，告别了童年的伙伴，到汉江下游去寻找哥哥。从此，我再也没有见到过申子哥。

6

几十年过去了，在我心隅的一角，始终不能忘记我童年的伙伴。人生的苦途上，几番沉浮几番坎坷，在幸与不幸的长路上，有多少友情只能是无言而无奈的感慨，唯有儿时的往事跨越时间与空间，永远在我的心头浮泛……

感谢申子哥给我寄来了画着一把手枪的明信片，感谢他在明信片上贴上了他 13 岁时的照片。这“手枪”与照片撞疼我永远的眷念和忧伤……

我和申子哥之间没有惊天动地的故事，更没有发生过常见的少男少女之间的初恋，我们只是在一起度过了那一段童年的时光，只是一起承受了那一段历史年代里心灵的创伤。同情、怜悯抑或是并未觉察的心灵相依仅仅产生在我们的人生之初。可我们就是这样一生一世都不会忘记，一生一世都相互怀念。这种感情不受时间、空间遥远的阻隔，也不受贫富、地位、学识、门第等世俗的局限。这种感情崇高中有一份温暖，平易中有一种不凡。它不时在提醒我们永远做一个好人，永远好好待人；它让我们为此而努力做好每一件事情，让所有信任你的人、爱你的人，因你的存在而感到人生有一份亲切，有一份寄托，有一份温慰。

因着这种感情，我每每告诫自己，尊重自已的孩子，尊重他们的童年、少年时代的朋友，抑或是他们最初萌发的爱恋。要像保护自己的情感世界一样，去保护他们人生中的第一次。童年的友谊是他们生命中最珍贵、也是最永恒的财富，它将温暖地伴随他们一生。

感谢上苍，让我们在人世纷繁的岁月，在心灵的一隅仍珍存着童年的一份真情。这份无私、无瑕、无任何功利目的的真情，将永远抚慰我们美丽、孤独的人生！

1993年第6期成都《峨眉》杂志发表

最初的缅怀

1

我们在城里住的年月里，是没有自己的房子的。很长年代里，多数城里人家都是没有自己的住房的，这里是指产权意义上的。城里人多是租房住，我们家也不例外。租房住总是不得安生的，人家的至亲回来了，我们便得腾房；人家的儿子要结婚，我们便得搬家……于是，我们总是搬家。记得刚进城的三年，我们搬了四次家。

我们第五次搬家了，那是一个五月——

新家在爸爸学校对面，这个新宅竟叫人爱极了！满院的石榴树正开花，火红火红的一片。当我们帮大人抱着家什进院时，便禁不住失声叫了起来："石榴花！石榴花！"望着这一片燃烧般的鲜艳，我们真是惊喜极了！我立刻站在院子里数了起来，总共 18 棵！房院的东墙上还爬着一架雪白雪白的蔷薇，花儿开得香极艳极。我家租住的西房窗前，长着一抱簇簇密密的灌木，那挺拔的枝条和颀长的叶片，泛着浓浓的绿色，把一米见方的木格窗子遮盖得严严实实，偌大的一间西房夏日也蓄满了荫凉。爸说，那一丛灌木便是“天竹”了。

进院门经东房再折到西房门口，有一条“L”字形的路，大约长30米。路是用河间的鹅卵石铺就的，青白相间，每隔几步就有一处花儿的图案。

“尽是花儿的生命了……”妈说。

“妈，我们不再搬家了?”小弟问。小弟原是不管家事的，如今却也担忧了。

“妈，我会做花儿的梦了……”我说。

“女孩家便是这样……”妈笑着说。

晚上，我正做功课，听见妈对爸说：“我们真的可以不搬家了……”

“为啥子?”爸问。

“房东李妈说了，她大儿媳已随军走了，大儿子在四川的部队当团长。前几天来信说，媳妇一准随部队了。老二正念中学，才十六……我们能住好几年的……”

“那倒是好，能安生几年了。”

“姐儿，”正听呢，妈叫我。“告诉弟妹，房东李奶是军属，你们该帮着做些事情，听见么?”

“听见了，妈。”我痛快地回答。我心里不知怎样地高兴！我们真的可以好几年不搬家了！可以好几年与花儿为伴了！我想象这院子里的弄花人，她准是像妈一样美的女子吧……

2

然而，当我第一次看见李奶时，我竟惊呆了！我怎能想象这弄花人竟是一个老妪啊！我说不准她的年龄，我还不会从相貌来判断年龄。反正她老了，她的腰弯了！她脸上的皱纹像开败的皱菊，已经灰白的头发只是在脖颈处挽了个很小的髻。她很高，瘦长的身躯总穿一件黑色的、过了腚的大襟衣衫，于是，她显得更加瘦长。她走路弯着腰，拄着一根竹鞭拐棍；她身体不好，总是咳嗽。唯有她那端庄的鼻梁和鼻梁下总是紧闭着的双唇才显示着坚韧和力量。

她常坐在街门口摊烟摊。很久了，我还记得她卖的“哈德门”香烟上那个卷着头发、笑得极好看的“美姨”呢！

她很喜欢我，有时也让我帮她做事。

“姐儿，能给奶奶起烟么？就几条……”她问。

“能的！能的！”我连连回答。

我曾几次和李奶的二儿子连生叔一起去批发公司起香烟、火柴什么的。连生叔实际只比我大4岁，喊他叔我总不好意思，可妈硬让我喊叔。妈说，不喊叔，李奶的位置往哪儿摆？

“连生叔，我不想叫你叔。”我说。

“不叫叔那叫啥子？”他望着我问。

“叫……叫连生哥！”我盯着他的眼睛。

“那……叫啥子也好。”他犹豫着说完，不再望我，径自走去。我很高兴，揪住他的衣襟，“嘿嘿”地笑着，一路小跑地跟着他去起烟。但后来，当我再叫他“连生哥”时，他一次也没回答我，我生死他的气了。

连生叔初中毕业，要参军走了。

晚上，我正做功课，听妈对爸说：“连生不该走的，他哥随大军南下，走了好多年，走得远远的。如今，他再走，留下李妈一个人……”

“李妈受苦多，她想得开……”爸说。

我放下笔，即刻找到连生叔。

“你不该走……”我揪住他的衣襟说。

“谁说我不该走？”他瞪大双眼，“我们这批新兵是要去北京的！你知道北京在什么地方？可远呢！你知道在天安门前站岗，是啥子意思？我妈说，谁这一辈子能去北京，死了也能闭眼。我妈还说，能给毛主席站岗，天下啥样子的荣光也比不上。我去了北京，就照张像给我妈寄来……”他声音很大，一边说一边比划。看得出，他高兴得很。我被他说笑了，想着很远很远地方的北京……

“姐儿，”他喊着我的小名，“你要好好学习，念完小学考中学，念完中学考大学，考北京的大学。到时，我去车站接你……”他说得很动情，很神往。

“姐儿，我走了，你帮我妈起货……石榴树开花了，你就帮我妈给我写信……我去了北京，照张像也寄给你……还有，还有你叫我哥，我答应……”他一气说了许多的话，交待了我许多的事情，我都默默地点头，应允了。可我的心酸酸的，终于落泪了……

不久，连生叔便走了。

3

连生叔走后，妈叫我去给李奶做伴儿。妈说，李奶老了，晚上睡觉脚冷，妈叫我给她暖脚。

晚上，我们没脱上衣之前，总要坐在被窝里说许多的话，她常常问我：

“姐儿，你知道石榴树为啥子五月开花？”

“姐儿，你知道刺莓花儿为啥子有单辫和双瓣？”

“姐儿，你知道桂花树为啥子有金桂和银桂？”

……

啊，她知道许多花儿、树儿的秘密呢！

“李奶，你每天都有花儿的梦了！”我甜笑着望她，像望着一尊神秘的花神。

“李奶，李爷爷他……”受一种情感的驱使，我终于提及了一个妈妈不让我提及的事情。

“他死了……”她低着头说。

“啥时候？”

“18年前……那时，你连生叔刚出世。那年……也怪，树上竟没结一个石榴……”她手托下颏，凝视着摇曳的灯花。

“李奶，你苦呀……”我说。

“……你还小，你不懂得……活一个女人有多难……连生生下没吃过奶，奶都喂了人家的小少爷。给人家洗衣呀，做针线呀！眼睛看不见了，就给人家推磨……”她平静地讲着，好像在讲述一个遥远的梦。

我却已难忍，泪珠顺脸颊滚了下来。她没哭，只是痴痴地望着桐油灯花，平静地讲着。我想起妈说过的一句话：“愁苦已使李妈流干了眼泪。”是的，她承受了一个女人难以承受的的艰难，她以一个女人独有的坚韧凛然迎接着生活。应该说，那一刻，我对李奶充满了崇敬。

“睡吧，天晚了，明日还得起早上学……”说完，她便脱下上衣，佝偻着身子，钻进被窝。她知道我也睡下后，便吹熄了灯。我睡在她的脚头，我把她干瘦的双腿和尖尖的小足搂进我的怀里，她把我冰凉的双脚搂在她的怀里。我们便这样地睡着。

我感到她的身子在微微地颤动，好像在哭。接着，便是一阵剧烈地咳嗽。

那晚，我怎么也睡不着了，我好像长大了许多，也好像模模糊糊地在想许多大人们才会想的事情，比如命运。我想，李奶是怎样悄然地在向命运挑战呢？

4

又是一个五月。

石榴树开花了，李奶捡着落花，给我串项链；

蔷薇吐香了，李奶剪下一簇簇雪白的花枝分送给左邻右舍；

天竹叶茂了，她逢人便说：“采把叶子吧，泡水喝，下火……”

石榴结籽了，灯笼似的，谁来谁摘，像是大家的……

于是，孩儿们从这里采摘不尽的欢乐，大人们从这里带走一些平易和温馨。

那几年，人们都在度饥荒，特大的饥荒啊！我乡下的舅舅饿极了，总要跑进城来，说到我家“换换肠子”。他吃一顿够我们家吃一天！无论妈怎样省吃俭用、顿顿秤米下锅，也无论我们怎样帮妈到城外剜野菜，我们家每到月底总是要断粮的。李奶似乎知道这一切，每到这时，她便扶住东房门框、探出身来喊妈："陈女，把我的粮本拿去买粮，我吃不多，剩着呢……"

当我们又能吃上酸菜面片汤、红薯苞谷糁、萝卜白菜粥时，妈就对我们说："你们吃的是李奶的粮食，长大了不要忘记李奶……"

可当我吃完晚饭去李奶家睡时，发现李奶只在未熄的灰烬里烧着两个红薯，她坐在黑黑的灶堂里，吃着带煳皮的红薯。

"来，姐儿，灶堂里偎偎……"她挪动着地方。

我偎着她坐下，望着她那苍老的面容和微微颤抖的双手，心酸极了……多好的奶奶，她老了。妈说她只有50多岁呢！生活的鞭痕留在她的心上，刻在她的脸上，她老了……但她却顽强地活着。她把人世间的情谊和善良，无私地奉献给社会，奉献给他人，包括亲爱的儿子。她在这种奉献中默默地生活，人们在她的奉献中感受着一份坚强善良的存在——她仅是一个苦难的育花工的遗孀啊！

"想连生叔么？姐儿……"她突然问。

"想的，奶……"

"连生来信说，他们部队到中印边界去了，那里在打仗呢！我们少吃点，部队别饿着就好……"

"是的，奶……"

"姐儿，你快长大了，都上中学了，将来一定去北京上大学！人活在世上一辈子，能去趟北京，看看毛主席住的地方，死也闭眼了……哦，姐儿！你不是说你去北京上大学时，你连生叔要去接你么？"

"是的，奶！他说过……接我。"

"到那时，奶想跟你一起去，去看看北京……"

"一起去，奶！我们一起去……"我偎在她怀里，悄悄地抹着眼泪；她笑笑的，却也在流泪……

"我想了，我身体不好，兴许去不成的。你若在北京看见连生，就说叫他不要挂念我，有政府，日子好过多了。但你要对他说，叫他不要忘记这院里的树呀，花呀，草呀……哦，姐儿！石榴树今年好像长了虫子，你没见树上总往下吊着一根根长丝，丝头坠着一条条青虫、花虫的？"

"奶，我不敢看这些虫子，我怕……"

“女儿家便是这样，你连生叔最会治这些虫子……”

我们说着，睡了。我搂着她瘦小的尖足，她搂着我冰凉的双脚，我们睡了……

5

不久，李奶病重了，她住医院了。

医生说她患了肺痨，已经三期了……妈哭了好几次。

一次，9岁的小妹在院里玩，突然看见李奶扶着院门进来了，小妹高兴地喊：“李奶！李奶！”李奶却突然不见了。小妹大叫一声，跑进屋来，扑在妈怀里哭了起来。从那以后，我见妈的神情更黯然了。

晚上，我正做功课，听妈对爸说：“不满十二岁的孩儿能看见魂灵的，李妈怕不行了……她是惦着这院里的花呀树呀的，回来看看……”听到妈的话，我自知那是小妹的幻觉，但却伤心已极。自那以后，我常常站在院里，望着满院的石榴树发呆……

李奶终于离去了。那是在八月石榴成熟的季节。说也怪，满院的石榴树竟没结下一个石榴！树也祭李奶呢，妈说。

政府给连生叔和他哥拍去了电报，但他们都去参加“中印边境反击战”了，未能回来。我们一家帮助政府安葬了李奶。妈为李奶磕了头，在李奶的墓前放上了洁白的蔷薇花——李奶院里的蔷薇花。

我望着满院的石榴树，伤心极了！我盼望着连生叔打完仗回来，给石榴树打打药，治治虫子。

明年，石榴树开花了，李奶会回来的……

1985年第3期吉林《参花》杂志发表

鹏远老师

鹏远老师姓夏，所以她姓名的全称为夏鹏远，但我在写这篇文章时，我只想称她鹏远老师，这样，我觉得我离她的灵魂与爱更近。

我因随母亲在乡下帮奶奶种了几年田，所以我上学较晚，1953 年我上小学时，已经 8 岁。我上的小学是湖北省郧阳地区当时最好的学校，我说的最好不是指它的校舍建筑——它的校舍老旧而颓落，它的最好是因为它是郧阳师范附属小学。这样的归属使它的师资力量和教师素质得到最有效的保证，一批又一批优秀的师范生被分到了“附小”，同学们手拉手哄笑着、或悄悄地到校办室看新老师，是我们最新奇最愉快的事情。看着一个又一个短发很厚很蓬松的女老师，看她们身着灰色大翻领制服、腰系布带儿或穿双排扣列宁服在校园里走来走去时，我就能心醉很久很久，目送她们很远很远，有时，把手指头咬疼了都不觉得。

鹏远老师是我目光里最神奇的一个。她最引人注目的是那一头齐肩的、微黄的、蓬松而卷曲的头发。“蓬松而卷曲”在我们那个年代简直不可想象，因为那个年代不允许烫发、没人烫发、压根也没有烫发店和烫发师。眼见的只是一头挑着土炭炉、铜盆、洗头水，一头挑着板凳和剃头刀子沿街喊买卖的剃头匠。老家那边有句歇后语叫“剃头挑子—— 一头热”，就是这么来的。鹏远老师那一头美丽的头发是天生的还是自己弄的？这是我心中一个永远美丽的谜语。鹏远老师长得非常白净，她把漂亮的头发一根不剩地拢在脑后，用两根黑发卡在耳根处卡住，露着光洁高贵的额头。“夏老师长着标致的瓜子脸”，这是母亲形容的。然而，鹏远老师因小时候出天花，漂亮的瓜子脸上落下了“麻点儿”！可我至今都无法想象，这些密布的坑点儿为什么丝毫没有破坏鹏远老师的美丽！她永远是那样光彩照人地在校园里和我们中间走动……

鹏远老师是我一至四年级的班主任，师生四年有无数值得怀念的事情，但我这里只能叙述她的点滴。

上小学不久，鹏远老师到我家家访，她对母亲说：“你这个娃子非常懂事，大不了同学一岁半岁，但待同学总像个大姐姐……”母亲说：“她从小就这样，总是疼别人……”无论岁月怎样老去，我都把鹏远老师对我的夸奖视为对我心性的牵引，抑或是这与生俱来的心性赢来了我的第一个启蒙老师给予我的信任与纯洁的时光：鹏远老师第一个发展我加入了少先队，以后班上的同学入队，她都要让我先给这个同学谈一次话，尽管那谈话至今想起来是多么形式多么幼稚多么可笑，可它曾经是多么神圣多么郑重地在培养我长大。后来我成为全校少先队大队长，当我佩戴着少先队值日锦带、带领全校少先队员高唱《少先队之歌》时，鲜艳的红领巾和队旗伴随着沸腾的血液，无数次照亮了我神圣的理想……以后的许多许多年里，这样的时光曾消失殆尽。

我和母亲在乡下时，因着凉而患了一种疾病，这种病犯起来大喘不止，喘得脸发青、嘴变紫，喘得不能吃不能睡，常常难受得蹶着屁股、头顶着枕头也不能入睡。医生诊断说叫“过敏性支气管哮喘”。无论父母怎样多方求医、单方偏方用了多少，它依然顽固地纠缠着我。上小学时，我已被不断爆发的哮喘病折磨得两肩耸起、背有点弯。鹏远老师找我谈话说："你还小，越大抵抗力越强，病就会好。你一定要注意锻炼身体，上课把背坐直，把双手背到后面去……"我记住了鹏远老师的话，上课永远是坐得直直的，一动不动。有时做作业时，我不小心就把背弯得很低，鹏远老师总是随时走到我的桌旁，不轻不重地朝我背部一拍，并厉声说："坐直了！"有时走在校园里，鹏远老师会冷不防从我背后走来，猛摁一下我的肩，命令道："别抬着肩膀走路！"

记忆中我小时候不说话时好张着嘴，走路也张着嘴。鹏远老师说："张着嘴傻呵呵的……你身体不好，空气里有细菌，以后你走路和不说话时，要学会闭着嘴唇，用鼻子呼吸……"

我想，我就是在鹏远老师不断地"拍"与"摁"中，腰背直了起来、肩膀平了下来、身体健康了起来、嘴唇闭了起来的。后来，不仅哮喘病断了根，还成了个跑得飞快的小运动员，小学四年级时夺得了郧阳城小学生运动会 60 米短跑第一名……

鹏远老师给我们带语文，她朗读课文的声音非常好听。最难忘的是她在上写字课时，总爱给我们先读一段冰心的散文。不知为什么，她读《寄小读者》、《往事》时，眼圈总是很红，有时流着泪水。那时，我不知冰心，更无法知道这个圣洁的文学生命日后将对我产生怎样的影响和支撑，我只记得我是在鹏远老师一遍又一遍的朗读声中，在一声声"母亲啊！你是荷叶，我是红莲。心中的雨点来了，除了你，谁是我在无遮拦天空下的荫蔽？"的无限深情与盼望中，完成了命题作文《我的家庭》。后来，这篇作文被拿到鹏远老师的母校郧阳师范作范文。这是一个小学四年级的小女孩第一次文学的光荣。后来，当我真的能用笔和心灵进行写作；当我也曾如鹏远老师那样，一遍又一遍向我的孩子朗读《往事》；当今天以冰心名字命名的散文奖最终属于我时……我看见，鹏远老师穿越时间和空间的隧道，卷发飘扬，走来和我相会。她笑着问我："你还记得那个天井小院么？"

我们上学进校门后要穿过一个天井似的小院，小院两侧是老师们的几间宿舍，其中有一间是鹏远老师和她丈夫的。有一次我经过小院时，鹏远老师喊我到她的宿舍里，她拿出一个白色陶罐，里面用白糖腌着木瓜片，她用一根竹签扎着木瓜片喂我吃，一片又一片……酸甜酸甜的木瓜片是我一生都抗御不了的一种美食，在有木瓜片没木瓜片的日子，只要回忆起这人生的第一次“盛请”、回忆起鹏远老师的白陶罐，我嘴里顿时都会溢满酸甜的口水。我对母亲说了鹏远老师请我吃了糖腌木瓜片的事，母亲嗔怪地说：“你个小娃子，怎么敢吃老师的东西？”顿了一会儿后，母亲又突然惊喜地望着我说：“姐儿，夏老师是不是怀娃娃了？”我瞪大眼睛望着母亲说：“不知道呀！”之后，母亲好像是在自己对自己说：“没准是怀娃娃了……兴许还是个男娃，酸儿辣女呀……”后来，我们后院的木瓜熟了，母亲摘了一个大大的木瓜让我抱给了鹏远老师，母亲递我木瓜时，笑得很诡谲很美丽。

几个月后的冬天，鹏远老师被打成了右派。一伙扯起嗓子喊我父亲名字的同学，也常常结伙成队地跑到老师们整风的地方喊鹏远老师的名字，那时鹏远老师的肚子已经很大，快要生产。我和母亲几次站在很远的地方，看见那伙同学在扯起嗓子喊“右派分子夏麻子！右派分子夏麻子！”，有的还捡起石子扔向她，她挺着肚子躲不及……我和母亲都哭了。母亲一边抹泪一边说：“造孽呀！真是造孽呀！夏老师教了他们三四年……”我始终弄不明白，同是差不多大小的孩子，为什么他们生性中有如此残忍的一面！

不久，鹏远老师死在了医院里，她是难产，孩子憋死在肚子里，没生下来。因为她是右派，医生也不帮助她。听说，掩埋她时也没有棺材，她男人已与她离婚，她和她肚里的孩子就这样一起被埋掉了……

我至今保留着四年级毕业时（那时叫初小毕业）鹏远老师和我们班六个同学（我是其中之一）的合影，这六个人都是鹏远老师的“得意门生”。记得当时是鹏远老师亲自通知的每一个人，家长知道后都分别给我们洗干净了衣服或新做了衣服，我和另外两位女生还在脑袋的右侧用粉绸布扎了很大的蝴蝶结。这六人除了一个女同学后来上了卫校外，其余男女五人全部都考上了大学。合影照片当时鹏远老师是给我们每人洗了一张的，我不知除我外，其他五人是否也还保存着这张合影。

每每端详这张1957年夏天一个端庄漂亮的女人和六个呆头傻脑的儿童的合影，我心里就哗然响起一支又一支童年的歌声：“找呀找呀找呀找，找到一个朋友……”“让我们荡起双桨，小船儿推开波浪……”鹏远老师用她纯洁美丽的歌声连同她纯洁美丽的心灵，第一个走来牵拉我们的人生。无论怎样，作为人生的第一启蒙老师，我的心总是和鹏远老师相依的，无论她是在天堂还是在地狱……

2002年第5期广州《随笔》杂志发表

收入2002年人民文学出版社、花城出版社散文年选

踩影子的女孩

习妈妈住在我们家的东院，她和母亲的关系很好，常看见她端着一只木板凳和母亲坐在一起说话。习妈妈长得高挑、白净，说话一字一顿，慢慢悠悠的，很耐听。习伯伯也很温厚，总是微笑着看我，他是爸爸的同事。这是我唯一有好感的大人。

好儿次听到习妈妈对母亲说："把你的大囡子给我做女儿，你舍得不?"母亲总是不加思索地回答："行呀！行呀!"大人们的谈话我并不在意，她们说她们的，我玩我的。

有一次，我去习妈妈家玩，看见她正在洗脚。习妈妈的脚又白又净，撩到脚背上的水，倾刻间像珍珠般滚落到水盆里。我至今都难忘那双滚落着水珍珠的白晰的女人的脚。

习妈妈说："姐儿，你洗脚吗?"我立即说："不洗！不洗!"我惶恐习妈妈看见我沾满泥土又有裂口的双脚。"你拿糖吃吧。"习妈妈顺手拿过一个糖盒，里面装满了各色水果糖。我迟疑了一下，没有拿。我们家兄弟姊妹多，只父亲一人挣工资，家境很紧张，所以父母从来没有给我们买过水果糖，更不买别的零食。但我们兄妹绝不吃别人家的东西，这在我们心里已成为戒律。我常常领弟妹在别人家门前玩耍，只要人家要吃饭，我会立即拉起弟妹就走。我这样的行动常受到大人们的表彰，她们总是对母亲说："你的大囡子真懂事，不望嘴。"所以望着习妈妈的糖盒，我没有动手。

习妈妈见此，就拿了几块硬塞到我的衣兜里了。接着，她硬让我脱掉鞋子要给我洗脚，她一边洗一边说："姐儿，要常洗脚，洗完抹点凡士林就不裂口了。"又说："姐儿，现在习妈妈给你洗脚，将来习妈妈老了，你给习妈妈洗脚，行吗？"我踢着水盆的水连连地说："行呀！行呀！""姐儿，你愿意做我的女儿吗？"习妈妈停止洗脚，抬起头望着我问。我一声没吭。我知道习妈妈喜欢我，家境也好，但我只爱我的父母，我的哥哥和弟妹，我万不能离开他们。

习妈妈见我不说话，便又低下了头，我看见有两滴眼泪滴在了脚盆里。

回家后我对母亲说了习妈妈给我洗脚的事，说了习妈妈要我做她女儿的事。母亲说："她已说了好几次了。姐儿，你就给习妈妈做女儿吧，她没有孩子，很孤单。"我立即哭着反抗："我不！我不！"母亲搂过我说："不哭，慢慢说。"哭了一大气后我问母亲："妈，习妈妈怎么没有自己的孩子呢？"母亲说："她不会生呀！""她为什么不会生呢？""你长大了就知道了。""我长大了会生孩子吗？""小孩子不要问这种问题。"

和母亲这次谈话后，再见到习妈妈，我总是不自在，有时也难过。我好像开始有意帮习妈妈做事，比如买酱油、醋、扫地什么的，但我心里非常明白，我是坚决不做她女儿的，我有自己的爸爸妈妈。与此同时，我常常产生一种担忧，或者就是一种恐惧：我长大了能生孩子吗？

为此，我开始了一种卜测——踩影子。无论这个行动现在看来多么可笑，可在当时，却是我心里最大的秘密。"踩影子"是我自己设计的一个行动，即每日放午学后，走在偌大的体育场上，我看见自己的影子很短，就在脚前不远。我就这样为自己规定：每一步都争取踩到影子的头部，踩到了，将来长大了就能生孩子，踩不到，就不会生孩子。为此我就尽量跨大步，力争踩到。这样，放学的路上，人们总能看到一个走路怪怪的小女孩。我把这个“游戏”玩得很执着，也坚持了好长时间。

现在想来，我天生是一个母性十足的女人，长大成家后，我生了两个儿子，我把这视为上苍对于一个女人的恩赐。我全心全意地做着母亲，我用自己的双乳哺育着儿子，任千般的劳苦我无怨无悔。其实细想起来，我是一个非常看重世俗幸福的女人。这也许与习妈妈有关，也许是我的与生俱来。

我们那时好年轻

高中三年，我一直和Y坐同一座位，其中只有一学期调了一位男生W，老师想让我帮助W把功课赶上去。然而，W似乎无可救药，他根本不想学。我至今记得W清癯的、友好的、傻乎乎的笑容："你学你的，别管我。"后来，老师依然让Y和我同位。

Y学习一直不好，三门两门不及格是常事。我有时很为Y着急，有时很恨她笨。常常为帮她解题我晚自习上不好。但这并不影响我和Y的友谊。

Y性格温厚，从不大声咋呼；Y笑时很腼腆，很在意，从不把声音笑得很响，还不断地企图把嘴抿起来；Y有一颗小虎牙，笑时露出来，很温柔很别致很可爱。最惹人注目的是她梳了两条一米多长的大辫子，辫梢直拖到膝弯以下。我们许多女生的辫子都长不长，刚长到肩下头发梢就开始分叉，黄扎扎地三根两根叉使头发一揪就断。我现在想，这可能是我们那时没有任何洗发液的原因，我们洗头发全部是用食用碱。每次洗头，头皮、眼睛都被烧得生疼。但Y的头发怎么长得这么好呢？Y走路很平稳，从不蹦蹦跳跳，黑亮黑亮的发辫在身后很平稳地悠来荡去。所有男生女生和老师都注意到了她的辫子，以至高考那年，一位负责政审的老师很专制、很敌意地勒令她把辫子剪掉。因为那位老师总觉着 Y 的那对长辫子有“资产阶级臭美”之意，“尤其对男同学有不好影响”……我非常怨恨这位老师想事情不大光明。

市里就要举行运动会了。古老的江滨之城襄阳每年春、秋两季都要举行运动会，而每次运动会我除了参加必不可少的 100 米、200 米、跳远三项个人比赛外，还必须参加女子 400 米或 800 米接力，体育老师从来都是安排我跑第一棒。而这次运动会，我遇到了麻烦，这次运动会时间恰好要与我女孩子的“经期”相遇。我向体育老师请假，老师说，他大学的同学“经期”照样参加比赛，血流湿了运动裤都不在乎。他还不知从哪儿得来的经验，说：“喝点烧酒，让‘经期’提前。”我当时很恨体育老师的残忍，虽然我理解他：我是不能不参加比赛的，这关乎学校的荣誉，而我，又是举足轻重的主力。

我很着急，问 Y 怎么办？Y 说：“到我家喝烧酒去，我妈有酒。”

我来到 Y 的家，她悄悄把母亲和奶奶平日喝的白酒倒了半杯给我，我像喝水一样灌了进去，我非常想让“经期”提前。然而，根本无济于事，“春潮”如期而至。我只好像体育老师的同学那样，很坚强地、很不在乎地参加了所有项目的比赛，并且一点也没影响成绩。

事后，Y 好几次忧心忡忡地问我：“没闹病吧？”我说：“没有！”说完，搂着 Y 的脖子，笑得前仰后合。

Y，永远的长辫子，永远的青春和温厚。

P 是我们班文娱委员，我是校学生会文体部长，我们自然要在“工作”上长期厮混。P 长得比 Y 和我都高，她身材苗条，走起路来轻盈而有神韵。最摄人心魄的是 P 有一双漂亮的大眼睛，眼睫毛很长，笑起来眼神很快乐很迷醉。

运动场上，P 是我的好伙伴、好搭档。每年的春、秋季运动会，P 都是 400 米、800 米接力赛队员，且我必跑第一棒，P 必跑第二棒。而这两个项目的冠军又非我们莫属。

P 是校女篮中锋，我是女篮队长，打右前锋，主攻投篮。我们校女篮队力战群英，打败了这个城市里所有与我们比赛的校队，甚至有一次，我们这支纯洁的中学生队和这个城市的体委组织的“劳工队”比赛，我们只输了3分!

在这个城市的灯光球场上，P总是恰到好处地把球传到我手上，我总是一个三步带球上篮，球必进无疑。大姐姐们开始组织“打联防”，墙一样挡住我跨步上篮；P只好把球往回传，我一不做二不休，一过中线便远距离吊球。一吊，不是空心进球就是擦板进球。这座城市的市民们为我们这支中学生球队喝彩不断。

我常常和P处在胜利后的快乐之中。

一次比赛归来，我躺在木架子床上休息，P和Y坐在我的床边，夕阳从窗棂射进来，很迷人很温情。突然，俯视我的Y笑眯眯地说：“梅，你的嘴真好看。瞧那两个酒涡……”我一惊。我从来只知道Y的辫子好看，P的眼睛好看，从来不知道自己有什么地方好看。

“真的，梅，你的嘴就是长得好看!”俯视我的P也很迷醉地笑着说。我猛地坐起来，快乐地反唇相讥：“你的辫子好看！你的眼睛好看！你的辫子！你的眼睛!”那个年代，被人说“好看”是很难为情的事。

三个好女孩在床上扭成一团，“辫子、眼睛、嘴”地笑着嚷着，攻击着对方。片刻之后又都平静下来，相互抚摸着对方的辫子，眼睛，嘴巴，很快乐很向往很美……

那个年代，女孩子不懂也不敢爱美、爱漂亮，也很少懂得相互欣赏。因此，这少女第一次的相互欣赏，成为我们三人心中的秘密，一生悄悄珍藏。

那时，我们好纯洁好年轻!

后来，我知道，Y、P和我都在悄悄喜欢一个好男孩，虽然，我们一生谁都不会表白……

Y和P最后都没考上大学，这是我们友谊的遗憾。

另一类生命

在这本小书的前面，表达了我对人类自身生命太多太深的悲悯、同情和爱怜，对于自己乃至家族曾经的苦难也有着深刻的自怜情结。我发现，在经历了人生太多的苦难之后，我们才会警觉除却人类自身和我们自己的苦难外，我们身边的另一类生命所遭际的苦难与不幸，它们面临的残酷境遇，恰恰是我们带给它们的。比之人类，它们的弱小、它们的无辜都使我产生深深的忧虑。

儿童的天性中是最喜爱小动物的，而儿童的天性中又是最能毫无顾忌地戕害弱小生命的。这是儿童天性的悖论。我在这种悖论中长大……

蟋蟀“比尔”

童年的夜晚，仿佛遍地响着蟋蟀的叫声，那此起彼伏、抑或是无休无止的声音使夜晚充满了诱惑。

在这些夏日的夜晚，我总是和弟弟、申子哥他们一起溜出家门，拿上手电筒，或顺着墙边、或来到一片长满灰灰菜的地里逮蟋蟀，我们那时不叫它们蟋蟀，而是叫蛐蛐儿。白天，我们早已做好了各种不同大小的装蛐蛐儿的泥罐子。泥罐子做得精致而光滑，内里掏着一些拐弯抹角的洞，地道似的，我们企图让逮住的蛐蛐儿住进去有家的感觉。泥罐子上面我们做着泥盖，防止蛐蛐儿逃跑；泥盖上留着了望口，好观察它们在房子里的动静。

我们撬石搬土，在一些潮湿的地方寻找我们心中的“勇士”。这些“勇士”都是公蛐蛐儿，我们能认出公母，我们甚至能根据鸣叫声音大小来辨别它们的性别和年龄。我们常常能逮住一些被我们称为“王子”、“公爵”的漂亮英俊的公蛐蛐儿，也能逮住一些叫“关公”、“赵云”的英勇善战的公蛐蛐儿。我们不要母蛐蛐儿，因为母蛐蛐儿不会“战斗”，它们从不参与“男人们”的战争。我们有严格的规矩，谁逮住的蛐蛐儿算谁的，装进各自的泥罐儿，以待第二天“决斗”。泥罐儿可以互相赠送，但决不允许相互偷蛐蛐儿，谁偷谁是“美国”，立即不再跟他玩。那时正值抗美援朝时期，人们把坏人坏事都称为“美国”。

有一次申子哥的弟弟偷了我弟弟的“赵云”，且不小心把“赵云”强健的腿弄掉了一只，我弟弟大哭起来。我弟弟的“赵云”彪悍英俊，它有着漂亮的黑褐色，脑袋上两只细长的触须就像大将赵云手中两支百战百胜的长枪，它还有两条强劲健美的后腿，决斗时两腿蹲得很长，很有力！它的两只尾须翘起，像扇起的两翼黑色披风！夜间，它鸣叫的声音也特别嘹亮，能从弟弟睡觉的屋子传到我睡觉的屋子，“姐，听见了吗？赵云……”弟弟在那间屋子里喊。“听见了——”我扯起嗓子愉快地回答。我和弟弟因有“赵云”而骄傲着。现在，“赵云”残废了，弟弟和我都哭得不吃饭。

申子哥执仗正义，揍了他弟弟一顿之后，随之将他的“关公”赔偿给了我弟弟。他弟弟好几天被我们骂成“美国”，不理他。“关公”是我们仰慕敬畏已久的蛐蛐儿，它不仅有黑里透红的身体，而且十分地勇敢顽强，每次决斗，它不是咬断对方的腿，就是把对方的触须给拔下来，弟弟的“勇敢者1号”和“勇敢者2号”都曾在“关公”阵前毙命。申子哥将红色“关公”赔给我们，那一刻，我们对申子哥也充满了敬畏。后来，申子哥成为我们“家属院”十几个孩子的“王”。

一开始，我是认不准公蛐蛐儿和母蛐蛐儿的。有一次，我把自己逮住的一只肥硕的大蛐蛐儿装进我的蛐蛐儿罐儿里，罐儿里有一只弟弟送我的蛐蛐儿，这只蛐蛐儿名叫“比尔”，弟弟给它起的名字——弟弟在看一本连环画，“比尔”可能是连环画里的什么人物。“比尔”在与申子哥他们的蛐蛐儿决斗时，表现得不英勇，总是退让、逃跑，于是弟弟把它送给了我。我想，我那只肥硕的大蛐蛐儿进去后，三下五除二会把“比尔”打得落花流水的。没想到，相反的事情发生了：我的大蛐蛐儿和“比尔”非常友好，它们用长长的触须相互碰了碰，然后又很久地碰着不动，像是在紧紧地握手。过了一会儿，它们的身体开始接触，先是拥抱，不久，尾与尾便接在了一起。很久很久，它们都很安祥、很平静。不像我在弟弟和申子哥的罐儿里看到的现象：来一个“不速之客”，立即“吱吱”地咬起来，直到缺胳膊断腿。其实，更多的时候，我是不喜欢看到这种场面的。我主要是觉着断了腿的蛐蛐儿，身体一定很疼。

我把罐儿捧给弟弟和申子哥看：“看呢，它们不打仗……”我豁着牙嘻嘻地笑着——我直到11岁两只前门牙都没长出来，妈说我总用舌头舔过的。要按现在的说法可能是缺钙。

谁知弟弟和申子哥他们看完之后，相视着一笑——他们笑得很腼腆很难看的样子，然后说：“母的……”然后又说：“连呢……”我长大之后回忆这句话时，我想他们当时可能是说“恋呢”。说完，他们就不由分说把我的那只大蛐蛐儿捉住，恶狠狠地分离了它们，并一扬手把它摔出老远，他们说：“不要母的……”我那只大蛐蛐儿肯定被摔死了。

第二天一早，我发现“比尔”也死了。它歪倒在罐儿里，腿脚僵直，很痛苦的样子。

我那一天也很难过，其实，也说不清为谁。为我那只母蛐蛐儿还是为“比尔”？还是为别的什么……

磨坊里的蛇

蛇曾经是我们中华民族始祖黄帝部落的图腾，这种软体动物被画成一截很短的扭曲，附着在黄帝部落所有人的头上、胳膊上和身上，成为部落人的象征。由蛇图腾到龙图腾是经过了数千年的演变的。图腾即一个部落的崇拜物，它被确认与部落有某种神秘关系，且认为是部落的保护神。我常常想，至今令人们看到即毛骨悚然的蛇究竟和原始人类发生过什么关系呢？他们何以将此供奉为一种不可侵犯的神圣？

在我儿时阅读的读物和我所处的生活世界中，蛇与人类却仿佛天生就处在一种不寻常的关系中。西方人在《圣经》中把蛇说成为人类灾难的根源。当然，不仅仅是上古时期的希伯莱人讨厌蛇，在世界各种文化中蛇都被当作邪恶与危险的化身。人们能理性地对待其他一切动物，就是不能把蛇当作简单的血肉之躯，它总是被视为具有某种特别的神秘和魔力的动物。

小时候，每每在五月的端午节，母亲都要在我们的耳根处涂抹上兑了雄黄药的酒液，说这一天出世的蛇很多，涂了这种酒液，就能防止蛇咬；家家户户在这一天都要在门楣上系一把艾草，说有艾草蛇就不敢进门。因为害怕蛇的袭击，各地的风俗中都有防备蛇的办法：有的地方在房子的周围用石灰撒个圈，认为这样就可以将蛇拒之门外；有的认为在家里的墙壁上挂几瓣大蒜，蛇就不敢进屋了等。总之，蛇始终处在人类的防范中。

小时候还听母亲说，蛇好与人比高，如果你没有它高，它就会扑过来咬你。这时你就往天上扔石子，让石子超过它，它就罢休。说有一次她回鄂西乡下娘家时，路上碰见一条蛇，蛇“倏地”站了起来，比母亲还高，只有尾巴梢儿支撑在地。它挡在路上，一动不动，挑衅地向母亲吐着蛇信儿，母亲快吓晕了。这时，一个农人走过来，递给母亲一块石头，并让母亲往高处扔石头，超过蛇。母亲做了，蛇便趴了下来，钻进路边的草丛中去了……蛇在很多时候被人类看作是有邪恶智慧的妖物。

而在更多的时候，人类是对蛇怀着憎恶感的，见了必消灭之！比如，农人们有句俗语："打蛇打七寸。"就是说见到蛇，要毫不犹豫地对准距蛇头七寸的地方狠狠地砸下去，或用镢头或用石头。大约"七寸"的地方是蛇的致命处，一二镢头就会要了蛇的命。

对蛇的神秘的恐惧是在民俗与教诲中日渐形成的。而对蛇的憎恶、认为它是一个坏家伙，那是在我更小的时候。大约七八岁时，我由于对蛇本能的憎恶，曾不顾一切地消灭了一条蛇。这样的消灭，使我一生背负了更大的恐怖——

我随母亲在乡下的时候，我总从一条破败的墙缝里偷看磨坊里的新奶奶——新奶奶是舅爷爷的续弦，因为我发现新奶奶推磨时总是坐在磨道的什么地方自言自语。她微微仰着脸，眼神时而散乱时而凝滞地望着某一个地方，但我知道她什么也没看见，她只是自己在对自己说着话。那时，我对新奶奶充满了神秘感，这种神秘感让我害怕，从不敢走近她和她说一句话。

我曾好奇地对母亲说："新奶奶总在磨坊里一个人说话……"母亲好像说过"新奶奶孤独，一生没生过孩子"这样的话。

我就是从墙缝里偷看磨坊里的新奶奶时，发现了一条青蛇的。那条青蛇不太大，有两尺多长吧，但很粗，肚子鼓鼓的。

我不知自己从什么年代起，对软体动物开始毛骨悚然。我一眼都不敢看电视里有关各类毛毛虫、肉虫的画面，甚至看见米里、菜里的肉虫我都吓得浑身发抖、尖叫不止。但我却不知我在七岁那个年龄为什么不惧怕蛇，包括一切软体动物。母亲在稻田里糊秧时，我随母亲下稻田一把一把捉稻芯虫和稻螟虫，它们全蜷藏在最嫩的一片稻叶中睡觉，我一个一个把它们从稻叶中剥离出来，它们肥硕柔软的青色身体不是被我的小手一一捏死，就是一把一把被我埋在田埂上；收豌豆的季节，晒场上堆满了被大人们脱了荚的豌豆粒儿，我和一群小孩子以捉豌豆堆里的小肉虫子为乐。我们一把一把地捉，我们把那些玫瑰红、樱花红以及乳白、黄白、麻黑等各色各类的肉虫，向对方的头上、身上扔去，我们豁着牙，"咯咯"地笑个不停……

那条青蛇从墙缝向新奶奶的磨坊里爬时我看见了它，我捡起一根还带着青叶的树枝，使劲朝青蛇抽去，我连连地抽。那时我还不懂"打蛇打七寸”，所以抽了半天蛇也没死。但它除了想逃窜外一点都不向我反攻，致使我小小的年龄最终把它打死。

新奶奶闻讯从磨坊里走出来时，蛇已经死了。它肚子的一个部位鼓得很大很粗。新奶奶说：“不知它是刚吃了老鼠还是有了身孕……蛇不招惹你时不要打它！”说完，她狠狠盯了我一眼。至今我想起她那很冷很深的眼神我都依然颤栗。

此后的年月里，我再也没有碰到过蛇，但蛇却不断在我的梦里与我纠缠——

我在湖里、塘里游泳，一群细长的青蛇、黑蛇在我的身前身后与我竞游。我拼命地快游，想摆脱它们，但却万不不能……

雷雨过后，我看见四条巨龙般的蛇静止在东南西北的四面天空，我到处找地方藏身，但却从山崖上一块巨大的青石板上滑落下来……

一条青色巨蟒静卧在一个海岸边，突然，它一个翻身便整个地翻进了海里。我正要离开海岸时，它又奇怪地从一片青色藻类植物下面发出了它的声音，它说：“我是无处不在的……”又说：“我是捉摸不定和莫测的……”它说的话似乎含有哲理。它要说明什么？我望着那片湿润的藻类，惊魂失魄，想立即逃离，但我却又站在那里一动不敢动……

梦醒，我常常大汗淋漓，思忖良久：这莫非是我儿时打杀那条无辜的青蛇应得的惩罚？

我许多次地想过，什么时候人类能够对蛇公平，仅仅只是把它视为与其他动物一样的血肉之躯，不再把它神秘化，也不再伤害它，尤其在它有了身孕的时候……

眷念“黄儿”

黄儿是舅奶奶家的一只母狗。我看到它时，它已很老了，没人记住它的年龄。它有点枯瘦如柴，肚子总是吸得扁扁的，脊梁的肋骨很突出；尾巴也不蓬松卷曲，总是有气无力地拖在身后，一点也不好看，像只可怜、孤独的老狼。我跟它开始有感情是在小妹生下之后，小妹屙㞎㞎后，只要母亲唤一声“黄儿，喔——”，它就迅速地跑来，把地上的屉屉舔得一干二净。然后走到门坎外边，一声不吭地坐在那里望着我们。有时它望我们望很久，有时，我发现它眼角有泪水流下来，很苍老的泪水。

“妈，黄儿在哭……”我对母亲说。

“它想它的孩子……”母亲说。

我们住的这山里，人烟很稀，好几里地才有一两户人家，没有人家就没有黄儿的同伴。黄儿这一生只有一次爱情，是山里那个卖货郎路过舅奶奶家时，他随身的那只雄健的公狗和黄儿相爱了。后来，黄儿就怀孕了，生了三只小狗娃。黄儿还在哺乳期时，舅爷爷就把三只毛绒绒的小狗娃偷走，换了几烟锅鸦片。黄儿失去了儿女，日夜狂吠不止。舅奶奶拿热毛巾给黄儿敷奶，它的奶因没有小狗娃吃奶水已肿胀得通红。“老剁头的，害死黄儿……”舅奶奶骂舅爷爷。“你狗都不如！你有本事屙啊……”舅爷爷是咒骂舅奶奶不会生养。黄儿终于痛苦不堪，疯狂地出走了，好几天没有回来。夜里，舅奶奶听见它在后山上狂吠，它在找它的孩子。7 天后，它无望地回来了，瘦成一把骨头，再没“返醒”过来……“返醒”是鄂西的土语，指“恢复”的意思。

母亲讲黄儿的故事时，很忧伤，这故事肯定是舅奶奶讲给母亲的。我不敢和舅奶奶说话，我感觉她很古怪、很陌生，她有时想和我们亲近，有时却又故意疏远着我们，带着一种敌意。

有一次，我抱着小妹到水塘那边的石坡上玩，回家时把小妹的一只小鞋弄丢了，正着急呢，黄儿叼着那只小鞋“颠颠地”回来了。放下小鞋，它依然一声不吭地蹲在门坎外边望我们，望很久。

有一次，母亲到城里看父亲和哥哥，交待我看好弟妹。当晚山里下起了大雨，雨水从山墙沟流进了屋里，我害怕极了，我让弟妹坐在床上别动，我蹲在木板凳上为弟妹煮了萝卜白米粥，因为我还没有锅台高。我不知放多少水，把萝卜粥煮得很稠。雨下个不停，下成了白雨。屋里的水也越来越深，我蹚着水把饭端到床上递给小弟，又盛一碗去喂小妹……我做这一切时，黄儿一直站在灶前的水里看着我。地老天荒我也不会忘记当时的一种心情：唯有一声不吭望着我的黄儿给我战胜恐惧的勇气。我给黄儿盛了一碗萝卜粥放在地上……

“吃饭了没有？姐儿……”临睡时，舅奶奶从只有三根木窗棂的土窗外问我，她的声音很粗很生硬，嗡嗡的。“吃了……”我颤颤兢兢地回答。我多么希望那一夜她和我们做伴、睡在一起，但她问完就从土窗外消失了。唯有黄儿蹲在灶台前……

夜里，我被小妹的哭声和黄儿的“嗯嗯”声惊醒，爬起来就在床上摸小妹——那时，乡下没有电，我们只是点桐油灯。来不及点灯，我就在床上乱摸，摸不着。仔细一听，小妹是在床下哭，懵懂着“忽地”跳到床下的水里，又摸。原来小妹不知在什么时候已掉到床底下，把小妹从水里捞到床上时，我哭了起来。那一夜及天亮后盼望母亲归来的心情，成为我一生都再也没有过的一次刻骨铭记。

不久，爸爸要接我们进城住了。我们走时，黄儿默默地跟着我们走出了十几里地，山里不通汽车，40 多里山路我们只靠步行。一路，母亲反复劝黄儿：“黄儿，回去吧……”母亲说这话时像对一个姐妹。我想让黄儿和我们一起进城，但母亲不答应，说“黄儿是舅奶奶的”。翻过一个大山梁时，黄儿停下来不再走了。它“嗯嗯”着在山梁上转着圈，并用一只前爪刨着地。我不知黄儿要干什么，母亲说：“黄儿要在这里和我们告别了……”我再也忍不住了，蹲下身去抱着黄儿的脑袋，大哭。黄儿“嗯嗯”着，也在流泪，那泪，很苍老很凄楚。

和黄儿告别的山岭叫杨岭。

杨岭是一个五里长的大坡，我们顺坡往下走，黄儿一直在岭头蹲着，望我们。直到我们走到谷底，回头望黄儿，还看见黄儿蹲在岭头的黑色剪影。

一年后，听说舅奶奶死了。不久，黄儿也死了，在舅奶奶坟前……

前几年，去贵州台江苗乡。公路旁耸立着偌大的广告牌：花江狗肉，驰名天下。只见街头所有人家的玻璃橱窗里，全都摆放着被褪光了毛的乳狗，乳狗被吹了气，圆滚滚、白煞煞的，开始我还以为是褪了毛的乳猪呢。当我知道那是乳狗时，我在刹那间痛苦地闭上了眼睛。也是在那个刹那间，黄儿和它的儿女们穿越时间和空间，出现在我的眼前……

在贵州工作的同学要请我吃狗肉，我断然拒绝。我恨天下那些杀狗的刽子手，我也恨那些大吃海喝狗肉的人。我相信，人对动物的涂炭，必将得到报应！

水塘边的鸟窝

水塘在黑夜中沉寂，这使我怀念水塘边的那棵有鸟窝的老榆树。

我们和母亲来到乡下时，那棵树正长满了榆钱。榆钱泛着淡淡的绿色，钱串似的，压弯了枝头。后来，榆钱落了，榆叶变老，黑绿黑绿的。知了爬到了榆树上，知了的叫声很尖长，使山里的夏天更加闷热。夜里，塘里的青蛙“哇咕”“哇咕”地叫着，开始是一只，后来便此起彼伏。白天，我们看见一群一群的小蝌蚪，摆着黑黑的小尾巴、摇着黑黑的大脑袋，从塘的深处游到塘的浅处，从浅处游到深处。母亲说，蝌蚪是青蛙淘气的孩子。秋天来了，榆树的枝桠上有了鸟窝，鸟窝一天天大了起来，小筛箩一样，母亲指给我看那鸟窝。这是一个已经开始凉爽的傍晚，太阳红色的光辉已擦着山顶在慢慢消失，山顶有很美的晚霞，晚霞擦抹着母亲很美的脸，我发现母亲的脸上流淌着一种很厚的温暖。

山坳里的男孩子在塘边用竹筐捞青蛙，捞上的青蛙用藕叶包好了烧着吃。他们还吃烧田鼠，也用藕叶包着。他们还常用石头砸癞蛤蟆，癞蛤蟆长得很大，背上长满令人恐惧的肉疙瘩。我非常害怕，母亲从小就不让我们看杀这杀那的，包括杀鸡。母亲希望我们长大了善良。致使我最终不敢看杀鸡，到老不敢弄死一只活鱼。买鱼时，总问：“有死的吗？”小贩不理解，张几下嘴，不知怎样回答。小贩说没有死鱼只有活鱼。

天气越来越凉，风也大了起来，在山坳里迴旋时发着一种响声。我望着老树枝桠上的鸟窝，问母亲：“好高啊，妈妈！风一吹，要掉下来吗？”

“不会的，鸟的窝垒得很结实。窝里有它们的孩子，它们不会让窝掉下来的。”母亲抚摸我的头，很大很深的眼睛里充满了爱怜。我和母亲一起望着蓝天下黑黑的一团，我们一起想象那高高的温柔，我们虔诚地为它们孤独的、风雨飘摇的幸福祝福。

最可恨的莫过于男孩子。一天，邻居家的男孩子爬到树上，用竹杆把鸟窝给捅了。当我看见那黑乎乎的一团从几丈高处往下掉时，我几乎晕了！我声嘶力竭地跑到老树下，看到的只是一团团摔散的用树枝、干草、羽毛和泥垒造的鸟窝以及几只血肉模糊的粉红色肉团。那是老鸟的孩子，还没有长羽！我的心被撕成了碎片！那一刻，我真想把男孩子推到树下的水塘里，让他死。母亲说："这孩子要遭报应的……"

此后，一个关于"窝"的颤栗，包裹着我的魂魄，走过了很长很长的岁月。

我长大后又几次来过那个山坳，我到水塘边找那棵老榆树，老榆树已被人伐掉，只剩下一个很悲凉的树桩。乡下的树已很少，我已很难看到儿时那样的大鸟窝。塘里的青蛙还"咕哇""咕哇"地叫着，小蝌蚪还是一群一群在水塘边游逸着。我为这些青蛙和它们的孩子庆幸着，它们生活在离城里人较远的乡下，否则，它们早被送上了城里那些豪华酒店的餐桌。但我不知，它们还能幸存几年？

人类什么时候才能开始悲悯我们身边的另一类生命？这个世界原本是我们和它们共同创造……

2005年第5期《十月》杂志发表

入选《百年中国性灵散文》等5种选本

我的中学

1

社会学家说：教育是人类文明的传递，是寻找对人类文明的文化支援；文学家说：教育在于使人把每一天都看成黎明，把每一种成就都看成是人类超越自身的象征；政治家说：教育是对被教育者施以影响的有计划的活动；教育家说：教育是对人的道德、个性、智慧的完善和奠基……

在解读智哲们对教育的释义时，作为一个曾经接受过从小学到大学17年正规教育的个体生命，我便油然产生一种需求表达的冲动。我常常回味和体验着我从一个蒙昧无知的顽童，最终成长为一个懂得人类苦难和终极，懂得用公正、道德、人格和宽大胸襟来处理一些事情的文明人，无论从哪种意义上讲，都与我生命过程中的这17年，有着最直接最深刻的关联。尤其是我的中学——湖北省襄樊四中，她是我命运的方舟，她曾经从险境的此岸摆渡我抵达希望的彼岸。无论岁月怎样老去，对于救助我成人的中学的感恩，始终都似故乡那条宁静、母性的汉江，永远地润泽着我奋斗的人生。

2

襄樊四中，是一所坐落在汉水岸畔、古襄阳城南隅的湖北省重点中学。20世纪五六十年代，她是鄂西北仅有的两所省重点中学之一。在我精神的凝望里，她始终似一泓神秘圣洁的光环，笼罩在我生命的天空。60年代伊始，我从江汉平原一所码头中学初中毕业，以在鄂西北地区数万名中考生中名列第三的成绩被襄樊四中“破格”录取。所谓“破格”是因为父亲被划为右派的问题而在我的档案“政审”栏里，填写着“政审不合格，不同意升学”的鉴定。这是我们那一代人最绝望的背负。在几乎没有学校敢于接纳我的情况下，襄樊四中顶着压力，力排众议最终录取了我。据说，他们唯一可以依靠、可以支撑他们站出来据理力争的“政策理论”是“出身不由己，道路可选择，重在表现”。几十年过去，我都在想，在那充斥着“以阶级斗争为纲”的历史时期，怎样想象我的中学所承担的风险呢？我还想，倘若我的中学当年不录取我，我的人生一定是别一种意义的艰难和平庸；而我的中学录取了我——在扎扎实实接受了三年高中教育之后我考上了大学——这就使我成为今天能够理性地参与民族文化建设的知识者。所以，我在数十年之后第一次踏进我的中学时，我对那里的老师和校友说：“如果我的学生时代有过辉煌时刻的话，那么，那个时刻应该是在我的中学。”

“出身不由己，道路可选择，重在表现”这句话，在又过了许多年之后我才知道是敬爱的周恩来总理说的。应该说，这句话救助了那个年代里无数没有出路的大人和孩子，它也天语般无可抗拒地支撑着勇敢走出来搭救我们于水火的良知者。总理的这句话始终救赎我做一个好学生，高中三年，我除了朝气蓬勃地做好学生会文体部长的工作外，还获得了国家乒乓球等级运动员三级的证书，我以优异的田径成绩被选拔赴武汉参加了湖北省青少年运动会，我为队长的校女子篮球队打败襄阳无敌手，而我的学习成绩始终又保持在全年级五个班的前三名而从未落后过……

记得高中第一学年结束时，我们班主任、兼代数学课的老师周松生，在我成绩册的评语栏里写道：“该生热情、正直、积极、向上……”这是一个心灵受难的女孩获得的第一次也是最珍贵的奖励。记得看到这份评语时，我哭了。应该说，人生的梦想从这第一份奖励开始，便插上了飞翔的翅膀；我甚至深信，成绩册开头的那“八个字”的评价，成为我日后精神与心性的永远牵引。而“重在表现”已经成为我对“政审不合格”的绝望背负的最亢奋的反叛！

襄樊四中从 50 年代初建校到现在，已为国家培养了三万多名毕业生。她曾培养出了荣获新华社《半月谈》中学生奖学金的学生；培养出了一人荣获数理化三项奥林匹克竞赛和全国大赛一等奖的学生；培养出了全省理科状元和年仅 15 岁的少年大学生……在她的毕业生中，先后涌现出中科院院士、著名经济学专家、神舟五号飞船运载火箭动力专家、联合国武器核查专家、美国独立电影节最佳导演提名奖获得者等一大批杰出人才。在恢复高考的 30 多年中，高考成绩 27 年名列全市第一；有些年份，汉江岸畔那座城市高考理科前 10 名全部被我的中学囊括。

应该说，光荣与艰辛并存。

3

1996 年 6 月 10 日晚，襄樊四中阶梯教室里灯火辉煌，母校安排我在这里与 200 多名“浩然文学社”的年轻校友会面。两年前的 10 月，我在武汉参加完全国第六届书展签名售书活动后回到我的中学时，也举行过这样的会面——会面的仪式热烈隆重：长途跋涉了 12 个小时归来的校长、党委书记，水没喝、饭没吃就来到了阶梯教室，全校的闭路电视开始现场直播……面对数百双眼睛，面对在全国享有殊荣的“浩然文学社”——80 年代中期，“浩然文学社”曾在全国中学生文学社团评比中排名全省第

一、全国第十——我真诚地讲述着《文学与人生》。此前不久，我的中学还邀请中科院院士、华中理工大学教授熊有伦先生回母校举行《科学与人生》的讲学。我理解我的母校的良苦用心，他们希望用理想和奋斗的光芒照亮学生的心灵。

我把事先从花店挑选定做好的四盆缤纷艳丽的插花献给校长李珍贵和党委书记苏超时，献给“浩然文学社”创办人。最后一盆，是献给我当年的班主任老师周松生。然而，扩音器连续地呼喊之后，热烈的掌声过去之后，周老师没有出现。校方是通知了周老师的，但周老师没有来。“他为什么不来呢?”疑惑和难过从我心头掠过。

我已离开我的中学 31 年了，30 多年来，我的老师们已历经了许多沧桑和苦痛，有的已经故去，有的调离，有许多已经退休，能够见到的老师已经寥寥无几。我知道周老师华中师大毕业后已在我的中学执教数学 37 年且仍在教下去，我并且知道 37 年中他有 34 年在做班主任。凭心说，几十年来，对于周老师的感恩和牵念成为我人生中的一件心事，我为不能报答他而常常心里不安。“有一天我要寻找一种方法答谢他”的想法始终系挂在我的心头。因为，我始终认为，学生手册首页上那“八个字”的评语，改变了我的人生。在大庭广众之下，讲出那一次人生的拯救，然后献给他一束花。我曾为我设计的报答方式而感到欣喜。可是，我的老师为什么不来呢?我感到阵阵不安……

从阶梯教室走出来，蔡老师领我来到木楼会议室——木楼已成为我的中学创建时期最后的纪念物了——在我赠送给母校老师的散文集《一种诞生》一书上签名。晚 10 点 50 分，当我签完最后一本书时，一转身，周老师居然站在我的背后！他在木楼的门口，孩童般真挚单纯地望着我笑，我不知他在那里站了多久。我只看到那笑定格在他的脸上，憨厚而灿烂。我快步走到他的面前，只听他说：“刚才我听到了阶梯教室里的扩音器喊我的名字，听到那么多的掌声……我站在外边没敢进去……我不适合那种场合……”周老师嗫嚅着，他居然像做错了什么的学生，很憨地不知所措着，腼腆与紧张已使他满面绯红。

听到周老师的解释，我不由心头一沉，几十年无以报答的不安此刻更加深重。我原以为选择了一种极好的报答方式，然而，他拒绝了。我知道，他拒绝的不是一个离别了他30多年的学生的感情，而是拒绝了炫耀、拒绝了张扬。他本能地以一个中国教育者的谦卑以及他对人格、道德的坚守，对名利的淡泊和拘谨，对个体生命的严肃和苛待，拒绝了一种世俗的喧嚣，甚至是虚枉的荣誉。这就是我的老师。他“不适合那种场合”，不适合鲜花、掌声，他习惯默默而执着地做着需要他做的一切，从青丝缕缕做到白发苍苍。在没有报答、没有怨悔、也没有惦念的时光里，他的心灵安详而宁静。我曾想，还有什么职业比教师职业更神圣、更深重、更圣洁的呢？

而作为学生，我们更多的时候，惦念我们的父母，惦念第一个爱我们的人，惦念童年少年时代的朋友，在所有的惦念中，我们却每每忘却给予我们恩惠、教导我们成人的老师。我们往往记住他们的，是他们对我们的批评和斥责，我们把这些批评和斥责看作是对我们的伤害，我们为此而忌恨他们……还有什么比我们情感的这种偏执和丢失更让我们伤心的呢？望着周老师苍灰的花发和依然满面的绯红，依然满目的不安，我问我自己，我的虚荣是否更多地亏欠下了他呢？

在我阔别了30多年的中学，在那座已旧的木楼，在六月静静的深夜，当我重新将那盆象征感恩的花束郑重地递给周老师时，所有的尊崇、敬重、忆念和酸楚刹那间涌遍全身。我在心底哭了一声：“老师，我无以报答您，您让我永远不安了……”周老师却说；“老师毋须报答，你谢了老师，老师就又不安了……”这是一次学生与老师最真实平易的对话。它因真实而成为人类情感的深重震撼；它又因平易而成为世间人际关系的经典。面对浑浑噩噩的世界，我常常想，人类最无价值可言而又最是价值无量的帮助和给予是否就存在于没被污染的师生之间呢？

4

2005年6月17日，我从武汉抵达襄阳。

对于湖北除却武汉之外的第一大城市襄阳，我别有一种牵念。

我无数次站在故乡的河边思忖：我在河边发生的和以后永远离别的都

成为纠缠我一生一世的情结。我人生的许多时候，和故乡那条古老的大河——汉水，有着无法割舍的机缘。诞生与出走、幸福与苦难、险境与转机、扼杀与救赎……都在河边发生，最终揭示出我生存的禅机——命运沿河。

为着这命运的恩典，每次回故乡，我都要去襄樊四中看望我的老师。

2005年6月，为着对母校的感恩，也为着对汉水边的襄阳在中线调水中面临的生态困境的牵念，我又一次走进了这座古老而现代的城市。

当家兄带我刚刚在位于襄城荆州街的襄阳宾馆住下，我的母校襄樊四中现任校长苏超时和校办室主任杨老师便来到了我的住处，他们执意让我移住真武大酒店，说襄阳宾馆刚刚内装修不久，对身体不好。我说真武大酒店房费太高，承受不了。苏校长说，你莫操心，一切学校给你安排。真武大酒店离学校近，你采访累了，可以到母校里面走走，花园一般，你可以放松放松。

几十年岁月都走过了，我的母校还像当年一样呵护着她的学生……

晚上，苏校长和杨老师顺荆州街向北，领我出襄阳古城北城门，六百多年的古城墙和城门，巍峨、沧桑得令人心颤。小北门码头的青石台阶依旧，江水依旧。想当年，我和我的同学们多少次穿过荆州街，走过古城门，走下青石板台阶，然后乘木船到达对岸樊城的六角门码头；然后，我们即把少年青春驰骋在樊城那个春、秋两季的运动会上……这浩浩的江水和古旧的码头、木船，曾泅渡了我们多少少年的追寻和梦想！

现在，人们过江已不再乘坐木船，汉江上已飞架起四座铁桥。望襄城、樊城两岸灯火辉煌，看眼前的码头苍苔屐痕，我内心真是百感交集。苏校长说："这几天我不管你，你回归两天襄阳市民。晚上有空你就来小北门外独自走走，重新感受一下你记忆中的这个城市……"

感谢年轻的校长苏超时如此地善解人意。其实，生命中的许多意味深长，都蕴含在这别离后的回归和回归中悠远、伤感的追忆中了……

写到这里，我不仅想说：我们常因不大懂事而忘却我们的小学，我们又因学习方式的松散而对我们的大学多有疏离。那么，像母亲更像朋友一样牵携了我们梦想的，是否就属于我们的中学了呢……

1997 年第 9 期《当代人》杂志发表
2008 年 6 月 24 日《光明日报》节选发表

第三辑

寻找家园

江边曾经发生的和以后永远离别的都成为纠缠我一生一世的情结。如果说，文学创作之前我有什么准备，我是不是可以说，是上苍恩赐了一条远远向我流来又远远离我而去的大江，以及江边的站立和倒下，江边悲风徐徐的前行和故去……

女人河，美丽的忧伤

我故乡的大河，是女人河。

像女人温柔而闪亮的裸臂，故乡的大河，轻轻地搂抱着飘摇的我故乡的小城。

很小很小的时候，母亲就讲给我一个外婆的外婆讲过的很古老、很忧伤的故事。很长很长的岁月，大河把这个故事漂逝得很远很远。

于是，在江风清浪里长大的我，就认定故乡的大河是女神，也是巫婆；是博爱，也是女性狼……

小时候，我拎着竹篮去大河洗衣，洗去父亲的辛劳、母亲的忧愁和弟妹的不快；

大河边，曾家铺子五分钱一碗的米酒香飘进深深的小巷；

小巷的尽头，田家伯伯穿着褪色的青衣，沿着青石板小街挑水叫卖；

小城人诡谲地说，曾家妈妈和田家伯伯有很老很深的情爱；

妈妈很黑很大的发髻上，插着紫色花，在大河的岸畔剜野荠菜和茉莉芽；

秀丽而文静的两位李家姐姐都爱上了常在大河边画画的我英英气气的哥哥；

善良的阿三从青石板小街向我嘻嘻地走来，说给我一个大河上游漂来的贝壳的童话……

那时候，我常常听着白日里女人河轻轻拍崖的浪声，生生觉着，我故乡的大河是一位温柔而美丽的女神。

后来，我挚爱的父亲一夜间被人画成长着又粗又长的毛尾巴的男人，最终在大河的岸畔躺下了苦难的人生；

那个爱了我三年的医学院潇洒而英气的大学生嫌我“出身不好”，又在大河下游的省城爱上了别的女学生；

蒙昧而野性的秀子给我兄弟生了三个孩子以后又去爱生产队长，又去和大河边一个五十岁的老头结婚；

妈妈在父亲爬满青藤的坟墓前哀哀地呼号，哀哀的呼号随大江季季地漂逝；

一个黄昏，一排竹筏的男人触礁葬入江心，一群女人疯哭疯喊，沿着大河不知了去向……

那时候，我常常听着女人河暗夜里拍崖的浪声，生生觉着，我故乡的大河，是外婆的外婆讲的那个暴戾而野性的“巫”。

我故乡的大河，岁岁月月地漂逝；
我的美梦和恶梦，岁岁月月地漂逝；
沿江而下，我到另一个世界……

再度看见我故乡的大河的时候，我哭了。

因着大河的中游修了一个为两省输电的水力发电站，我的铺满青石板的小城便水葬在江下。古老的忧愁、古老的幸福连同古老的童话一起水葬在江下。小城人搬到山上高高的楼里。阳光洒满了高楼。

大河涌一弯清月，我站在清清亮亮的水里，哭了。

曾家铺子五分钱一碗的甜酒香在哪儿？

田家伯伯褪色的青衣和脚步声在哪儿？

小城人诡谲的悄悄话在哪儿？

两位李家姐姐的笑靥和爱在哪儿？

鄂西女子在大河边的杵衣声在哪儿？

阿三黑黑亮亮的眼睛和童话在哪儿？

我的大江般清清亮亮的忆念，我的几十年的愁愁苦苦的眷恋，我的江水般深不可测的感情涟漪般涌来，在清清亮亮的江面，在深深邃邃的江底寻觅着归宿……

幸福和苦难都让我流泪。

当我看见亲爱的妈妈在江风里飘拂的白发和白发里系着的秀子扔下的三个孩子；

当我知道二十四岁的缫丝姑娘英子毅然走进了我兄弟的家，做我兄弟温温柔柔的妻子，做秀子三个孩子的小母亲——三个孩子不叫她“妈”，叫她“小姨”；

英子为了比她大十岁的我的兄弟的感情，生了一个白白胖胖的儿子，英子巴望只能是农村户口的儿子将来考上大学；

英子知道秀子想她三个孩子想得发疯，想我的兄弟想得发疯，我的兄弟念秀子生下了三个孩子，和秀子的感情又有些缠缠绵绵；

悲伤的英子抱着她小小的儿子沿女人河徘徊，美丽的心和天空白的、冷的月亮一起，悄悄地变冷、变白；

秀子的女儿高中毕业后，宁愿嫁给一个北方男人，也要离开秀子，离开女人河……

这样的日子，我听着月光下女人河轻轻拍崖的浪声，我生生觉着，我故乡的大河，是我故乡女儿长长而忧郁的爱。

夜夜枕着我故乡大河上的涛声，夜夜枕着外婆的外婆讲的那个古老而忧伤的女人河。

我故乡的大河，是我故乡女儿们简单而又复杂、美丽而又痛苦的感情”。

我故乡的大河，是我故乡女儿们长长短短的故事。

岁岁月月，我故乡的大河静静地漂逝，漂逝着我故乡女儿们美丽的忧伤……

我故乡的大河，是女人河。

1986年3月8日《河北日报》首发

1987年第6期《长江文艺》发表

编入1990年第3期《散文选刊》“梅洁散文特辑”

我的故园有一条河

1

许多朋友问我怎么能把那么多情感的文字留给了故乡、留给了汉水，我自知我内心深处有一种暗暗的默许；我更相信我的生命里有一条河在天长地久地流淌……

在鄂西北我诞生的那座具有三千年古老文明的小城脚下，有一条大河——汉水。童年的记忆里，大人们从来不把汉水称为“汉江”，也不称汉水，他们总是叫它“大河”。汉水就这样亲近的、善良的、谦卑地偎依在故乡千年的土地上。

在会看地图的年龄时，我才发现“大河”被称作汉水被鲜明地标示在中国地图上，后来又知道它是长江九条支流中最大的一条支流。别的支流都赫然被称作江，如岷江、嘉陵江、金沙江、荆江等，唯它被默默地称作“汉水”。它是宇宙间孤单独特的一个，它的独一无二预示着它将有怎样的命运抑或使命呢？

汉水被现今的人们称为“中国的多瑙河”。据证，它是中国目前唯一没有被污染的大江。

南水北调中线工程就是引这条江的水解救中原、华北、北京和天津的水危机。

汉水携带着遥远的神秘，千秋万代地向我诞生的小城飘逸而来，然后极女性地把小城团团围住，小城呈半岛状依偎在汉水的逶迤与润泽之中。

我在河边长大。

真与美、善与想象在河边长大。

我在《寻找家园》一文中写过：“江边曾经发生的和以后永远离别的都成为纠缠我一生一世的情结。如果说，写作之前我有什么准备，我是不是可以说，是上苍恩赐了一条远远向我流来又远远离我而去的大江，以及江边的站立和倒下，江边悲风徐徐的前行和故去……”

2

在世界许多民族的创世史诗中都写到了“洪水泡天”——人类曾被洪水无情地毁灭了一次。这一主题几乎在全世界的史诗和神话传说中被保留了下来。《圣经》里的“创世纪”；用楔形文字记载在 7 块泥板上的巴比伦创世史诗《埃努玛·埃立升》；在世界文学史上产生巨大影响的古希腊的荷马史诗《伊里昂记》；长达四万八千行的印度民族的伟大史诗《罗摩衍那》以及 20 世纪 80 年代末在鄂西北古老的神农架发现的汉民族创世史诗《黑暗传》，无论埃及人、印度人、古希腊人、中美洲马雅印第安人和美洲约鲁巴人以及中国人的神话传说中，都无一例外地说到了人类曾因充满强暴、仇恨、妒嫉而陷入了深深的罪恶之中，为了惩戒，上帝和神人用洪水一举毁灭了这个世界，而后又迎接创造了一个全新的世界。

水劫难了人类又创造了人类……

而科学的《进化论》在研究生物的起源时，也同样证明了人类是经历了海洋单细胞——多细胞——原生类……到鱼类——两栖类——爬行类——鸟类和哺乳类，然后进化为猿和人。

人类是从江河、湖海里走了出来……

在人类亿万年的沧桑进程中，是古老的江河维系和丰泽着人类从蛮荒走向文明。

于是，我始终认为，在人类的故园，河流永远是最母性最祥静最阴柔的风景！

同时，我还认为，现在的人类最终还会因罪恶而走向自己的反面，当洪水或别的什么最终将人类再度毁灭后，新的人类依然会从这个星球或那个星球的江河、湖海里诞生……

河流永远是人类栖息的家园！

我在散文《女人河》中曾这样写我故乡的汉水，我说“我故乡的大河，是女人河。像女人温柔而闪亮的裸臂，故乡的大河，轻轻地搂抱着飘摇的我故乡的小城……夜夜枕着我故乡大河上的涛声，夜夜枕着外婆的外婆讲的那个古老而忧伤的故事。我故乡的大河，是我故乡女儿们简单而又复杂、美丽而又痛苦的感情。”

这就是我故乡的那条河流在我心中的意象。

因父亲政治苦难的株连，十五岁时，我便永远地离开了故乡，也告别了永远无法告别的那一条古老的大河。此后的几十年里，我从南方到北方，从京城到大漠，故乡的大河居然如父亲母亲迷蒙的泪光，永远深深地灼痛着我的乡恋。

从女儿般忧伤的江湾里走出来，我对世界一片同情。后来的岁月里，我试图以文学的形式和我所处的世界对话。当我把伤逝、哀怨、孤独、向往，困惑不安的心灵，凝聚已久的渴望与梦想，人生艰窘的体验和尴尬，对生命与美的虔诚和膜拜用文学的方式带给这个世界时，我发现，在我精神的故园里，始终流淌着故乡那条永远魅力非凡的、母性般祥静而美丽的大江！

公元 1991 年，我离别汉水已有三十一年，当我踏上故乡的土地，当我和江岸边一群男娃女娃围着一盆烧得很硬很旺的炭火——炭火吐着蛇信子一样蓝幽幽的火苗——听他们说汉水命运中的大坝，说那年小城被大水淹没的故事，然后流眼泪；然后我们一起走向江岸，凭水而立，默默地凝望大河流向大海的风景；然后默默地倾听葬在水下的音乐，默默地领会浮出水面的灵魂；然后我们相互望着，许久之后，我们拉起手，向身后那片山地走去……

就在那一年我终于弄明白，我的故乡因为有了那条古老的大河而诞生和演绎了三千年的文明；也因为有了那条美丽的大河，那里的人民已经和将要永远地失去故乡……失去故乡，是东方文化情感中的大磨难。深深的忧伤与颤栗使我最终完成了《山苍苍，水茫茫》的长篇报告。当这篇报告落笔之时，我发现，对于汉水的虔诚与膜拜已成为我的宗教。

3

鄂西北那块土地斑斑伤痕。

父亲猝然驾到的政治厄运，使我少女长发便独自含泪离乡。那时和此后的几十年，我都在想，纵走天涯海角，我也不再回到那片土地。那块土地留给我的都是屈辱、辛酸和眼泪。

然而，三十一年后，当我踏上故乡的土地，了解到这块土地几十年的浮浮沉沉，了解到那里的人民为建设一个有特殊使命的水库（这个水库的特殊使命在过了半个世纪后的今天，又一次石破天惊般地被凸现）——丹江口水库而付出的巨大奉献和牺牲，以及奉献和牺牲之后巨大的苦痛和贫困，了解到那里的干部带领人民几十年艰苦卓越的劳动和创造、奋求和抗争，了解到我心中的汉水几十年泪一样流淌的岁月，我便觉着，我的家庭和我个人的恩恩怨怨都已算不了什么。

古老美丽的鄂西北文化积淀十分丰厚，绵延三千里的汉水哺育了那里善良、纯朴的人民。今天，南水北调中线工程已经开始施工，丹江口大坝2005年9月已正式开始加高，它将由现在的162米加高到176.6米，然后汉水将折转身来，三千里迢迢北上中原、华北、京津。库区34万人民将再度背乡离井，走向更高更远的地方——他们曾经献出了68万亩良田好地，48万人民（20世纪六七十年代为世界移民之最）离开了祖祖辈辈劳动生息的家园。几十年来，他们用血汗在荒山野岗重建的家园和土地因南水北调中线工程将再度沉入江底。他们曾长达近半个世纪地面临着艰难严峻的生存选择，现在又要失去刚刚有了眉目的生活，又要再度忍受故土难离的感情上巨大的磨难！每当想到这些，我都十分沉重！

我总是在心底为故乡人的幸福和平安深深地祝祈。

南水北调工程分东线、西线和中线，有别于其他两线的中线，调的是供北方人饮用的水，是生命之水，这些，许多人不知道（东线、西线主要是工业和农业灌溉用水）；中线调的是堪称中国的多瑙河、现今唯一未被污染的、为一二类水质的汉江水，而不是长江水，这个，许多人也不知道；中线是一个长达五十年的工程，前后有七十多万人失去了故乡，这个，更多的人不知道。于是，我写这部书就隐含了一个卑微的心愿，那就是——

我真切地希望，当清澈的汉水给干渴的中原、华北和京津大地带来一片滋润时，当人们欣喜地端起从遥远的鄂西北流来的一杯幽蓝时，不要忘记为此而两度奉献了家园和土地的库区人民，不要忘记他们几代人在半个世纪里经受的磨难和牺牲。

或许那时，他们正在高高的山顶，围着一堆篝火，轻轻地哼着一支人类从蛮荒走出来时的歌——“举起火把，让我们走出山谷！”或许，他们正站在江岸，凭水而立，默默地凝望葬在水下的日子，然后望着北方的天空吟唱：“你本是天上的银汉啊，我的汉水……”

我想，那歌声一定很哀怨，也很悲壮……

2009 年 6 月《人民日报》作品版发表

入选长江文艺社“60 年散文大系”

寻找家园

1

我曾在我的一部书的扉页上写过一句话："我始终认为，在人类的故园，河流永远是最母性最阴柔最祥静的风景。我精神中的'河流情结'告诉我——无论我怎样漂泊，最终我总会找到家园。"

我相信我的生命里有一条河在天长地久地流淌……

在鄂西北我诞生的那座具有三千年古老文明的小城脚下，有一条大河——汉水。汉水被鲜明地标示在中国地图上，它是长江最大的一条支流。汉水被现今的人们称为"中国的多瑙河"。据证，它是中国目前唯一没有被污染的大江。21 世纪初叶，南水北调中线工程就是引这条江的水解救中原、华北和北京的水危机。

汉水携带着遥远的神秘，千秋万代地向我诞生的小城飘逸而来，然后极女性地把小城团团围住，小城呈半岛状依偎在汉水的逶迤与润泽之中。

我在河边长大。

真与美、善与想象在河边长大。

“妈，大河从哪儿流来？它又流向哪去？”望着迎面漂来又远远漂去的江水我问母亲。

我想，从那时起，一个纯情女孩就一直站在江边，忧伤地啼听来自河流的一种秘语——无论后来她离那条河有多么遥远……

小时候，我常和男孩子一起在夏天的大水过后，到沙滩上挖“浪柴”。“浪柴”是发大水时，从上游冲击下来的树枝、树根，它们已被咆哮的江水剥离殆尽树皮，只剩下光腻的、长短粗细不一的内杆，被一堆一堆地掩埋在淤积的沙滩里。

到河滩挖“浪柴”的记忆至今都是幸福而快乐的——尽管那是童年十分辛苦的一种劳作。只要你向河滩的隆起部位走去，几锄挖下去，你便会发现成堆的“浪柴”，一窝一窝的柴棍儿黑压压草虫般挤簇在一起。这时，你的惊喜不亚于发现了一室一窟的宝藏。你的收获少则几篓几筐，多则一船两船！小城里的男娃女娃扛着挖锄、背篓、口袋向河滩走来，他们在十分纯情的童年里便开始享有如同淘金者一般的执着和惊喜。

黄昏，挖“浪柴”的孩子们在河滩上翻筋斗……

一个头发、耳朵、脸上都挂满了沙粒的女孩仰躺在沙滩上，她把脚丫翘得老高。脚趾上的沙粒在阳光下闪闪发光。她总爱一个人这样仰躺着，望着脚趾上闪闪发光的石英质沙粒出神。小女孩在想什么呢？她自己也不清楚。

河滩广阔而细腻，母肤一般；河水已恢复了往日的安祥与宁静，夕阳的光辉辐射在河水上，河面像撒满了金子……

纤夫们“吭唷”着沿河滩匍匐而来，他们脚手撑地，身体蜷缩在阳光下，隆起的脊背在小女孩忧郁的目光中漆黑发亮，有血红色反光。有时，小女孩好奇地踩踏着纤夫们深深的大脚窝沿河行走，小脚丫复大脚丫，小女孩追随到很远……

许多年我都在想，一个女人日后与那条河的恋情以及她一生的艰辛与梦想，兴许从那时起，就宝藏在她脚趾上闪闪发光的沙粒上，抑或是河滩上“小脚丫复大脚丫”的寓言般的追随里了。

当然，童年很快乐的另一件事出现在五月。五月有一个盛大的祭典在江边举行，那是一个节日。节日里，我们胸前挂着母亲亲手缝制的好看的丝线香包，香包里装着清香的草艾，耳根涂抹着掺了“雄黄”药的酒液，然后牵拉着母亲的衣襟，到江边参加祭典。母亲说，江水下边有一个好人，他死了。祭奠死了的，修善活着的……那时，我不懂母亲的话。

我们和母亲挤在人群里，而我们的目光总是很努力地在人头攒动、千舢竞渡的江面寻找我们的父亲——我们的父亲每年都是这个祭典节日里很活跃很光荣的一员——他总是很健美很生命地从几百米宽的江面第一个泅渡到江的对岸。

但我们的父亲最终没能从他生命的此岸泅渡到他生命的彼岸便猝然消失了。此后，在故乡的江边，我目睹了一种人类的苦难，目睹了生命的惊惧和毁灭，目睹了命运的猝然倒下，目睹了生离死别、家破人散。我用一颗孩童的心体验着破碎、孤独、死亡和“灭顶之灾”……

如果那条天长地久的大江没有浮载了又水葬了我的亲人，如果我的童年在那条江边没有把人生的全部模拟完毕，我不会走向文学；

如果我的目光总是充满惊惧，如果我的心灵永远被苦痛蹂躏，如果漫长的受难最终没有复生、复生之后没有突然地离去，我不会走向文学；

如果幸福和苦难没有轮回，如果天堂和地狱没有接纳灵魂的善恶之分，我也不会走向文学。

是的，江边曾经发生的和以后永远离别的都成为纠缠我一生一世的情结。如果说，文学创作之前我有什么准备，我是不是可以说，是上苍恩赐了一条远远向我流来又远远离我而去的大江，以及江边的站立和倒下，江边悲风徐徐的前行和故去……

2

不错，我是把哭泣和血液沉淀在文字之中了。在我走过的路上，这些文字像雨，润沃着我路边的土地。于是，路边的灿烂一个片断、一个片断，匍匐的草花或金黄或玉白或血红……我常常回过头来，很欣喜也很伤心地凝望这些并不起眼但却十分生动盎然的小生命，我总是被感动得泪水涔涔……

是的，我曾经在很长的年月里急于倾诉那些指涉我个人和家族凄清苦难的历史的回忆。这些回忆犹如毒蛇般咬噬着我的内心，而最终又以一派神性的光照，慷慨地赐予我天地间无与伦比的善美、崇高和隽永。博大的赐予使我内心变得清澈而滚热。一种极其纯粹的渴望表达和宣泄一再地使我不得安宁。于是，属于我的文字一篇接一篇地在北方、南方的报刊上出现了。编辑们每每很欣喜地把这些文字编发在刊物的头条和报纸的显著位置上，他们称这些文字是“很动人的诗”和“很忧伤的散文”。此后，人们便开始注意到一个有着清纯、冷馨、诗意名字的女人连同她清纯、冷馨、诗意的文章。再后来，人们称她为“作家”。

长期以来，在公开场合，我总是羞于启齿称自己“作家”的。这倒不是我不觉着这个称呼的神圣和光荣——我曾是那样如痴如醉地把这个词汇和我一生的梦想甚至我的生命连接在一起——恰恰是中国人习惯把这个词汇看得过于神圣，甚至看作一种至高无尚的荣誉或是特权而不是职业——像工人、农民、公务员、学生、军人那样的职业——我才感到诚惶诚恐。我总在担心我的思想与才气、我的创作与劳动是否全部符合这个名分的真正质地。

创作从急于表达、渴望宣泄到自觉不自觉地化作一种生命形式，这预示着人的精神成熟和皈依的完成。人生没有高地尽是高地，艰难的跋涉不断带给我们“到达”的喜悦和兴奋。随之，我们会发现前面的路依然很美，山依然很高，没有终点，没有止境。因此，我们永远无法获得“到达目的地”的极乐，我们的快乐、惊喜、幸福仅仅是生命跋涉过程中对于位置的坚守和忠诚。现在，“作家”、“诗人”——前面还常常贯以“著名”—— 满世界都是。“时代没有了尺度，没有了矜持，没有了起码的严整性和庄重感”（作家张炜语）。文人表现出从未有过的虚荣和贪婪，他们像政客那样变得很市侩也很势利，他们贪婪名利地位，他们欺弱怕硬，他们的手伸得很长，他们擅长沽名钓誉和贼喊捉贼，他们不负责任和不大光明起来比政客还有恃无恐，他们缺乏健全的人格和全新的人文精神……

创作需要拯救，文人需要精神安祥。最好的办法之一是重新面对我们远离了的那片故乡的土地，故乡的那条河流或那条山径，那片闪烁着阳光的沙滩，那架在旷野里转动的水车，那片山腰间一层层延伸的稻地，稻地里扶着锄把、戴着斗笠的父亲和父亲的一声已经苍老的吖咛……

皈依我们的家园吧。唯有家园朴实的温慰会使我们安祥宁静，最终将创作视同为自己的呼吸。

是心灵呼告的需要，似呼吸喂养着生命。除此之外，创作还能解释为什么呢？

3

人从哪里来？到哪里去？这是哲学永恒的命题。面对现代人生存信仰、精神追求的不断迷失，人越来越深刻地希望在心灵深处保留一片古老的绿荫。这时，故土情结便成为连接人生命和归宿的最好去处。作为自然之人，我们从脱离母体之时起，已经成为某种意义上的流浪者。寻找家园、寻找母亲最终会成为我们的永远牵念，成为我们万古不竭的精神主题。

浪漫派诗人诺瓦利斯说过：“哲学原就是怀着一种乡愁的冲动到处去寻找家园。”文学尤其如此。离别地理意义上的家园，乡愁会笼罩我们一生。这是人类的悲剧特质。但正是这一特质，再铸了我们新的生命——所有精神意义的寻找，最终都会回到寻找者生命诞生的那片山地。

36年前，我张大一双惊恐的眼睛，离别了鄂西北故乡——那座铺满石板路的古城，那片母肤般细腻温热的沙滩，那条撒满了金子的大江——应该说我的那次离别是一种政治意义上的“出逃”。逃不掉，我很快就会被解除学籍……

许多年过去，我都在想，倘若不是那次“出逃”，我现在必定无疑已成为鄂西北山地一个庄稼人的老妻，一个不懂得计划生育而生了四个、五个儿女的妇人。而又因为“出逃”成功，乡愁就成为我生命时光里永远的隐秘。日后，在我大量的创作里都牵涉到这一隐秘，它几乎凝聚了我对这个世界全部的爱情。没有离别，我绝对是另一种意义的艰难和平庸；而离别最终又使我成为一个怀着乡愁四处寻找家园的人。这是一个悖论，我在这个悖论中寻找自己并证实自己。

当我最初拿起笔，小心翼翼地、一笔一划地书写乡愁时，我已大学毕业10年了。10年里我都居住在塞外一座明代就已很文化很繁荣而现代衰落了贫旧了的老镇上。我在老镇一所砖砌的窑洞里——窑洞一排就有上百间——守护喂养我的儿子，丈夫10年不在老镇上。后来，我就在砖砌的窑洞里和一间门顶挂着“财务室”牌子的屋子里，开始书写生命最初的颤音。隔壁办公室里，男人们在打扑克牌，争吵和摔牌的声音很响；同室工作的女孩不停地在织毛衣；我趴在办公桌上偷偷写文章……

我在我居住的窑洞和那间财务室里，断断续续写了三年，直到后来调离老镇到塞外大一些的城市，直到后来从事真正意义的文学编辑和文学创作。我体验着那块准高原地带漫长的干旱和寒冷，体验的气息把我和遥远的南方母土以及母土上或远或近的声音纠葛在一起，使我看见了生命从未预望过的山峰——我从山脚下起步，我看见山顶岩石都在开花，我被感动得泪水涔涔。山顶上有什么？山那边是什么？追问近似于斯芬克斯之谜，一直诱惑着我。

我就是这样在老镇上写下了我对这个世界最初的感恩。我常常含泪对自己讲述我的回忆。日复一日地讲述，使我进入不断失去又不断获取的生命意境。也许，从那时起，就该视作一个35岁的女人开始的新的生命奋斗和日后她精神永远的找寻。

塞外几乎不经过秋季便寒冷了起来，繁树绿叶常常在一夜之间被突然冻僵。大亮，你会发现冻僵的树叶纷纷飘零。风裹着青色飘零，发出“嚓嚓”的碎裂的响声。黄沙大面积从北方的天空扑泻下来，拍打着糊白麻纸的窗棂。这时候，我感觉有一种伤感和疼痛离我很近。故乡那么遥远，而往事却飘然降临——

……父亲挑着一只木脚盆，脚盆里装着破旧的棉絮；一只土瓦缸，缸里一只铁锅一点点剩米……母亲牵拉着幼小的弟妹，一步一个含泪的回眸……亲人们无声地穿过那片草场，走下一大排石条台阶，走过那口老井、那条老巷、那座老城……我独自坐在草场北端的石坎上，伤心地望着渐渐远去的亲人。在我埋头哭泣的瞬间，他们消失了，消失在秦巴山东麓的山径上。

秦巴山东麓山径上蠕动的小黑点。飘零的树叶。卑微如草如蚁的人生……

我这样写着。塞外冬季的寒风尖啸着，扑打着我糊白麻纸的窗棂，炉子的火熄灭了，我的儿子睡着了……我这样写着。啼血的回忆让伤逝的岁月和我35岁的生命连接在一起。我已这样写了15年。我在我15年的文字里面看见我南方的故园，看见生命的劳作、屈辱、忍耐和不灭不泯，看见我和我的亲人们始终手拉着手，穿越天堂、地狱，最终走回我们的家园……

我已这样写了15年。我想，我还会这样地坚守和继续。

1996年第6期大型文学杂志《长城》发表

1997年第6期《散文选刊》转载

不再沉没的故乡

数年前，一位天津的文学朋友在编辑完我的一本散文集后给我来信说："梅洁，我很羡慕你有故乡，你把那么多美丽的文字和思念都留给了你的故乡，这是你的富有。我自小天津生天津长，长大了上大学在天津，大学毕业了工作又在天津。一生不可能再离别天津使我失去天津。故乡作为一种意识和思念我不再拥有，仅此，比起你来我觉得我很可怜……"

读了这封信我思忖了许久也感伤了许久，原来"置身异乡"才使人拥有了永远的回归！原来离别才使"乡愁"成为纠缠我们一生一世的情结！

1

1960年为躲避因父亲已被划为右派、我恐惧自己要被解除学籍的政治灾难而出逃般离开故乡，从郧阳到襄阳，从襄阳到北京，从北京到塞外大漠，在我越走越远的路上，"乡愁"便成为我前行中再也无法拆迁的房屋。我因离别而失去了故乡，我又因离别而永远拥有了故乡……

听母亲说，我诞生在湖北省郧阳中学教工食堂旁边的一座房子里。从记事起，我就听人们称那个教工食堂叫“小厨房”，挨着“小厨房”前边不远处有为几千名郧阳中学学生操持伙食的“大厨房”，在“小厨房”和“大厨房”之间，巍然耸立着一座能容几千人举行活动的“大礼堂”。我不知母亲生我时那里是否就已有个“大礼堂”，但我清楚地记得，在我长大了一些的时候，我是在那个“小厨房”和“大礼堂”旁边徘徊了许多次的，我好像是在寻找诞生我的那间房子，好像又在找别的什么……那时我还小，不知道以后的命运中还有离别。又过了许多年后，当我开始了真正意义上的“乡愁”时，我就想，当年“小厨房”旁边的徘徊是否就已经寓意着日后对“故乡”一生的找寻？

“日暮乡关何处是，烟波江上使人愁”，唐代诗人崔颢的这种愁绪道尽了所有漂泊异乡的人的一腔伤情。1967 年，即在我离别故乡 7 年后，汉江丹江口水库大坝开始蓄水发电，老家在滚滚江水的倒流中“沉没”了。7 年里，我已从一个少女成长为一个青年，在汹涌的“文化大革命”运动中，当我三千里迢迢从北京我就读的大学“偷跑”回去寻找流放在鄂西北深山里的父亲母亲、弟弟妹妹时，我是站在当年我离别时的江岸哭了很久的，因为我既找不到通往父母栖息地的那条山路，也找不到那座诞生了我的老城，老城已“水葬”在江下。然而，我却分明看到儿时的“老城”在我的泪眼迷蒙中从江底漂浮上来——

那片有着 400 米跑道的广场、穿越广场就到了我的小学——师范附小……

挨着小学的青年路、青年路边的那口辘轳老井、总在老井里担水卖的田家伯伯……

青年路南口的曾家铺子、我总去铺子里喝五分钱一碗的甜酒……

东大街的钟鼓楼、我总在钟鼓楼底下租一分钱看一本的小人书……

十字街的百货铺、我总去百货铺买过年用的蜡烛，还有我总是在午饭后撒着丫子跑去看长篇小说《沉浮》和《青春之歌》的新华书店……

还有那座神秘的教堂和教堂里同样神秘美丽的外国修女，我随父亲到教堂里请修女看眼疾……

故乡那一大片铺板门连铺板门、女儿墙接女儿墙的黑瓦屋啊！故乡那小巷缠着小巷、石板路接石板路的小街啊……

走在老家的屐履印痕越是清晰地在脑海中浮现，它越是无情地被江水冲得越来越远。日后的几十年里，无论我在北方的穷乡抑或是闹市，无论我是莘莘学子还是已做了殷殷母亲，无论是走在旅途还是在某地定居，人们一听我的口音便问："你老家是哪里？"我不加思索地回答："湖北郧阳。"我是一个以写作为生的人，在所有场合出现的"作者简介"一栏里，我无一例外地在籍贯处填写着"湖北郧阳"。"湖北"人们都知道，"郧阳"在哪里？应该说这个既具体又缥缈、既清晰又模糊、既心寒又温暖的"郧阳"，在我心灵深处的定格早就是那座已经沉没在江底的城市！作为游子，对这座城市的寻找将成为我一生一世的情结！

2

那年9月，我回故乡为一所师范学校的"作家班"讲课，当我漫步在那座近两万平米的城市文化广场上时，耸立在广场四周的高音喇叭，突然传出了激越而苍重的萨克斯音乐《回家》。听着音乐，我便有泪水悄悄滴落。后来，我了解到这是郧阳城建局长曹立国为我返乡特意安排的。故乡那座古老的府城沉没之后，老家的人大部分搬迁到了高高的秦巴山岭上。几十年来，老家人为建设这座新家园付出了艰苦卓绝的努力，无数热血汉子为此而贡献着自己的才智和生命，老家人把一池臭水沟填起建成了偌大的文化广场。城市广场建成后，曹立国们从杨献珍的故乡安阳镇运来了一颗亿万年前陨落的8吨重的星宿石屹立在广场边，这颗星宿石曾是一代又一代郧阳人心仪的神石。为寻找这颗星宿石，曹立国们在安阳田畴山川进行了拉网式的排查。之后，老家人把我在《山苍苍，水茫茫》一文中有关"郧阳"来历的一段话刻写在这颗星宿石下的花岗岩基座上——《山苍苍，水茫茫》是我撰写的长篇纪实文学，发表在1993年2期《十月》杂志的头条，我在《山苍苍，水茫茫》一文的开篇这样写道——

浩翰的宇宙在难以想象的岁月中发展、演变，某一个时刻，混沌苍穹突然发出了一种惊天动地的声音。伴随着这声音，苦难的陨落开始了。当一束圣光划破苍穹的黑暗，当悲壮的声响呼啸着自天而降，当这天外造物最终变成一块真实的石头，当石头亿万年守望着一方山水，于是，人们就把这块地方叫做“陨阳”。

陨落总是不祥的。兴许为了冥冥中的某种祈盼，兴许为了避免某种苦难，也兴许为了一种命运的的寄望，又在某一个时刻，当地的人们就把“陨”字换了偏旁，写成“郧”字。于是，我的故乡“郧阳”就从远古中走来。千百年来，这颗星宿陨落的地方，携带着幸福与苦难，跨越历史，穿越时间。或缄默不语，或深情呼唤，或燃烧似火，或冰冷如岩；或忧或虑，或喜或怨……一块天火淬煅的石头，一块真实而艰难的石头，一块圣洁而发着哲学光芒的石头，照耀着鄂西北那一方天地，那一脉江水，也照耀着我。

无论天涯海角，只要我一个人独自望天望云望夜空中的星月，我就望见了我的故乡——郧阳。

许多年来，凡去郧阳的朋友回来后总对我说，你的“郧阳说”很美；又说，“郧阳说”会与那颗陨石一样永恒。然而我只想说，我的“郧阳说”，只是我置身异乡几十年对故乡刻骨思念后的一种悲怆而诗意的想象。那是我对故乡身世的阅读，我阅读到那块天火淬煅的石头里有滚滚涌动的血脉。这血脉如同故乡江边老船上的缆绳，牢牢地把我的深情生生不息地锚在那片山地、那座城市。

为此，故乡不再沉没。

2000 年 12 月 30 日《文艺报》发表

每一个感动都让我流泪

岁月中有许多日子让我们难以忘怀，一个又一个难以忘怀的日子，构建着我们倍加珍视的精神世界。

2008年1月18日夜，是我精神世界里一个永远温暖的储存，人类情感中最美丽、最神圣的情绪——感动，在这一天成为生命最强烈的体验，真与善美在这一天以穿透一切的力量，直达人心的深处，我相信，在这一天，再骄傲再荒凉的内心也流泪了……

1月18日夜，我是在故乡湖北十堰电视台演播厅度过的，这里是举行《首届感动十堰十大人物》演播现场。在人们诅咒电视已成为一种文化骚扰的现实里，这里正在以纸媒无以抵挡的方式传播一种人类精神的善良、高贵和大美。

在这篇短文里我无法展视“十大人物”生命的全部精彩，但他们生命的最动人处却已成为我心灵永远的感动。

第一个走上去领奖的是一个派出所年轻的干警刘兵，一个军人般的敬礼，已把他英武的生命展现给了这个世界。为挽救因洪水垮坝而遭险情的百姓生命，他和战友在暴风雨之夜，跋涉百里山路，历尽千辛万苦，奉命转送一部急需的通讯电话。暴雨、洪水、漆黑的夜、迷途的路、极度的疲劳、生命的极限……当这一切在电视屏幕上再现时，我们能不为这顽强而崇高的生命而感动吗？

刘宏才、贾伯新，两位消防军人已坐在我的身边，他们两人为了保护人民生命财产的安全，在抢救一次硫磺爆炸中被烧掉了双耳、烧断了手指、烧毁了面容、烧伤了身体百分之七十的皮肤。我从电视主持人方波的访谈中获知，他们在烧伤治疗的三年中，已做了30次植皮手术，而且还将再做十几次，包括将头皮割下移植到烧毁的身体部分，致使他们的头发永远不能再生。爆炸、抢救、痛苦、死亡、再生……当电视屏幕再现这些壮烈的场境时，当原本年轻英俊的刘宏才、贾伯新的照片反复出现在屏幕上时，当罩着假发、戴着白手套走上领奖台的军人向我们致礼时，我们能不为这壮丽的生命而感动吗？

孙杰，一个老实的、不爱讲话的、面部表情极其平静的老师，在离县城一百多里远的深山僻壤，每年教着三四个学生，这一教就教了26年！一个孤独的、寂寞的人，以生命之薪点亮了一个又一个山里孩子的心灯。他说他也有想离开这寂寞山野的时候，可当他要离开时，一个孩子向他跪下了，说："老师，你走了我们怎么办？"于是他又留下了。他说这些时，已经泣不成声。当这颗朴实的、文明的心流泪时，我们的心能不流泪吗？

还有已为四百多个贫困学生找到了资助对象的陈志忠，那么多贫困孩子在向他求助，他操心着那么多不相识的孩子，这需要怎样的耐心和爱心?！他不是哪一级政府，也不是妇联、儿基会，更不是慈善组织，他只是一个充满爱心的"父亲"。可当我知道，他在为孩子们寻找帮助对象时的艰难与尴尬时，当他的爱心遭遇不信任、不理解他却依然义无反顾地进行他的善举时，我怎能不为人世间真正的善行感动呢？

还有那个默默地、无偿地以生命之血救助他人生命的青年女子王卓，你无法相信她瘦小的身体在十年内已献出了相当于四个成年男子体内的全部血量。为了献血，她每天早晨早起跑步锻炼，以保持强健的体质；为了献出健康的血液，她常常不吃肉食不喝奶……面对娇小快乐的她，你又怎能不为她"健康地生活着、快乐地奉献着"的人生态度所深深地感动?！

还有那个16岁的女孩，那个在艰难贫困中一边学习一边照顾高位截瘫的父亲的女孩，那个每星期自己去拉蜂窝煤节约一元五角钱、为给瘫痪在床的父亲买块豆腐吃的女孩，那个如此艰难困苦却又以优异成绩考上重点高中的女孩向茜茜，让多少父母孩子留下了感动、反思的泪水！

在十堰商贸宾馆，向茜茜和我住一个房间，她告诉我，她们家没有土地，也没有自家的房子，在村里租别人家房子住。爸爸瘫痪后只剩下脑袋会动，其余地方的神经全部坏死，拿刀子割都不知疼，妈妈为照顾爸爸已不能出去打工了，家里真是一贫如洗。但我同时看到，一贫如洗的向茜茜得到了社会的爱与同情：一个素不相识的姐姐给她送来了黑毛衣和一双高腰棉靴，漂亮的徐玉美导演送她了一条红丝巾。穿着黑毛衣、围着红丝巾上台领奖的小茜茜更显光彩耀眼。颁奖会后，感动得泪流满面的人民商场的一位董事长立即把茜茜叫到商场，为她和她弟弟各买了一件羽绒大衣，还有手套、袜子、暖水袋……茜茜说，还有许多叔叔阿姨在帮助她。

1月18日夜，整个城市都被感动着。每一个感动，都让人流泪……

许多时候、许多场合，我们都在抱怨今天已被商品侵入的社会，丧失精神向度，缺乏爱与同情。可在《首届感动十堰十大人物》颁奖晚会前后，我看到了爱与同情、善与良知在这里汇聚，在这里彰显，在这里传播，在这里感动着我们今天这个无暇感动的世界。

很久了，我一直在思考综合频道总监操建华对我说的话："不是我们这个社会缺乏感动，是我们缺乏发现；也不是我们这个社会已经麻木，是我们缺少宣传。"一个电视工作者能有如此的认知，依然让我感动。操建华还说："市委宣传部已决定以后每年都将评选十大感动人物。"听此消息，我有一种振奋中的感动：无论怎么说，我相信在一个物欲横流的时代，任何创建民族文明的举措，都是净世良策。任何一个时代的文明，都需要有仁人志士锲而不舍地去创建，去努力，去奋斗。无论这个社会多么功利，只要有良知在，有感动在，就有人类高贵的精神在。

感谢故乡推出了这样一个与人类美好精神同在的平台。

至于我自己成为"十大感动人物"是我始料不及的，我永远不会想到，一个少小离乡的人，47 年后能回到故乡的颁奖台上接受奖励！由此，我视 1 月 18 日夜为我生命中最动人最温暖的一个场景，也是我生命中最难忘的一个时刻。

我是一个写作者，我知道我获此殊荣，是故乡的父老乡亲对于我这个“荣誉市民”（2007 年 11 月十堰市政府把迄今为止唯一的“荣誉市民”称号授予了我）的高度信任，对我作品的高度信任。但我想说的是：如果没有故乡这块土地巨大的牺牲和奉献，如果没有美丽的汉水在南水北调中线工程中伟大的担当，也就绝不可能产生《山苍苍，水茫茫》和《大江北去》这两部作品，故乡和汉水是上苍对我命运的恩典。这片热土和这条江水以人类文明史上最悲怆最伟大的力量，引渡了我流浪的精神进行了虔敬的皈依。所以我要说，是故乡深深地感动了我，是故乡伟大的人民感动了我，是美丽神奇的汉江感动了我。而我只是做了我职业良知里应该做的事情。

最后我想说，让感动永远引领我们的精神前行！

2008 年《十堰日报》发表

我在故乡有了家

乍一看到这个题目，肯定要给读者造成似是而非的感觉。

既称故乡，生命主体肯定已经从这块土地上远离；既然在这块土地上有家，何以又称为故乡？

可我知道，我不是在混淆这两个词汇的概念，这是人类生命中最温暖、最情感的词汇啊！它们足可以包容生命历程中全部的幸福和寄望！我怎么能似是而非、怎么能混淆不清呢？

但无论怎样，它们如今已在我的心灵深处温柔地重合了……

1

我少小离乡如今已 48 年。漫长的 48 年的远离，应该说，岁月已将我完全打造成为一个异乡人。

从湖北郧阳到襄阳，从襄阳到北京，从北京到塞外大漠……在我越走越远的路上，诞生了我生命的郧阳，已成为一种“乡愁”笼罩在我永远的回望中。

我离开故乡是在十月霏霏的细雨中，在郧阳三门长途汽车站，父亲送我。我们没有钱住旅店，我是趴在父亲的膝上，在一户人家的房檐底下度过了我在故乡的最后一夜。十月的细雨冷透了我们的身，更冷透了我们的心。

在日后漫长的年月里，我的亲人们在这块土地上失去了一切：没有了房子，没有了城市户口，更没有了人的尊严。有的只是无休无止的劳苦和呻吟、屈辱和苦难。

亲人们告诉我，他们从郧阳古城被撵到乡下时，住的是一间生产队圈牛的房子。父亲把牛粪一担一担挑出来，挑了几十担。然后，父亲又从山上挖土垫到牛圈里，父亲汗流浃背地劳作了两天。当父亲母亲带着小弟小妹躺在牛圈里的稻草上时，一家人看到牛圈的墙上依然爬满了牛虱和苍蝇。

亲人们在牛圈房里住了近20年！

20年之后，他们才又回到了城里……

可他们还没等住稳，还没有获得真正作为人的尊严，还没有弄清楚社会究竟发生了什么，我亲爱的父亲母亲便相继离世了。带着他们深重的痛苦、绝望和迷惘，也带着他们一世的善良、正直和诚实。

现在，在临近汉水的一座山丘上，父母坟茔上的藤草已枯荣了近30年！

作家王宏甲曾说：埋葬着亲人的地方才能叫故乡。

基于同样的心灵感应，在父亲、母亲走后的几十年里，我已深知：在遥远的秦巴山东麓，在美丽的汉水岸畔，我已没有了家，我只有一个在忆念中让我流泪的故乡。

我在泪水中走得离故乡越来越远……

2

真正意义的返乡发生在20世纪90年代伊始。那时，我离开故乡已经

31年！

那时我才惊醒，诞生我的千年古城早已在70年代就沉没了！沉没在50米、70米深的丹江口水库之中，这个浩渺700多平方公里的亚洲第一大水库，在20世纪50年代就已宿命般成为往北方调水的源头。

大面积的沉没，使故乡近40万人失去了家园和土地……

他们在荒山野岭度过了20多年刀耕火种的日子，他们食不果腹，衣不蔽体……

1991年的归乡，我才了解到汉水的宿命，才了解到故乡那个庞大的移民群体，他们的艰难与困苦，他们的奋斗与牺牲。

那时，我站在父母爬满青藤的墓前，望着远处静静流淌的汉水，在心里哭着："爸、妈，女儿可能要有另一种担当了……"

1992年春天，我完成了10万字的长篇报告文学《山苍苍，水茫茫》。1993年，被称为中国文学期刊"四大名旦"之一的北京《十月》杂志，在第二期头条发表了《山苍苍，水茫茫》，发表时的文字已被压缩到8万字。这是中国第一部反映水利移民命运的文学作品，《山》文后来获得第五届《十月》文学奖和全国报告文学奖。

《山》文的发表，使我与故乡之间有了别一种意义的回归与接迎。

故乡人把《山》文复印成10万余册白皮书，白皮书走进了千家万户，走进了机关、学校、厂矿、村镇，走进了中央有关部委，走到了海外的台湾、香港、澳门……

以至于在我后来归乡的日子里，无论是在城市还是在乡村，只要有人介绍"这是梅洁"，人们立即会兴奋地说："我读过你写的《山苍苍，水茫茫》！"；抑或是有人说："这是《山苍苍，水茫茫》的作者"，人们便会惊喜地拥过来，喊："呵呵，梅洁！梅洁！"

一个写作者的姓名和其作品如此融合重叠在一起被认知、被传诵，这是我在故乡体验到的一种从未有过的快乐和幸福。

这种被认知的快乐和幸福十几年地延续着。

此后的回归，我和那片土地之间便有了更多的相互信任和相互找寻。

3

2005年，我在对故乡的不断认知和找寻中，有了一个重要的决择——我想在《山苍苍，水茫茫》的基础上，更广阔更深入更本质地走进那片山水。后来，我就真的沿着汉水、丹水走了一百天；后来，我完成了一部45万字的长篇纪实作品《大江北去》。中国作家协会作为重点作品扶持了《大江北去》，北京十月文艺出版社作为重点图书出版了《大江北去》；后来，故乡为《大江北去》举行了隆重的首发仪式。

首发式上，故乡的朋友将十幅祝贺的彩带从新华书店十几层的楼顶上飘了下来。

故乡的父老乡亲从四面八方赶了过来，他们或排着长长的队列，或前扑后拥地让我在书上给他们签名。一位老人从20多里外徒步走来，一个小姑娘用水彩为我画了汉水进京的图画，两位男子挤进人群，送来他们为我写的诗歌，一位读者从武汉坐火车专程赶回十堰，让我在他保存了15年的一本《十月》杂志上签名，因为这本杂志里有15年前发表的我的文章《山苍苍，水茫茫》……

十堰新华书店，一个半小时，我为800余名读者在《大江北去》一书上签了名；郧县新华书店，两个小时，我为998名读者在书上签了名。《大江北去》首印3万册，两个月后，即再版3000册，故乡的机关、学校、书店成千上万地订购《大江北去》……

后来，故乡的政府便授予我为荣誉市民，故乡的父老乡亲评选我为“首届感动十堰十大人物”之一；后来，就不断有媒体说：一条文学的汉江已流进了北京；后来，就有著名作家王宏甲发表的《天下缺水匹夫有责》的7千字的激情呐喊和警世强音。

至此，我与故乡在漫长的相互找寻中，最终在精神与情感上走向了相互确认。

4

以农历纪年，2007 年我五次回到故乡。

五次归乡，比我 48 年里的归期还多还长。

2 月，我在故乡度过了离别 47 年后的第一个春节；

10 月，我陪儿子一家回到了他梦寐的地方——从诞生到 35 岁儿子第一次踏访母亲的家乡；

11 月，因《大江北去》首发，我再次回到故乡；

12 月，郧阳解放六十周年庆典，我被邀又一次回乡；

2008 年 1 月（农历 2007 年 12 月），我从故乡捧回了“首届感动十堰十大人物”奖杯、奖状。

五次归乡中，我结识了一大批故乡的朋友，他们个个有情有义、才华横溢；他们人人有能力、有学养、有正气；他们热情地迎来送往，他们真诚地视我如姐如亲……

于是，有朋友说，2007 年是我的故乡年。

现在，我想告诉我的朋友，在我的“故乡年”中，还有一项重要内容：2007 年 12 月，我在故乡、在国家级生态示范城市、在调水源头十堰购买了一套归乡栖息的房子。

房子坐落在“阳光花园”之中。

70 平米的居室，不大，但我内心却充满了欢喜。

其实，对楼环山、山环楼的国家级园林城市十堰，我早就心仪已久。在频频归乡的日子里，弟弟、弟妹在带我游览十堰市时，曾数次带我来到离他们居所“郧中家园”不远的“阳光花园”。他们是因着对自己城市的骄傲和对“阳光花园”居住条件的惊羡，才不断带领我来这里观览的。那时我就有些迷醉地想：能在“阳光花园”有套房子该多好呀！

“阳光花园”坐落在北京路一侧的楼林中。仰望它神坛般的百级石阶，你就不禁油然而生一种生活的向往。当你拾级而上，迎接你的是台阶两旁满墙的石刻壁画。当你在最高一级台阶站定，迎面而来的是一池喷泉、一片绿林。顺着鹅卵石铺就的小路，穿过玉兰、枇杷、桂树的绿荫，你便走进了一片现代住宅的深景。这里的楼房很高，但并不压抑；这里离闹市不远，但却一片幽静；这里的建筑随物赋形，移步换景。阳光洒落在洁净的路面和路两旁葱郁的花树上，灿烂而温馨。绿意、花香、鸟鸣，建筑、生态、人，在这里充满了和谐的旋律。

我一直在感叹：生态美学是怎样启迪了故乡的城市？这座城市是怎样在实现着现代住宅和生态智慧的相互依存？

很长时间了，我一直沉浸在我在故乡有了房子的喜悦之中——

有了房子，再回故乡，我就不至于总把弟弟、弟妹、侄儿挤到地下室去……

有了房子，我就不仅仅是故乡的荣誉市民……

有了房子，我就会和故乡的亲人、朋友们更多地走在一起……

有了房子，我就会常到父母的墓地去看望他们……

有了房子，我就会在那个美丽的城市慢慢地生活……

有了房子，我就觉着，我、在、故、乡、有、了、家。

2008 年 5 月 15 日于北京

2008 年《十堰晚报》发表

我迁徙的故乡

1

前些年在故乡湖北郧阳、丹江口、十堰等地采访时，已看到各级政府官员和父老乡亲们为送汉水进京而日夜奔忙着、焦灼着。他们最最焦灼的是移民！是啊，几十万移民要在三两年内迁徙完毕，谈何容易？

他们是一个个生命，是一家家人，不是羊更不是一根根木头啊！

常常看到一些故乡领导和移民干部紧锁着眉，向你说这话时脸望着天，不知是对你说话还是在喃喃自语。我想，他们是把沉重的心事托付给天啦！

常常听到汉江两岸的乡亲们说：要搬快搬吧，我们都等老了，房子都等得快塌了，媳妇都等没了……望着他们近乎乞求的眼神和风雨飘摇的土屋，我总是别过脸，望着远处的山，无以回应。

半个世纪了，这块土地上的人们从来没有安生过。

今年调水呀，明年调水呀，一说就是十几年、几十年，一纸“停建令”下来，他们不能修路、不能建厂、不能盖房！他们在等待中贻误了发展，在等待中老去了生命！在等待中48万人已别离了故乡，沿江几千个村镇、古城都已沉没在了江底。

50年了，故乡一直走在迁徙的路上……

2010年，老家终又开始二期移民了！消息从不同渠道传来，远在京城的我，和老家人一样振奋。

背井离乡——一个原本有着深重悲怆意绪的事，对于故乡来说，竟是一种解脱般的快事！是熬白了头发要一洗沧桑的快感！是前途未卜、翻过山就能明白的期盼！是漫长的没有结果的一个结果啊！

实在等不起了，我的故乡！真的开始上路啦，我迁徙的故乡！

2

5月5日，我和几位中国作家在湖北郧西。

在悬鼓山，接到故乡县委书记柳长毅发来的短信：“梅老师，你在哪儿？家乡已开始移民了，你什么时候回来看看？家乡的樱桃熟了，我们接你回家吃樱桃吧！”

看完短信心中好一阵温暖。我就想，有什么比故乡与游子的心更默契呢？

5月10日，我回到了湖北郧阳。五月的家乡，满山的樱桃坠弯了枝头。父亲母亲的坟茔旁，塔柏、香樟、紫荆、春兰长得葳蕤苍翠。跪下为苦难的父亲母亲叩头，含泪祝福亲人们从此安息。

起身环望满山的墓地坟茔，沉眠地下几十年的灵魂，也都从这座山、那座山迁到了这里。人间、地下，都在为了一江清水送北京而庄严地别离、迁徙！

金菊一见面就告诉我："安阳已迁走两批移民了，这几天若不下雨，还会有一次千人大移民！县里领导分批带队，这次有我……"县委宣传部年轻的女部长还是那样爽朗，那样快言快语，一双大眼睛扑闪着，有平静，有庄重，有责任在肩、义不容辞的坚毅。

广电局播放室，年轻的副局长陈绪平和他的同事们为我播放第一批、第二批安阳移民到达湖北团风县移民新区的片子，片子没剪辑，全是原始素材。我一气竟看了两个半小时：

满载着移民和家什的大客车、运输车，长龙般在山间公路缓缓前行；

一朵朵鲜艳的大红花挂在移民胸前；

走了千里之路后大红花又挂到了移民新区的房子里；

一排排、一栋栋含有欧式建筑元素的黄瓦白墙的移民新区，矗立在穿街而过的河渠两边；别墅般的房屋里全部装有自来水、管道煤气、设有卫生间；

移民新区将入住 874 户、3782 位来自安阳的移民；

团风县人为每户移民送来了一份午餐、一袋米、一个开水瓶、一提挂面、一桶油、一筐青菜、一部电话机、一副对联、一挂鞭炮……移民进屋就能开伙；

移民新村已有粮油、蔬菜供应点，已有超市、学校、图书室、卫生医疗室……

啊，乡亲们毕竟等到了一个全新的时代！

"移民不是泼出去的水，而是嫁出去的女，为了国家利益，移民牺牲了自己的利益。作为娘家人，我们有责任帮助他们，让他们迁出后尽快融入当地，安居乐业。郧阳永远是移民的家，欢迎你们常回家看看……"送别仪式上，县委书记柳长毅讲着话就落下了眼泪。陈绪平说，他已经是第 8 次落泪了。一共要走 30 多批移民，谁知他还要流几次眼泪呢？

这个嘴硬、脸苦、心肠软的县委书记啊……

"移民工作无小事儿，移民利益大丁天！"县长胡玖明操着武汉话到处讲。

第一批移民是柳长毅总带队，快要出发时，胡玖明从车窗伸进一只手，拍着柳长毅的肩说：“柳书记你可莫哭！现在移民感情脆弱得很，你一哭大家就都哭起来了！”柳长毅双眼通红没作声，他在忍。

常务副县长邵际军把办公室搬到了柳陂移民村，他天天挨家挨户地走访、做工作，移民们脸难看、话难听、门难进。是呀，柳陂人已是第三次迁徙了！几十年、几代人在荒沙滩上创造了一片国家级无公害蔬菜基地，现在又要全部沉没了，柳陂的牺牲有多大？邵际军同情他们，他贴着心窝和移民说话。长时间的说话，他的声音完全嘶哑了。

县移民局局长邓兴忠来了，长年在乡村移民中走呀走呀，他显得格外清瘦而黝黑。人们告诉我他的手机上存了1000多个移民的电话号码，他每天与移民通话的次数多达120次。

……

啊，乡亲们毕竟等来了一班有全新执政理念的父母官呀！

3

县移民指挥部，设在移民局很旧的小院里。副总指挥长周吉礼的办公室门开着，人不在。

环视周吉礼简朴的办公室我在想：那个相貌英气、说话幽默、做事果决、极富判断力的周吉礼，两年前我认识了他。如今，政法委书记兼起了移民指挥部常务副总指挥的职务，看来，特殊时刻，县里在紧急调兵遣将。

正想呢，周吉礼进来了。“哎呀梅老师，你可回来啦。你知道我们咋盼你呢！”坐下后，周吉礼又说：“真是忙昏了头，身体还不争气……”这时，我看到他左小臂上有隆起的一块肉包。他说他感冒不好，咳嗽不止，打了18天针也不痊愈。医生做结核试验，说他肺部深处有结核菌感染。我担心地说那你一定要注意休息啊。周吉礼说，移民的关键时刻，怎么休息？

是啊，移民的关键时刻，成千上万的乡亲每天都在等待着启程的号令，千里迢迢的迁徙长路，数万个家庭的安家落户……每天都要做重要决策的指挥部，“休息”、“保重”、“注意身体”的养生之词，对于周吉礼们已是奢侈了。

周吉礼很快说起了“包保”工作队。

“包保”!？这是今天这个时代、调水源头人民创造的一个崭新的词汇，我开始竟没有听懂。周吉礼拿给我一张红纸，那纸上密密麻麻印着“包保”的内容，周吉礼说，他们印了一万份，“包保”队员人手一份。我粗略地看了一眼那张纸，那是个严密且严厉的责任体系——

面对压倒一切的“移民”工程，县主要领导包移民乡镇，县直单位包移民村，党员干部包移民户。66个驻村工作专班、1200多名党员干部组成109支工作小分队，迅速下到乡镇村庄和移民家里，落实责任。

我细读了“十包”责任制：包移民搬迁户的思想政治工作，包移民政策宣传，包移民身份和指标核查，包各类矛盾纠纷排查，包上访移民劝返稳定，包搬迁户协议签订，包督办移民搬迁户建房，包腾空并拆除旧房，包顺利搬迁，包善后处理相关工作。

我突感一阵沉重：在“包保”这个词汇后面，有着多少艰辛、汗水和生命律动？

周吉礼还告诉我，为了更好地做通移民思想工作，他们曾组织全县开展“我回家乡帮移民”活动。全县1000多名公务人员回到家乡化解了5000多移民的心事……

啊，全县出动了！一个多大的战役呀！

啊，父老乡亲们终于赶上“以人为本、创建和谐”的新时代，不再是不堪回首的“以水撵人”、“以枪赶人”、“用绳子捆人”的年代了！

周吉礼还说：为让移民迁得出、稳得住、能发展，郧县从各单位抽掉60位精兵强将，专门成立了由县主要领导挂帅的移民工作指挥部。县乡村三级设立移民搬迁专门工作机构，层层落实“一把手”负责制。全县已先后组织5500余名村组干部和移民代表深入安置地进行对接考察，亲自参与并监督安置地房屋建设。同时，已接待前来实地对接的安置地代表100余批次1000多人次，最大限度为移民做好外迁前期准备和服务工作。

一个完全实行“无缝对接”的移民安置政策和路线啊！

一个千军万马齐上阵的“战场”啊！

等着吃水的北京人知道调水源头人在这样生死鏖战吗？

天在下着小雨。中午，我来到安阳龙门堂移民村。

村长刘继武向我走来。当我和一双粗糙的、结实的中年男子的手相握的刹那，刘继武沧然的泪水夺眶而出。我的泪水也滚滚而出。这个坚强的男人，多少天、多少月、多少年他都在鼓励自己的村民：为了国家的工程，为了北方人能喝上汉江水，我们到别的地方重建新的家园吧，我们不哭。可他在我面前，却再也无法忍住。他粗糙地用一双大手胡乱地抹着脸上的泪水，然后指着村前广阔、肥沃的田地说：“今年地里没种一棵庄稼，去年都说搬呀搬呀，结果也没搬，地都撂荒了……”我顺着他手指的方向看去，往日的千亩稻田里长满了杂草，刘继武心疼这来之不易的土地。

安阳在半个世纪里因调水工程两次被水逼上山岭，这次要全部消失了！千年的汉水码头“小汉口”要全部消失了！一代哲人杨献珍的故乡要最后消失了！

“你去忙吧，搬家乱糟糟的。”我对刘继武说。

“好，那你忙。以后有机会到团风那边看看我们。”刘继武流着泪。

我不忍心再看这个流泪的男人，只好别过身去……

中午了，县里的“包保”单位开始给移民送饭。每家按人口计算：每人两碗方便面，两根火腿肠，一袋榨菜，一瓶矿泉水。移民们已经没有了锅碗，许多人家的房子已拆了。

看哪，坡上坡下，坎上坎下，大路小路上，都奔走着送饭的“包保”队员。他们挨家挨户地送，他们一盒盒、一根根、一包包地把饭送到移民手上。这也许是他们的“包保”内容之一吧。

送饭完毕，“包保”队员们或站在树下、或蹲在地上吃方便面……

午后，天开始下雨，好在49辆货车已装载完毕，盖好了苫布，编号列队，卧龙般静静地停在公路边，只等出发的命令。下午4时，一声令下，货车徐徐驱动，离开安阳，向广阔的江汉平原驶去。

4

雨越下越大，我来到安阳青龙村。

青龙村数百人已冒雨集结在青龙小学。小学校的教室里、走廊里、屋檐下都蹲着、坐着、站着一堆堆来自各村组的移民。他们在那里等着上车的命令。

天气很冷，移民们大多穿得很单薄，很多人光脚穿着草鞋。如果按上级规定的出发时间——明天凌晨4点——他们还要在这里等十几个小时。那只有一个月的小移民刘心雨、只有两个月的小移民陈从园怎么受得了？那个70多岁的、坐在轮椅上的偏瘫老人怎么受得了？她大小便失禁啊！那个等待生产的孕妇怎么受得了！那个癫痫病人怎么受得了……

许多移民几天前房子都扒了、锅灶已拆了，他们已好几天没吃上热饭、没喝上热水了！

我多么希望指挥长现在就下命令，让移民上车、出发！否则，这样的雨夜他们怎么熬得过去？

我知道我这样的想法多么荒唐！

22点零5分，常务副指挥长周吉礼终于“违规”下令：移民车队提前启程！

我和故乡的朋友兴明、泮清迅即来到沿江大道，我们想在那里送送移民。

雨，在昏黄的路灯下扯着斜斜的银线，雨点打在伞布上发出嘭嘭的声音。

夜，静寂了。江风吹过来，凉飕飕的。街上没有一个行人。我们三人站在雨里等待。等待乡亲们从这里走过。

23点15分。一辆警车驶过。一辆指挥车驶过。一辆医务救护车驶过。啊，满载移民的豪华大轿车驶过，一辆又一辆……25辆啊！

我们向车子招手，向父老乡亲们招手。

故乡的人们呀，你们就这样在这寂静的雨夜悄然地告别了故乡！

永远的告别呀！

父老乡亲们，祝你们一路平安！

我鼻尖发酸，泪水和着雨水，在脸上奔涌……

突然，手机铃响了，是金菊发来的："梅老师，辛苦您了！我代表220户、946名移民群众向您致敬！我看到你深夜站立在风雨中的形象，我万分感动！保重，再会！"

啊，金菊在护送移民的汽车里看见了我！

又一声手机铃响，是护送移民到安置地的周吉礼发来的：

"梅洁大姐：我没能力、没条件为人民干大事，但无论干什么事我都要无愧人民，个人安危实在是太小的事！这次您回来太仓促了，没能陪您。希望下次回家时，时间备足点好吗？"读着周吉礼的短信，我已泪流满面！多好的故乡！多好的人民！多好的执政者啊！

抬头仰望雨夜的天空，我双手合十，为我迁徙的故乡祈祷平安……

2010年8月《湖北日报》发表

2011年8月15日《人民日报》发表

我与十方院移民

——我的移民日志

2010. 6. 18. 晴

“郧县人”头盖骨化石发掘20周年国际学术研讨会在郧县召开，承蒙文物局长、博物馆馆长周兴明盛情邀请，我回故乡来参加这一盛会。

明天报到，今天我与哥哥、弟弟、弟媳一起来到牛贡爷山祭奠父亲母亲——我们赶不上民间规定的祭祀日子，于是，凡是归乡我们第一件事就是去山上看望父亲母亲。在父母的墓前烧了纸钱、叩拜、祈祷之后，在我们站起身的一刻，我看到杨虎笑吟吟地向我们走来。

身材高挑、清瘦的杨虎，笑容里总带着一种平和与清纯。杨虎就是牛贡爷山下十方院村的支部书记，39岁的杨虎已当了10年的村长、村支书。2007年我回乡为父母迁墓选址时，就在这座山上第一次认识了他，并知道了这座山原是十方院村民的耕地，后因退耕还林才不种庄稼栽上了柏木的。

2007年，我曾在表弟小周的带领下，数次来到这座栽满松柏、长满野草，荆棘、刺藤缠绕的山上。站在这座山上，西望高楼林立的郧城，南眺滔滔东流的汉水；近看，牛贡山双向环抱而来，恰似一幅道家“双鱼图”。而父母新墓址正对两山出口处，整座山的半山腰。这是小周请来70里地外的谭山镇陈胜显先生帮助看好的位置。陈先生用《易经学》专用的罗盘测定了方位，他懂得风水学。不管风水学上有什么说法，我只想父母栖息在这里，能望郧城，能眺汉水，那是他们生活了一辈子的地方，这就足矣！

墓址选定后，小周表弟便给杨虎打电话。记忆里，年轻的杨虎笑吟吟地从草丛覆盖的林子里走来，说：梅老师把父母坟墓迁到我们十方院山上，我们很荣幸。他说得诚恳，不是奉承、妄语，说完又笑，那笑纯朴也有些腼腆。

2008年10月13日（农历9月15日），是陈胜显先生帮我们选定的迁墓日子。我们兄妹从南方、北方赶了回来，20年没回故乡的妹妹回来了，与妹妹婚后33年没踏过鄂西北之地的妹夫也回来了，儿女们赶回来为“乔迁”的父母送行。

凌晨三点，杨虎帮我们请来起坟的16位村民，扛着挖镢、铁铲就来到了父母的原址墓地，堂根、善清、云军、冰客、忠富、赵锋……许多故乡的文学朋友也赶到了墓地。

漆黑的夜色里，陈先生向冥界诵读“疏文”的朗朗之声回响在寂静的山野……我们兄妹的泪水伴着飘飞的“灰蝶”，洒向不远处静静流淌的江面……

十方院村父老乡亲们庄严肃穆劳作的汗水，无声地滴落在父母已长眠30年、20年的黄土地里……

杨虎和村民一起跳进墓坑为我母亲拾骨；杨虎和村民一起为我父亲抬棺；在此之前，杨虎已请8位村民在牛贡爷山为我父母迁墓挖好了两座“新井”……

十方院村的父老乡亲们为父母起坟、裹体、抬棺、挖井、掩埋，前后劳作了三天，我感恩的心在三天里化作对一个村庄永远的牵念。

眼下，站在父母的墓前，望着满山翠柏掩隐的坟茔，杨虎对我说：你们是第一个来山上为父母选址的，现在这山上已有1200多座坟茔了。看来，牛贡爷山是一片福地呀。杨虎告诉我，牛贡爷是清朝末年的一位知名风水先生，死后葬在这座山上，于是一百多年来，人们就以对他的尊称命名这座山了。

听此，我双手合十，仰望苍天，我在心里默默祝祈：愿祖先福佑这片青山，福佑为国家调水工程而迁徙在此的灵魂。

2010. 6. 24. 晴

《郧县人》头骨化石国际会议闭幕后，6月23日我来到了十方院村，我听说他们就要整村远迁襄阳宜城了，我想去看看村民，看看杨虎。

到村部我才知道杨虎不在，他去宜城为移民监管盖房了。村里人说，为监督盖房，杨虎在宜城一住好几个月，从郧县到宜城的500里长路上，杨虎跑了几十趟，车子把路都碾出坑了。

几户移民围过来，他们有怨言，对着我吵。我只能静静地倾听。

这么大的世纪大迁徙，作为完全是被动移民的他们，有这样那样的怨言是正常的。来之前我就一再听说，十方院搬迁工作最难做。是呀，对于一个遍地莲藕、蔬菜的城郊村，对于走路20分钟就可进城卖菜、逛商场的富裕村，对十半个世纪来一直在为国家建设搬迁的移民村，如今，又要永远地离开这里，他们没有怨言才是不正常的。

杨虎听说我来，从宜城连夜赶了回来。6月24日上午，我再次来到十方院村。杨虎告诉我，十方院村原名叫胡家洲，就在原郧阳古城东郊棒槌河边，俗称东菜园，属杨溪公社红旗大队（一说棒槌河我感到无比地亲切，小时候，我常常挎着竹篮出城去棒槌河洗一家人的衣服）。20世纪六七十年代丹江口水库建成蓄水，胡家洲沉没，人们从肥沃的江边搬到杨家岗子。1983年，丹江口水库超标准蓄水，一场滔天大水又冲没了杨家岗子，全村人逃难般又搬到了牛贡爷山下，改名十方院村。

说着，杨虎拿出了一摞1967年搬迁的花名册。那粗糙的、发黄的、因陈旧而变得稀软的花名册，一下子把我带到一个遥远的年代。我看到那上面清楚地记录着红旗大队530户、2671人的名字，其中还分列有地主富农151人、地主分子28人、富农分子31人、坏分子2人、反革命分子3人的姓名……所有的苦难都走在那条远离家园的路上了。

1967年，在几乎不给移民任何补助的年代，红旗大队373户、1848人迁徙到汉阳、京山、钟祥和荆州；167户、823人被江水一撵再撵，最终后靠到牛贡爷山下。

杨虎十分珍视这一摞岁月的留存，他说，这是十方院的历史，那里面有十方院人祖辈的命运……

我说，以后若建汉水移民博物馆，你就捐了吧，很珍贵的。

那天，杨虎告诉我，这次移民他也要走，他们家的地将全部淹没，他家的房子在风浪区。原本整个村人均只有3.5分地，这次调水又都要淹，他将带着1262名移民一起走。我听后心里一惊，望着杨虎我半晌没作声，然后说："你们什么时候搬？我回来送送你们。"杨虎说："县移民指挥部计划8月18日搬。""好吧，我争取回来！"

说这话时，我心里莫名地开始沉重……

临别，有搜集奇石雅兴的杨虎送我两枚大石头，他说，这是我拣的汉江石，送你留念吧。

出得门来，回眸再望十方院村，我心里莫名地开始感伤……

十方院的父老乡亲们，你们把一面青山留给了天堂、地狱的灵魂，你们把世代居住的家园送给了一江清水，而你们自己却要永远地离开千年的故土了！

深深地向你们鞠躬了，我的父老乡亲……

2010.9.23. 晴

"8月18日十方院村要搬迁"一直成为一种牵挂搁在心上。后来听说因为宜城方面房子质量问题，他们的搬迁延期了。

中秋节前夕我回到了十堰。

9月21日晚上我突然接到杨虎电话，他说："梅老师，你在北京还是在哪儿？我们24日要搬迁了！"

"我已回十堰了！我23日就过去送你们……"

放下电话，一种感恩倏地涌上心来：天啊，从北京回来之前我并不知道十方院这几天就要搬迁，我怎么赶在这之前就回来了呢？如果我不提前十天买好回乡的车票，21日晚才接到杨虎电话，22日是农历中秋节，我是说天也买不上票回来呀！若是那样，我插翅也难从北京飞回十堰呀！

我和十方院移民有着怎样的缘分呢？

22日中秋节，在弟弟家。文学朋友蓝云军来电话说，十方院全村人没过节，他们从上午就开始装车了，75辆集装箱货车进村了，梅老师早点过来吧。云军知道我对十方院人的那份感情。

23日早8点30分，县移民指挥部小谢接我来到了十方院，我看到大部分车辆都已装好移民的家什，长龙般排在公路边，等待出发。县里几位领导以及千余名包保队员全在村里帮助移民上车、解决具体问题，位居十方院村的县二中200多名老师也都在村里帮助移民整理、上车。

我很惊讶的是：一千多人的搬迁如此井然有序。就说装车吧，规定每三户人家合装一辆大货车，在此之前，这三户人家要装车的家什、电器、粮食、被褥、木头等都已由包保工作队员拿米尺量好并计算出立方体积，每家规定可装12立方的东西，不足12方可给移民找钱；还有，合装一辆车的这三户人家在安置地的房子要在一起，以便到达后卸车方便；再则，每辆货车的编号都是根据到达后移民房屋的位置、村中道路的布局、车辆进出的顺序确定。否则，70多辆车到达安置村后会堵得水泄不通、寸步难行……望着每辆车上硕大赫然的黄纸黑字编号和贴在车头前户主的姓名，我感佩不已：这一切的后面，熔铸了多少人的心血、汗水和智慧！

"一切为了移民"是一句空话能实现的吗？

据说，十方院搬迁是郧县规模最大的一次整村搬迁，千人移民、千人协作，那场面不到现场怎样感受？怎能颤栗！

县移民指挥部陈高荣书记带着我和文学朋友善清、冬梅在十方院走村串户。

杨虎来了，他说，他们村这次搬迁移民最大的95岁，最小的只有15天，产妇还没满月呢。听此，仅用肃然起敬已不能表达我的心情。

杨虎带我们一起去看望95岁老人牛正坤。牛正坤家的房子已经拆除，老人正在儿媳妇的娘屋兄弟家歇息。老人四世同堂、一家六口人这次一起远迁。牛正坤十几岁抓壮丁参加国民党军队，在傅作义部下尖刀排当兵，1948年投诚解放军，入党，1952年转业回村。牛正坤的个头很高，身体很棒，耳朵出奇地大，杨虎摸着老人的耳朵说："您老耳朵这么大，有福呀！您看，快100岁了还能到一个新地方，到新地方您老再活100岁。"老人也摸着杨虎的耳朵说："你娃子耳朵也挺大呀，你也有福呀！大搬迁我没给你找麻烦吧？"杨虎抚摸着老人的一双大手，说："没有没有，您老有功呢！"老人说："南水北调是大事，移民搬迁是喜事，我们一定高高兴兴搬迁。"

"您能给我们唱支歌吗？"有人提议。老人没有犹豫地站了起来，唱："解放区的天是明朗的天，解放区的人民好喜欢……"老人直到唱完也没走调，一个老移民的好心情呢！

从牛正坤那里出来，善清大大感慨："真没想到，杨虎是这样一个村支书！硬是在幽默、诙谐、亲切里走近了老百姓。真难想象，基层没有这样水乳交融般的工作风格，怎样每天与千家万户打交道！?"

晚22点，友人徐堂根（已任县委宣传部副部长）开车拉我再次在十方院村前村后转悠，我们在寻找：今夜移民在哪儿？他们的房子都扒了，他们怎样过夜？

天穹苍茫、沉寂，凉风飕飕。二中校门口包保队员燃起了一堆大火，他们说，谁冷了就来这里烤烤……

中心小学教室里，灯火通明，有移民和包保队员静静地坐在那里，等待凌晨上车；而更多的移民分散在亲戚、朋友家作最后的话别……

这是一个不眠之夜！

23点，我回住处。夜色朦胧中，我遥望窗外远处的十方院村，在心中默默祝祈：祝愿十方院的父老乡亲明天高高兴兴、平平安安上路。

2010. 9. 24. 晴

凌晨3点我起床梳洗，3：40分陈高荣来接我去十方院，他说移民们3点就开始上车了，5点出发。

我们来到移民集中的地方，只见一辆接一辆的大轿车停在路边。在车灯的晃忽中，我看到了无数影影绰绰的身影在路上穿行、奔忙，移民、包保工作队员、县镇领导、警察、医护人员……所有的人都在紧张、有序地工作，没有吵闹、没有喧哗、没有叫喊，即使送别的泪水也是悄静地流淌。2千多人的集结、工作场面，竟如此安静、沉稳、平和，这是我所始料不及的。

移民们陆续上车坐好，每车随同一名县领导、一名公安干警、一名乡镇干部、一名医护人员、一名车长；我看到副总指挥周吉礼手提扩音喇叭，一辆车一辆车地在检查人员是否到齐，清瘦的移民局长邓兴忠在人群中匆忙地走来走去……

凌晨5点，车队徐徐出动。警车、指挥车、救护车、工作车、新闻车、移民自驾车、乘坐移民的大轿车，65辆大小车浩浩荡荡，带着顾盼、带着眷恋、带着神圣的责任和情感出发了。

大桥边、高速路口，红衣白裤的“夕阳红”秧歌队，欢快地扭着、唱着，在晨暮中欢送永远告别故乡的移民。

县委书记柳长毅、县长胡玖明和他的同事们，也站在夜色里，他们在频频向移民招手……笑容和泪水相伴，至今，他们已送走了22批、1万5千余名原本生活在这片土地上的人民。

我坐在23号指挥车上。

这是根据我的要求移民指挥部特意安排的，我想亲眼目睹负责这个千人大迁徙的指挥长们的风采。周吉礼在指挥车上。公安干警和他们的政委在指挥车上。从指挥车报话机上发出的每一次声音都是一个指令。好在500里长路，一路平安，没有发生任何异常。只是途中的两次休息，1500人的突然抵达，使服务区的卫生间显得无比尴尬……

在钟岗服务区休整后，我上了一辆满载移民的大轿车。轿车进入宜城县境后，车上的人开始活跃起来，他们不断站起来了望窗外的风景：啊，汉江也从这里流过呀……每看见一片崭新的村庄，他们就开始大喊：那是杨溪铺村吧？那是财神庙村吧？我们呢，我们在哪儿？前面就是！前面就是我们村呀……

啊，那是一种怎样的急切呢？

新奇、盼望、憧憬、恐惧……

啊，那是怎样的一种心境呢？

上午10：28分，车队徐徐开进宜城市原邓林农场三分场二中队，几十排白墙灰瓦的新房子在阳光下闪烁、屹立；上百名宜城的小学生化着彩妆、敲着锣鼓、扭着秧歌在村口欢迎来自远方的移民；宜城各单位的几百名包保队员举着接迁移民的牌子，一一把移民领进各自的家门，进家时，一律鞭炮齐鸣——每家门口除贴着大红对联外，都贴着移民户主的名字和宜城方面包保队员的单位、姓名、联系电话。

不亲眼看到，怎么能理解“移民迁安实行无缝对接的”的含义？

我和李冬梅疯跑着走东家、串西家地看移民的新房子，看完一层再上楼看二层，看了厨房、卧室，还要看卫生间……

移民们全部是城市化的住宅环境。

在鞭炮声中，在熙熙攘攘的人群中，杨虎向我们走来，满面春风。

200号是杨虎的家，在他97平米的房子里，我们又串了个够。

我和他的全家合了影。

临别，我握着杨虎的手，说：“好好带领你的乡亲们，创建新生活吧！”我说得文绉绉的，但真的是发自内心。

末了我又说：“10月2日我和我哥来给你送老虎……”

2008年10月给父母迁坟后，一生善于绘画的哥哥画了好几幅画，以“梅氏兄妹赠”的落款送给了几位朋友，其中给杨虎画了一只虎。后来杨虎告诉我，那幅画被市里一位领导要了去，他希望我哥哥再给他画一只，我答应过他。

杨虎听此，快乐地说：“10月2日我去接你们！”

2010. 10. 2. 晴

9 月 30 日我离开十堰来到襄阳哥哥家。哥哥听说要去宜城看杨虎、看移民新村，非常高兴。他早已为杨虎画好了画，那只从苍松、巉岩深处呼啸着走出来的斑斓大虎，威风凛凛，正好给杨虎带领十方院移民创建新生活以信心和勇气。我说哥你画得真好！我们迅速将画拿到襄城一家裱画店裱好。

10 月 2 日，秋阳分外灿烂。上午 10 点，杨虎开车左拐右拐，终于找到了哥哥家。坐上杨虎的车，我们快快乐乐奔宜城。距襄阳 37 公里的宜城，安置了许多来自郧县和丹江口市的移民。那都是来自我们故乡的亲人啊，我和哥就像去走亲戚一样，心情格外好。

车上，杨虎说，搬来七八天了，他一直睡不着觉。这时我才发现，杨虎显得很疲惫。他后来说的一番话让我感慨万千。

他说：那天送我们的人一走，我这心里就跟丢了魂儿似的，熟悉的领导已经不领导我们了，我们已不是郧县人了。宜城的领导我还不熟悉，这 1200 多人一下子撂给我一个人，我突然感到心里很慌很孤独，日后怎么发展？怎么致富？我心里没底呀！这几年天天搞移民，人们不愿意走，每天跑到家里找事的人不下 20 个，吵呀闹呀往脸上吐唾沫呀在街上骂我妈、说我只有两闺女没儿子是缺德绝后呀，我都不在乎，都能忍，我不感到压力。那里是故乡，熟人朋友多，上面还有镇、县领导罩着。现在，千难万难地搬来了，我这心里反倒沉重了，有失落感。在郧县那边，我们种菜、种莲藕、种水稻，来这边是种棉花、种玉米、种西瓜、种油菜，移民要重新适应重新学呀。

我睡不着总在想：仅靠每人 1.5 亩地怎么致富？前些天，光大集团来人联系，建议我们每家腾出一分、二分地，办养鸡场、养猪场，他们提供鸡种、饲料，鸡养成他们全收，他们说一只鸡可赚 1.2 元至 1.5 元。我们已派了 7 个人出去学技术了。前天又走了 28 个人，到南阳去学习蘑菇、木耳种植技术了。

我说，杨书记你年纪轻轻，操的真不是心呀！

杨虎又说，我总在想，国家的移民政策是“搬得出，稳得住，能致富”，这政策最终是要落在村支书头上呀。

我说，那可真是呀，你担子重呢。

说着，车子就进了十方院新村。哥哥特感新鲜，让杨虎领着满村子参观。

国庆长假，仍在郧县一中念高中的杨虎的大女儿海璐回宜城看新家了，杨虎的小女儿晓雨已在离村5里地的移民小学念四年级，她说他们学校有100多名来自郧县的同学，她说她已喜欢上她的同学了。

杨虎的母亲、妻子给我们准备了一桌菜肴。我们很过意不去，这里离县城18公里，买菜不方便。移民们刚搬来，地里的菜才刚拱出两瓣小苗苗。

饭后，杨虎带我去看望几户十方院移民。

来到孟国有家时，他们还在吃午饭。孟国有告诉我的情况让我很吃惊，他说他们家是娘子军移民：他80岁的老母亲、他的妻子、他二弟的妻子，三个女人是农村户口必须移民，他自己在十堰移动公司工作、二弟在郧阳师专工作、三弟一家在二汽工作，都不必移民。三个婆媳移民住一起，给了48平米的房子。我说那你们以后就夫妻分居两半户了？孟国有咧嘴一笑，说：路不算远，跑吧。

很有缘地见到了蒋成。蒋成告诉我说，我父母的坟就选的是他当年的责任地，后来退耕还林了才不种的。当年，为父母起坟、打井蒋成都参与了的。我和哥哥谢过蒋成。蒋成一家五口都搬下来了，但两个孩子还留在郧县念高中，下来念功课不适应。蒋成说，今天下午他们一家都回郧县，去老房子那儿看看。我说村里房子都扒了。蒋成说：我知道。我家房子也让钩机钩了，我们回去只是去原来的地方看看，在那儿坐一会儿。回去两天就回来……说着，蒋成眼圈发红。泪水也在我的眼里拼命打转……

李正兵一家四口下来了，留儿子一人在十堰市二中念书。我问李正兵：“你实话实说，你们到底想不想迁下来？”

李正兵稍顿了一会儿后对我说：还是迁下来的好。从长远看，迁下来发展空间大，这边每人一亩多地，那边就只剩三五分地了。这边居住环境好，房屋设施都跟城里一样，那边还是20世纪80年代的老房子、土房子，还都被水逼在山坡上，下雨一身泥，天晴一身灰。这边的地也肥，挖一尺多深还油泛泛的。只是这边离县城远，进一次城往返不坐6元钱公交车是去不成也回不来的。在那边走着进城只要20分钟，老头、老太太挎个篮篮进城卖菜就有钱赚，抽个烟、喝个酒就足够了，这边可不行，种了菜卖给谁？反正是刚来嘛，大家心里紧张，时间长了就会宽松点。我们现在已是宜城市民了，我想市政府也会帮我们想办法的……

杨虎说，国庆节那天宜城市委书记朱慧、市长周松峰来看望十方院村民了。他还说周松峰是全国最年轻的市长，今年才32岁，当市长那年才29岁，很有作为的。那天，100多村民围着两位领导提了好多建议和问题，他们都一一给予了解答。

杨虎又说，过些日子市里要给村委会建办公房子，他要回郧县拉个大大的油光青石头，放到村委会旁边的广场上，石头上大大地雕刻上“十方院村”几个大红字；他还要在村口公路边建一个大牌坊，上书：宜城移民第一村——十方院。

下午三点半钟，杨虎找了辆朋友的车送我和哥哥回襄阳，他马上也要启程，拉他全家回郧县，老母亲、妻子、女儿都想回去看看。杨虎说，这两天村里人大部分都回郧县了，宜城开往郧县的中巴车每天好几趟都买不上票了，大家都想趁着国庆长假，回老家看看……

常回家看看吧，十方院的父老乡亲！

天很蓝，地很宽，襄阳肯定是好家园！为你们祝福！

2010年11月《十堰日报》发表

大美郧阳

阅读完故乡朋友小兰发我邮箱的资料，已夜深人静了。打开窗户，一股清冷的湿气扑了过来，原来，4 月的北京刚刚下了一阵春雨。雨后的夜空格外清朗，那颗北斗星依稀可见，我想，此刻只有它能听见我心中澎湃着的感念和声音……

其实，这几年我总是频频回乡，一方面是去亲历那场波澜壮阔的大移民战役，另一方面也是被故乡蓬勃的建设场景所吸引。就是在这样千里往返的长路上，“滨江新区”这个词汇一直在我心中若现若隐。

无论是在十堰还是在郧县，也无论是与文学朋友相聚还是听街谈巷议，抑或是偶与商界、地产贤达们聊天，仿佛人们都在说“郧县”：郧县的汉江大桥怎么怎么壮观，郧县的“郧十一级路”怎么怎么宽美，郧县长岭经济开发区怎么怎么吸引人，郧县至十堰的公交车坐上去怎么怎么方便，十堰人怎么怎么每天坐城际公交车去郧县买菜、买新鲜肉蛋……

人们真是三句话不离郧县呢。

他们总是争先恐后地在告诉我：谁谁要投资建设小

西关访古一条街，谁谁已在郧阳岛投资50亿元建设最美休闲区，谁谁要建郧阳博物馆，谁谁在开发子胥湖……

有关郧县的各种建设信息扑面而来。

这两年，只要我在故乡大地稍一站定，我就觉着，郧县仿佛已成为一块巨大的磁铁，它以超级的引力，紧紧攫住了人们的心；我又觉着，郧县仿佛有一个庞然的气场，在这个气场里滚动着无数人的生命气息……

郧县究竟发生了什么？

每每去郧县，都能看到无论大路小路上都是车轮滚滚，人欢马叫，尘土飞扬。拉石子的车、拉砖瓦的车、拉水泥的车，川流不息，空气里弥漫着呛人的土腥、尘烟……到处在修路，到处在平地，到处在采石，到处在盖房，仿佛整个县城内外都是一个大工地、都是一片建设场景，都是热火朝天，都是昂扬斗志……

是什么给郧县带来了如此的建设激情？

读完小兰发我邮箱的资料，我顿然大悟：所有的建设场景、所有的生命激情、所有的街谈巷议、所有的投资信息，原本都是来自“建设十堰滨江生态新区”这个巨大的推手，那个一直在我心中若隐若现的“滨江新区”第一次清晰地呈现在眼前。

> 建设十堰生态滨江新区，之所以冠名“十堰”，就是要把郧县作为十堰城区一部分来建设，郧县要把建设十堰生态滨江新区，作为统筹、引领和推动郧县科学发展、跨越式发展的旗帜，作为郧县呼应鄂豫陕渝毗邻地区中心城市建设的重要载体和平台，提升精神区位，抢抓难得机遇，力争把十堰生态滨江新区建设成为十堰的“浦东新区”。

市委书记周霁在2012年10月12日郧县“三干会”上的讲话如此地鼓舞人心，如此地令人心潮澎湃！建设十堰生态滨江新区，郧县承载着十堰的未来，十堰将回归大郧阳的怀抱！

周霁又讲:“在十堰市、在郧县要让‘南郭先生’难有藏身之地。要以实实在在的业绩取信于民，一定要‘踏石有印’、‘抓铁留痕’，真心实意地去干，不遗余力地去办，下真功夫、下苦功夫、下硬功夫，做到定一件、抓一件，干一件、成一件，以实干求实效。要把实干为民贯彻始终，在实干中化解民生难题，强化公共服务，改善民计民生，让人民群众得到实实在在的好处。”

周霁的讲话既是对十堰各级指挥官下达的施政指令，也是一个心怀高远的执政者自身的壮怀与信心。

建设“十堰生态滨江新区”，是一个什么概念？是郧县实施的市级战略，事关全市发展大局、事关十堰区域性中心城市建设的成败。是什么要求？要优于、高于、雅于中心城区的发展，要通过5至10年的努力，把郧县建设成为十堰的“浦东新区”。市委、市政府把郧县发展放在这么高、这么重的位置，可以说，出乎了我们原来的预期和想象，是一种无上限的重托，同样是一种超极限的压力。建设“十堰生态滨江新区”，如果大家不发力、不发全力，造成发展慢一点，或者是干脆离目标遥遥无期，谁也不能把责任归咎到某一个人身上。但是，从抢抓机遇的角度而言，那我们将成为时代的罪人。

从执政为民的角度而言，那我们将成为事业的罪人，因为建设“十堰生态滨江新区”，不仅是郧县可持续发展的必然选择，更是惠及当代、泽被千秋的大计，是将郧县63万人集体调入十堰市、或者说将十堰70万人集体迁回老郧阳的盛举……

县委书记胡玖明10月13日的讲话，是对市委、市政府“建设美丽十堰”的大举措、大方针的强力贯彻和最人性化的诠释。

我想，执政者决策的力量已成为郧县人民幸福的源头，也是他们激情满怀建设“大郧阳”的动力所在。

应该说，2012年10月的“三干会”，吹响了建设“十堰滨江新区”的集结号，号声嘹亮中，历史将翻开崭新的一页。

早在2009年4月22日，也是郧县一个里程碑式的日子。前任市委书记陈天会带领市四大家领导，在考察了郧县长岭工业园创造的“深圳速度”之后，在遥望跨江大桥的桩基已伸入江心、“郧十”一级路已坦坦荡荡在延伸之后，在目睹了“一江二桥三镇”的规划蓝图和热火朝天的建设现场之后，他们迅即形成一个重要共识：将郧县的发展纳入十堰城区发展的规划中，实现郧县与十堰城区无缝对接，市县一体，共创双赢，开创十堰城区更加灿烂的明天。

那天，陈天会壮怀激越的讲话鼓舞了郧县63万人民，他说：“郧县县委、政府特别是‘四大家’领导班子成员，要有强烈的历史使命感。我们赶上了一个伟大的时代，遇上了一个千载难逢的机遇，为了全县人民的福祉，都要争当再创郧县辉煌的功臣，抓住机遇，放手一搏，推动郧县更好更快发展!”

“4.22讲话”像四月的春风，顿时飞遍郧山汉水；也如四月的阳光雨露，滋润着郧人渴盼已久的心灵。人们奔走相告，他们节日一般欢呼；他们频频用电话、手机短信向亲人朋友们报告着“市县一体、郧阳归来”的特大喜讯。

这个携带着民心、民情、民意的划时代的历史决择，在我和善清撰写的《大郧阳，归去来兮》一文中曾做过激情表达，十堰日报以整版版面发表了全文。

此刻，我深深感到：无论是陈天会书记当年的“4.22”讲话，还是三年后周霁书记的“10.12”讲话；无论是上一届县委、县政府的“一江二桥三镇”的建设规划还是这一届县委、政府的“一江四区六镇”的宏伟蓝图，无疑都是执政者们建设“美丽中国”、“美丽十堰”、“美丽郧阳”的梦想，为了实现这一梦想，他们把“人民福祉”作为执政优劣的标杆，作为手中万里征程的“接力棒”，在艰难而壮怀的执政途中，他们矢志不渝，一棒接一棒地往下传，一届比一届更辉煌。

正如周霁书记所说：“郧县现在已经步入了蓄势待发的新阶段，特别是一届班子接着一届班子干，经过多年打基础、管长远的工作，积蓄的发展能量正在加速释放，具备建设十堰生态滨江新区的良好基础。”

“未来的郧县‘江在城中，城在江边’，生产空间集约高效，生活空间宜居适度，生态空间山清水秀。”县委书记胡玖明如是道出郧县发展的大愿景、大方向。这是一个极具美丽潜质的未来，幸福就在前方。

应该说，在我曾经拉着二桥常务副指挥长左文学的手，六次（我粗略回忆了一下，是六次）在建设中的郧阳大桥上走来走去时，我就憧憬过我的“大美故乡”；

在我数次站在郧阳岛的高处，任由我的故乡朋友们给我激情讲述岛上的风景、房屋、项目时，我就想象过我的“大美故乡”；

在我多次谢绝朋友接送，执意要乘坐“郧十城际公交车”沿路观看那山那水、那机器轰鸣、那厂房林立时，我就生生体验到了我的“大美故乡”。

啊故乡，郧阳时代就要回归！

在我对故乡恒久的寄望中，我的故乡“郧阳”终于归来了！

2014 年 12 月 17 日，我收到远在浙江的一位文友芦笛的短信，他写道：“梅老师，你的故乡郧阳今天真正回归了，各单位今天以郧阳区的建制挂牌了。你几十年如一的在‘作者简介’籍贯栏里填写‘郧阳人’从此不再纠结了，顺理成章了……”看完短信，我惊喜不已。随后，故乡朋友兴艳的短信更进一步证实了这一信息的真实可靠。

故乡郧阳的建制历经了漫长的更迭变革。1476 年至 1967 年，郧阳作为府制（地市级）走过了 491 年。1967 年因中国第二汽车工业在山区小镇十堰落户，山区小镇提升为郧阳地区所辖的城市，郧阳地级专署从郧县迁往十堰。之后不久，十堰市升格为省辖市，从郧阳地区分离出来。1994 年，地市合并，十堰成为地级市名称，500 多年的郧阳从此消失。

不论隶属关系如何变迁，在我心灵深处的故乡永远是“郧阳”，我与“郧阳”的血缘纽带不曾割裂。我知道，近十年，家乡的政府和仁人志士从未停止恢复郧阳建制的努力，他们千里万里地奔跑在“郧阳回归”的长路上。

2014 年 9 月 9 日，国务院正式批复撤销郧县，设立十堰市郧阳区，以原郧县的行政区域为郧阳区的行政区域。虽然，这还不是“大郧阳”

（府制郧阳）的回归，但一个丢失20年的历史与文化符号的最终找回，无疑是一次文明前行的喜讯。

郧阳区成立后，十堰城区版图面积增加到五千多平方公里，常住人口增加到120万人，十堰将真正实现由山城向山水之城的跨越。“水城郧阳”将装扮山城成为真正的“山水十堰”，大美故乡将成为游子心中最温暖的召唤。

2013年6月《十堰日报》发表

樱桃沟三魅

之一　樱之谜

在我故乡鄂西北郧阳，汉水两岸，满山遍野都是樱桃树。每年三月，梅花才谢，樱花即开。在绿色葱茏的秦巴山谷，在农家房前屋后庭院，盛开的樱花如烟如雾，如云卷云舒。樱花时节，整个山谷都一大团一大团的雪白，恰似一部雪的童话，更似一首花的长诗。这时候，整个城市都被牵动了，正是“万人踏青樱花谷，嫣然一俏春已稠”。据说，在“中国最美乡村”郧阳樱桃沟，这两年，每当樱花盛开、樱桃成熟的季节，竟有十几万城里人来观花，来采摘。

匆忙的城里人在怎样向往美丽乡村啊！

其实，对于我这个少小离乡的人而言，最美丽、最温暖的记忆除却如烟如云如雾的樱花和满山遍野如琥珀如玛瑙的樱桃外，更有在樱花盛开、樱桃成熟的季节，从家乡传来的声声呼唤：“梅老师，家乡的樱花盛开了，你能回来赏花么?”“梅姐姐，家乡的樱桃熟了，我们请你回来吃樱桃啊!”“梅姑姑，我们想和你一起去采摘樱桃呀……”

家乡如春的呼唤，年年在北方乍暖还寒的季节，带给我如樱花怒放般的好心情；年年在北方垂柳抽丝的日子，带给我如樱桃般玲珑剔透的好梦境；年年四月五月，家乡如春的呼唤总是温暖着游子心底久远的记忆。

2015 年 4 月 23 日，樱桃成熟的季节，应家乡友人几度的深切呼唤，我约京城好友晓虹、宏甲、舒艺回故乡采摘樱桃了！游子返乡，本已心花怒放，又有文友千里相随，这心便如痴如醉了……

郧阳樱桃沟沉浸在四月的灿烂与葱郁中，我们漫步在农家的庭院、田野，我们钻进茂密的樱桃树林，满山遍野的樱桃正在次第成熟，我们在路边一抬手，便有坠满果实的枝条垂下来；我们站在农家阳台上一仰头，金黄透亮的樱桃就能掉进口。当珍珠般玲珑剔透的樱桃装满一筐一篮时，我们真不知该怎样品味这四月的陶醉和四月的欢乐呢!

家乡的樱桃好吃不好保存，这几乎已是定论。晶亮透明的樱桃，皮薄汁浓，进嘴即化，甘甜中带一丝微酸，吃一颗便馋得口流清水。比皮紫肉厚的北方樱桃、美国樱桃不知要璨媚多少倍?!然而它却不能久存，“隔夜即坏”是普遍的说法。更有甚者说上午买、下午即坏。因不宜保存，就无法远距离运输，朋友告诉我说，她把郧阳樱桃带到武汉，6 个小时后即变黑。这让我怅惘不已，这么美味的东西只能本地产本地销且稍纵即逝，实在太可惜。

然而，我一门心思地想把家乡的樱桃带回北京，带给我的儿子和孙女，于是神奇的事情发生了：4 月 24 日上午，樱桃沟人把新摘的樱桃装进了 4 只小竹篮，我和晓虹、舒艺带着四竹篮醉心的金黄离开了郧阳(宏甲已赴浙江讲课，我负责给他的小孙女捎回一篮樱桃)。之后，我们到丹江口水库拜谒了一望无际的“北方人的水井”，次日，我们把小竹篮带上了飞机，乘机回京后我一直在等我的儿子来我家品尝妈妈故乡的美味。我把竹篮里的樱桃倒到盘子里，再放进冰箱里冷藏。儿子没来之前，我每天把盘子里的樱桃取出，拍张照片后再放回冰箱，我生怕它们变坏变黑，可它们每天都那么鲜艳无比。我每天拍完照片都心花怒放，每天都在计算时间：24 小时，48 小时，72 小时，96 小时，104 小时！4 月 28 日下午 2 时我儿子来拿樱桃时，这盘金黄透亮的小精灵竟经历了 104 个小时依然鲜艳无比！等儿子晚上拿回家给他小女儿吃时已是 107 个小时，它们还是鲜艳无比！

早在 2012 年 4 月 30 日，我乘 21 个小时火车把 10 斤家乡的樱桃带回了北京，56 小时后我儿子来取走妈妈家乡的小果实时，它们也是鲜美无比！

当我把此事短信写给家乡的弟媳时，她连连以“奇迹”、“不可思议”给我回应，说她们中午买回的没吃完晚上即坏了；当我把此事说给家乡的朋友兴艳时，兴艳回信：“这样的奇迹只能用故土、真情、虔诚来解释……”

前日，宏甲来家，我让他看我相机里拍摄的照片，那盘金黄透亮的樱桃上显示着“4 月 28 日 13 点 17 分”的日期，他高兴不已。随之他告诉我，说我同时带给他家的那篮樱桃，他夫人给他留了一小盒在冰箱里冷藏，等他回来吃。直到 4 月 29 日晚他从浙江讲课归来，那盒樱桃也依然鲜美无比。此刻离 24 日上午 10 时樱桃沟人为我们采摘的时间已过去 130 多个小时！于是宏甲撂下一句话：“你家乡的樱桃隔夜坏不可能！不能长距离运输不可能！”

家乡的樱桃啊，你到底是能保存还是不能保存？能远输还是不能远输？倘若不能保存、不能远输，我经历的事又做何解释？倘若能保存、能远输，从此能让天下人品尝我家乡樱桃之美味，那该又是何等福祉……

现在，我把我拍下的美丽照片呈现给樱桃沟，呈现给家乡，我愿你们能揭示出这“樱之谜”底。

但无论怎样，我都是那份美丽的证明，我更相信那份美丽是世间真情的证明。

之二　居之美

其实，在这个“中国最美乡村”里，更令我陶醉的是掩隐在樱桃树下的农舍。这里的农舍不是高高耸立的别墅、洋楼，也不是司空见惯的水泥“火柴盒”，当然，更不是早年遍布秦巴山谷的那些破破烂烂的干打垒土屋。这里的每一座农舍都是一件独特的艺术品，你无法给每一幢房屋定位风格，你只能感觉它们散发出的艺术气息：荆楚韵味？徽派元素？汉唐大方？明清雕秀？间或西方尖顶、罗马廊柱……

当我们站在山谷高处，俯瞰山谷下掩隐在茂密樱桃林里的一栋栋一幢幢或白墙黑瓦，或石墙黑瓦，或泥墙黑瓦的崭新建筑时，我感觉那农舍已不是房屋，那是掩隐在大自然万顷绿色里的一幅幅立体的屋之画！那画的宁静让原本宁静的山谷更加宁静，那画的美丽别致使大自然万顷绿色有了更加温暖的人本气息。

整整一个山谷的建筑，没有固定风格，没有统一模式，没有千篇一律。用樱桃沟人的话说：没有特色就是我们的特色，没有模式就是我们的模式。当我们走进美得如花如画的农舍才明白，樱桃沟人在遵循一个理念：坚持城乡聚落体系协调发展，建设“看得见山、望得见水、记得住乡愁”的樱桃沟；建设不劈山、不砍树、不填塘、不改河道、不破坏环境的生态樱桃沟；建造具有农耕文明特色的房屋，不建像酒店、像客栈、像办公室、像城市的樱桃沟；建一条天人合一、安居乐业、“外修生态、内修人文”的樱桃沟。从而激活樱桃沟原本的生命力，呵护住乡愁，最终让年轻人回来，让鸟回来，让民俗回来。

我在心底惊诧和震撼：这样的文明理念、这样的农道文化是怎样走进了故乡的小山村樱桃沟？

画一样散落在樱桃沟路边、沟坎、坡上、林中的民居都有各自的名称，这名称非常别致地按这座农舍最初建造的年代命名，比如五零居改造前是20世纪50年代的一处牛棚羊圈，六零居改造前是20世纪60年代的房屋，七零黄酒坊改造前是20世纪70年代的房屋。还有八零居、九零居……

矗立在一处高坡上的五零居如一座朴素的文化圣殿在迎候我们。

那高耸的黄泥抹就的山墙，山墙前用作支撑的石砌柱。

那粗糙的片麻岩垒就的台阶，台阶后面不刷油漆、已在风雨沧桑中泛白裂缝的木门和门墩。

那房墙上挂着的农家遮雨的蓑衣、斗笠。

那屋内悬挂的旧马灯、镰刀、打谷场用的连枷。

那房梁上高高裸露的三角形木排架。

那沉重的、斑驳的、发着不知哪个岁月呼吸的黑衣柜。

那厚厚的大红色牡丹花被、牡丹花枕头、老式的女人梳妆台。

那用上千块黑瓦片制作的瓦片屏风……

当这座“老屋”撞进我眼帘的同时，也撞疼了我的心——我突然就想起了我的童年，想起了20世纪50年代末父母政治落难时在深山居住过的干打垒土墙的牛屋、牛屋房梁上裸露的如五零居一样的三角形木排架，排架上悬挂着用藕叶包裹着的几包衣服、稻谷（父母没有任何可装衣物、粮食的家具，只能用藕叶替代）……

眼前的景物让我心酸也让我温暖，于是，我在用做屏风的一块黑瓦片上留言（屏风的黑瓦片允许所有来此的人留言，这也是五零居设计的留言簿）：走进五零居，便走进了我的童年。

当我知道五零居两年前还是一座破败不堪、房墙几乎坍塌、粪尿臭气熏天的牛棚羊圈时，当我同时知道是我故乡的政府和樱桃沟人接受了一种真正的农道文化、将牛棚羊圈改造成今天具有五星级宾馆标准的农舍时，我又一次在心底震撼：是谁带来了这样的文明？

无论怎样，五零居让我留住了乡愁，让我走进它就想起了童年，想起了久别的老屋，想起了在艰难中挣扎生活的父母。这也许就是樱桃沟农耕文明设计者和创建者的初衷和心意吧。

同样，在七零黄酒坊、在八零居我们看到了无处不在的农民的智慧和农民的艺术：在他们漂亮的楼廊里，挂起了一排排腌制腊肉、一束束金黄的玉米穗、一串串火红的辣椒；他们用青郁郁的竹筒搭起房屋隔墙，在竹筒的空格处再放置锯短的木柴。竹筒，木柴，农家原本随处堆放、只能用作烧饭用的物料，如今都成了惹眼的艺术元素。这是怎样本原而又前卫的艺术构思啊！

樱桃沟人还把用破的竹篓做了厅堂的大灯罩，把用坏的“牛笼嘴”做了卧室的小灯罩；他们在屋内墙壁处制作了工艺品木阁，木阁里放满了各种奇石、陶艺；他们用1800个废铁钉在一块木板上一个挨一个地敲钉，最终完成了一件举世无双的艺术品：一把抽象的钥匙和一颗樱桃。这把钥匙和樱桃的形象组成了五零居的 LOGO，“以樱桃的抽象图案释义道家文化，道生一，一生二，二生三，三生万物。并以每个四圈代表十二地支及一年十二个月的设计到完工时间”。

这是真正意义的农民艺术的复兴！

“自古以来，建筑的营建，不仅要满足人类对挡风遮雨、生活起居的物质需求，而且还要满足人类对心理、伦理、审美等方面的精神需求。而‘天人合一’是中国传统民居最为完全、深刻地体现了这一思想。”我看到了亲自为五零居作设计的设计师的话。他还说——

民居是一个地区传统文化同地域环境特色相结合的产物，承载着一个地区的历史信息，具有不可替代的历史价值；而不同的地域文化也孕育出风格迥异的民居特色。中国现代建筑风格的探索应体现“以文化为底蕴，以生态为表现，以可持续发展为契机”的思想。因此更应充分研究各地民居，充分考虑它们的不同自然、人文地理背景和其渗透历练的文化价值观，因地制宜，继承文脉并将其发扬光大，使地域文化得以持续，并结合现代生活和现代建筑理论走多元化的居住类建筑设计道路。

我在心底深深感慨：当一种文明走进乡村，当这种文明最终唤醒了我们丢失已久的农耕文化，开启了农民沉睡已久的艺术审美与智慧，我们该怎样感激这种文明？

樱桃沟与其说是因樱花、樱桃闻名，不如说是这一座座瑰美如画的民居吸引着外部世界。在这样的农家或樱桃树下吃一餐干干净净的饭菜，喝一碗香喷喷的豌豆瓣糊糊，饮一碗农家自酿的清花花的黄酒，看一眼农民自己的家装艺术，这是城里人怎样奢侈的享受啊！

樱桃沟的每一座房子都是无声的语言，它们在默默讲述着故乡的年代；而整个樱桃沟美得如秦巴山里的新媳妇，正幸福也羞涩地触摸着一个时代肌肤的温度……

之三　人之情

故乡的领导朋友陈茹、邹龙权、王成告诉我，是北京绿十字的孙君来到了樱桃沟，于是，一种崭新的新农村建设理念便走进了郧阳，走进了樱桃沟。他们毫不隐讳地说，是孙君缔造了今天的樱桃沟。

当我最终知道，孙君就是那位10年前我在襄阳谷城县五山镇结识的孙君，就是北京绿十字民间环保组织的创始人孙君，就是响亮地提出“把农村建设得更像农村”的孙君，就是把一个职业画家的艺术梦想顽强实践在中国农村大地上的孙君……

当我知道这个善缘时，我惊呆了，也惊喜了！

2005年3月至6月，我沿着汉江采访了100天，准备撰写《大江北去》。当我走进襄阳，走进谷城，便知道了一位年轻的艺术家孙君在谷城五山镇打造他梦想中的第一个新农村样板。那时，这位中央美院的研究生、北京“地球村”的原村长已经决定把自己的一生贡献给中国环境保护，一生为农村、为农民服务。

我到达五山时，看到了干干净净的五山，看到了不把污水流进汉江的五山，看到了不砍树、不劈山、不填塘、不占田的五山，看到了能把垃圾进行干湿分类，按“可回收”、“不可回收”分类的五山。那时我对孙君说，这事太难了，这事在城市也做不到啊！孙君说，新农村建设是个漫长的过程，我们不能步城市发展的后尘，垃圾、污水横流，以牺牲环境、资源为代价。眼下，我们的经济发展了，可丢掉了很多精神的东西。农村发展要汲取城市发展的经验教训，除了钱，我们还有很多重要的东西。

之后，孙君带我来到建在茶山高处的“茶坛”，这是按孙君的创意，茶农们自己建成的祭祀祖先和庆祝茶叶丰收的地方。在石头、泥土的茶坛下面，埋着每家每户的一包茶叶和一句写在纸上的心愿，茶叶和心愿全部被密封在一个偌大的玻璃瓶内。从此，茶坛就成为茶农们心中永远的圣坛。正如时任谷城县委书记的周霁说的那样，茶坛里埋下的不是几钱几两茶叶，是茶农们世代的绿色希望，是一个绿色文明。他们关心这个希望，向往这个文明，他们内心就会产生一种神圣的祈求……

站在高高的茶坛放眼望去，蓝天白云下，茶山的绿色绵延无限，千亩万亩的茶园，在五山上下围成凝固的滚滚波涛。

为什么要这样做？我问孙君。

孙君告诉我说，中国农村从土地承包以后，集体、互助、关爱的理想淡漠了，缺少了。农民本原的一些东西，善良的一些东西，互爱的一些东西失去了许多。城市也一样，经济发展了，许多温暖的东西却丢失了。我做生态项目，一个是想办法改变人们观念，一个是很看重精神层面的东西。茶坛是一个文化符号，是一个精神、理想集合的地方……

望着眼前清瘦也清贫的孙君，我感慨万千。

此后十年，我没再见到孙君。我们之间，没有联系也没有信息。但我曾把对他生命和理想的敬重写成了文字《来自五山的希望模式》，文章发在了上海《解放日报》文学副刊上。我做梦都不曾想到，这位把“保护农民、保护村落、保护历史和生态”的建设新农村理念视为生命指向的孙君，竟在某年某月来到了我的故乡郧阳，来到了樱桃沟。他把一种新文明、新理念带进了这片山野，于是，这片山野发生了历史性的变化。

4 月 23 日午后，在美丽的樱桃沟村，我们见到了孙君。他听说我们一行来到了樱桃沟，便从正做项目的西安匆匆赶来与我们见面。久别重逢的欢乐在我们心中激荡徘徊——

你十年如一日地在大地上为农民作画，实践着你的理想，多么难得！我说。

你不也是几十年如一日地在写汉水、写你的故乡，也同样不易！孙君说。

让鸟儿回来，让年轻人回来，让民俗回来。你把这样的建设新农村理念带到了我的故乡，这是我故乡的福祉，谢谢你！我说。

我把你的故乡视为我的故乡。郧阳政府的领导人支持我，接受我的理念，我在这里有根有缘有乡愁，这是我的福祉，我要谢谢你的故乡。孙君说。

眼下，樱桃沟给人留下的印象是一种诗意的栖居，但年轻人真的能回来么？我问。

最终能回来。我不希望看到每个农家都有工商企业老板。农民有自己的安居理想。我们不能再把农村建设得村不村、城不城，那不是他们要的生活。眼下，我们不能把“三农问题扩大化”，新农村建设不是一个模式一个板块，也不能描绘得太美好。西方人用了几百年时间才完成了农业现代化，我们才十几年。我们13亿人口，人地关系如此紧张，资源如此匮乏，我们不可能一窝蜂三五年就全部城镇化。保护住原有村落，保护住民间文化，保护住农民的朴实无华和勤劳美德，就是未来新农村的最大希望，就能呵护住乡愁，就能使所有的人回家……

望着比十年前沧桑了许多的孙君，感受着他内心的宁静、智性和高远，敬意再次油然而生。

回京城后我给孙君发短信：感谢上苍让我们成为走不散的朋友。

孙君快递给我他著述的中英文双语版精美图书《农道》，并言：凡一切建设我中华民族伟大文明的人最终都会殊途同归，都会成为永远走不散的朋友。

我的故乡郧阳，郧阳美丽的樱桃沟，如此联结着世间真意，此乃樱桃沟之大情大义也！

2015年5月17日于北京建西苑

第四辑

旅途

旅途中有许多种相逢和错过，任你怎样不肯将心从孤独和封闭中释放，但只要你肯接受一次结结实实的抚慰，你就会明白孤独的灵魂原本是深邃的爱的最意味深长的赠品。人容易得到很多朋友，但真朋友总是很少。而孤独和真诚，一旦获得朋友，往往是撼人心魄的。长长的旅途，让我醒悟人生，让我接受崇高的友情，让我不要亏待真诚。

贺坪峡印象

我从没有看到过这般可怕的昂扬——

当你颤颤兢兢来到它的脚下，仰望它耸天的巍峨时，你会清清楚楚地觉出自己小得如它脚下的一块卵石。天空像一块窄窄的铅板，严严实实盖在它两壁的顶上。那正在合拢的两壁就像巨鸟扑翼，仿佛要遮盖整个世界，把你像小鸡一样抓了起来，悬挂在宇宙间。脚下一片深渊，无可攀扶，无可呼救……

这便是拔地而起的太行山里的贺坪峡。

我惊恐地走过它窄窄的峡谷，冷风呼呼地作响，浑身的汗毛一根根竖了起来，我只感到，这和地面成七十度倾斜角的两壁，兴许一个炸雷，它们就会惊天动地般坍塌下来。

黑暗的覆盖铺天遮地而来，我无可逃遁地将被埋葬，被吞没，被变作亿万年后的人化石。无援的绝境使我觉出百倍地需要天空，需要光明，需要拯救，需要大喊着冲出这个冷峻的世界……

这便是巍峨云天的贺坪峡！

这便是无法用文字表达，只能用心去体察的贺坪峡！

突然，前面亮了起来，路宽了起来，一帘飞珠碎玉般的瀑布从七十米高处的断崖上飞泻而下。绿绒绒的苔藓、嫩青青的水芨草铺盖了刀削般的崖壁。崖壁的脚下，一汪深深的绿潭……气温似乎突然从酷暑下降到了秋凉。我双手拢在胸前，想着一个阴森的龙的世界……

人们告诉我，这瀑布的源头，这七十米断崖的上面还住有人家呢！这时我的心立即被另一种惊奇所俘获，便不再迷恋这奇幻的崖壁、山瀑和碧潭了。我的心开始在人生的断崖上跋涉……

很难说清，这断崖上的人家，这盘顶上的生命是以怎样的神秘诱惑着我。在这荒古的远代（我认为是荒古的远代），在这不会有生活的角落（我以为这里是不会有生活），他们怎样生活着呢？有人告诉我，断崖上面有三户人家，一个女人……一阵惊愕的瞠目之后，我下了这样的决心：一定要去看看这个神奇的女人，这个深山里的坤魂，问问她，怎样在这原始般的野地度过一个女人的岁月……

前面就是盘顶人家了。

地里的土很黑很黑，玉米林长得很高很高，草烟叶长得很绿很肥……一片远古的乐土！突然，林深处传来一声轻轻的犬吠，就一声！很遥远，很轻柔。山里的狗儿也是这般地友好。右边，高高的崖壁的脚下，一带银练般的山溪，托着片片打旋的落叶，潺潺地静静地流过，流着山里古老的童话，流着断崖上七十米落差的山瀑。

崖脚处，光光的青石板上，有女人在翻晒谷粟，灿灿的秋阳朗照，真真的画儿似的。崖壁上的黑山羊，静止得像黑石头，无声地啃着草棵子里的安逸。牧童儿坐在黑石头上，惊奇地了望着我们，了望着一个山外面的世界。

扛着木犁的男人从山道上抓着草棵子上来了。山道弯弯，留下了他们弯弯曲曲的日子……盘顶人家石板的屋顶，石板的墙壁，石板支起的锅灶，石板垒起的炕面，石板围起的牛圈……盘顶人家用山石砌就自己的安福。

盘顶人家，共一个曾祖，姓路。三代八户，二十六口人，十一个女人（有几个女儿未出嫁），人丁极兴旺了。是谁说只有一个女人呢？

我的心豁然开朗。

嫁到这里的女人是山那边的晋地人。她们说，这里的土地养人，牛耕地种下的，牛驮着回来了，山路上的日子挺护人，比她们娘家那里好，就嫁过来了。

嫁到这里的女人说，路家的曾祖在这里定居六十年了，曾祖逃荒到这里时，这山上还没有一棵成形的树。眼前，这坡上坡下，这山前山后，茂茂盛盛的林子是老祖宗留下来的富足呢。闹大饥荒那几年，凡路过这里的晋、冀人，他们都管饭，都留宿，救活了好多好多的逃荒人；嫁到这里的女人又说，她们哪里也没去过。她们要摘山柿子，要打毛栗子，要收山核桃，要种每人承包的两亩地，地里的庄稼很喜人。她们要给男人、孩子做衣服、做鞋，她们还要自己宰羊，给羊剥皮，有时忙起来，几家人要在一起吃饭，一顿要包十几斤肉的饺子……她们说，一忙就什么也不想了，不想城里，也不想娘家，不想山外边的事情。她们说，自己的日子自己过；嫁到这里的女人还说，她们的男人很苦，要到很陡很陡的山下背庄稼。路大的兄弟就是背糜子上山时摔到崖底死了的，兄弟的媳妇改嫁到山外边去了，兄弟的两个孩子路大的媳妇收养了，路大的媳妇心眼好，养起五个孩子了，还养着八十岁的婆婆呢！婆婆的婆婆也是路大的媳妇养老送终的。路大的媳妇是个四十岁的善善良良的女人。四十岁的女人很懂得山里的岁月，很懂得婆婆、丈夫和孩子。路大很有福气呢！

路家八十岁的奶奶很有福气，她有一大群孝孝顺顺的儿子、媳妇；

路家的男人们很有福气，他们个个都有朴朴实实的女人；

路家的孩儿们很有福气，他们都有善善良良的母亲……

从盘顶的悬崖上走下来，再看到贺坪峡时，便有了崇高的瞻仰，便有了喜气的顾盼，便有了自尊自信的勇气，便有了磅礴、浩然的灵性……

在贺坪峡的出口处，山里的另一家媳妇为我们浩浩荡荡的一群煮了红豆稀粥——她知道我们下山时一定口渴，就煮了粥，我们并没有让她这样做。四十五人喝了人家的两大锅红豆稀粥后，回眸再看贺坪峡，便有了许多女儿的温柔、女儿的厚朴。

倏忽心里就想：这耸云拔雾的贺坪峡，便像太行山巍然峨然的媳妇们，便像太行山粗犷朴秀、自由而自为的媳妇们！

贺坪峡，你是太行山里有野性美、本色美的女人啊！

1986 年 11 月 21 日《人民日报》作品版发表

获河北省第二届文艺振兴奖

入选《中国散文百家谭》等 9 种文学选本

通往格尔木之路

一个总是宽容总是好性格的朋友，一个大西北美丽而神奇的召唤，一个关于散文现状与未来的话题，一个关于西部神奇的向往，在八月的季节向我多情的涌来。于是，一个关于生命的感悟，关于人与自然的审美意识，关于西部那条路的悲壮与美质，就伴随我走向柴达木。

穿过祁连山南麓的湟水河谷，翻越美丽的日月山，亘古沉寂的大漠——柴达木便以神奇的力量，震慑我的心魄……

一

日月山，一个跨千年的传说。

传说中，长安一个美丽的女儿向遥远的西部走去。因着回望故土时颤栗的一瞥，将唐皇父亲馈赠的日月宝镜摔成了两半，于是，日山月山便始于这历史的佳话；于是，日亭月亭便世代女儿般耸立在中国西部高原。

日月山下，女儿般温柔的草原涟漪般涌来，涌来退去；青葱静谧的感情涟漪般涌来，涌来退去。

朋友睡美人般躺下，躺下留一张日月山灿烂的忆念。

无数藏人用虔诚信仰在日月山上堆起一隆石堆，石堆上插满盘树虬枝，无数经幡在盘树虬枝上迎日光漠风飘扬……啊，玛尼堆，佛之坛场！

从什么年代，成了那个喝咸苦奶茶的民族跪拜的图腾？

藏衣人虔诚的额抵在玛尼堆的青石上，藏衣人趴在地上长长地跪磕……

在这梵文构成的信仰里，藏衣人祈求什么？

现时的温逸？来世的极乐？还是福佑传说中那个美丽的魂魄？

站在这海拔3200米的中国西部高原，我寻觅历史上那一行纤弱而壮丽的足迹，寻觅那辛酸而大义的泪滴……

啊，前面就是倒淌河——唐公主千年流不断的眷念啊！

二

你是大海退去后的一滴眼泪。

你是一个永不干涸的依恋。

你是生命死去后的梦境。

啊，青海湖！

是什么样的爱与力量使你亿万年在这冷寂的高原涌一腔蓝色深情？亿万年不被亵渎，亿万年清清白白，亿万年平平静静，亿万年默默守候……

你的清清澈澈，你的坦坦荡荡，你的超凡脱俗，本该属于浩浩蓝天，可你却亿万年躺在地上；你一腔深情厚意却亿万年被苦涩淹渍。我该向你诉说什么，青海湖？

三

咆哮的黑马河，险峻的橡皮山，引我们向柴达木腹地走去。啊，茶卡草原！

羊群，似蓝天下无忧无虑的白色风，向草原深处滚动。

牦牛，公狮般傲慢地前行。

牧人疏落的营帐，向天空扯一炷悠远的孤烟。

一只猎狗卧在营帐旁，吠营帐上空月牙上的风……

高原人，自古以来就牧一群羊、一群牦牛或一群马；自古以来，就住流动的毡包、流动的营帐；自古以来，就骑在精光的马背上，在这流动的草地里放牧野性的爱与温馨。

总看见穿佛衣袈裟的佛徒和光膀子的牧人的孩子站在营帐旁，和牧人的妻子站在营帐旁，和牧人站在营帐旁……营帐的炊烟摇曳着上升，营帐旁的小河窈窕着穿行。太阳把静谧把古淡把惬意涂抹在无岸的草原。

茶卡草原，人和畜搂抱无垠的绿色，造就坦坦荡荡、平平静静、辛辛苦苦的民族。

四

《本草纲目》里就记载有“青盐”。

宋民就吃“青盐”，当代中国人就没离开过“青盐”。

300 多年前，就有人走向这片苦涩的盐泽，世纪的咸苦淹渍了生命也孕育了生命。

105 平方公里的卤水，4.5 亿吨的储量，一铁铲下去就有白花花的结晶，一年就有上百万吨食盐运往东部中国和南部中国。这就是白茫茫的茶卡盐湖；5800 平方公里，500 亿吨以上氯化钠储量，够全世界人口吃一两千年；用食盐修一条 3 米宽 1 米厚的公路，可以从地球修到月球。这是白茫茫的察尔汗盐湖。

还有柯柯盐湖，达布逊盐湖，大柴旦盐湖，昆特依盐湖……河北籍的柴达木人向我如数家珍。

啊，柴达木，你这盐的世界！

能冒 10 级大漠风在卤水中一人一天采 5 吨盐是柴达木人不朽的意志；能在 60℃高温下，在西大陆炙灼的太阳下一人一年采千吨盐是柴达木人勇韧的风骨；盐块砌就的房屋，卤水浸泡的皮肤，盐土掩埋的尸体都是柴达木人生命的内容。

不去香港，不去美国，却只身走向盐湖一干就 33 年的是广东籍柴达木人；离开杨梅树摇曳荷花浓艳的时节走向盐湖的是浙江籍柴达木人；从鸭绿江边的战场上走下来，把孩子女人装到大卡车里，自己端着冲锋枪横跨大戈壁的是河北籍柴达木人。还有江苏籍柴达木人，山东籍柴达木人，河南籍柴达木人……

啊，柴达木！你寸草不生，飞鸟不停，你以怎样的内涵吸引了无数壮美的人生？我该怎样感知这方苦涩里的生与死、爱与恨、搏斗与受挫、生存与泯灭、理想与奉献呢？

太阳站在昆仑山冰峰之巅，照耀这方白茫茫。

五

疏了密了的骆驼刺无岸无涯，裸露了覆盖了无岸无涯的昏黄；红柳花似沉默的思索指向无垠的空漠；几节无名枝蔓，痉挛般生成直线和曲线，生成无尽的躁动和悖想；生命前行，沙漠退却，沙漠前行，生命退却。吞噬与反吞噬在亿万年的无声息中泣泪泣血。亿万年的沉寂，亿万年的荒旷，亿万年的痛苦碎裂成戈壁黑色的砾石。

啊，察汗乌苏，你这白色的河流！你滋润了北岸几十里长的戈壁绿带，滋润了香日德那方被囚禁的生命，滋润了负罪的生命在这方荒旷中创造了世界小麦最高亩产纪录，滋润了乌兰山下那位全国 100 个交粮先进典型之一吴芳兰……察汗乌苏，你用亘古的痴情滋润孤寞生命在这孤寞世界产生亘古的奇迹。

然而，你能复活大格勒一望无际的沉寂吗？你能滋润这亘古的干涸、亘古的窒息、亘古被爱流放的寂地吗？

全世界的寂寞从这里升起，全世界的热浪从这里升起，白光从这里升起，死亡从这里升起。残忍的荒旷幻化成美丽的海市蜃楼，如宫如殿，如梦如幻。啊，大戈壁！

六

这里曾经是海，是单细胞、多细胞、两栖多细胞、猿、类人猿走过的路。曾几何时，生命从亘古的死亡里退去，这里成为死亡之海，这里便不再是传说中美丽的草原。

沙漠拍浪般涌来，时而像无头的巨兽站起，撼人心魄地摇晃着；沙丘像无数的坟冢，悲怨着旷古的哀愁；一只黄羊向戈壁深处逃遁，一只秃鹫在沙丘上空盘旋……

唯有骆驼是不死的。在这绝了生望的大漠，唯有骆驼是生的象征，勇气和雄悍的象征。倘若不见骆驼，在这死亡之海，即便看见一只苍蝇，那也是美与神圣的惊悸和感动。

柴达木人说，倘若有人阻止公驼向母驼求爱，公驼会将你在戈壁上碾死。骆驼是残忍的。

柴达木人说，骆驼每吃一棵骆驼蓬草，总要把驼峰里储藏的水吐一些出来饮到草根上。骆驼是博爱的。

柴达木人还说，骆驼可以十天半月不吃不喝，驮你在绝望的大漠中找到生存的希望：或一泓泉水，或一个湖泊，或一庇绿荫，或一个毡包……然后安详地死去。

骆驼，这死亡世界里最壮美、最震撼、最深刻、最情感的精灵。

七

天空里飘着一缕青烟，前面就是格尔木。

格尔木，你这瀚海里的奇葩，你这戈壁里的神话，你这骆驼驮来的城市啊！

30年前，一个将军，一峰骆驼，一顶帐篷，连同将军的信念、骆驼的坚毅、帐篷的孤寞一起筑成一条震惊世界的公路。中国最长的公路通往遥远的日光城。

戈壁里原本没有路，祖国的版图中原本没有格尔木市。

曾几何时，将军、将军的战士，将军的两万五千峰骆驼，来到这河流汇集的地方，筑一条路。

当两万峰骆驼一年里全部在戈壁毙命；

当成群的乌鸦从骆驼的血泊中飞出；

当将军用泪水和汗水洗净黄昏的疲惫；

当将军日携夜枕的那块写着“慕生忠之墓”的木牌成为亘古的悲壮；

当大漠那枚浑圆的落日在将军的记忆里泊成血色的美丽；

当一个扎帐篷睡地窝子的部落在这里生息……

格尔木市诞生了！青藏公路诞生了！昆仑魂诞生了！

将军和将军的战士和将军的骆驼驮走了靠沙海蜃楼撒谎的历史，一部真正的拓荒史以撼人心魄的力量开始在这里叙写。

当我们到达的时候，这一切都已成为一个用沙漠雕塑的话题。一座寂寞的小楼，一把孤独的长椅，墙角，一个养狗的小洞……

“将军楼”和年轻美丽的格尔木站在一起，将军的信念和血与格尔木站在一起，将军拥有一个城市的名字。

已听到敦煌反弹琵琶的悠扬琴声；

已听到敦煌少妇飞腾的古歌；

掉转头，我向古丝绸之路走去。

中国西部，中国青海，中国格尔木！

我将用生命的全部来感悟你的亘古与傲岸，感悟你最深刻最震撼最悲壮最内涵的生存大体现……

1990 年第 1 期《散文百家》发表

入选人民文学出版社《中华百年游记精华》等 3 种选本

忆念的山口

一

我相信人在世间，都有自己灵魂的星座。尼玛，在这千里之外，我遥望高处寒冷的星，寻找你的璀璨。

其实，在许多时候，一个人的灵魂，看他一件事，一个动作，就可一目了然。

尼玛，昆仑山口的黑孩儿，你就那样突兀地一目了然地出现在我的面前，一目了然地让我颤栗。

一个月两个月过去，即使许多年过去，你也是我记忆里的一个忧伤，一个愉悦，一个说不太清的伤逝啊！尼玛，山口迢迢，我不再记得来路和去路，但我会在深长的黑夜里无数次梦见那个山口，山口如雪一样冷一样白，山口的天空灰得让我心碎啊！你的有望和无望也让我心碎啊！

二

青冀两省散文创作研讨会在大戈壁的腹地格尔木市召开。珍珠般玲珑秀丽的格尔木市坠落在作家们心中，灿烂了许久，海市蜃楼的诱惑向往了许久。格尔木，你才是大戈壁里最瑰丽的海市蜃楼啊！

那一夜，格尔木清凉温馨得如一缕晚风，我躺在床上思慕民族之像——昆仑山。天明，我们这一群爱幻想爱浪漫的朋友就要从格尔木市出发到海拔 4767 米的昆仑山口观光。临行前，格尔木市的医生们给所有从内地来到青藏高原的我们做了心脏和血压检查。几乎所有人的血压都上升了 20 至 40 毫米汞柱。高原反应丝毫不能动摇我们对昆仑山的向往和渴慕，尽管医生和格尔木的朋友们再三劝血压升得太高的人不要再去昆仑山口，但最终却没有一个留下。是了，到一次昆仑山口，我们这些虚荣的心就会从此记下一笔传奇，就会从此有一趟可以炫耀的履历——

“我到过一次山口……”我们会对朋友夸口。

“在那个遥远的山口……”我们会在一个夏夜给儿子讲述一个遥远的神奇。

“在那个古老的山口……”“在那个寂寞的山口……”“在那个冰封雪吼的山口……”“在那个含辛茹苦的山口啊……”

三

纵情于山口的那块碑石。人们雀跃般奔向山口。顽童般缠绕着那块写着“昆仑山”字样的碑石，依着这雄健苍茫疯喜着拍照，十几架照相机贪婪地拍下了一张张歪歪扭扭且冻得青紫的脸。是了，天空中开始大团大团地飘雪，山口的风在野马般地撕扯。远处，格拉丹东冰峰昭示着旷世的寂寥，亘古的神秘与冷峻同属于一个巍峨。

是在我们的车子开下山口的时候，是在我们的车轮被山口下消冻的泥沙整个地吞没的时候，是我们在铅色般沉重的天空下束手无策的时候，尼玛，你突兀地出现在我们中间，你奔跑着趴倒在我们被吞没的车轮旁边，你拼命地用一双手刨车轮周围的烂泥，我发现那双很大的手整个地被污迹覆盖着，呈全黑色粗糙。你不断地蹦过来跳过去把捡来的石头垫在车轮底下，你穿一双裸着脚后跟的黄色帆布胶鞋，我发现，你的脚后跟也呈全黑色粗糙。一个小时两个小时过去，你就这样蹦过来跳过去地用手挖着刨着，用肩膀扛着顶着。你穿的那件很脏很褴褛的军绿色上衣在风里飘摆，我们穿着中国式、德国式、美式、港式服装站在风里雪里瑟缩……

四

尼玛，我不知你从哪里来到哪里去，在这苍茫时刻苍茫地带。你一直没说话，我好久以为你是一个哑孩儿，是一个流浪的疯人。当你站起身来傻梦般地望着我憨笑的瞬间，我的眼前竟突兀地幻化出雨果笔下的中世纪的巴黎圣母院教堂，教堂里那个丑怪的敲钟人加西莫多，我一阵心悸。你就那样突兀地站着，头发很脏很乱地矗立，面部呈黝黑色粗糙，唯有眼睛闪着两束纯净的光。

我们瑟缩着围起了你，好奇地问你这些那些。你告诉我们你是藏族尼玛。我们问你的年龄，你说你不知道，只知道自己属狗。会算属相的朋友说你可能 19 岁，可我无法看准你，你比 19 岁老，你比 19 岁小。

我们问你的家在哪儿，你指了指山口，并说山那边有你的羊。我向山那边望着，山那边一缕青烟，袅袅地扯一线孤独。尼玛，你用什么放牧着山口的四季？你不知道自己的年龄，不知格尔木不知西宁，不知中国的南部和北部。你只知道山口，山口的白雪老鸦，山口的枯草和风，世间的悲欢荣辱在你那里全无了缤纷，于是，你的心胸就旷达，就澄清，就善良，就厚朴，就懂得从山口跑下来救我们和我们的汽车。尼玛，你是纯净的。

这时候有人开始戏谑："尼玛，你想媳妇不？"我发现你又一次傻梦般地憨笑，然后回答"想"，然后又说"没有，找不着"。围着你，我们开心地哄笑着。你流着长长的鼻涕……我的心又一阵颤栗。

尼玛，加西莫多愤怒地把中世纪的淫邪、虚伪和狠毒推下圣母院教堂的楼顶摔死，然后自己到公墓自尽在爱斯梅哈尔达的尸体旁边。可爱斯梅哈尔达从没爱过丑怪加西莫多啊！尼玛，你比加西莫多幸福，因为你还没有爱，你只有傻傻的单纯的梦，梦里有着女孩儿。尼玛，有梦也是一种福佑。你不知外部世界，不知失败，不知欺骗与被欺骗，不知相互出卖，不知妒嫉与角逐，你很幸福，很宁静，心灵很平安，那是你的感觉。你很苦，很孤独，很寂寞，很可怜，那是我的感觉。然而你生活在你的感觉里，你的生存状态里。你是你，我是我。你不如我，我不如你。

望着灰暗沉重的山口，我就想：尼玛，你现在很年轻，即使老了，你也是山口的一个孩子。你的憨笑永远是部黑色单纯的童话。有朝一日你哭了，那才是真正的悲剧，那才是你响彻的人生啊！那时候，你会站在山口与母亲之间，伸开双臂，仰起你黑色的额，祈求世界有风暴也有鲜花覆盖你，然后滋长统治山口的悄悄的欲望，然后梦中的女孩向你走来，然后把自己完成为昆仑山的儿子。

五

尼玛，在这古老的山口，我问起了你的父亲。可我没想到我问起了你的父亲竟碰破了一个民族的忧伤。你告诉我你没有父亲，你从没见过父亲，你说父亲跑了。是了，那年，你母亲的新月在一个偌大的梦境中解缆，于是，唐古拉山开始放逐你母亲的爱：一个藏民汉子走进你母亲的营帐，你便有了姐姐；又一个藏民汉子走进你母亲的营帐，你母亲便有了你；又一个藏民汉子走进你母亲的营帐，你便有了弟弟和妹妹……

然而，父亲们最终在哪儿？所有的劳苦和辛酸都属于母亲，属于这个民族的女性。年年凝望，年年在山口牧一群羊一只狗，终不见父亲向山口走来。年年年年，父亲没有走近你。没有走近母亲。山口啊，沧海桑田地变化着，尼玛，你向往什么？

你请求我们拉你到唐古拉山，说母亲在山那边，说母亲的营帐母亲的羊在山那边。可我们是返回格尔木，方向正好相反，唐古拉那么遥远……

我们无奈你无奈。那一瞬，我看见了你眼神中的忧伤。你无望地低下了头。你为我们跑前跑后地刨了挖了两个小时的车轮子，我们却无法报偿你。我把我仅有的干粮和饮料全部地送给了你，那是一份悲凉的歉疚啊！

尼玛，我们走了，留下你在寂寞的山口，在冰封雪吼的山口。

尼玛，我们走在不安的旅途上，你能否看见我向你招展的心旌？

尼玛，你是山口的一个铅色风景，我的思绪在你的风景里孤独啊！

尼玛，你的纯净你的善行你的羊你的傻梦你的铅色风景向写散文的人们裸露了山口的一个季节，人们把这个季节带走了，带进他们的文章。尼玛，你不会知道这些。岁月不让你感觉愁苦不让你思想，你的世界无字无词。兴许，你并不知道是谁创造了你的民族，你更无法了解被银杏和水杉象征的你的古老的祖国。你只属于你的山口，你的羊，属于你的曼陀罗花，属于你的民族和宗教。

现在，我写着这篇文章，天空中正飘着雪。尼玛，你的路我的路都开始洁白。而你的羊和你怎样在山口越冬？

1990 年第 5 期吉林省作协《作家》杂志发表

感觉泉州

石板路小街

阿林领着我们在石板路小街上走。

铺满青石板的泉州小街，感动得粗犷北方人也优优雅雅。

一块一块，一条一条，齐齐整整，方方棱棱，万千块青石板，铺就了侨乡幽幽三百年，铺就了土著人、中原人的创世和演义。我一块一块往下数。怎样读懂江畔这方古老，这方深沉，这方悠悠远远？

石砌的围着木栏杆阳台的小楼，把石板路小街规格成一段段、一节节。北方人在这一段段一节节上惊叹。倏忽就有暖色调感情从心上悄悄走过，温情细致从心上走过。古古朴朴的风情在石板路小街上幻梦成古歌古话。

傍晚，天真的心是沉思的色彩，浓浓淡淡……

忽然就仿佛起来，仿佛“叮叮当当”的凿石声从侨乡四面八方轰轰地撞来。撞得北方人在迷宫样的石板路小街走了三天也没走出恍惚。石板路小街很蜿蜒，很深。

阿林领着北方人在石板路小街上走。

牛肉粽子、牛肉面、牛肉粉汤、牛肉丸子、牛肉炒米饭……牛肉香在石板路小街飘飘袅袅。北方人忽然就馋涎起来，疯疯喜喜跑进这样的小店那样小店嘴嚼牛肉风情。

“泉州百分之九十的人是天主教徒和伊斯兰教徒，百分之九十的人是侨民，百分之九十的人家有海外关系……”阿林望迷离的灯光，望伟岸的菩提树，伟岸的教堂，评说伟岸信仰。信仰坎坎坷坷，侨乡人坎坎坷坷……

早晨，头顶有颗星，北方女子匆匆跑到石板路小街上，听挑青菜的侨乡女子喊醒小街，听卖洋桃水蟹的女子喊醒小街，听收馊饭泔水的女子喊醒小街，听蹬三轮车拉客的女子喊醒小街。小街湿湿润润、清清淡淡，北方女子湿湿润润、清清淡淡。

北方女子伸手抓一把姗姗而过的海腥、鱼香、甘蔗甜，然后嫣然地笑了。

北方女子在石板路小街上站了很久。

北方女子忽然觉着脚下站出了鲜活的诗。

泉州女子

北方人在石板路小街上痴痴地看那泉州女子。

那泉州女子大热天把头深深地埋在花头巾里，红底白花的方头巾围着侨乡神秘的妩媚。犹有那惠安女子，个个穿着紧衣宽裤、露着肚脐、顶着竹笠在石板路小街上姗姗地走。北方人惊得一塌糊涂。惠安女子笑眯眯地把蔗林、荔枝林的惬意带到石板路小街，把棕榈树下细细柔柔的向往和爱带到石板路小街。北方人忽然觉着这块土地温柔得深刻，秀美得深刻。

50岁、60岁、70岁的泉州阿婆个个挽着发髻，个个发髻上插一圈花，红黄紫白，浓浓艳艳。泉州阿婆的发髻妖妖娆娆，石板路小街妖妖娆娆。

泉州阿婆光着脚板在小街上走，趿着拖鞋在小街上走。阿婆的脚很大，脚皮很黑，脚跟有裂纹，脚丫距离很宽，脚脖很粗，脚面有青筋突着，蚯蚓一般。泉州阿婆的脚是男人的脚。

望清远晚月，阿林说泉州女子的故事——

分明是航标，却都建成了石塔。航海人的苦难，望海人的辛酸都砌成了悲壮的传说。那熠熠妩媚的银簪和铁箸都曾英勇地刺向入侵的倭寇，那宽大厚实的双脚在蔗林里稻田里海滩上走出了世世代代，那宽大厚实的双脚在海边站成椰林站成海岸线依然站着，站成“望夫石”站成梦境依然站着……

北方人悲壮地流泪了。

北方人觉着泉州阿婆的脚是男人船舶上的锚，男人从海上归来了，就在她们的浓爱里停泊，北方人忽然凭借风涛听到了历史的解说……

北方人痴痴地在石板路小街上看泉州女子。

那泉州女子在弯弯曲曲的石板路小街上窈窕。

北方人忽然觉着这方土地这方风情永远不会苍老。一大段美丽一大段风流永远属于这方风景。

碾破惊叹的三轮车

泉州小巧玲珑剔透，因此泉州没有公共汽车，因此泉州没有噪音没有拥挤，因此泉州静逸得像睡美人。

几千辆三轮车包揽了泉州中外游客，包揽了泉州秀美风光。车站、饭店、旅馆、旅游区都有三轮车一排排停着，泉州大街小巷犄角旮旯都有三轮车，车夫像温顺的黑猫在车旁静静地蹲着。北方人看了，趣味得很。

泉州的三轮车夫有男人有女人有 12 岁的孩子；泉州的三轮车夫蹬起车来英勇得不怕行人，不怕自行车，不怕风驰而来的摩托车，不怕海风海雨，不怕辛酸艰难。

阿林在招待所门前音乐般动听地和三个五个三轮车夫一说，三个五个三轮车夫便拉起北方人在石板街小路上飞跑。坐车的北方人常常被惊得魂飞魄散。阿林常常是和男车夫讲好价格却是女车夫们拉客，阿林说那男的们是给女的们招揽生意的。那女的们上车后，一手扶把，一手在空中一扬，好像是说“冲呀”。于是，三个五个女车夫磴起车飞一样在大街小巷英勇。九十度的小街她们能飞速拐过去，一米宽的小巷车身不碰墙壁。女车夫在迷宫一样的石板路小街上把北方人拉得晕了方向。北方人时而惊，时而叹，时而要笑破肚皮。

女车夫是从 60 里以外的乡下来城里拉三轮车的，女车夫说她们一天能挣 15 元到 30 元票子，女车夫说她们的男人出海她们就来城里当女车夫，她们说她们望男人从海上归来要望穿眼睛……

倏忽就觉着女车夫的日子是棕榈的伟岸芭蕉的宽硕榕树的盘虬，蓝色海澎湃太阳朗照，女车夫的日子是青橄榄的葱绿。最是悲怆、最是深情，永远属这方古朴。

北方人离开泉州时，扶桑正红得娇娇艳艳，合欢花正黄得灿灿烂烂。唯有刺桐花开过了，北方人没有赶上一年一度的嫣然，而满街的刺桐树却苍苍郁郁，正惬意地为泉州抒情。

古淡泉州缠绵泉州悲壮泉州。

有情韵美奋争美傲岸美的泉州。

洗我一身尘埃一身疲惫一身烦恼的泉州。

1993 年第 1 期《峨眉》杂志发表

远　祭

内蒙古高原和黄土高原铺天盖地的吹沙吞噬了我居住的城市，我关紧窗户、拉上窗帘仍闻着了浓烈的黄土味，我感到一阵窒息。苍茫天空由黄变红最后全部黑暗了下来，早上还灿灿烂烂的太阳，一下了被黄沙吞没了。就是在这样幽暗的白日，我拧亮台灯，伏案读着阿苏寄自界河岸畔的信——

勇敢的作家：

你按照你自立自信自强的方式活在世上，我按照我的宽松宽厚的方式也活在世上，其他人按照其他人的方式活在世上。

界河岸边送走你后的第二天，我即被抽调下乡救灾，今天才回来。想写《南疆二月大冰雹纪实》，因杂务多，一直未动笔。看来要流产了。流产就流产吧，世界上各种各样的流产多着呢，何况我？

记得下乡期间，曾写信催边防部队的那位科长给你寄书，不知他记住了没有。这世上有情无情的人多着呢，寄与不寄也不足为怪。你说呢？

我沉重地活着，也轻松地活着，但最终是默默地活着。死的时候，可能沉重地死去，也可能轻松地死去，何必多去想它。他们（指在那场战争中牺牲的战友）已在我的前面走了，走了很久，而我至今还活着，我已知足了。

愿你永远好好地、光彩照人地活在世上。

阿苏敬上

1990年4月15日

看完信，我就双臂交叉相抱，下额顶着瘦瘦的腕，默默地忧伤地笑，默默地沉重地想。想黝黑忧伤的阿苏，想黑黑瘦瘦的阿敏。阿苏和阿敏是我在边界认识的朋友。记得是他们舍下一切工作，一切愉快和不愉快，自告奋勇地带我去界河岸畔和十万大山里掩埋了千具“橄榄绿”的地方，我执意要去拜谒那方寂寞男儿的灵魂……

破旧的大客车在十万大山里爬上滑下。一路，阿苏总用那种鬼冷静、鬼辩证、鬼与世无争、与人无争的口气向我叙说他大半生的苦难、坎坷、窘迫，踌躇满志而又总归委屈窝囊，可他天性中偏又有那份轻松、那份漫不经心毫不在意就那么回事的样子。

大客车在桂南十万大山里勇敢地绕过来钻过去，冲向一道山梁，又滑下一面陡壁，直到小心翼翼地爬进那方掩埋着军人生命的山脚下——那良，车子才停了下来。

那良——桂南边境上的弹丸小镇，不知从什么年代起，它就被悄悄安放在这漫无边涯的苍茫与寂寞里，只见苍翠的大山皱褶里几户疏疏落落的人家，寥寥彳亍的行人，一家、两家店铺，几只羽毛被打湿的母鸡……我们到达时，天空落着凄凄楚楚的细雨，似丝丝缕缕地低泣。环顾四野，群山莽莽，草树萋萋。阿苏找了一家壮家朋友存放了我的行李，顺便借了几把雨伞，我们便踏着满街泞泥，向那良镇南一公里处的那菉山前行——10年前的那场战争，那里经历了血的沧桑……

到达那菉山脚下，只见满山苍松肃立，整整一面坡用铁丝围成了围墙，砖石砌就的陵园大门，两扇硕大的栅栏状铁门紧紧闭锁，守墓人的白色房屋紧傍铁门，似一句永远的白色悼词，似三山不再站起的守望……

阿苏开始远远地招呼什么人。一个小孩从守墓人的房子里走出来，用壮语告诉我们，爷爷到防城了，陵园的大门打不开。

阿苏和阿敏不得不领着我沿那菉山腰寻找入口处，无奈沿山腰掘着一条宽3米、深2米的水沟，潺潺的流水隔断了我们的去路。

我们继续寻找，终于在水沟稍窄的地方，我们跳跃着跨了过去，然后又找到铁丝网围墙的一个稍大的缝隙，小心翼翼钻了进去。

进入墓地，我的心突兀地沉重起来。是了，北方南方，千里万里的跋涉，我拜谒的心一路不就是向着那一脉倒下的山梁么？穿过松林郁郁的笼盖，小路的前方，就是他们长眠的土地。怎样踏上这方哀婉？这方敬仰？北回归线二月的风，飒飒地从我的心头悲哀地掠过……

抬头，丈余高的纪念碑肃穆的矗在了面前，水泥、山石、青砖砌就的墓地下，数百名男儿的英魂在诉说什么？诉说那场硝烟？那场炮火？诉说男儿铮铮铁骨滴滴辛泪？还是诉说用钢枪和生命一起奠基和创造的军人的荣誉？他们就长眠在这片红杜鹃灿烂松柏芬芳的净土里；不是红杜鹃白杜鹃开花的季节，只有一簇簇一丛丛萧萧而抽的青枝绿叶。

青枝绿叶不会忘记，小草和青松林不会忘记。

十万大山的风在吟哦亘古的悼词……

我拖着沉重的双腿来到一座小小的墓碑前——广东籍17岁的小战士吴育斌就长眠在这里。那年，我军跨越界河向那片生长热带森林也生长暗堡的土地进军的时候，入伍十几天的小战士就长眠疆场了。所有的墓碑上都记着一等功、二等功、三等功，小战士的墓碑上没有记功。兴许是中了一颗流弹，兴许是飞来的一块炮弹的碎片；兴许是被热带森林的毒虫咬噬；兴许是饥饿和劳累；兴许受了伤在撤离的黑夜掉进了深深的界河……

兴许17岁的生命里还系着奶奶说给的那个大海里小贝壳的故事；兴许还在向往阿妈屋檐下晒着的干鱼片；兴许梦里的海滩上还滚着小伙伴们的淘气；兴许还睁着那双随阿爸出海看磅礴日出看生命日出的眼睛；兴许还留着第一次看见一个好女孩温柔的一瞥时喉结紧张的蠕动……哦，17岁！17岁就倒在了这片旷世的寂寞里了！再没有阿爸阿妈、爷爷奶奶抑或是好女孩的抚慰了！没有嘉奖，没有军功，兴许还没来得及喊一声就倒下的17岁！

哦，17岁！17岁倒下时，世界残酷成一支悲壮的歌："归来吧——孩子！"

踏着这方哀婉、这方沉重拾级而上，在三百座坟茔的边沿，有一隆黄土，几块散乱的石头堆在一起，权当作坟头。阿苏和阿敏告诉我，黄土与石头的底下，掩埋着一具不知国籍、不知姓名的躯体，从战场上运下来的尸体中发现了他，橄榄色的军衣上没有领章没有帽徽，没有任何可以证明他的国籍他的身份他的姓名的东西。于是，不能给他砌就墓碑，傍着这300名英灵，一抔黄土掩埋了他。谁来祭奠他？他是谁？勇敢的人、怯懦的人、深刻的人、浅薄的人都是他？！

从墓地往外走，我只觉耳畔响着各种声音：时而奔腾澎湃，时而散乱无章，时而狂放不止，时而忧怨谛泣……我努力支撑着，走出了这片灵魂的宿地。

在墓地出口处，寂默中的阿苏突然望着我说："看见他们，我还争什么？争工资？争荣誉？争官禄？这些对我来说已并不重要。我来这里已不止十次，每来一次，我的心就平静一次。平静就意味着包容……作为活着的人，我们应该学会如何更有效地同时面对两种东西——生存和死亡。"

阿苏眼神里有一种深刻的忧伤，但嘴角却挂着一丝淡淡的自嘲抑或是自信的笑容。

从草木萋萋的那菉山往下走，丝丝细雨抽着我心的怆然。

那菉山，青青的橄榄林在界河岸畔长成亘古的悲壮，红杜鹃白杜鹃开成男儿铮铮的誓词，愿这心灵的祭奠响成一支前行的歌……

内蒙古高原和黄土高原的吹沙仍在我的窗外肆虐。我想，我该给阿苏写信了。告诉他我不过是一个孤独而有限的人，世间有多少的无限我都无法把握，我只能深深浅浅地走在属于我的那条窄窄细细的小径上，我努力走到底就是了。幸福和忧伤，成功与失败，困境与挣脱……我都努力去面对。至于说到我的"自信"与"自强"，那无非是心中的执着在伴我共度沧桑。我只是在想，来年，我再去那菉山，我会对那一脉山林轻轻地说：

我真的努力生活过了……

1992 年第 1 期《散文百家》杂志发表

1992 年第 3 期《散文选刊》转载

界河流过的地方

庚午年正月初六，我告别了塞外高原二月凛冽的漠风，沿着南线遥遥远远的疆土，千里万里地寻找。从此，那条清清亮亮的小河就总在我的心上怅然，总在我的白日和梦中，逶迤着从我的心上长长地淌过……

啊，北仑河！

北仑河从桂南十万大山里流出来，千里崎岖，弯弯绕绕地流成了世代不可逾越的疆界。拜谒完十万大山里掩埋的千名英魂，我们停留在南国一棵硕大的木棉树下，啃着三角钱一斤的甘蔗（想不到在这盛产甘蔗的地方甘蔗也这么贵），等待过往客车。大约一个多小时之后，才有一辆从防城县开往边境东兴镇的个体客车。搭车前往边境小镇，心仍然在肃然、怆然。车窗外，南国的白皮桉细腻得像擦了一层粉底霜。相思叶浓浓稠稠地缠绵，唯有干了叶的甘蔗林，麻烦得像一堆老翁们的唠叨。

到达边境广西东兴镇时，黄昏的暮霭已开始梦一样的笼罩。只见晚霞余晖中的槟榔树，王子般傲岸耸立。硕大无朋的棕榈叶和椰子林歌吟般唱着南国的风格。

我们住进了镇政府办公院里的两间客房。人们说，这两间房过去是接待越南官员的。如今，墙壁上却留满了那些年的枪痕弹坑。房子很简陋，一张旧木桌，三张硬木板床，很旧的蚊帐，水泥彩砖地面，因为潮湿，地面水涔涔的。因为亮着灯，关不严的木格窗那边总有“嗡嗡”叫着的蚊虫飞进来。被褥很湿很潮，用手一抓就有一种水漉漉的感觉。这种情况，在南宁和防城县招待所都有过。在这样的被褥里是不能脱衣服睡觉的，否则，你会觉着被子黏糊糊地粘在身上，很不舒服。

晚饭后，阿敏领我参观了反法战争纪念碑。

后来，苏虎棠又摸着黑，领我来到镇外他的苏姓朋友家。苏这些年在北仑河上摆渡成了好几万元户。现在，他紧傍着北仑河畔筑起了台子，台子上盖起了一栋小阁楼。在苏姓船家吃夜茶时，他很高兴，说第二天渡我到越南芒街看看，我笑。苏虎棠摇头：“你不能过去。你一看就不是广西人。现在，只允许边民自由贸易和来往，国家干部不行。即使渡过去了，那边也要找麻烦的。”

“没事，我有办法。那边，我熟人很多。”船家说。

然而，我没有去，只能谢了。

翌日清晨，在一位边境年轻警官的陪同下，我们来到了小镇的制高点——气象观测台。从观测台顶俯瞰古老的东兴小镇和眺望不远处晨雾丛林相挤相拥的芒街，只感到东兴犹似国画家的一幅巨大的泼墨画，而芒街又似一幅浓涂重抹的油画。

北仑河傍着东兴镇的堤岸，缓缓地流向远方，而一条银带似的分支却径直往南，不管不顾地流向对岸那方丛林，那方街市。东兴、芒街，曾是楼对楼，窗对窗，歌对歌，姻联姻；北仑河，曾是温柔，曾是缠绵，曾是岁月斑斓。而曾几何时，北仑河，已成悱恻，已成忧怨，已成历史怅然……

沿着纵横于东兴镇内的二十一条小街细巷，我们鱼儿般游来窜去。望着那一阁阁古老的法式骑楼，楼上镂花的圆木栏杆，白色墙壁上的斑斑苍苔，我思忖着伴随着历史帷幕的起起落落，这里发生的喜剧和悲剧。夜幕降临，小阁楼似披黑衣白帽的修女，在默默祈祷……

镇南的友谊桥（又名北仑桥）已被拦腰炸断，沉重地栽倒在北仑河中心。曾经有千辆万辆的军车、千吨万吨的大米、物资从这座桥上运到界河对岸，那时八亿人勒紧了裤带。仗打起的第二天凌晨三时，越军用三吨炸药炸断了这桥，随着惊天动地的爆炸声，东兴镇所有人家玻璃几乎全部震碎。

那是一声历史的惊骇！

界河从梦中惊醒……

站在摇摇欲坠的断桥这端，望界河那岸芒街旧址的残墙断垣，望掩隐在古榕、凤凰树上空飘扬的两国国旗，我沉想着历史的朝朝暮暮……

回眸桥下，紧靠桥墩的西侧河堤边，有一破败小亭，六角形飞檐上的琉璃瓦已所剩无几，四根亭柱已在风雨中剥蚀得辨不出原色。小亭中央野草青青，小亭周围，中国边民和越南女子在做着墨斗鱼和海蟹的生意。

阿敏告诉我，那是“胡志明小亭”。

20 世纪 60 年代中期，胡志明巡视他的祖国到达芒街，他站在友谊桥中央问桥这端的中国边防战士：“我可以过去看看吗？”得到边防战士应允后，胡志明来到桥下的河堤旁，此时正值学校放学，孩子们蜂拥着围住了这位长胡子伯伯，他们把红领巾戴在了胡伯伯的颈上。胡主席把随身带的糖果分给中国孩子。为了纪念这友好的瞬间，东兴人在这里建起了“胡志明小亭”，希望胡伯伯再来时在小亭憩息。

然而，历史经历了沧桑巨变，岁月沐濡了凄风苦雨。如今，人去楼空，小亭昭昭，岁月昭昭，历史在这里留下一页苍茫背景。

走下断桥，出示了边境通行证后，我们来到了中越边贸市场。这是一个长约 200 米、宽约 30 米的狭长地带。窄窄的街道上，满载货物的汽车、摩托车、手拖车川流不息。叫卖声、吆喝声、越语、粤语汇成一支杂乱的乐曲，大筐大筐的天津鸭梨，一纸箱一纸箱的辽宁苹果，中国的各种日用百货和农副产品琳琅满地。从越南过来的白麻、大米、各种海产成船成堆。熙熙攘攘的中越两国边民在小街上摩肩擦臂。界河上，成百条小舢板摇过来。上得岸来，在一个门岗处，每人交两元中国人民币，由边防检查人员发给临时通行证。那证是极简单粗糙的，不过是一片绿纸。持通行证可到边贸市场自由贸易。卖掉货物后，可到东兴镇中国的商店买衣服、化妆品、毛巾、鞋袜等。要求当天返回越南、返回时持证过关。防城港年轻的文化干部阿龙告诉我，其实许多人当天是不回去的，他们在中国人家里过夜。第二天，有的兴许跑到防城，有的兴许跑到南宁。当然，发现后是要罚款的，但这种罚款往往无济于事。

东兴镇副镇长、由国家民政部授予“优秀边陲儿女”称号的黎族干部莫法强说：1988 年 1 月底，中越两国政府宣布边境停火，恢复边境民间贸易。消息传来，界河两岸的人都不能平静。农历大年三十清晨，一艘小船从界河上摇过来，十几个越南芒街男女蜂拥着上岸，镇干部怎么劝也劝不回去，最后只得允许他们进镇买点日用百货后立即返回。那时，东兴镇的边民们也簇拥着站在界河岸，惊喜、惶恐地看着相隔十年后突然发生的这一切。

“你知道谁是第一个带头过越南那边的吗？那个人就是我……”哦，这位东兴镇文化中心年轻的干部卢小东，好英姿潇洒！黝黑饱满的面颊上闪烁着智慧、调皮的大眼睛。大眼睛告诉我，新政策刚下来，人们心里都没底。那边的人过来了，这边的人要不要过去呢？大家心里骚动不安，但谁也不敢第一个过去。小卢第一个跳上了舢板，决定第一个过去。接着，十几个中国青年也跳上了舢板。他们怀着相隔了十年的新奇和企盼向芒街摇去。到达芒街后小卢第一个跳上岸，越方的边防人员一把拉起小卢的手，接着就拥抱着大哭。“真怕你们不过来……”越南人说。过去的人都纷纷被芒街人拉到了自己的家里，又是吃茶，又是倾诉，十年的隔河相望啊！

“没有第一个敢吃螃蟹的人，后世人会知道螃蟹的滋味吗？其实，想当初我第一个上岸后，也生怕越方打冷枪要了我的命。谁知，是那种场面……”卢小东说。

此后，越南的骨东县、海防市、平辽县、鸿基等地的边民也纷至沓来。有的等不及渡船，索性脱光了衣服泅水而渡。从此，界河上千百条小船摇着理解，摇着繁荣，摇着边民们世代的感情。莫法强说，每天双方来边贸市场进行贸易的人多达 2000 人次。仅有 8300 多人口、0.45 平方公里的东兴小镇，1989 年边贸收入达 800 多万元。

在这熙熙攘攘的边境小镇，我是无法辨认哪是越南人，哪是广西人的。界河水赋予这里的人种都有一副高高的眉骨和颧骨，深陷的眼窝和双颊。可阿龙说，他们一眼就能认出。后来，在他们的指点下，我终于领悟了。那服饰陈旧、手里拎着扁担绳索、光着脚板、脚趾张开、有力地扣住地面、脚脖和脚面青筋暴突的是越南男人，一张张黄黄黑黑、木木讷讷的脸，昭示着沧桑岁月；而那身着粗布紧身上衣、黑色纺绸宽裤、趿着夹趾拖鞋，三个五个一伙，在路边、摊点、椰树下或站或蹲，或窃窃私语，或紧张地用眼睛对过往行人睃来睃去的是越南女人，那毫无红润和细腻的菜青色脸在诉说着那片多舛国土上的艰辛。

那越南女子每人头上戴一顶用白色棕叶和竹青精细编织的尖顶斗笠，那尖尖亮亮的斗笠，真是生生昭示着南国的温情和窈窕。我在阿龙的帮助下，从越南人手中花了两元三角钱买了一顶这样的斗笠，苏虎棠和阿敏见我对此物爱心深厚，就又买一顶送我。我就这样贪婪地、如痴如醉地带着这南国的俏丽万里迢迢回我的北方。一路，有亲人朋友向我索要此物，我都没舍得馈赠。

路经桂林，结识散文朋友庞俭克，他深情地对我说，他第一次到边境东兴，什么也没买，就买了一顶越南尖顶斗笠。他说，他第一眼看见那白亮漂亮的尖顶什物，竟然没想到山峰岗峦，而是突然想到那是美丽女性青春的象征——圣洁的、富有诱惑力的、充满爱与温情的母性的乳峰。他说，作为女人，那是爱的象征；作为母亲，那是人类和平的象征。这两种意义，都不应该属于战争……

和平，是人民的渴望。

和平，是人民的福求。

至今，我那两顶美丽的、内面夹着鲜红鲜绿纸画的、编着彩色丝线结网的尖顶斗笠，空灵轻盈地挂在我书屋的墙壁上，日日月月伴我感受世上那份柔情、那份爱心、那份和平。

而每当在静寂的午夜，我凝眸那尖顶斗笠时，我的眼前就仿佛幻化出在草木繁茂、岗峦起伏的桂南边境，在寥寥云天和漫漫大地之间，在那寂寞的阡陌上、谷坳里、沟壑中，移动着的一个个身穿紧身短装宽裤、头戴白棕皮尖顶斗笠的纤弱越南女子。她们从那片不堪忍受的国土上飞越关山、跨过界河，向中华大地走来，她们风尘仆仆，行色匆匆；她们脚步沉重，惨惨凄凄。一踏上中国这块土地，她们就祈祷上苍，保佑她们能有中国阿哥收留她们。

边境派出所年轻的警官告诉我，自从 1988 年底中越边境集市贸易洞开至今，据不完全统计，已有 13000 多名越南女子越过边境线来到中国防城、宁明、凭祥、龙州、靖西、那坡等边境地生活，有许多人已深入到我国内地。她们随意与中国男人同居，根本不管中国的婚姻法律，也不管中国边境男人孤、鳏、残、老、穷，只要收留她们就行。

在我居住的遥远的中国塞外，蔚县鸦涧村已有 3 名越南女子同这里的农民成婚定居。过境的人有渔民、村姑，也有小学教师、医生和大学生。仅从东兴边防站遣送回越南的女子就达 5000 人次，有许多人送回去又偷越过来。她们带着一颗沉甸甸的心背乡离井，走向举目无亲的异国他乡，多是被生活所迫。

站在界河岸畔，远远地眺望河那边，唯见草木萋萋、雾霭绵绵，寥廓云天和苍茫大地寂寞相守。脚下，界河水无声息地长流，带走我的沉重，怅然……

沿北仑河长流而下，我到达南海北部湾。无论我走多远，也要为这块曾经呻吟过痛苦过的土地深深祝福，愿历史翻过去的一页不再重复……

1991 年第 1 期《当代》杂志发表

西部断想

一

当B2605号客机从11000米高空开始跌落，将我跌出如苍苍一片冷雪、如茫茫一片死原、如钟乳石、如海石花、如狮如马、如妖如怪的万里云层时，那无边无岸的祁连山、阿尔金山、巴颜喀拉山、昆仑山便波涛般向我涌来。在这犹如凝固了亿万斯年的死海里，没有一棵树，没有一叶草，没有一片绿色！这没有生命没有欲望的西部高原啊！

绵延万里的沉重的苍黄是这里唯一的格调和色彩，俯瞰机下波伏浪涌般的山峦，我的心走向无垠的沉重：这是一个多么贫瘠、单调的世界！我的黄皮肤的民族是从这里起源的吗？那两条羸弱的溪流何以穿越这万里沙原，千百年来脐带般维系着一个命运多舛的民族？人类创世纪的神话，原始生命与大自然搏斗的悲壮，一个民族文化的生生息息、灿灿灭灭是长于斯、源于斯吗？

啊，黄土高原！啊，黄河长江！

从数千里之外，和一群爱动情、爱幻想、爱写诗和散文的朋友来到“江河源头”的城市——西宁，心里总有一种万般的爱抚。爱这高原之城的每一棵树，每一叶草，每一片绿色。看到园林工人挥舞长剪剪下一丛丛冬青的枝叶，心就痉挛般地疼痛：在这海拔3000多米的高原，在这块旷远的地角天涯，每一抹绿色、每一片叶子，生存得都是那么不易！生命的存在和凋零都让人落泪。

二

西宁遇到了历史上少见的雨季。我们到达的第二天，缠绵细雨便下了一天，两天。无声的细雨使这声光无尽的高原之城显得更加冷寂。雨过之后，月色却像高原的男子汉，是一种低沉而冷峻的俯瞰，豁达而朗澈的大度，使你不由地想走过去和它攀谈，询问一下这地角天涯旷世的寂籁，困扰与希望，陨落与奉献，抑或是心灵稍纵即逝的谦卑和闪灭……

我来到了他的办公室，他朋友般接待了我，他是高原的副省长。“我是河北人，见到河北作家，我感到格外亲切。”他说。他礼貌地擦拭着茶几上的灰尘，然后频频给我斟茶，然后声音低沉地向我叙说青藏高原，叙说高原上5亿亩草场和牛羊，叙说大戈壁里储藏着够全世界人吃两千年的食盐，叙说察尔汗盐湖里全国最大的钾肥厂，叙说黄河源头的龙羊峡水电站，叙说黄河长江水资源的开发和利用，叙说柴达木盆地里取之不竭的石油、铝锌、盐类和遍地黄金……然而，他最多的还是叙说了人——为这方寒冷而缺氧的土地奉献了青春和生命的几代人……

三

在青藏高原工作的河北人很多，无论是当年解放青海的第一野战军留下的老一代军人，还是50年代、60年代、70年代走出大学校门毅然到青海支边的知识分子，河北人都占了许多。青海有句名谚："青海的地，河北的天"，足见有一大批河北儿女在青藏高原上努力工作着、奉献着。

他60年代初大学毕业后就来到了高原。他在分配志愿表上并没有填"青海"，但组织上找他谈话："青海需要人，你去吧！"他不假思索地答应了。"有困难吗？""没有！""需要帮助解决什么吗？""不需要！"他背起行装就到了那个遥远的地方。很简单、很愉快、很单纯。那一代知识分子就这么愉快，就这么单纯！服从分配，到最需要最艰苦的地方去，是那一代人心灵的圣殿。

"到这里来的人，个人目的是少的，心灵是净化的。"他说，"尤其是到牧区工作的知识分子更艰苦，40岁的人看上去就像60岁，他们平均比内地人少活8年。常年的高寒缺氧使他们心脏工作加剧，工作6年后心室就开始肥厚。许多地方缺乏生存条件，有些地方一年四季不能脱棉衣，冬天都是自己到野地里拣牛粪烧。在纯牧区鄂陵湖、扎陵湖一带工作的知识分子，大都是50年代来青海的，他们中的不少人患了'痛风病'，手指弯曲，手脚关节变形。冷湖有个公墓，那里掩埋着许多从内地来的知识分子……"

他一直侧着身子坐在那里，习惯性地总用手擦着额，他紧锁着双眉，声音始终很低沉。突然，他说到了"落叶归根"。他说在中国人传统的感情里，有一种"落叶归根"的情愫。在西部高原工作的内地人，没有别的奢望，他们大都希望在离退休以后，有一个合适的地方安度晚年。他甚至希望通过我转告华北平原的父老乡亲，在他们晚年后，允许他们"落叶归根"。

我感到了一种从未有过的沉重和凄然……

四

茶卡的月亮很低，大戈壁显得格外空渺死寂。我想，纵有千军万马，此刻也会被这辽阔空寂吞噬殆尽。茶卡盐场就坐落在这大戈壁腹地。50年代末，上万名转业军人坐着敞篷车，端着冲锋枪，带着家眷或不带家眷，在大戈壁走了半个月，来到了茶卡。七八百口锅在这里开始熬硼砂，一熬就是 14 年！熬出的硼砂为国家还完了外债！如今 30 年过去了，他们老了，他们的两鬓斑白，他们患了肺气肿、关节炎、痛风病……现在，他们的儿子仍在熬硼砂，熬盐，而他们的孙子，却向往着东方沿海，企图永远走出西部……

继续往西，穿越两千里戈壁，我们来到高原之城格尔木。格尔木翡翠珍珠般“飘浮”在世界最大的盐湖——察尔汗盐湖之上。说“漂浮”丝毫不夸张，世界最大的钾肥厂——格尔木钾肥厂就建在湖面上有三米厚的盐巴上，三米之下便是无边无岸的盐湖。察尔汗人告诉我，仅察尔汗的盐就够全世界人吃一两千年；察尔汗人还说，用一米厚两米宽的盐巴修路，察尔汗的盐够修一条通往月球的路。漫步在察尔汗盐路上，我看见在湖面上用盐巴垒起的盐桥上不断通过 4 吨、8 吨的载重汽车。

察尔汗人还说，他们挖盐曾经挖出了完好无缺的“盐尸”，他们说那是最早来勘探盐湖的先驱；察尔汗人还告诉我，在察尔汗盐坟里，掩埋着一位广州姑娘的“出诊包”——广州姑娘背负着父辈的原罪来到了这地角天涯的察尔汗。她吃苦耐劳，用最出色的工作来洗刷着心灵的屈辱和痛苦。在一次为盐工出诊的途中，她失踪了。许多天之后，人们在盐湖里发现了她的“出诊包”。盐工们打捞不到姑娘的尸体，他们用盐巴垒起了一座坟冢，坟冢里埋着姑娘的“出诊包”，用以寄托盐工们深刻的悲痛和永恒的哀思。

在格尔木钾肥厂，我见到 50 年代、60 年代毕业于武汉水利电力学院、北京化工学院的奚子安和刘万宁。他们说，西部高原不是戈壁就是沙漠山峦，绿色是很少的，没有花，树更少，也长不高。他们的孩子长到 6 岁第一次走出盐湖翻越日月山看到树时，竟然惊呼：“爸爸，好大的花呀！”他们的孩子根本认不出什么是树，什么是花……

夕阳西下，察尔汗盐湖上空蒸腾着一片辽阔的灰色空濛，湖面呈玻璃液体状，黏稠而纹丝不动，泛着一片惨白的死光。置身在这灰色空濛和死光之中，我感到了阵阵的惊悸和颤栗，以至于感到了恐惧……

在大西北辗转了数千里之后，我回到了塞外山城。我常想，在中国西部高原工作的人，无论站着或者倒下，他们都是高原傲立的树。唯有他们的劳动与创造才使那方寒凉的土地呈现着希望，唯有他们不屈不挠的生存才使生命具有了震撼人们心灵的力量。

五

我有幸读到了一些美国经济和美国历史的书。18 世纪末到 19 世纪初，美国进入了大规模的领土扩张时期。首先是“强购”路易斯安那——这片从密西西比河直达洛杉矶的广大平原，相当于当时美国全部版图的一倍。继之美国又强购了东、西佛罗里达和侵入墨西哥的得克萨斯，然后又用战争夺取了格兰德河以北墨西哥的全部领土，这一片辽阔的土地超过了法、德两国版图的总和，最后，仍以战争威胁，迫使英国放弃北纬 49 度以南的奥勒岗地区。

这样，到 19 世纪中期，美国的领土已从大西洋延伸到太平洋，约占北美大陆的一半。和中国同纬度的美国，广阔的西部土地资源丰富，吸引着大量移民。从 1820 年到 1860 年，从国外迁入美国的移民平均年为 15 万、60 万、170 万、260 万，美国人口从 530 万猛增到 2300 万以上。侵占西部土地的过程也是屠杀印第安人的过程。但西部的开发，极大地加速了美国工农业的发展。

广阔的西部土地极大地吸引着美国工人和贫民，他们疯狂地“强行移住”，渴望无偿占有土地。政府最后不得不以最优惠的条件出售土地，每英亩土地售价仅 2 美元，最后降到 1.25 美元。

1860 年底，林肯当选美国总统后，他主张把西部土地无偿分给居民使用。两年后，林肯政府和国会通过了宅地法：规定任何人交付 10 美元登记费即可领得 160 英亩土地，在所得的土地上住满 5 年后，便成为这块土地的所有者。

这一法规的实施，使美国北部各州人口 10 年内增加了百分之六十七，土地的开垦面积迅速扩大。西部农场经济的发展为美国工业产品开辟了广阔的国内市场。

美国经济的发展固然有许多因素，但林肯政府的宅地法对西部的开发始终成为他对美国发展的贡献之一。

我常常在想中国。中国 12 亿人的百分之七八十集聚在中国的东、南部和中部。中国像压偏了的一艘大船，艰难地且并不安全地在一个星球上航行。中国以占世界百分之七的土地养活着占世界百分之二十的人口，这是一个标示饥饿的数字。尤其是在中国东南部，人均只有 0.2 亩耕地，这已是几年前的数字，现在还在减少。而东南部的工业文明又使人们宁愿住茅棚、住阁楼、住亭子间也要挤过来。空气、淡水、资源的污染和匮乏以及垃圾的处理都已成为生存的危机！而中国西部辽阔的土地、丰富的资源和西部的荒凉、贫瘠又是它的二律背反。什么时候、用什么有效的方法使中国人像一个世纪前的美国工人、贫民那样，疯狂地、不顾一切地，甚至强行地拥向西部，从而带来西部土地、资源的大规模开发和经济的繁荣？什么时候西部的诱惑使中国人掉转头来成为一种富有的渴望？成为一种成功的焦灼？什么时候使到达西部的人不再等待一个“落叶归根”的凄然？什么时候我们想起西部人、写起西部人时，不再是怀着一种怜悯、悲怆和沉重？

我想，中国这艘东低西高、东沉西轻的人类大船只有“这个时候”来临时，是否才会行驶得相对安然？

我想，我是否想得太多太远？因为有人对我说，这是政治家和社会学家的事情……

1994 年第 3 期《九州诗文》发表

朝圣者的背囊

这里四周的山都挖空了。因着空空浩浩的山，这里的人很难甚至不能与外面的世界串联。于是，这里的草摇着，孤单而宁静；这里的树长着，寂寥而小瘦；这里的风很大很凉；这里的太阳很高很白……这里的人在山的臂弯里挤凑着，从来没有大侈大望。没有大侈大望的挤凑，使人们可以近距离地闻到相互的气息，又因着这气息的滋润，人们感知着相互的存在—— 这里的人比外面世界的人纯朴而安分多了。

兆祥先生的大著《文学入门窍门佳作》（以下简称《文学入门》）就是在这种远离嚣躁的人文环境中诞生的。无疑，这本书是写给文学的朝圣者的。眼下，朝圣文学的人越来越少，朝圣者能够通达文学的金銮圣殿者更是寥寥无几，真正的智者都在纷至沓去，朝圣“钱”了。于是，文学的孤独与寂寞历史性地出现了。兆祥先生一反时尚，清心寡欲，积几十年文学圣母的抚爱和陶冶，终难改赤子之心，凭着一种文化的良知，站在空空浩浩的、不长草也不长树、且团团围着我们的山上，长兄般慈笑着，然后用不高不低的声音呼唤：“文学入门！文学入门！”

朝圣者的背囊空空的。兆祥先生的背囊空空的。为了出这部书，他辛辛苦苦采访，辛辛苦苦找大刊物发表。企业提供给刊物的赞助很少部分返给兆祥先生作为稿酬，兆祥先生一张一张将其装进了背囊。攒够了，又一股脑儿交给出版社和印刷厂出版《文学入门》。于是，先生的背囊又空空的了。空空的背囊淹渍在先生削瘦的肩上，摇着，晃着……

如果你真的怀有一种虔诚，如果你生命里终归有缪斯女神注入的基因，如果某一天，你在很高很白的阳光下发现站在山上轻声呼唤的兆祥先生——先生的苦心，先生的劳作，先生的良知——你就会听见阿拉伯神话中的咒语“芝麻开门！芝麻开门”了。毫不怀疑这咒语是一把神奇的钥匙，被钥匙轰然打开的山门向你展示的是一室一窟的金碧辉煌——我想，那该是你创作的万千语言文字和用语言文字搭救的人类精神和魂魄了！

认识兆祥先生是在五年前生产金子的一个矿山上。我们一起应邀去给山里开采金子又想当作家的一群青年漫谈文学创作——我每每对这种“漫谈”漫不经心，大约是我常常充当这种“漫谈者”的缘故吧——漫谈者肚里有几瓶墨水、是否有资格到处“漫谈”是值得怀疑的。然而，兆祥先生的漫谈令我惊讶了——他谈“传统派”与“现代派”。他说“二者不应该互相对立，应是互相借鉴、渗透、竞争。占领文坛时间的长短是靠作品质量及创作队伍的水平”来决定“轮流坐庄”的。

我“扑哧”笑了。轮流坐庄？

在对“现代派”的斥责和对“传统派”的不屑中，兆祥先生用极朴实的、别开生面的见解，表达了一个文艺工作者理智而幽默的包容和大度。接下去他谈到了“创作灵感”。他说“创作灵感是一种气功，来灵感就是来气。练成创作气功后，灵感可以呼之即来”。

我又“扑哧”笑了。

先生一定是位气功爱好者！他把创作灵感和中国几千年的气功文化溶融贯通的体验，真是新鲜之极！无疑，这是一个编辑工作者和文学创作者对艺术最本体的体验吧！

先生的讲解令我耳目一新，而先生的“作品剪辑”竟令我欣喜若狂。这些作品都是从先生供职的报纸副刊上精选剪下的，又厚厚地编辑装订成册。有诗歌、散文、小说，也有杂文、纪实文学。先生视其为“珍品”，常常反复阅读玩味咀嚼，成为精神享受。在金矿漫谈时，他就一边讲一边通篇朗读。那镜片下闪灼飘忽的目光，那一摇一摆的脑袋，那单纯憨愚的似笑非笑，都让你不能不怦然心动！

我发现了那些“剪辑作品”的光采和魅力，我惊讶在这不长草也不长树的山坳里，开放着这么多绚丽的文学之花！兆祥先生把这千姿百态的山野小花虔诚地采摘回家，小心地移植在“花盆”里，成为精神的寄所。他企盼小花能长成种子，来日在山坳内外姹紫嫣红！

岁月一年一年过去了，兆祥先生的头发白了，他终于把这种属于文学精神的妩媚和绚丽供奉出来，为所有文学朝圣者展示出一种前行的诱惑——在你空空的背囊上插一朵小花——这就是他收进《文学入门》中的一大批精品佳作。你读了，相信会带给你愉快和轻松，带给你赏心悦目的享受和欣慰。文学神圣的圣洁感会悄然走来，你会倏忽感到：文学创作比“权力”和“金钱”崇高多了！这时，你会感到你的背囊沉重起来……

兆祥先生不止一次说过：“我当报纸编辑多年，常常为给作者退稿困扰着。每当我的手伸向字纸篓时，我的心都在颤抖。我在想，会不会由于我有眼不识泰山，将未来有出息的作家拒在字纸篓中？”

在人本质的利己活动中，在人本能地为“权”“钱”而躁动不安时，一个劳苦而清贫的编辑工作者仍不改初衷地因一种文化良知和善意不安着、困扰着、劳作着、奋求着。

所以我说，与其体悟《文学入门》的诀窍和真谛，不如去认真体悟先生的这种良知和善意。

我还想说，我不反对生活和命运的幸运者去追寻文学的幸运，但我相信，真正意义上的成功只属于心灵的苦难者和苦难者一开始就面临的尴尬和严峻：选择文学乃是选择人生的苦难。

我最后还想说明：从物质意义上说，文学朝圣者的背囊永远是空空荡荡……背起你的行囊，贫困和富有都在你的脚下。

1993 年第 2 期《西北军事文学》发表

旅　　途

梦的兆示

……我推着一辆单车走在一条黄土路上。路，越来越陡，最终，几乎成90度地竖了起来，我近似于拼命地往上爬，车和人好像一起挂在了崖壁上。我本能地感觉着这是一片被山风切割过的山崖，坚硬、冷漠、残酷、孤独。它断然要和我的命运较量。我不敢向来路看。我知道身后是万丈深渊，我已感觉到渊底很冷的风在呼呼地叫啸，我预感命运最后的安排即将来临。这险崖绝壁断了我的来路，而身后的深渊将成为我永生的葬地，我感到了绝望。

求生的本能使我惊惧万状。我仍拼命往上爬，抓住路旁每一根草。就在这千钧一发之际，有两个人——确切些说，是两个女人——在崖顶出现，她们先是抓住了我的单车，然后就又抓住了我的双手。她们相视一笑，连人带车把我拉了上来。我得救了。这时，我发现，崖顶是一片广漠平坦的草地，萋萋的绿草地上开满红色黄色的小花。那两个女子——确切些说，两个很年轻的、拢着整齐的短发、穿着海蓝色短裙、白色上衣的女子——拉起手向草地深处跑去，一边跑，一边频频回首，朝我莞尔笑着。我拼命想辨认出她们是谁，但却最终未能认出。

我站在崖顶，许久许久望草地深处，望她们消失的方向……

这是一个梦。

许多梦不能忘却，尤其这个秋天的梦。从梦中醒来，我大汗淋漓，心跳不已，全身的骨头似散了架。梦中的绝望和拯救都让我心惊肉跳。我不知这莫名其妙的梦境暗示着什么，但我却每每暗自做着一种自我诠释：我人生的路将很艰难，很苦，很累，很险。然而，在我到达某种境界前的险恶中，含有一种拯救；在繁杂多舛的人生苦事中，会有人来帮助我挣脱。而同性的相助倒让我惊讶。生活似乎告诉过我：一个女人能得到一个女人的友情是十分不易的；而生活也同时告诉我：一个女人如果得到了一个女人的友情，心灵会在很高层次上获得自由和平安。

我是否该为梦中的兆示祝福些什么呢？

黄山不去

那年，一个人回鄂西，登庐山，走苏杭，千山万水，一路的孤独和寂寞，心中尽生苍凉。尽管南国山清水秀，却总也“风光”不起来。九月庐山，花已败尽，没有如云的灿烂，难唤深深的喜悦，宽敞的柏油路直达山顶，满目人工雕饰的虚伪；“仙人洞”前，心灵踟蹰，仿佛听见历史的惊愕，仍回响在这一片狰狞之中。不知何时，天空飘起小雨，萧瑟深秋，顿生无边的怅然。好一场斑斑驳驳的历史沧桑！

“就你一个人？需要帮助么？”拿照相机的游客问。

“谢谢。我们好几个人呢，就在后边……”像提防扒手一样我提防了这位路途中不相识的异性。那位游客知趣地径自走了。一瞬间，我颇为我的机智而自豪，机智的谎言拒绝了封闭了生活中的善意抑或是恶意。

总是封闭内心，总是步步为营，总是筑着心灵高高的墙。只要这世上还有人想诋毁，还有人要嫉妒，还有人对文明、知识无感，还有不知所措，还有猝不及防，还有虚伪和欺骗，我就只能用这种机智封锁自己，把最珍贵也最弱的保护起来，让心灵平安。

西子湖畔，卖茶女求我买她的茶。她说她在做母亲，婴儿在哭着饿着等她归去。看她可怜兮兮，我仿佛听见饿了的小儿的哭声，就毅然买了她两斤装封在塑料袋里的茶叶。回到旅店，女招待帮我一看，原来是两袋树叶！

“你们从外地来，不要从私人手里买茶叶，许多人都上当的！”女招待善意地叮嘱我。忆想着卖茶女美丽而惆怅的脸，我惊讶这人生的假面。

富春江畔，有妇人卖金碧辉煌的马、金碧辉煌的鹰。那“咴咴”嘶叫着的奔腾，那桀骜凶悍的翱翔，好一阵震慑我的心魄。

“是木头雕刻的吗？”我上前打问。

“呜哩哇啦……”那妇人说。

“哇啦”的什么我一个字也没听懂。浙江话不但变了音调也变了字音。可不知为什么，我从内心非常肯定地认为她是在说：“是，是木头雕刻的。还是楠木的呢！买一个吧，保你满意。带回去，放到你的书桌上，极好的摆设呢……”

于是，我欣喜异常地买了一匹金碧辉煌的马，装到了塑料袋里。谁想没等到到达举世闻名的“瑶琳仙境”，我心中奔腾的精灵已经“毙命”，马头整个地断了下来。这时，我才发现，这金碧辉煌的什物原来是石膏制作的。怎么会呢？不是楠木的吗？自我沮丧、尴尬、懊悔，悄悄地藏在了来路和去路。

许多朋友说我聪明得出类拔萃，又有许多朋友说我超乎寻常的愚蠢。我心里明白，太多的单纯，太多的真诚，太简单地搭生活的积木，太深重地痴迷心灵的偶像，于是就有太多的失望，太多的痛苦，太多的乍然失重……

灵隐寺归来，开始咳嗽、发烧。拥挤的西湖旅店，栖身我的无望。黄山未去，却已病倒在这小小的简陋与龌龊之中。默默的凄惶中，我突然后悔为什么在天下最辉煌的圣殿，我没去祈祷，没去祝福旅途平安？佛啊，请原谅我的无知和浅薄吧！

服务员小姐帮我送水送药来："黄山不要去了，你一个人，没人照顾，又生了病，上不去的。"杭州女子谦和的气度、美丽的声音给我送来一缕春风拂面的感动。

病在旅途，想所有的亲人，想一段一段过去的时光，一段一段的沧桑啊！这么多年，高高尚尚、委委屈屈地走着一节又一节艰难的路，所有的辛苦和跋涉都是为了心中不灭的企盼：写一首好诗，一篇好散文，一个淋漓的人生，一个真诚的友人。唯如此，所有旅途的不幸与沧桑就能得到补偿，一切的辛苦、劳累和爱，都是我最初最终的选择，我不后悔。我努力生活，努力敬业，努力求得生命的本质。

常常独对命运，想这名誉、荣耀与等量的劳苦、嫉妒扭结成一体的世界，我不进则退，不生则灭，我当明白我自己。黄山不去，留一份向往在人间。有一份向往，就有一份等待，就有一份追求。长长旅途，尽管颇多苦难与坎坷，但只要有一份思念，思念未及的境界，会给积极的人生留下一份诱惑。洛阳去了，空留一份遗憾。未去洛阳，以为洛阳四月一地辉煌，千里跋涉地去了，就只看到公园里那一块供欣赏的红红白白，婷婷玉立的"牡丹仙子"徒有太多的娇揉和造作，细细想来，向往总比失望好。人间留有值得向往和思念的东西，对于细致的心灵，永远会春意阑珊。

黄山不去不遗憾。

客居羊城

"艳好"——绝顶奇特而美丽的名字。

艳好是我大学同学仕水的妻子。我和儿子客居羊城时，这娇小而善良的女子就执意留我们母子住在了她们家里。艳好的妹妹休产假，母亲随妹妹从上海来，也住在艳好的家。我顿觉我和儿子的到来，会给这个家平添许多麻烦。然而，看得出，艳好很珍视我和仕水曾经同窗五年。

有一种奇妙的感觉——那是因为艳好一家人说着好几种"中国语言"。艳好的母亲和妹妹说地道的上海话，艳好和母亲、妹妹讲话时也说上海话，和仕水讲话则说流利的广东话，和 15 岁的儿子讲话时说标准的贵州话——儿子生在贵州，也是在贵州的大山里和父母度过了 14 年——一家人和我讲话时又都说着蹩脚的普通话。听着艳好一家人音乐般动听的语言，我和儿子不时地暗暗窃笑。小小的儿子后来在日记中写道："妈妈同学的太太真不简单，一人会说中国的好几种语言。"

仕水钻进厨房，几乎一个下午没能出来，他忙里忙外地弄着非常复杂的"粤味晚餐"，招待我和儿子。艳好陪我在沙发上坐着，娓娓而动听地和我细说。愉快的晚餐后，仕水为我沏他家乡广东汕头的"功夫茶"，那一小盅茶足足闷了 20 分钟，好需要耐心。望着沉着、稳健、极富父亲、丈夫风度的仕水，我回忆着 20 年前耿直、纯朴、极富独立人格、独立思想而最终受挫的青年仕水……岁月让人失去许多，又让人获得许多。

在羊城迷丽的晚夜，艳好挽着我的胳膊沿着木棉树红艳的大道，深情地眷恋着往事。21 年前，艳好从上海华东师大中文系毕业，分配到了贵州，我的同学仕水也从北京负荆到达贵州。很难说清那场浩劫了全民族的"革命"怎样野蛮而残酷地愚弄了整整一代人的真诚和热情。仕水当年是"红五类"，但临毕业，却以"炮打中央文革"之罪被军宣队在全校点了名，随之而来的批判是如何伤害了一颗热诚正直的年轻人的心，是背着"黑五类"原罪的我无法深谙的。当年，我连弄懂自己的悲苦和不幸都来不及。

在贵州"这山看那山，只有一线天"的深深的艰难与贫困里，纤柔真纯的上海姑娘艳好把真诚的爱给了我的同学仕水。当仕水穿着破烂不堪的、还是大学一年级时学校补发的一件蓝布棉袄和艳好结婚时，艳好伤心的泪水打湿了贵南的深山老岭。

艳好在贵南的大山里做了 14 年很优秀的中学教师。后来，因侨眷的原因，仕水带着全家调回了广州。然而，艳好的心里仍然满满地装着她贵南大山里的学生，仍然迷恋她最初选择的职业。

"我这一生最大的寄托就是当一名好教师，我非常爱这个职业，这似乎是少女时代就决定了的。早晚，我还得回到教育战线上去，尽管那里贫困而辛苦。可是，我只要和孩子们在一起，我就觉着快乐、年轻。许多人不屑于这个职业，我不。你知道，广州人发了大财，可我觉着，世上有许多挚爱是拿钱买不到的……20 年了，我对谁都没说过这样多的话，你是第一个。我很喜欢你，爱你。”艳好美丽而温存的声音似羊城二月的紫荆花，一瓣一瓣飘落在我的耳边，芬香沁满我的心。岁月和世俗没有磨损艳好纯洁如初的一颗心。

艳好挽着我的臂腕，水一样沉静透明，五羊城恍惚的夜色里，洋紫荆摇曳着深情的美丽。

在广州开往南宁的48小时的长途客车上，我总在想：无论人世间的事情多么难说，艳好总会像一股细细的清泉，在我的记忆里叮咚……

南方的风

是南方的风。是桂南十万大山里纯朴的风，是南线椰林里洋洋洒洒的风，是北部湾畔蔚蓝而希望的风，是漓江畔迷丽而旖旎的风……

南方的风送我一路安详，细致的心和细致的风景，都让我产生一路心灵的和平。

旅途中有许多种相逢和错过，任你怎样不肯将心从孤独和封闭中释放，但只要你肯接受一次结结实实的抚慰，你就会明白孤独的灵魂原本是深邃的爱的最意味深长的赠品。人容易得到很多朋友，但真朋友总是很少。而孤独和真诚，一旦获得朋友，往往是撼人心魄的。长长的旅途，让我醒悟人生，让我接受崇高的友情，让我不要亏待真诚。

无论岁月怎样老去，我也会记住壮族作家凌渡先生待我的细致如微，他品格中的真朴连同他赠送我的散文集《南方的风》一起漂漂亮亮地珍藏在我心底，就像他送我的那几枚红豆，在我疲惫的旅途，闪耀着一份喜悦和温馨。而《广西日报》的蓝阳春那双深陷的大眼睛里，分明一直在闪耀着友好和善意，那双眼睛总在告诉我：请把你的心安放在“我们是你的朋友，你也是我们的朋友”的感觉之中。

后来，我去了北部湾。当我惊喜地领略了南海的蓝幽幽和白茫茫之后，我开始感受平静的人生。我相信，无论人生多么匆忙，我都会在心的一角停泊北部湾纯情的蔚蓝色。

南海归来，凌渡先生负重如牛，他帮我背着扛着大大小小的衣箱和旅行袋，急急忙忙赶南宁开往桂林的火车。桂林站一下车，俭克兄便举着显赫的“接梅洁”的牌子，站在人头攒动的站口，他说他是接了蓝阳春先生的长途电话后来接我的。因为我们互不相识，他只得写了牌子，在站口招摇。他已为我和儿子安排好了食宿，买好了第二天游漓江阳朔的船票。散文使我和俭克一见如故。在我下榻的地方，俭克与我深夜长谈。我仔细地读着这位壮族青年作家潇洒、深沉的外表，也同时读懂了他同样年轻、潇洒、深沉的内心。他对散文现状的思考与关注，他年轻的骚动不安的对文学的追求，都似桂林旖旎的山水，深深地秀丽着我，感染着我。我想，为了我们都在挚爱着的散文，为了我们都想让生命磅礴一次，充实一次，我们会永远记着——我们都已走在自己的路上了，成功与失败，幸福与苦难，都已不很重要，重要的是我们都已选择了这条路的本身。

广西壮家的土地上，我一路顺风！

漓江的游船上，我惊喜地看窗外江岸上奇丽的风景一段段过去，那一刻翩翩地有些忘我，心是奢侈了。于是就想：生命中本该有许多惊喜和盼望，只要我留意。人生的痛苦与欢乐，有幸与不幸都在我的旅途上，长长的人生之路上，只要奋求，我便会有长长的孤独和寂寞，而幸福和欢乐，也只能包容在这孤独之中和孤独之后。

我相信，在我的旅途上，一定有许多喜欢我的朋友，也一定有不喜欢我的路人。我明白，这世间无法避免爱，也无法避免恨。只要我不想将生命白白来世一次，我就随时准备接受这两种感情的挑战。许久了，总在想象那个日子，那个长长的午后和晚夜，我们终于轻松地坐下来，静静地面对一种真实。真诚地把心中的话像抽丝一样缓缓地不断地抽出来，然后绕成一个团，真诚地交给对方，于是，理解和幸福自那一刻降临。我相信，那就是缘分了，只是生命迟迟不能领悟。应该说，人生在世，在功名荣誉之外，有一种东西更值得珍惜和宝藏，更值得永远记着，不要失去。

有许多时刻，我珍视幸福，又有许多时刻，我珍视忧伤。忧伤地思念，忧伤地牵挂，忧伤地崇尚苦难，忧伤地去慰藉一个痛苦而又急需爱抚的灵魂。体味和享受幸福，仅是一种单纯的感觉，而体味和拥有忧伤，才是心灵最深刻的震颤。

我相信，我心寄旅途，就会有幸福和忧伤这两种感情相依相伴，两情相汇，我会变得相当富有，我会深刻地哭，深刻地笑，深刻地属于这个世界。唯如此，人生便不会亏待我，我也不会亏待我的散文，不会亏待我总在做着的文学的梦，不会亏待我苦之楚楚、累之楚楚的旅途，不会亏待我爱着的人和爱我的人。

1991 年大型文学《漓江》秋季号发表

第五辑

愉快与不愉快的札记

值得庆幸的是无数次火车上安详、平和的心态，警喻和启迪我走出火车后和这个世界平静相处，警喻和启迪我与高尚者、卑劣者、单纯者、复杂者保持怎样一种距离。细想，人类不就是正乘坐一辆疲惫不堪的列车在艰难前行吗？倘若能以接受火车上的状态接受我们面对的世界，我们就会平静得多！轻松得多！达观得多！

火车上的状态是冷观而不参与，思考而不激动，无欲也无大望，应该说这是一种“断感”状态，是禅学里的“守本真心”状态。守住自我，守住真心，就是守住心灵的“安详”。我想，我们之所以发狂、发怒、怨愤、迷失；之所以沮丧、苦累、迷茫；之所以被权势、物质、名利、虚荣所污染、煎熬、搅乱着我们的生命，就是我们没能“断感”，没能守住自己的真心……

热爱狐狸

“惧怕杀生”与生俱来，以至从小至今，不敢看杀一只鸡，不敢掐死一只小虫子……而热爱狐狸是这几年的顿悟……

常常从工艺品商店购买用各类材料制作的狐狸造型：高傲的，愁苦的，轻蔑的，调皮的，写实的，抽象的……每每看见围在女人脖子上的狐狸围脖，就仿佛听见狐们“咿咿”的哭声。

秋天，一群被人们称为作家的男人和女人们来到了山东淄博洪山镇蒲家庄，他们来这里拜谒一位文学先师善良的灵魂——蒲松龄故居就坐落在庄上一条古老的小巷里。小巷极其静谧清幽，除了我们叽叽喳喳的一群外，居然没有看见任何庄上人在街上走动。这异样的静幽使我们一走进蒲家庄就被一种异样的神秘所笼罩，所浸润。我嚣躁的心立时静了下来，被一种异样的气息所牵引……

先师的故居灰墙、青瓦、洞门。院内，古树青竹在轻风中“沙沙窸窸”，仿佛有女人在细语低泣；百年古藤依墙攀援，灰白细腻的藤干，似一根根女人光洁美丽的裸臂，温柔缠绵……清灯孤月，先师就是在这里悲悯世间孤苦的一类。

出故居沿街而南到“狐仙园”，偌大的园里到处是用青色石灰石雕塑的石狐：山上，狐们簇簇挤挤；水里，狐们嬉戏沐浴；门边，狐女娉娉玉立；道旁，狐男踽踽而行……

说不清为什么，漫步在狐们的世界，我心里总有一种悲苦凄婉感，总有一种痛苦意识。狐是善良弱小的动物，我想。她既没有狮的威风，也没有虎的勇悍，她更不具备狼的穷凶极恶，也缺乏其他弱小动物讨人喜欢的一面，比如有的会献媚，有的会看眼色，有的会摇尾乞怜，有的会要各种把戏讨主人欢心等。狐没有这些。于是，当各种杀生的危险袭来时，她总是孤独无援。她甚至没有一片属于自己栖身的草地和山谷，唯有荒野坟岗穴居冷暖。

无法理喻的是千百年来龌龊人类又偏偏用龌龊偏见诅咒狐、中伤狐、抵毁狐，人们在咒骂自己的同类时，总是用“狐狸精”来发泄一种仇恨，足见人类对狐的践踏了。而狐们又总是把这些屈辱埋在心底，把不渝的爱与善献给人间。她们悄悄地走来，又默默地离去。她们小心翼翼地用聪颖和智慧照料着爱情。许多时候，她们倾尽爱心又必须忍辱负重，有时，她们为救死扶弱而大祸临头。她们始终把太纯粹的对生活对美的渴望寄托给人类。而险恶人类回报给她们的却是深刻的偏见、卑琐和防范！

真是人不如狐了！

怎么说，狐也是悲剧性的。悲剧的根源就在于她成了“精”，抑或是有可能成“精”。“狐狸精”已不是一般意义上的狐了。“精”本身的含义就证明她已超越平庸，超越凡俗，超越丑陋与卑琐。这是龌龊与叵测人心所不能宽容的。因此，这些为美为爱的狐们不得不为美为爱而一次次殉难……

“狐仙园”圆环形砖门旁，有两副对联，是写给蒲松龄的：一世无缘附骥尾；三生有幸入狐园。感谢这位善解人世情缘的文学大师，如此理解了生命存在中的那一份苦难。蒲松龄是仕途落魄之后才在柳泉备茶请人说故事的。试想，倘若蒲翁不遭际仕途坎坷险恶，他能理解生存中的这份善良与悲苦吗？能写出永世不朽的为美为爱而不断殉难的狐们吗？

由此我想，人世间的善与美，常与苦难和淡泊结缘。

我这样走着，想着，来到了园内的一间工艺品小店，惊喜地从店内购买了几套陶瓷烧制的“狐盘”。反复端详端坐在瓷盘中央的狐，仿佛看见她那双细长狷介的眼中，已含满泪水。唯有那条蓬松漂亮的狐狸尾巴，才真正显示着她这种精灵独有的骄傲。“狐狸尾巴露出来”才是他人永远不会拥有的美丽！

伤害、压制、折杀，对于善良的狐是不公正的。

祈望弱小美丽的狐早日走出悲剧……

1994年第6期西安《美文》杂志发表

一种生命警喻

穿着意识之于我姗姗来迟。

仔细想，希望穿得得体一些，把头发弄得漂亮一些的想法仅仅只有六七年的历史。翻看我过去的照片。年轻时代的我很老、很傻。常常是头发很脏很乱就上班去了。衣服上有我儿子的尿味就上班去了，胸前的衬衣上留着一圈一圈的奶晕就上班去了……

很长很长的年月，我就是这样粗粗糙糙地属于我的男人，匆匆忙忙地属于我的儿子。

仿佛是在儿子上小学后，我才有了穿着意识。记忆里我怀着非常喜悦的心情，用小妹送我的一块黑料子做了一身黑西服，没想到这身黑西服一穿就是 7 年。

此间和此后，凡买衣服，我的目光几乎是全集中在黑色上。除了继续买黑西服外，我先后买了 7 条各类款式的黑裙子，还有春秋穿的羊毛衫、冬季穿的厚毛衣、夏日穿的丝筒袜、晨练穿的健美裤……我一律地选择黑色。

黑色服饰成为我生活永远的陪伴。

无论是出差、参加笔会或出席一些礼仪活动，我一律地白衬衣外套黑西服黑裙子。许多年我都觉着这样的穿着搭配使我在任何场合都充满自信、沉着和平静，使我感受着一种人格力量和道德力量。

仅仅是一两年前，我开始喜欢上了红色。我发现，红色服饰和黑色服饰巧妙地搭配，更显得楚楚动人。于是，我一次买下两件红格衬衣。满心满意织了一件水红色高领毛衣。穿着时，我便红格子衬衣外套黑西服黑裙子，抑或是水红色毛衣系黑毛裙……我对黑色爱得专注而深刻，无论服装潮流怎样滚滚而来、滔滔而去，无论时代的色彩变化得多么缤纷灿烂，我始终执拗地钟情于黑色！

执拗地喜欢黑色，在穿着上一味地嗜好黑、白搭配或黑、红搭配，警喻着我性格和生命怎样的密码呢？

前不久，我终于无意从德国露西雅的研究中得知：一个人所喜欢的颜色代表着他的愿望和性格，反映着他的个性和行为。露西雅说，黑色是一切颜色的否定，黑色表现生命将得到最终境界，同时也表现虚无和泯灭的思想，表示否定、断念、什么都不存在的终极；白色则相反，它表示肯定，表示由此开始写最好的故事，表示纯洁无瑕的心愿；而红色表示着一种生命力，表示要达到目标、获得成功的一种冲动，表示希望人生多姿多彩。

我惊讶，我居然喜欢这样几种含义截然相反的几种颜色！于是。我由此而想到我生命中的追求与放弃、希望与失望、幻想与泯灭、兴奋与压抑、成功与受挫、大悲与大喜以及信心百倍与一筹莫展，无不在相辅相成相携相行。

显然，我对人生的态度由我所喜爱的颜色已诠释洞开。

我所喜爱的颜色是我生命存在的一种警喻。

1996 年 3 月 26 日《济南日报》发表

感念春天

一年一度又是春。

打开那扇窗户，我迎接季节。天光云影，花木山色，鸢飞雀跃……春光化作我灵魂的冲动与活泼。

勃勃的心境催我潇潇于阳光之下，心灵与大自然的和谐相通，使我感到作为人的真实存在，融融的春光朗照，叫我好一番滋生在有限中追求无限的意识。

久久地仰首天空，天空意味深长，纯净的蔚蓝似我心的细致；缕缕的清风，安然愉悦，温柔的轻抚似我心的缠绵。

身沐春光，心沐春光，倏忽就想起一切幸福，一切纯洁。纵情于回顾往事，心动于未来的主题，至善、至美、真朴、奋进，所有的良知呼唤着我心灵深深的希望。

这便是春了。

明媚的春之路上，串串的鹅黄似召唤，似向往，窈窈窕窕摇荡着我丝丝缕缕的心绪。所有的愁苦，所有的卑琐都悄悄离去。一种生活之美，一种意志力和生存力一起感动着生命。

倏忽就神往于一个理想的境界——人生的苦事，死亡、疾病、疲劳、孤独、妒嫉、诽谤，这些人类的灾疾统统威慑于人生和道德的威严而幽灵般地消迹，心灵因解脱于诸类灾难和忧恐的奴役而充满了光明，充满了热情，充满了理想和爱。

该生长的就让它成长为一派生机；

辛勤耕耘的就让它属于这个季节；

一切阴暗龌龊让位于光明与智慧；

所有的旷达、所有的真美善意抚慰心的劳累。

这便是春了。

生之途中，有几多匆匆。迎迓春光，我走向生活的匆匆。去商场为我的儿子买几件春衣，为我的爱人挑选一件心爱的礼品，去和我的朋友一起完成一个崭新的计划，然后回我的书房构思一首诗、一篇散文……春光使我和世界打成一片。如诗如意的季节赋予我心灵种种的感动，伟大的和平、向往、友情一起降临于我心之骚动。

我突觉一种感情的平衡和补充。一种安全感，一种力量，一种愉悦，一种超脱，一起安慰我心灵的失落。

这便是春了。

春之晨曦有一种引人注目的光辉，那是一种情感的暗示，一种爽心悦目的温和或魅力。朝晖和天空给我带来许多联想和暇思：忧伤与宁静，痛苦与慰藉，困境与挣脱都是生活，都是真实，都是崇高壮美的情绪。既然人生会有苦难，既然人生不能偷渡，那就像季节一样，义无反顾地走过去！

倏忽就觉着生活更多地需要一种豪情。豪情是意志的一种态度，它会使外在世界的众说纷纭都平息下去，它以一种发自内心的道德力量去战胜流言蜚语，战胜心灵的受难；它会使人达观、包容，使人精神抖擞地去高瞻远瞩，去静观人世和生活。

想这岁岁月月，全凭了这春样的豪情，净化了我心我志；想这朝朝暮暮，全凭了这春样的豪情，构成我心灵的解放和追求的象征。

向着充满魅力的春之晨曦走去，我实有一种彻悟：命运的罗网尽管错综复杂，但在目标的前方，在奋斗的彼岸就有一派春色涌来，就有人生的解放和终级的安宁……

啊，漫漫的春之晨曦微笑般向我弥漫过来，召唤我一腔深深的激情。

以生命之爱感念春天。

1994 年第 1 期《九州诗文》杂志发表

泪雨霏霏干一杯

木格窗把外部世界切割成破破碎碎，我望不见整个蓝天。厚厚的夜包容我封闭我寂寞我冷静我。神秘的诡谲的寒凉的遥远的星们啊！

所有青青黄黄的脸色、红红白白的脸色在愿望什么？悄然什么？世故什么？

我身前身后空空荡荡……

感谢太行山里的小女子让我依在她的怀里哭尽我的悲苦和懊恼。

捧着那本集子，那些散文，那些爱与生命的感动，树叶在秋风中瑟落。多少年了，渴望有缘走进人们的心里，渴望理解。理解那曾经淡泊曾经痛苦曾经爱过恨过的江湾啊！

从女儿般忧伤的江湾里走出来，我对世界一片同情；我也渴望世界有同情笼盖我抱拥我。这世界惨然怆然了多少年？我之所以喝多了酒就泪如泉涌，那是因为我的心在泪水里漫漫地淹渍过，那也是因为只有此刻我才能酣畅淋漓地流尽我的心事；我之所以这般痴情于这个世界，那是因为我曾经深深地苦过。父亲母亲，兄弟姊妹，整个家族整个土地亲离朋散啊！所有的感情所有的良知都泪眼迷蒙泪眼迷蒙啊！所有的悲苦卵石般在江湾里挤压在江湾里沉默在江湾里生长成乌篷船上世代的辛酸。谁能理解这般深刻的苦难？谁能理解这蓝了黄了深了浅了的江湾啊？

倘若不会喝酒我也就不那么一杯接一杯地喝了；倘若会喝酒，我也就不那么傻傻乎乎地一杯接一杯地喝了。江湾人哪一家年年月月不做十坛八坛米酒？江湾女子生孩子坐月子哪一个不喝一坛两坛米酒？没等长出乳牙母亲就用筷子沾用小勺喂我那黄黄白白的琼浆。一年又一年，听江湾的风声和涛声长大，纵情于江湾里苦了甜了、甜了苦了的时光。长大后我曾想，日后岁月里那么多酸甜苦辣那么多感情的淋淋漓漓是否就始于那襁褓里就开始的酸酸甜甜的吮吸呢？

我说不上会喝也说不上不会喝。我原以为喝酒就是为让这世界上的男人女人们愉愉快快热热闹闹友友好好。能喝则喝，不能喝作罢。扭扭捏捏故作姿态当不是风格。真的，我不知中国的酒文化里有那么多惊天动地的卑劣与高尚；我更不知中国会喝酒的男人女人们为什么喝酒时总是小伎总是假做总是瞒天过海。我总想，干一杯是因为敬重因为崇尚因为情分里有着才干一杯；因为肝胆相照因为共度春秋因为友情长久才干一杯。一杯豪爽的酒真诚的酒最是心意啊！酒中的品格酒中的苦愁酒中的寄望酒中的绵厚你知了晓了才最是朋友啊！

在大戈壁的腹地我就这样想着和一批高原灵魂闹闹哄哄地喝了；在那一次又一次华北散文崛起的会议上我就这样想着喝了。喝完就跪在床上伤心地流泪。我害怕辜负真待辜负期望，害怕主事人遭受冷落和尴尬，害怕这个那个受委屈。我不想我们欠人什么我欠人什么。我只想得到我为人做了人不能报答我也不必报答我的那种感觉，那种记忆里被歌咏被润泽被思念的感觉。就这样想着一次又一次去承担一种责任一种期待一种情分一种快乐。可谁能想到一张罗起来就每每成了另一码事……

其实，喝完嗓子就火烧般炙疼，喝完嗓子就嘶哑就说不出话——好多年好多年的慢性咽炎啊！喝完就那样贪心明澈地、肆无忌惮地哭啊！喝完就想世界上全部的伤心事，就想全部的真诚与欺骗，全部的善良与卑劣，全部的猝不及防与伤害啊！喝完就看见这样那样的面孔：黑的、黄的、老的、瘦的、真的、假的、狰狞的、丑恶的……或坦坦荡荡，或遮遮掩掩地在我的眼前游来荡去；喝完就透心透肺地想我深深浅浅粗粗细细的心事——或生或死，或光灿或熄灭，或上天无路或入地有门……

那位青年朋友说，人真正的潇洒只在一个局限里，在属于自己的那个狭缝里。走出局限走出自己的那个狭缝就必得入俗。为了潇洒必先入俗，大俗才能大雅，大恶才能大善……瞪大双眼望青年朋友智慧的眼睛，想这恩恩怨怨、你你我我、是是非非的世界，我思忖着这莫名中的奥妙。属于我潇洒自如的角落在哪儿？

倘若苛刻的文化心态将那么多的事情都打入隐私——悄悄地涂脂抹粉想漂亮一番又每每惶恐于人言；总想前行又总为自己暗暗留着那么多的退路；总在“溜须拍马”却又总饶舌别人“溜须拍马”；总在“会交际”、“会来事”中练达却又假做斯文、假不显山露水、假拘谨、假话假象；总因一种行为一种眼色一种苟营一种秘而不宣而不能大度不能调整内心，渴求欣赏渴求重视本是人性中最深刻的冲动，为了这至深本质的体现却又掩掩饰饰，诡诡秘秘，抑或是稍纵即逝的卑劣和敏感，因着各种利害冲突各种禁忌而宁愿“远交近避”……

一派死相。

一派死相能不“以小人之心度君子之腹”么？

一派死相能潇潇洒洒自由而自为地做人做事么？

恍惚中天心在冥冥中点化：真正的潇洒了你就成熟了，真正的潇洒了你就超脱了。一切流言蜚语，一切“第一”“最好”“最时髦”，一切“已经得到”和“渴望得到”就不能使你动摇使你愚蠢使你沮丧。你要有上帝意识。要准确地把握你自己，把握每一次机会，你就不会因保护功名荣誉而怯懦卑劣。说你“急于求成求名”你就因袭惰性而不寻找自己的位置了吗？打开每个人的内心，“潜意识”中谁不在想“成功成名”？成功是自己的事，成名是他人的事。你要明白，你愈是接近成功，支持你的人会愈少。你该是个勇敢坚定的人，要在这个世界杀出一条适宜你自己的路来，不管前面有多少阻碍和陷阱。一切被褒被贬、被荣被毁、承认与不承认全是身外之物，真正体现你力量、人格和成就的是你自己的心境。你应该有勇气地去实现自己，不再惧怕什么，趋势什么。“即使有狼到了门前，你只觉着会得到一件好皮衣”……

其实，大家都不要挤，条条道路通归宿。那一片永恒的寂地对每一个人都很公正都很平等，什么都带不走。

我感谢天心在冥冥中的点化。感谢天心使我淡泊使我宁静使我心灵平安。

不再揣度某种暗示某种行为。世界不是必得通过某种暗示某种行为才能涌现。

万事都是相对的。

我相信总有阳光驱赶我心中的愁影纷纷。

我相信生活不全部是表里不成比例灵肉不成比例。

我将努力修善我的德行，努力做到原谅人性中所有的弱点——或出于同情，或出于鄙夷。努力战胜自我实现自我但人格决不殉难。

对不起，朋友，我喝多了些。我喝多了不怪你朋友，毕竟你期待过；也不怪你朋友，毕竟你曾经希望过；更不怪你朋友，毕竟你用哲人的心一眼看穿了我原本最属外强中干，最属不堪一击之类，最易受伤受辱受骗受挫……

泪雨霏霏干一杯朋友！

1992 年第 2 期《人民文学》发表
1993 年第 3 期《散文选刊》转载
收入《海峡两岸女性散文精品文库》等 5 种选本

一条邮路的世界

我现在的情况有点像“前不着村后不靠店”——我是指人们观念中职业公民要有个“单位”而言。

几年前，我调离了一个地区级文艺单位而被调进了一个省级文艺单位搞专业创作。因为丈夫的工作不能调离，我的家至今依然留在我们已经生活了25年的塞外这块风凉贫远的土地上。

搞专业创作不坐班可以专事在家写作，我也就变成了实际上的“坐家”。单位距我在千里之外，我仨月五月不去单位没人过问。如果不着急用钱，我的工资不去领也可以。单位之于我，没有活动没有信息没有利也没有害（即使有活动也不让我参加）；我之于单位，可来可往可多可少可有可无。这对习惯了整天“单位进”“单位出”的人来说，有一种被遗弃感。我很是经历了一段“前不着村后不靠店”的孤独无援的感觉。

我唯一的领地是方寸之家：丈夫、儿子、书桌、厨房、卧室、厕所，仅此而已。

以中国职业公民而言，人的一生有大半时间生活在自己的单位里。按男性平均工作38年、女性平均工作33年计算，人的一生有这么漫长的岁月和自己的单位息息相关。你每日的喜怒哀乐，你的各种利害冲突：小到分一罐煤气、一箱啤酒、一篓苹果，大到工作、房子、职称、晋级、荣辱、升迁、权力都在你的单位里进行；甚至你一生的命运都被你的单位决定着、主宰着。有单位你有寄托，有依靠，有面子，有信息，你感到踏实；否则，你空虚，你失落，你受辱受伤，你六神无主。尽管你在单位里也诅咒、也怠工、也骂娘、也蝇营狗苟。

从这许多种意义上讲，我如今是个“没单位”的人。我和单位的关系变成了一种很简单的工资关系。伴随着这种很单纯的关系和很遥远的距离，我们相互被遗忘着。某一天，当我终于从这种孤独感中走出来时，我有了一种从幼稚的孩子长成了大人的感觉，我突然地为这种“无单位”状态感到了异常的欣喜——因为我真的可以免去许多世俗的纷争、名利的争斗而纯粹地进行自我精神的追求。

然而，我毕竟是社会的人。我需要亲情的抚慰，需要事业的支撑，需要各种信息，需要把我创作的作品不断寄往全国各地，需要接受各类报刊杂志的回函，需要处理远在天边近在眼前的许许多多事情。而所有和外部世界的这些联系，除了书桌上的一部电话外，我仅仅只能依了一个窗口——邮路！

从我最初搞创作到后来做编辑以至于现在很纯粹地“坐家”写作，算来已有14年的历史。按最保守的估计，每天平均寄出两封邮件（包括书、刊、信、稿件），一个月我要发出60封邮件（当编辑那几年，有稿必回，最多时我一月要写260封信件），一年我要发出720封邮件，14年则是10080封！我发出的邮件一般情况都是礼尚往来，同样按最低数估计，也有近万封邮件回复于我。无法统计这其中的分量！仅按我发寄的1万封邮件的四分之一是信件，每封信最保守的估计平均为500字，那么这些年，我仅写信的字数就是125万！

所有亲情的抚慰，友谊的往来，事业的成全，文坛的信息，稿件的投寄……都在这万余封邮件的往复中完成；做为一个文学生命，我情感的波澜，我对世界的感悟，我对个体精神的追求，都是通过一条邮路最终实现。君不知，我至今与我许许多多文稿、书稿的责编从未谋面，仅是通过邮路，我发表了130余万字的作品，出版了5部近80万字的个人专集；我至今与许多我热爱他（她）们作品的男女文人没有谋面，但是通过邮路，我们已成为文学知己；我甚至仅通过邮路，找到了几十年消声匿迹或远在海外的父朋亲友；我身在方寸之家，而从大戈壁、边境线、内陆各地，从美国芝加哥和台湾的信函不断来到我的身边……许多年来，无论我多么孤独，多么失意，总有一条邮路让我惊喜，让我温暖，总有一条邮路让一个辽阔无垠的人类世界陪伴着我。

邮路，是我与外部世界最直接最可靠最阳光灿烂的通道。依着它，我和这个世界和我的事业同呼吸、共命运。没有人可以阻挡这个通道！在这条通道上，我用不着看谁的脸色用不着担心被扼杀！我在这条通道上获得惊喜获得充实获得成功获得安慰！

我曾无数次假想过，倘若没有邮路，我就完全地与这个世界隔绝了，我的眼前只能是一个“黑洞”，我会感到四面天黑！我会真的被扼杀！

所以，这些年，当我每日或隔日骑着单车，携带着几封、十几封或几十封邮件，穿过闹市走向邮局，或从丈夫专门做的一只大信箱里取出几封、十几封或几十封邮件时，我的心总是那么急切，那么愉快，那么地充实和兴奋。

所以，我是多么多么地感激总是待我那样谦逊、那样尊重、那样认真负责、那样为我排忧解难、那样满面春风地为我收、发邮件的许许多多我叫得出名字和叫不出名字的邮递员，他们是我的绿色天使！他们对我这个频繁往复的个人邮件大客户表示了分外的友好和关照，他们的一颔首一微笑都使我感到了温暖。

于是，我觉得，对于我这个“无单位”的孤独旅人来说。邮路——已成为我最亲近的“单位”；邮路，永远伴我远行；有一条邮路，我足够了！有一条邮路，我就有了世界！

1994年12月写于塞外

1996年6月18日《羊城晚报》发表

夏天的卑琐

夏天是一块千疮百孔的画布，满目疮痍。

施虐常常选择夏天。

夏天滋生蚊蝇、臭汗、跟头虫、蚂蝗、冰雹和诡计。天上有一块乌云，地上就有一片不幸。你很难猜测乌云里挟裹的是些什么，当它们眦目着、狞笑着往海边和庄稼地上空聚拢的时候，风总是很狂乱，闪电总是很兽性，无声地一剑一剑地刺破蓝天。接着，山崩地裂般的霹雷仿佛要毁灭一切。在霹雷炸响的一瞬，你会感到心已被炸得粉碎，你仿佛看到你已身首分家，血肉模糊，胳膊、腿枯干般在空中翻飞跌落。你突然很迷信地想：夏天不吉利……

你分明听见树被“咔嚓”“咔嚓”地炸断；你分明感觉尘沙子弹般前后左右在对你射击；你分明看到糖纸、奶糕冰棒纸、月经纸、擦屁股纸不知羞耻地在天空、地上和人堆里曼舞；楼房的窗玻璃碎了，窗玻璃碎裂的声音利刃般割破了心灵，这时候，你感到你的心在淌血、血渗透了你的衣服，流在了你的书桌底下；没有了窗玻璃遮挡的窗帘顿时在狂风里拍打窗棂，“叭!”

"叭!"像疯狂地扇着谁的耳光……

接着，冰雹噼哩啪啦砸了下来。冰雹在房顶道路上狂蹦乱跳，活像麦卡尼笔下的一群疯狂的女巫。于是，晚上的电视里，你会听到和看到又有几千亩、几万亩、几十万亩庄稼被毁灭。这时，你会和农民一样叹息，一样沮丧。半年、一年的辛苦毁于一旦!

接着，洪水开始咆哮，洪水裹走了土地。洪水呈血浆色，而土地一年比一年贫血……

接着，街市上出现一滩一滩死水，死水闪现着各自肮脏的颜色……

夏天在塞外，正是玉米灌浆、谷子抽穗的时候。像婴儿一样，玉米、谷子"嗷嗷"待哺。然而，夏天的塞外常常不下雨。30 天不下！40 天不下！70 天不下！人们说这叫"卡脖旱"——"卡脖旱"总想活活掐死塞外。于是，玉米蔫了，谷子干了，草没拱出地皮。于是，人蹲在地头发呆，然后抱头大哭；牲畜饿得啃沙、沙坠破牲畜的胃壁，牲畜毙命。牲畜毙命后剥开肚皮，胃里的沙土足有 30 多斤!

这就是夏天。这就是失去理智、失去良知的夏天。这就是丧心病狂地扼杀希望的夏天。

然而多半时候，夏天却很诡秘。当你闷热难耐的时候，它会刮过一股凉风，让你感到很友谊。一不小心你就会感恩戴德，就会振臂欢呼，就想去阿谀奉迎，想去讨好。但你很快发现你上当了！它本质是要窒息你的。闷热会再度袭来。它刮过的那股风只是一种伪饰，一种假像，一种姿态，一种本能的算计。你的上当是因为你并不纯粹。

有时暴雨过后，你会看到一条彩虹，美丽妖艳得如同一条蛇精。对于蛇精，你只能远看，远看很有魅力；近了，你会感到恐怖，感到捉摸不透，感到心惊肉跳，感到它不定因为什么要咬伤你……

总之，夏天是不可思议的，是变化莫测的，是令你眼花缭乱的。

夏天有许多手脚在指点什么，蓄谋什么。你根本无法探寻隐含在手脚中间的秘密，而探寻又是很危险的。你撩开夏天芜杂茂盛的枝蔓，根本无法寻到鲜亮的果子。夏天，你听到了一种无关疼痒的或互相推诿的掩饰、讪笑、戏谑和嘲讥。你发现，勾当原本是一些行家里手们精心操作后的无耻。你还会发现，各类复杂的、矛盾的、不大光彩的思绪缠绕在夏天。于是，繁复纷纭的感觉在你的心上弥漫开来——夏天很卑琐。

如果你拥有了如此夏天的经历，你就拥有了一次精神的洗礼。所有的幻想、希望、热忱、憧憬包括毫无根由的激动和一钱不值的眼泪都会告别一次童年。你老练多了！之后，你会对生命和夏天有一次新的解释、新的领悟。再之后，你会归于平静，归于毋须看各种色彩的远比夏天平静的日子。

整个夏天，我都躲在塞外，想：是什么强化了夏天的大不厚道大不善良？

夏天，我注定不会拥有光荣。

1993 年夏天于塞外

1994 年第 2 期《九州诗文》发表

火车上的状态

……D，现在，我又乘上了南去的列车。D，其实，我生命的许多时刻就是在这种劣等的、令人窒息的、闷罐式的列车上度过。然而，这列车上的状态却启迪了我的生活……

D，说到底，我终归是个心灵的脆弱者，我的受挫受辱受伤究其根本就是我凡事太理想主义，我对生活、对人生期望过高所致。我曾苦苦追索的“成就感”“事业心”使我深受其累。想到为此我屡屡遭际的冷遇、无视、愚弄和无端的算计，我倒很奇怪地要求一种旅途中的状态——我提着行李挤上火车，找到一个很窄小的属于我的位置，我可以安静地坐下来，旁若无人；我可以几个小时、十几个小时甚至几十个小时不与任何人说话，我可以不看任何人的脸色，我静静地坐在自己的位置上，随心所欲地看窗外飞逝的风景：远处的山、树林、土丘、干涸的水渠，近处的麦地、房屋、猪、狗或窗玻璃上的一只苍蝇；看邻座一位年轻的母亲掏出很肥很白的奶子哺喂怀中的婴儿；看对面座位上仰着脸或歪着头打瞌睡流口水的男人……累了，闭上眼默默地想一些事情。有时想得很遥远很纷乱，有时想得很细腻很伤心。往事、近情、细节、眼神、人与人精，掩在身后的手势，躲在话外的诡计……我很安静地想一些平时想不清楚的事情。周围的人不认识我，我也毋须认识周围的人，我只属于我自己。

D，属于我自己的时候，我根本听不见周围的人在说什么，也听不见车箱里劣质的音乐，甚至听不见列车轰隆隆轧过的声音，甚至扑克牌面包啤酒，甚至打嗝放屁臭汗脚气……

在火车上，我真是很平静很有耐心，一天一夜喝不上水我不怪谁，一天一夜厕所被人挤得打不开门我能忍住，列车员把橘子皮冰糕纸啤酒瓶快餐饭盒方便面纸袋臭痰垃圾扫到我鞋子里我从不发脾气……在火车上，我学会独处，学会不言不语，学会忍耐忍受和宽容。

D，值得庆幸的是无数次火车上安详、平和的心态，警喻和启迪我走出火车后和这个世界平静相处，警喻和启迪我与高尚者、卑劣者、单纯者、复杂者保持怎样一种距离。细想，人类不就是正乘坐一辆疲惫不堪的列车在艰难前行吗？倘若能以接受火车上的状态接受我们面对的世界，我们就会平静得多！轻松得多！达观得多！

火车上的状态是冷观而不参与，思考而不激动，无欲也无大望，应该说这是一种“断感”状态，是禅学里的“守本真心”状态。守住自我，守住真心，就是守住心灵的“安详”。我想，我们之所以发狂、发怒、怨愤、迷失；之所以沮丧、苦累、迷茫；之所以被权势、物质、名利、虚荣所污染、煎熬、搅乱着我们的生命，就是我们没能“断感”，没能守住自己的真心。其实，散文创作，最需要的是“守本真心”，守住一颗没有“蒙尘”的圣洁的心。没有杂念，没有混沌，没有沮丧，一颗自觉的心空空朗朗，和谐统一。我们修行出心灵的大境界，方可创作出散文的大境界。

说到散文，D，我就被非常地感动着。我已许久不被什么感动了，我真怀疑，现在的人心向善向美向真的感动究竟还有多少？然而，我还是禁不住感动了——感动你和你的同仁们如今仍那么执着地举着一面精神的旗帜，为使这面旗帜猎猎地飘扬，你们的努力真是鞠躬尽瘁了！那么多精神文化的挚恋者朝圣般地涌向你们，这实在是一个奇迹！你们把一个很纯粹的诗文杂志办得尤其出色，这有多难？需要怎样付出？怎样奉献？现在还有多少人在想着奉献？现在真正的文学还有多少？

睁眼看今日的文人，整个一个价值观错乱，因错乱而“欠债”太多，欠社会的债，欠良心人格的债，欠文学自身的债。文人和文学在同步的没落和无奈。D，时下大众对于文学精神的亲近已渐消失，他们从文学中获取的除肉欲、通奸和性乱的快感外，便是对文人和文学的诅咒、不信任甚至解雇。

战斗的人道主义抗争的赢弱；反传统主义者对传统文化认定的职责、义务、使命、执着等价值观念进行的亵渎和轻薄；“文化工业”的推波助澜、精心包装和对淫秽文学的爆炒已经改变和辐射到作家们的创作心态。作家——这些曾经在民众心目中神圣而高尚的劳动者——如今在金钱和名利面前，面临着人格承受力究竟有多大的挑战。事实上，文人中的许多人已经变得十分势利，已经不再镇守自己的人格阵地，已经在“文化工业”的强制下失去自控而主动向商品经济大潮献媚。

文人表现出了从未有过的盲目，内心充满了纷乱、困惑和迷失，生活丧失了目标，奋斗没有了方向，执着变成了虚枉，卑劣摧残着高尚……我们终于全部地失去了精神的安详。我们不断地抱怨、不满、委屈、牢骚、妒嫉、败坏、颓废，同时，又苍蝇追“腥”般追逐名利，同时又阴暗而不大光明……

D，在这样一个人文精神面临危机的大背景里，你们却拼命要把一本很纯粹的诗文杂志办好，于是，悲哀和悲壮的双重感觉就同时涌来。我对你们真诚的劳动深表敬意了！

然而，D，我不想再倾诉，不好再用散文的形式仅仅承载我们的诉说，因为我们面临的困难毕竟太多。更何况，现在已不是一个一味倾诉的时代，更不是一个能够耐心倾听诉说的年代。人们更需要指点，更需要拯救，更需要给予生活的勇气。

D，塞外是一个多灾多难的地域，一冬一春不下雪也不下雨，西风带的大风日夜号叫着，土地干旱着，籽种裸露着，天空灰蒙着，农民扶锄站在土地上，父亲般苍老着……然而，命运多舛的塞外却不惊不乍，被富裕和物裕遗忘的塞外仍安贫乐道。安贫乐道的状态是否是火车上的状态的另一种形式？D，安贫乐道是不是更适合我们的创作？

好吧，D，我愿和你们同行。我相信，亲爱的太阳会照耀我们的命运。

1994 年第 4 期《九州诗文》杂志发表

记“地球的女儿”奖

我想，我会一生快乐地记着一个日子——2002年6月30日。

这一天，在石家庄军安宾馆举行了第二届“地球的女儿”颁奖仪式，10位为保护地球环境而做出贡献的新闻女记者获得了这个厚重而温馨的荣誉。我是其中之一。这个奖项原本是专门奖励女记者的，我不是记者，但颁奖的组织看重我的创作和我的身体力行，那是数十年里不间断地对保护环境、保护地球的呼喊。那呼喊悠长而执着，那忧患深重而悲怆。

对于我而言，这个奖的感情份额远远超出了我以往获得的任何奖项。应该说，过去我获得的政府的、文学团体的、报刊的奖项已有三四十种，有的奖项档次很高，属全国性的。但对于我的内心而言，都不及这个奖让我心灵如此产生感激，如此让我快乐，如此使我拥有一种“回归家园”的亲切和温情。

就人类和地球的关系而言，我们每个人都受大地母亲的养育，而最终我们的灵魂也要归于大地。生命对于大地，是生于斯、长于斯、归于斯呀！所以，无论怎么说，这个奖都让我有着回归自然的清爽、安托和依靠——有鸟儿要歌唱的欢快，有草儿在拔节的声音，有绿叶承接阳光的灿烂，有游子回归炊烟袅袅的村庄的心动和感激。

我非常惊喜于那个奖品，那份奖状。

在我已经获得的“鲁迅文学奖”奖牌上有铜铸的、闪闪发光的鲁迅先生的造像；飘着紫檀木香的“徐迟报告文学奖”的奖牌上有镀金的徐迟先生的侧影；银白色金属板面、紫楠木镶框的“冰心散文奖”奖牌上构勒着冰心先生慈祥的线形。而“地球的女儿奖”奖牌是一块厚约 3 厘米、直径 11 厘米的八边形水晶体，水晶体内由河北衡水内画艺术大师彩绘着我自己的画像，背面写着“2002 年　地球的女儿　梅洁”及授奖单位：绿色知音环保协会，香港乐施会。

由衡水鼻烟壶发展而来的水晶内画艺术是世界一绝，我早已被这种艺术迷醉，而水晶体内我个人的画像又如此生动、逼真，这些都让我惊喜不已。

那份已经装在镜框内的奖状，没有惯常的政府或某个团体的红色大印，它的右下角只是印着“绿色知音环保协会”的会徽。会徽白字绿底，中间用黑红两色笔划组成汉字“绿”。奖状上印着这个民间绿色志愿者组织写给我的奖励的话语：“梅洁女士，你获‘地球的女儿’的称号是因为你用心用笔唤起了人们对地球母亲的关爱。”奖状上同时有“地球日”国际副主席 SerrynJanson 先生亲笔签写的英语祝辞：“感谢你为地球母亲所做的工作，我们共同享有地球赐予我们的一切。祝地球日快乐！”落款时间是 2002 年 4 月 22 日，这一天正是世界地球日。

这是一位献身于地球保护事业的澳洲人的祝福。

我还惊奇地发现，所有美好的奖励和祝辞都书写在一枚硕大的、植物叶子样的图案上。

没有哪张奖状让我如此端详良久，也没有哪个奖品让我如此观察仔细！我想，我之所以倾心于这个奖励，是因为我心中长久地充满了对这块土地的忧虑，是对地球上所有生命的爱与悲悯。这么多年，我在地球上走呀走，走了那么多的路。在路上我发现了人类的聪明和智慧，也发现了人类的野蛮和蒙昧；发现了地球这个蓝色星体对于我们博大而漫长的养育，也发现了这个星体已经被掠夺得满目疮痍……

我们真的很愚蠢，很贪婪，很暴戾，很没有文化。

于是，我们没有了森林、草地，没有了铜、铁和许多资源，我们的淡水已十分危机。我们有的是沙漠的吞噬、干旱的肆虐、狂风的席卷、江河的枯竭、空气的污染，还有冰川的消融，还有垃圾灾害，还有人口的爆增等。

我们真的很富有，我们也真的很贫穷；我们真的很安逸，我们也真的很危险；我们真的很强大，我们也真的很容易被摧毁……

曾经，狂妄和愚昧为我们掘开了生存的陷阱。我们为地球母亲而歌哭，为地球生命而叹泣。

我们的声音已经发出了，我们就不会停息！

我是地球的女儿，但我深知，在这个世界上，孩子给予母亲的爱永远抵不上母亲给予孩子的千分、万分之一……

2002年6月30日“地球的女儿奖”领奖归来

2002年8月7日《读书时报》发表

我们究竟缺失什么

几年前，看到一位著名学者写的一篇文章，依稀是说一群人游长白山，大人们一路都在随意扔废纸、果皮、易拉罐，而一个背着帐蓬爬山的外国少年却一路走一路捡拾这些废弃物——他随身带有收装废弃物的塑料袋。蒙昧与文明在这里发生着较量。然而，除却满世界扔垃圾、吐痰之外，消解文明的行为在我们这个世界还有多少？

前不久，我到石家庄中山西路北侧的王府井百货购物，我惊讶商场面临的这条街竟然全部用方型花岗岩铺就，如北京王府井的街石是一样的材质。我倏忽想到我曾在一则电视新闻里看到，政府计划把这里修建成一条繁华的步行街，也如北京王府井步行街一样。然而眼前这条用豪华材质辅就的街市一片狼藉：尘土飞场，纸屑遍地。更有甚者，有人一转身就朝街墙撒尿……

在我居住的小区，环境优雅而静美，这里面居住的大部分人是省直部门的公务人员。然而，令人费解和惊诧的是：不断有人因不想绕道走小区大门而一根根砸掉小区的铁栅栏……

我常想，什么是文明的大限？在“人类意识”和“社会公德”面前，我们究竟缺失什么？

应该说，无论是一个国家或是一个地域，生存环境的好与坏是与人群的整体素质密切相关，而人的素质高低又是与教育理念、教育水平相辅相承。我们无法想象一个有文明局限的人会理解英迪拉·甘地所说的话“文明的精髓不在于需求的增长，而在于有目的地、自觉自愿地放弃”；我们也无法想象一个有教育缺失的人怎样向“学会生存”、“学会关心”的学习化社会迈进。

事实上，人类在经历了漫长的文明的创建与失落、再创建与再失落的伤痕累累之后，于20世纪90年代伊始，便步履紧迫地开始了对“人类命运的审议”。这其中最重要的是1990年3月在泰国召开的“世界全民教育大会”。世界全民教育大会的宗旨是教育人学会生存，有尊严的生活，明白人与自然、与他人、与社区的相互依赖关系，从而决定自己的行为与未来的关系。此后，我们便不断听到来自世界的声音——

为促进和平、民主和人权而教育；

为相互理解、独立承担责任而教育；

为培养在国家和国际范围内的团结和平的感情、思想内在的和平观以及宽容、同情、分忧和相互关心的品质而教育；

为尊重文化遗产、保护环境并采取有利于可持续发展的生产方法和消费方式而教育。

必须教育公民和学生他们是社会的参与者，参与和承担一部分集体责任的观念一旦在儿童期获得并形成，“这种观念就会扩展至县、地区、国家以及最终至全球社会”。

审视我们以往的教育，除了识字、数数，我们还知道什么？我们除了为分数、为升学而竞争还关心什么？我们和我们的孩子除了爱惜自己还爱惜社会什么？除了家，我们和我们的孩子还了解人类什么？

也许，我们不怕缺水、缺清澈的蓝天、缺森林鲜花草坪，我们真正害怕的是我们“人类意识”的荒芜和“社会公德”的蒙昧。

2003. 3. 15

捍卫大自然的尊严

——在“抗击非典，拒食野生动物”新闻发布会上的发言

我非常高兴能来参加由省环保部门、“绿色知音”民间环保组织和石家庄皇冠酒店联合发起的“抗击非典，拒食野生动物”的倡议活动。这也是我出访台湾归来43天后，参加的第一个聚会。在人类抗击非典的斗争中，由一家民间环保组织和国际五星级酒店率先发起这样的倡议，我想它的意义不会只局限在这间豪华会议大厅。

我们知道，动物比人类早亿万年就在地球上生存了，由于人类的到来，它们的生活从此充满了危险，它们的生命变得无足轻重。每天，它们都可能成为人类刀俎上的泥肉；倾刻间，它们就会家破人亡——我们看到过小天鹅被擒、天鹅爸爸妈妈随即猝死的事象。

远古时代，每五百年才有一种兽类灭绝，但在人类极其发达（包括人类科技和人自身）的20世纪，每四年就有一种哺乳动物从地球上消失。现在，世界上有五千余种野生动物濒临灭绝，其中中国近四百种！我们对动物世界肆无忌惮地侵犯，对它们生命毫无顾忌的涂炭，最终会遭到天谴！现在，SARS对人类的袭击，已

也才可能获得有尊严的生活!

2003 年 6 月 1 日于石家庄皇冠酒店

放弃 GDP 崇拜

作为一名环境保护志愿者而言，我常常被一些环境问题所困，我深知我们人类所处的困境：资源的消耗与匮乏，淡水的危机与污染，土地的沙化和侵占，森林的砍伐与消迹，城市的垃圾与噪音，等等。当我们紧锁眉头思索我们环境的出路的时候，当我们呼唤理性、呼唤激情、呼唤环保意识人类意识的时候，有多少人真正关注到问题的存在和听到我们的呼声？

在 GDP（国内生产总值）长期以来成为经济时尚、成为官员政绩时尚的年代，在不断物化的外部生活和追求高消费的社会里，环境问题在人们心里的比重到底有多大？对于人类科学的可持续发展观人们究竟理解了多少？

2004 年 3 月 5 日，一个划时代的声音在中国大地响起：温家宝总理在十届全国人大二次会议的报告中明确宣布，把 2004 年国内生产总值由 2003 年增长 9.1% 降为 7%，这一降低，是既考虑了保持宏观调控的连续性，也考虑了经济增长速度与资源的关系，从而减轻对资源和环境的压力。这一声音的响起，预示着一个更加科学、文明、务实的民族新的崛起，这也是中华文明史上的一束新曙光！

我注意到在长达2.6万字的报告中，温总理无时不在地在提醒人们关注中华民族的环境与资源问题。在讲到2004年政府工作基本思路、主要任务和经济工作基本着眼点以及加强和改善宏观调控、保持经济平稳较快发展时，总理明确提出今年经济增长预期目标为7%左右（2003年这个数字为9.1%）；在讲到坚持扩大内需时温总理指出今年国债投资除向农村、社会事业、东北地区等老工业基地倾斜外，还要向“生态建设和环境保护倾斜”；在讲到要适当控制固定资产投资规模时，温总理说：“凡在环保、安全、能耗、技术、质量等方面不符合标准的项目，尚未建设的不准开工，在建的要进行清理，已建的要限期改造”；在讲到积极实施可持续发展战略时，总理更是强调：“要积极实施可持续发展战略，按照统筹人与自然和谐发展的要求，做好人口、资源、环境工作。稳定低生育水平，提高出生人口素质。……认真实施全国生态环境保护和建设规划，实施以生态建设为主的林业发展战略。”以及“强化生态环境监管，严格控制主要污染物的排放，抓紧解决严重威胁人民群众健康安全的环境污染问题”。

毫无质疑，这是人类文明的大音！中华文明不再仅仅是一个古老而外在的标识，当它融进了科学精神之后，它所显示的便是一个国家和民族的需要和力量所在。文明的力量既是综合国力的体现，也是民族成长、发展的基础和希望。

文明是一个令人心动的字眼，文明又是一条坎坷不平的历史之路……

今天，中国政府勇于放弃对GDP的盲目崇拜，也就完全有可能由此开创求真务实的民族大气象；

放弃对GDP的盲目崇拜，人民整体就有可能形成知识和远虑融合而成的生话方式；

放弃对GDP的盲目崇拜，中华历史在文明与灾难（浮夸与谎言）的抗争中，文明最终会成为胜利者；

放弃对GDP的盲目崇拜，社会将最终成为法制、刚性、公正、无欲的社会。人民和他们的领导者将“得到新生和获得新思想、新感情、新精神、只说真话的新语言、新道德、新习惯和新行为方式”。进而融入世界先进文明之列。

……

无论怎么说，新文明的到来使我内心充满感激。作为这个时代的每一个人我们都将进入这一文明的轨道，我们必须要具备与此文明相匹配的文明素质。你会电脑是一种文明素质，你接受过高等教育是一种文明素质，你有从商、从教、从医的能力也是一种文明素质。然而，你只有当真正具备使自己的行为从关心自己到关心他人、关心社会、关心大自然中的任何生命时，你只有在获得通过终身学习而后终生为了这个世界良好生存而奋斗的心情时，你才可以说，“我融入了文明的海洋”。

19 世纪法国著名政治家、史学家弗朗索瓦·基佐在《欧洲文明史》一书中写道：文明尤如“造成一个民族的财富的一片海洋，这个民族生活的一切因素，其赖以生存的全部力量都寓居于这片海洋之中”。作为一个文明人，我们必须有力量在 21 世纪的文明海洋中游弋，我们必须依傍着文明的新思维、新理想而前行。为此，了解文明的新质，塑造能与新世纪同行的文明素质，是每一个公民的必须。中国对世界文明负有历史性责任，每一个中国人对世界文明和中国文明也都负有“匹夫之责”。公民，从我们自己做起吧，哪怕一点一滴……

2004 年 3 月 19 日上海《解放日报》发表

第六辑

写给汉江人

我真的异常感动。因为我确实听到了从故乡的方向传来的情真意切的如雨丝般细细飘忽的诉说，这诉说使我敏锐易感的心灵产生着深深的喜悦和忧伤，深深的颤栗与回应——像故乡山岩一样沉思而冷静、像故乡大江一样飘逸而灵秀的鄂西北的兄弟姐妹们啊！

无论怎样，我们已经选择了。那就让我们用胸膛里血液的原色去再造我们生命的内容和过程。在此之前，让我们一起跪下，感谢我们贫困而善良的父亲母亲，感谢他们让我们在这个苦难而美丽的江岸上诞生……

中国的良心

1

我写下这个题目时，心里犹豫了一下：这个题目是否太大？抑或太重？思忖片刻之后，我还是用这个题目。我想，那个为真理而战、为捍卫哲学的真义而九死一生的灵魂，无论我们怎样书写也未必能抵达他思想的天穹；而在他去世之后，一个亲近他灵魂的人——这个人曾在他身边做了10年秘书——近乎以身研墨、以愤填膺（请原谅，我这里不是错用成语“义愤填膺”）、以丧妻抱病之处境、以15年的生命时光，矢志不渝地整理、研究、追寻、书写那个以哲学之光照耀我们的人，这个人的内心和前者一样，对真理和正义充满着景仰。

我深感前者和后者都是中国的良心。

前者，中国伟大的马克思主义哲学家杨献珍也；后者，以孱弱之躯作责任、正义之担当的杨献珍生前秘书萧岛泉也。

在一个哲学贫困、思考淡出、信仰空白、道德溃崩、精神生活平庸的时代，阅读、温习二者留给这个世界的精神与智慧之书，应该说，这是我写下这个题目时内心沉重一颤的缘由。

2

大约是20世纪90年代中期，我从初识的萧岛泉先生那里得到一本杨献珍著的《我的哲学“罪案”》（以下简称《罪案》），是人民出版社于80年代伊始出版的。80年代伊始，中国改革开放、拨乱反正的思想解放运动，正以江海大潮之势冲破“文革”的铁血黑暗，在中华大地波澜汹涌。我相信，那个年代的一些人，肯定听到了《罪案》在滚滚而来的解放大潮中发出的震撼灵魂的声响。

《罪案》一书是中国哲学之魂杨献珍在长达11年的牢狱、流放的灾难中，曾数次向党中央、毛泽东写就的“关于思维与存在的同一性哲学申诉”，“关于‘合二而一’问题的申诉”，以及1973年在狱中写的“致中央文革专案组的抗议”，等等。杨献珍用狱卒让其写检讨书、认罪书的纸笔，从70岁写到了81岁，从1966年写到了1977年。一个耄耋老人以苦难的身躯匍匐在地，却以顶天立地的良心，写出了一部生死交恶却又发着哲学之光的大著。

如果说，我在得到书的20世纪90年代认真阅读《罪案》，我会更早地了解到一个伟大的灵魂，然而，《罪案》一书竟不翼而飞，我在遗憾中怅惘了很久，因为我发现，很难产生真正意义的哲学家而产生了一个被世界公认的哲学家杨献珍的哲学著作，在中国的书店很难找到，可以说几乎没有。

杨献珍出生在湖北汉水之滨的安阳镇，这个镇曾被人们称为“小汉口”，大汉口是“九省通衢”的大商埠，即现在的武汉市，可见安阳曾经的繁华。安阳镇离诞生了我生命的、做了500年府城的郧阳古城只有十几华里，一直以来，我为自己与杨献珍同乡而骄傲着，但这种骄傲是模糊的，也是空洞的。因为我除了知道杨曾是中央党校校长、一位哲学家、因其哲学观点“合二而一”和毛泽东的“一分为二”发生对峙而备受磨难之外，其余一概不知。就其知道的这点也仅是概念化的，是从人云亦云中舶来的。

真正的骄傲是产生在2008年冬季。

2008年，北京的冬季孤独而寒冷，我在这个冬季静静地阅读着萧岛泉先生的两本书：一本是《一代哲人杨献珍》（以下简称《杨献珍》），一本是《共和国三次哲学大论战》（以下简称《大论战》）。前者带有传记性，后者带有强悍的实证性和雄辩性。萧岛泉先生是在杨献珍走出牢狱之后的1983年开始为其担任秘书的，他陪伴了他晚年的最后10年。1992年，96岁高寿的杨献珍在安详与清醒中辞世，萧岛泉为老人安顿了全部的后事。

几乎是一生都在从事为高级领导担任秘书的萧岛泉，严格的职业训练和道德自律，以及杨老刚直耿介、不屈不挠为真理和正义而战的伟大人格，深深地感动着他。他曾不止一次地告诉我说：“杨老的一生惊天地、泣鬼神，若不把他的人生苦难和哲学贡献写出来，我会永远不安的。”又说：“杨老非凡的一生和哲学思想若中国人不能了解，那将是马克思主义哲学和中国良心的重大损失。”

于是，萧岛泉先生以15年的光阴，在遭际丧妻后巨大的孤独与寂寞中，在脑中风和腿部血管阻塞坏死的巨大病痛中，在不断经历着人生的各种打击和险情中，从1992年到2007年，从64岁到79岁，一个心怀高孤、笔耕不辍的老人，最终完成了关于一个哲学灵魂的写作与出版。

萧岛泉也是我的同乡，湖北郧县汉水边大堰乡人。

我为汉水真诚的儿子们骄傲着。

3

2008年冬季，无论是读《杨献珍》还是读《大论战》，阅读的快感犹如窗外高阔的风，凛冽而庄严。我在萧先生密集、真实而严谨的叙述中，感知着一个民族一路走来的艰辛和苦难，也同时感知着一个中国哲人心灵的悲怆和信仰的不可侵犯。

早在1953年，围绕刚刚建立的新中国应该建立什么样的经济体制，杨献珍就与“左”倾冒进主义展开了一场大论战。杨献珍著文坚持的是“综合经济基础论”，对立面强辩的是“单一经济基础论”，即绝对的公有制。

杨献珍认为过渡时期的经济基础，应由五种经济成分组成，即国营经济的社会主义所有制；合作社经济的半社会主义所有制；私人资本主义所有制；个体农民所有制和国家资本主义所有制。

无论是著文立说还是在中央党校的讲坛，杨献珍反复阐明他的观点，他认为经济基础和上层建筑是历史唯物主义的基本问题，这些问题若弄不清楚，在实际工作中要犯大错误。

1926年加入中国共产党的杨献珍，曾在国民党北平草岚子监狱蹲了五年牢（为此在“文革”中被残酷定为61人叛徒集团主要成员之一），五年的牢狱生活，杨献珍秘密翻译了几百万字马恩著作，包括《反杜林论》、《家庭私有制和国家的起源》、《国家与革命》、《帝国主义》、《唯物主义和与经验批判主义》、《共产党宣言》以及《费尔巴哈和德国古典哲学的终结》，等等。他大量的翻译工作并不为世人所知，因当年的翻译只是为狱中共产党人秘密传阅、学习，并未保存。浩瀚的阅读、翻译以及以后从事马列学院教育工作的杨献珍，对刚刚建立的新中国如何发展经济有着清醒的认识，他十分清楚，“在人类进化历程中，不论是封建主义社会抑或是资本主义社会，迄今为止，从未发现也未见过清一色的纯而又纯的单一的一种生产关系，一种经济形态”。

针对“单一经济基础论”否定过渡时期资本经济成分和小农经济作用的奇谈，杨献珍不无讥讽地说：他们“每天也是要吃饭的。不知道他们每天吃饭的时候，是否检查了他们所吃的粮食是社会主义的农场生产出来的，还是个体农民生产出来的。他们既然不承认个体农民经济是过渡时期我们这种社会主义类型国家政权的经济基础，那么，他们还懂得一点逻辑的话，按照他们的‘逻辑’，他们就不应吃个体农民生产的粮食，因为社会主义的人而吃个体农民生产的粮食那岂不是有点太不体面吗？岂不是有点丧失立场吗？”

不幸的是这样一个能够真正运用辩证唯物主义和历史唯物主义观点、方法，探寻、研究中国建设道路的马克思主义经济学家，竟遭受了长达几十年的政治批判。从 1954 年开始直至 10 年“文化大革命”，中国极左路线的制定者和执行者们，肆意对其诋毁诬陷，把“综合经济基础论”说成是“抹杀社会主义与资本主义谁战胜谁的斗争”，是“矛盾调和论”和“阶级调和论”，是“反对社会主义道路”、“反对毛泽东思想”。1970 年中央党校“革命大批判组”更进一步为杨献珍罗织罪名，说他是“反对无产阶级专政的反动理论”，是“唯生产力论的变种”，是“主张社会主义经济和资本主义经济‘平衡发展’”，是“为资产阶级服务”等。

如果是为了新中国的建设开展的正常经济学术讨论也罢，可悲的是在“单一经济基础论”制造的理论混乱中，于 1958 年在全国掀起了一场规模宏大的总路线、大跃进、人民公社“三面红旗”的红色风暴，一时间“赶英超美”（10 年赶上英国，15 年超过美国）、“一天等于二十年”、“跑步进入共产主义”等脱离实际的政治口号响遍共和国的上空。在此狂热而浓烈的政治气氛下，农村大刮一平二调的共产风，大搞取消农民自留地、自留果园、自留树、家庭副业，消灭一切产生资本主义和私有经济的活动。更有甚者，一些所谓“左派”理论家甚至在媒体上发表宏论，提出为了加速共产主义因素在中国的迅速增长，现在就应消灭货币、商品，废除按劳分配原则，实现全面供给制。

在强行剥夺农民生产资料和生活资料的大跃进、人民公社运动中，全国大办食堂、大炼钢铁、大修水利、大放卫星、大超英美，其结果，中国“每人只剩下一双筷子一个碗”。

为了捍卫马克思主义辩证唯物论和历史唯物论的精神，为了维护党、国家、人民经过长期披荆斩棘、艰苦奋斗换来的胜利成果不受破坏，为了使实事求是的思想路线得到正确贯彻，杨献珍根据自己实地考察得到的第一手材料以及各地在大跃进中向他汇报的各种问题，不惜承担一切政治风险，毅然挺身而出。在中央党校的讲坛上，在接见各地党校负责干部的谈话中，在应社会团体之邀所作的各类演讲中，对“三面红旗”给国计民生所造成的灾难，从理论的高度毫不留情地给予系统有力的剖析和深刻的批判。

杨献珍尖锐地指出：《共产党宣言》发表100多年了，中国共产党成立快40年了，我们天天嘴上说共产主义，可是不少作了多年共产党员的人，却不懂得什么是共产主义。“共产风”根本不是马克思主义的共产主义，而是和马克思的共产主义背道而驰的东西，马克思把这种思潮叫做原始共产主义。“共产风”实际上就是18世纪末期至19世纪初期，在欧洲一度流行过的原始共产主义思潮的中国形式，它的主要特点就是绝对平均主义地分配社会财富。

用原始共产主义来消灭私有制，不是历史的进步而是倒退，倒退到尚未达到私有制的生产力水平的社会里去。在那里，没有文明与文化，只有一群贫困的、没有理想的人，他们和物质世界的关系用近似于动物对物质世界的状态表现出来。我很怀疑有些热衷刮“共产风”的人能否言行一致、真正去过他所说的“共产主义生活”，因为马克思还说过，原始共产主义不过是挂着公有制幌子的“私有制的卑鄙的一个表现形式”。

1958年11月19日，在中央党校讲坛上，杨献珍向学员公开讲述了他撰写的《关于规律的客观性和主观能动作用问题》。对大跃进、人民公社存在的种种弊端进行了严肃的分析批判。“我们不能把可能当作现实，把将来必须努力达到的目标，当作今天的现实。否认或忽视个体农民经济还是今天中国新民主主义的基础，这样的思想不仅不符合今天中国社会的实际情况，而且还包含着很大的危险性，这就是如上所说的，这样的思想表现在实际工作上，一定要发生主观主义、盲目冒进的倾向。”据知，迄今为止，这是中国最早对大跃进运动提出质疑和批评的文章。

追求单一经济而发动的大跃进、人民公社运动，其后果不仅给刚刚诞生的共和国的经济造成一场大灾难，使其经济陷于濒临崩溃的边缘，而且极大地破坏了刚刚开始执政的共产党倡导的实事求是的思想路线。

当一个伟大的声音被淹埋了半个世纪、而今重新浮出水面之时，我们依然听到了他披荆斩棘、踏血前行的空谷足音。

在中国的经济发展经历了漫长的曲折之后，在中国人民经历了极度的贫困、饥饿之后，在邓小平率领中国人民走过30年改革开放的道路之后，在以多种经济形式共同发展、进而使一个13亿人的人口大国最终跻身世界经济大国的今天，我们阅读或温习到50多年前一个真正的共产党人、一个伟大的马克思主义经济学家的思想、理论以及道德、人格，难道不感佩不已？

4

萧岛泉先生以缜密、严谨的书写，告知了我们一个中国哲学灵魂在共和国初始阶段遭际的第一次大论战（以杨献珍血泪败北而告终）之后，接着便以更为犀锐、严密的文字向我们揭开了杨献珍命运中遭际的更加残酷的两次大围剿。即“思维与存在的同一性”论战和关于“‘合二而一’与‘一分为二’”的大论战。这两场论战是20世纪中国哲学界三次大论战中极其重要的两次论战。论战之激烈，持续时间之长，实为中国乃至世界之罕见。不仅如此，而且这场论战最后竟发展到了极端残暴、血泪交织、生死交恶的地步。

“哲学是人类智慧的结晶，时代精神的精华。任何真正的哲学都是人民自己的产物，是人民最精致、最珍贵的、看不见的精髓。”为捍卫人类这一伟大的精神产物所进行的任何探究、争辩都应该具有人类学意义，然而，发生在中国20世纪六七十年代的大论战却布满了政治陷阱。论战的结果，孤军作战的杨献珍面对强大的极权政治和一个庞大的伪哲学派系(实际上只是一伙迎合政治时局的衣钵者)，他进一步陷入深渊，长达11年的政治监禁和流放岁月，演绎了那个时代最深重的黑暗和悲哀。

我不是哲学研究者，我只是很浅显地知道“思维与存在的同一性”是19世纪德国唯心主义哲学家黑格尔提出的，它曾成为德国的官方哲学，统治德国官方界达数十年之久。

马克思在《德意志意识形态》一书中，揭露了《思维与存在的同一性》理论的实质。他说，崇尚这种理论思想的人“专尚空想空谈，以为空想空谈就是现实”。这种哲学在19世纪40年代不仅为马克思、恩格斯所否定，早在19世纪30年代后期，已为费尔巴哈所否定。费尔巴哈正是由于批判了黑格尔的《思维与存在的同一性》，才走上唯物论的道路的。

发生在中国的这场哲学论战让人有“颠倒黑白”的感觉。论战的一方硬说这一哲学观点是唯物主义的，是恩格斯肯定过的；杨献珍说他们“对于19世纪德国哲学史一无所知，‘思维与存在的同一性’在哲学史上一直是唯心主义命题，是臭名昭著的‘同一哲学’，恩格斯从来没有肯定过。”

如果说，“思维与存在的同一性”论战开始还是带有学术讨论的性质，那么为时不久就完全演变成尖锐复杂、粗暴惨烈的政治斗争。

萧岛泉告诉了我们这次论争演变的时代背景：这场论战发生于我国正被以“阶级斗争”为纲的“左”倾路线、“左”倾指导思想所统摄，由毛泽东轻率发动的大跃进、人民公社化运动也正被甚嚣尘上的主观唯心主义和形而上学之风所操控的时期。更加上以陈伯达、康生为代表掌控的思想意识形态机构、新闻媒体的竭力鼓噪炒作，于是便使不同学术观点之论争导向了以纯粹政治为目的，以拥护不拥护大跃进、人民公社、“三面红旗”和反修防修来作为裁判是非曲直的准则。

杨献珍很快遭到了围攻和批判，“对毛泽东思想挑战”、“反对三面红旗”、“为右倾机会主义、现代修正主义提供理论武器”、“是资产阶级在政治上向我们党进攻的反映”等，“罪恶”的帽子铺天盖地。在“左”倾路线统治全党、全国的政治气候下，如此这般，必置杨献珍于死地！

对此，杨献珍无奈地写道：“中国的巴札罗夫们喧嚷他们承认思维和存在有同一性，其实，他们一直不懂得‘思维和存在有同一性’是什么意思。他们只是把水搅浑，把问题搞混乱，把思想搞混乱。他们当中的人都自命为文豪，可是没有一个人写过一篇把问题讲清楚的文章，就是说，没有一个人把什么叫思维和存在的同一性这个问题讲清楚。”

在一派混乱的恶战中，中国从上到下、从城市到乡村旷日持久地大搞唯心主义，浮夸风、共产风愈演愈烈，“人有多大胆，地有多大产”，“不怕做不到，就怕想不到”，“小麦亩产7320斤”，“水稻亩产13034斤”，“三天扫除文盲”，“苦战半月，高中毕业”……粮食卫星、钢铁卫星、教育卫星一放再放，而广大人民群众一穷再穷，几千万人毙命于长达三年的大饥饿中。

面对严酷的形势，杨献珍痛苦不已，“钢铁、粮食都是硬东西，说假话办不到。钢是一吨一吨炼出来的，粮食是一颗一颗长出来的。”“搞形而上学到了这种地步，不出大乱子，势无天理。”一个正义的声音在中央党校讲坛上、在中国大地不断响起，“有些人是有心弄虚作假，为了保住头上的乌纱帽，说谎话，放假卫星，欺骗党和人民，还有什么党性？这样的人不克服说谎话的行为，就是念上一百本马克思的书，也掌握不了辩证唯物主义。讲辩证唯物主义要和党性联系起来。我们党是靠唯物主义取得胜利的，什么时候搞唯心主义，什么时候就要碰钉子。个人搞唯心主义，个人就要倒霉，全党搞唯心主义，党就要垮台，这是用人民和干部的鲜血换来的教训。”

杨献珍疼痛万分：“我讲这些话一定是要得罪人的，但为了党和人民的事业又不能不讲话。要是觉得我说的过头了，那就请同志们想想，对于某些至今还拿着唯心主义、形而上学当宝贝的同志，你除去向他们大喝一声，还有什么办法呢？”

然而，大喝一声的结果，杨献珍迎来的是“灭顶之灾”。

接下来的“合二而一”和“一分为二”的第三次大论战席卷全国，最终导致了把中国政治、经济、文化、道德浩劫一空的“文化大革命”。

在向来对哲学似是而非的当代中国，尤其是在全国上下大学毛著的年代，也许我们对“一分为二”并不陌生，以此为“阶级斗争”理论涂炭着千百万人的生命与命运。那么，何为“合二而一”？“合二而一”是作为哲学家的杨献珍，从古代思想家老子的《合有无谓之元》和明代方以智的《东西均》一书中对“合二而一”的阐释中得到启发，进而寻找到的表达哲学对立统一规律的一种方式。从1963年、1964年开始，杨献珍在讲课中就不断阐发中国古代思想家的这一光辉思想。

杨献珍说：什么叫对立统一规律？中国有句古话叫“合二而一”。在认识论里有“一分为二”这句话，同上句话是一个意思。“合二而一”是世界观，“一分为二”是方法论。辩证法不应当只讲斗争性，不讲同一性，不应当只讲“一分为二”，不讲“合二而一”，辩证法只提“一分为二”，不提“合二而一”，是只要斗争性，不要同一性，只讲斗争，不讲团结，是阉割了辩证法的全面性。学习辩证法就是要学会把两个对立的思想联系在一起的本事，就是说，要学会掌握对立统一规律来做工作，学会两条腿走路。所谓对立统一，就是两条腿走路。什么叫对立的统一，必须要把这句话的意思弄明白。

应该指出：杨献珍之所以用心良苦地阐发“合二而一”思想的理论，其目的完全是出于对当时在思想上、实践中唯心主义盛行、形而上学猖獗给国家和人民造成严重灾难的忧心，指望通过自己在理论界的地位和影响、对马克思主义唯物辩证法的弘扬、宣传与坚持，能够把大跃进以来炽热的“五风”（共产风、浮夸风、瞎指挥风、强迫命令风、干部特殊风）和政治思想上的“斗争哲学”纠正过来。为此，他以68岁高龄，时常废寝忘食，不仅在中央党校讲授尊重唯物论、尊重辩证法，而且向中直机关、北京市委、天津市委、河北省委等全国各省市领导干部宣讲。

不想，由此招致而来的是一场塌天大祸。

经过历时一年半的批判斗争，康生之流给杨献珍罗织了“十大罪状”，说他是资产阶级在党内的代言人，是个小赫鲁晓夫；反对毛泽东“一分为二”的思想，制造反对社会主义的“理论”；攻击社会主义建设总路线、大跃进、人民公社，鼓吹资本主义复辟，大刮单干风，同彭德怀一道反党；包庇安插恶霸、地主反革命分子，把高级党校变成独立王国，等等。然后将他调出中央党校，分配到中国社科院哲学研究所当一个挂名的副所长，同年杨献珍已是69岁高龄的老人。而在全国，成千上万的赞成过“合二而一”观点的干部、工人、农民、学生、战士全部遭到了批判、逮捕、监禁、开除工职，令人发指的是江苏一位年轻的部队战士还因此被“凌迟”致死，中央党校的两名哲学工作者先后投湖、投井自杀……

经过这场反理性、反良知、反科学民主、反马克思主义的大批判、大围剿之后，1966年，中华大地上暴发起罪孽深重的“文化大革命”运动，杨献珍在劫难逃。康生之流给他定的罪名，除原来的十大罪状外，又给他加上了“里通外国”和“叛徒”的两大罪名。70岁的老人开始遭遇造反派的轮番批斗，家被查抄。时隔不久，康生即以中央文革领导小组的名义下令将杨献珍予以逮捕，关押到北京的白庙监狱，关押八年之后，又押送到陕西潼关黄土高坡流放三年。直到 1980 年 8 月，中央为杨献珍平反，恢复名誉。此时，84 岁的老人已被摧残得奄奄一息。

然而，不能摧残的却是一个哲人不屈的精神意志和永远高昂而澄澈的灵魂。就是在这残酷的被监禁的年月里，杨献珍在牢狱里写下了 7 万字的《我的哲学“罪案”》。对中国几十年来的“左”倾机会主义、对哲学上的三次围剿式论战、对中华大地上发生的严重政治和经济灾难，进行了顽强的申诉、鞭挞和批判……

杨献珍平反后不久，来自鄂西北故乡的一位年轻人，了解到杨献珍在论战中遭受的奇冤之后问他“是否后悔”，杨献珍坚定地说：“我后悔什么？对此，我可以告诉你四个字：无怨无悔。”接着又说：“西方有位伟大的哲人，他有句名言：我说了，我拯救了自己的灵魂！而我，也是这样去做的。”

面对一个“外无惭于清义，内无疚于神明”的老人，我们该怎样表达我们心中深刻而恒久的敬意？

5

朱学勤先生曾经写道：“……世界上的优秀民族在灾难中过后，都能从灵魂拷问的深渊中升起一座座文学和哲学的巅峰，惟独我们这个民族例外。”

所以，“例外”，我以为依然是我们民族的封建专制统治太长久、太强大，以至民众在普遍的奴性中自行阉割着科学与民主的精神。

令我感佩不已的是我在阅读《杨献珍》和《大论战》中，不仅读到了杨献珍的受难和高贵的哲人灵魂，还读到了他品格中的忏悔意识，这是一个缺失忏悔意识的民族的例外。

20 世纪 80 年代，中国人似乎已开始进入反思和忏悔的时代。此时，已担任了中央顾问委员会委员的杨献珍，无论是在为自己平反的大会上，还是在中顾委的整风会议上，他抚摸的不是自己已伤痕累累的心灵和肉体，而是反复讲述和追忆自己一生中给他人造成的创伤。他追忆到“三反”运动，追忆到“反右”运动，他甚至追忆到1944年在太行山北方局开展的“整风运动”中他对某人搞“逼供信”的事情，这一事件如一块巨石几十年地压在他的心上。眼看到一个新时期的到来，一个科学民主的春天的到来，杨献珍坐立不安。1984年的一天，他终于不顾89岁高龄，亲自去这个同志的家赔礼道歉，为他40年前的错误忏悔、赎罪。他当着被害人的面反省了自己“忠诚的愚蠢，愚蠢的忠诚”。他的行动震撼着所有曾经“整人”或“被人整”的心灵。

面对杨献珍惊世骇俗的举动，他的秘书萧岛泉想到中国几十年来一直处在一个“人整人”的斗争旋涡中，无数心灵的扭曲者和人格的塌陷者在“整人”中发迹，又在“被人整”中遭殃，但却很难听到和看到有谁给自己下“罪己诏”。而为此吃尽了苦头的杨献珍，却总是在忏悔，总是在给自己下“罪己诏”，于是就问杨老：“你这样做不怕有损你的形象，影响你的威信吗?”

杨献珍说：“不能说只有我能给自己下‘罪己诏’，只能说犯了‘左’的错误的人能够认识错误、对自己进行忏悔的人很少。之所以如此，是因为忏悔是需要很大勇气和自觉精神的。忏悔就是要把自己的灵魂展示给世人去看，没有勇气和自觉精神是做不到的。忏悔是一个人生命力向上的表现，也是一个民族、一个国家、一个政党是否具有生命力的表现。它是衡量一个人是否是凭着良知诚实地生活在这个世上的一个重要标志。有句格言说得好：‘自重者而人重，自爱者而人爱。’一个不知自重自爱的人和民族是不会受人尊重和爱护的，也是没有希望和前途的。人而无耻不知其可也。不知羞耻、缺乏耻辱感的人和民族是很难让他们自省和忏悔的。现在的问题是一些犯了极左错误的人在对待自己的过失和罪责时，大都不是直面事实，在事实面前低头认错、低头认罪，而是采取回避、抵赖或如鲁迅先生说的‘瞒和骗’的手法，借以达到掩盖的目的，把一切都推给客观，推给运动的发动者而拒绝自省、拒绝忏悔。如此下来，非但‘左’的东西不能克服和纠正，而且更重要的是戕害了整个社会的道德人心，其后果将不堪设想。”

我们从杨献珍的言说中看到了一个哲人道德的完美和人格的望高。同时我们也感叹一个清澈明净的心灵，在那个“欲说还惧”的年代，居然一针见血地道出了我们今天全民道德滑坡、人的素质走低的根本原因。

从“反右”直至“文化大革命”，中国真是打开了“潘多拉”的魔盒，所有的人性邪魔都纷纷出世，遍布全国的政治“打手”、“棍子”、“造谣者”、“跳梁小丑”极尽迫害之能事，在萧岛泉的书中，我们已看到部分人丑陋的灵魂和嘴脸，这里我只重述一个人——范若愚。

范曾担任过刘少奇、周恩来的兼职理论秘书，受过中央领导的赏识。在1964年全国批判“合二而一”时，他写了大量批判文章，令人发指的是他当年还冲着杨献珍说：“杨献珍，你今年68岁，比我大16岁，你肯定活不过我。只要你活一天，我就要和你斗到底！”直到“四人帮”倒台，杨献珍已从流放地回到北京躺在医院里，范还在1978年的《人民日报》、《红旗》杂志上大块大块发表文章，大批特批“合二而一”是杨献珍“隐蔽在内心深处的种种反动思想从哲学上做的最高概括”，是“杨献珍反动哲学的最新‘成就’，也是他政治面目的大暴露”，是“偷换‘一分为二’的革命辩证法”，等等。

十一届三中全会后，杨献珍的冤案很快得到了平反，这一事件震惊了海内外，《人民日报》、《红旗》杂志又很快发表文章，指出对“合二而一”的批判是“一场政治冤案”。范若愚嗅到了政治气候的变化已不可逆转，便又立即在《红旗》杂志发表他的长篇大论《“合二而一”批判由来》，揭发“那个理论权威”（指康生）当年对他授意批判杨献珍的内幕，而对其自己在“文革”前后攻讦、诋毁杨献珍的行为，没有进行任何反思和忏悔。

对这样一个人杨献珍说了这样的话：“范若愚是一个有一定学识和写作能力的人，参加革命也比较早，像他这样的人，在党的正确路线指引和正派首长的领导下，是很可以为党为革命做很多事情的。但如果碰上如康生、陈伯达这样的领导，其对党对革命的伤害性也很大。究其根源，无它，就是没有坚定的革命理论信念，没有摆脱名缰利索的缠绕，以至走向了自己的反面，既害人又害己。在批判‘合二而一’运动中，他表演得很充分，而在‘文革’中他又被‘四人帮’关押9年之久。三中全会后，他有认识，承认自己有错，这很好。认错总比那些犯了错误、死不认错的人好。所以，他走的时候，我应该给他送行。”

天意难违，天机有笈。比杨献珍小16岁的范若遇并未像他希望的那样，他最终没活过杨献珍，1985年6月他便离世。他死时，已经89岁高龄的杨献珍扶杖前往参加悼念，尽管中央党校许多人力劝杨老不必前往。

杨献珍以天地之心，平静地包容、宽恕着一个又一个可悲可叹可怜的灵魂，只要他们能认错，只要他们能够作一次回头看。

时至今日，我们依然可以向天一问：

不“回头看”，何以总结经验教训？不总结经验教训，何以防止“旧戏重演”？

不“回头看”，何以进行良心忏悔和拷问？不进行良心忏悔和拷问，何以重建新的人文精神？

不“回头看”，我们民众的脊梁和人格什么时候能够坚挺？这个时刻若不能整体和大面积地到来，我们民族是否随时存在着灾难和危机！

6

20世纪90年代初，我反映故乡鄂西北的长篇纪实作品《山苍苍，水茫茫》在北京《十月》杂志头条位置发表，这是中国第一篇反映五六十年代中国水利移民问题的文学作品，在当时引起了不小的轰动。

作为同乡的萧岛泉先生看到了这部作品，他从老家人那里打听到了我，他约我来北京相叙。那是我第一次认识并拜晤萧先生，而在此的前一年，杨献珍已驾鹤西去，在萧家，我依然感受着他和他妻子的黯然神伤。我看到了萧先生购买的当期《十月》杂志，还有部分报刊的报道。聊天中，我才知道，《山》文中我引用的杨献珍80年代一次又一次为水库移民争取项目写给中央各部委的信件，原本都是萧岛泉代杨老抄写好后呈送的。每一封信都是用毛笔竖写在细腻的老式信纸上，信纸呈淡黄色，上有红色竖行隔线。

捧着一页页飘着墨香的信笺，当年郧阳地区副专员兼郧县县委书记的李明贵对我说：这可是杨老救我们郧阳百姓的实证啊！

时间一晃过去了十多年。2005 年暮夏，当我沿南水北调中线源头走了 100 天之后，我回到了北京，我去看望萧先生，这时才知他在 7 年前已失去了相伴一生的妻子，而且夫妻分手在天上地下：他乘坐的从美国飞回中国的飞机刚刚起飞，他的妻子便在美国小女儿那里辞世，一个月后，当他从大女儿那里知道此事后，悲恸欲绝，原本因脑中风而导致的身体麻木和偏瘫，此刻更加陷入绝境。

悲恸寂寞之中，萧先生撰写杨献珍的决心却矢志不移。他告诉我：一开始，他的手颤抖得根本拿不住笔，但他坚持练习，常常一天写不了一页纸！我见到他时，我看见他依然需要扶住墙壁，拖着一条腿走路。但一个信念支撑着他：作为杨老复出后的最后一个 10 年的秘书，杨老已把自己思想的精华、对哲学深邃的思考以及一生的艰难困苦和心灵的秘语，一无所漏地展现给了自己，这是人类思想和精神的宝库，倘若不能写出，不能昭示天下，不仅自己死难瞑目，更对不起那个已经远逝的伟大灵魂！

毋庸置疑的是：萧先生朝圣般呵护和追求的是民族精神和人文精神的复归。他怀着大忧大患完成了他的写作，他用日渐孱弱的身躯担当起了对民族苦难与前途的悲悯和关心。

正如我的同乡、作家野莽在为萧先生的诗集写评论时说的那样："他对那位一生都在痛苦地追求真理，中国当代居然还能有幸产生的哲学家充满的感情和敬意，不仅是一个乡亲的，更是一个中国人的。"

这是一种神圣的感召，也是一个顽强寻求生命意义的过程。当代作家、哲学家周国平先生说过："一切简单而伟大的精神都是相通的，在那条路的尽头，它们殊途而同归。说到底，人们只是用不同的名称称呼同一个光源罢了，受此光源照耀的人都走在同一条路上。"在探究、寻求、撰写杨献珍精神与哲学价值的过程中，萧岛泉一直怀着一颗朝圣的心，走着一条神圣的精神之路。而最终，他也因此实现了自己精神与存在的价值。

也是在那一天，萧先生知道我准备撰写一部全方位、多角度反映中国水利和水利移民命运的长篇，他建议我采访清华大学水利系教授王光谦先生，并立即进行了联系。随后，他不顾病体，执意陪同我去清华大学拜见了王光谦，我非常感动。我知道：他希望我把中国水资源、中国水坝问题写好，把移民命运写好。他希望我的书写出后对得起历史，对得起人民，更要对得起因国家调水而承受了几十年牺牲和苦难的库区百姓。

书出版了。萧先生打来电话要书：“小梅呀，寄我一本《大江北去》，我看到首发式报道了……”从先生总是谦和、总是平易的轻言细语中，我感受到一如当年发表《山苍苍，水茫茫》那样，先生倾注着关心和期待。此刻，我才又知道先生今年夏天因腿部血管阻塞，险些锯掉了一只腿。我用挂号邮件给先生寄去了我的书。

不久，我也收到了先生快递给我的《一代哲人杨献珍》和《共和国三次哲学大论战》，另有先生对故乡怀一腔挚情写下的《心系乡梓情寄母校》以及《岛泉诗作选》。

现在，4部、80余万字的著作摆在我的案头，时刻提醒我做精神的攀登。

想说明的是：我本无意复述萧先生书中的内容，可我竟忍不住这样做了。在我不经意的复述中，我安顿着自己的心灵；我还有个小小心愿，愿我的读者在看到我这篇一万余字的简述后，去读那两本40万字的《杨献珍》和《三次大论战》，那是萧先生以生命写就的书，还是先生自己掏几万元才出版的好书——那里毕竟有两个中国的良心真实的存在。

2008年12月25日—28日于北京建西苑

2009年第4期北京《啄木鸟》杂志发表

是谁让他看见了那本词典

——野莽的故事

文学伴随人类走过了很长的历史，迄今人类无法摆脱这一艺术的诱惑，它是人类生活的另一种浩翰。于是，人们对从事文学写作职业的人，普遍地怀着一份敬重和神秘感（当然也有遭遇不屑和诅咒的，这不是我现在要叙说的范围）。这种感觉直接导致的社会行为便是，人们常常向那些已被普遍认知的、看好的作家发问："你是怎么走向文学创作道路的?"我们听到的回答千差万别。再没有什么职业选择的成因如此多解。但我发现，几乎每一种成因的后面，都隐匿着选择者命运的密码。所以，当编辑家更是作家的野莽告诉我，他之所以走向文学之路是因为他在黑暗中看见了一本没有了封面的旧式文学大词典时，我便固执地认为，那本词典是上帝降临给野莽的一个福音，是神祇和一个生命在瞬间签订的一份契约……

1

野莽和我同乡，他诞生的竹溪是个美丽的地方，那里山清水秀，竹林葱郁。然而，与所有遭际父辈政治牵连的孩子一样，童年、少年、乃至青年时代的野莽，生活于他一点也美丽不起来。说起父辈们被打成右派的历史，我们的心上便布满悲苦和阴霾。5 岁的小男孩根本无法弄懂在饥馑之年开仓济民、被当地人称作彭青天的父亲，会因为反党、反社会主义，居然在“反右派”运动结束之后被补划为右派，而且还是极右，被开除党籍和工职、遣送到一座农场劳动改造！此后的年月，野莽兄妹便遭受着与他们年龄极不相称的屈辱和打击，学校的同学、邻居的孩子、过去的伙伴，竟都当面喊他们“小反革命”（当时的“右派”和“反革命”都是无产阶级专政的对象），这喊声深深伤害着一个儿童幼小的心灵。

其实，就野莽和许多孩子而言，最大的伤害莫过于中止学业，也即剥夺他们上学的权力。小学毕业的野莽以最优异的成绩考上了位于城关的竹溪县第一中学，那是一所前身叫作“红学”的全县最好的学校。然而，上一中每月要花八元伙食费，自父亲打成右派后，就剩母亲一人工作，每月三十几元的工资要养活五口人吃饭和供兄妹四人上学，母亲有些为难了。晚上她试探着对儿子说，听说上三中每月只要五元钱，让单位开个证明每月还有三元助学金，这样每月就只花两元钱了……十二岁的小野莽明白了母亲的意思，不等母亲说完就表态说，那我就去上三中吧！于是他从一中转到了三中。

三中所在的小镇隐匿在很深的山里，就要接近湖北与四川的边境，离母亲工作的地方有一百二十里路。班上的同学听说他是一中转来，都想不明白是怎么回事。每年的寒暑假，山里的人们都看见一个背着书包的小男孩在大巴山脉的崎岖小道、崇山峻岭里穿行，百里山路上，即使万般的饥饿干渴和狼虫虎豹也难以阻止小男孩对父母姐妹的思念之情。1968 年冬天，在“文革”中初中毕业的野莽再也没有读书的权力，他最终被“知青”上山下乡运动送到了农村，和“摘帽右派”的父亲一起在竹溪的乡间当了农民。这一当，就是十年！

十年，一个羞涩稚弱的少年已长成一个高大英俊的青年；十年，野莽和父亲一起相依为命，一起承受着人间无数的苦难；十年间，居然有一个神秘的指令在无望中降临，冥冥中昭示了野莽日后的人生——

竹溪的乡间，许多下乡知青开始回城了，他们进工厂、进机关、上工农兵大学，然而野莽不能。因为人家说，野莽只是随“摘帽右派”的父亲回乡劳动，不属于“下乡知青”；许多青年参军走了，野莽也兴冲冲地跑去体检，但当公社武装部一位负责人知道他的“出身”之后，便把他拉了下来并婉言说，你走路腿有问题，不能参军。野莽知道，自己的腿一点没有问题。当他明白真相之后，他感激那人是“婉言”而不是政治羞辱。远在南山供销社工作的母亲，日夜为儿子的出路操心。她请求给单位做木活的一位四川木匠收自己的儿子做徒弟，她说她儿子从小就喜欢用火柴盒和烟盒砌房子，五岁时还用木板和钉子给家里钉了几只板凳，让她坐在上面洗衣服……然而，当十六岁的野莽听母亲话去南山拜见师傅时，木匠反悔了。原来他知道了这个孩子父亲的事情，他怕召一个右派子弟当徒弟自己受连累。

没学成木匠的野莽又回到了父亲身边，日夜在水库工地挖土、拉车、打夯、筑坝。一个夜晚，劳累了一天的野莽，在煤油灯下随意地翻书。突然，他看见了一本砖头般厚的文学大词典，词典很旧，繁体字，竖排，已经没有封面。整整一个晚上野莽都在翻看着那本大词典，阅读着词典上一个个文学大师的辞条：周树人、郭沫若、沈雁冰……野莽敏感地发现，这些文学大师不是出身资本家便是出身地主。对于走投无路的青年野莽来说，这一发现非同小可，因为就在那一刻，他产生了一个念头：大约出身不好的人什么都不许干，只许干写作了！无论这一念头多么混沌、可笑，但在野莽的心里却清晰、坚定极了。于是从第二天起，从未写过任何东西的野莽开始写长篇小说，他决心走文学这条路了。他买来一卷白纸，又把白纸裁成稿纸大小，码成一摞，便一页一页写下去了。

他担心写在白纸上的字编辑不喜欢，就从附近小学校借来油印机、钢板，在蜡纸上刻写。他白天拉车晚上写书，整整写了一年。夏天蚊子咬，他躲在蚊帐里写；冬夜很冷，他偎在被子里写。第二年冬天，一部三十万字的油印书稿《绿水青山》寄到了千里之外的武汉。

这是野莽第一次与文学遭际，一开始就注定了宏大与沉重！

2

我不知道第一个看到这部书稿的编辑当时是怎样的心境，我相信他肯定是感动了，因为不久，野莽所在的公社（那时叫公社而不叫乡）收到了来自武汉湖北人民出版社的信函，一位叫钱宏山的编辑在信中说，你们要帮助关心这个作者，一个十八九岁的青年，劳动之余写了三十万字的长篇，了不起的事呢。与此同时，郧阳地区文艺创作组的信也寄到了竹溪县文化馆，某先生在信中为《绿水青山》开列了六条违背“三突出”原则的错误，信尾同时教导野莽，要好好学习江青同志的文艺理论，要扎根农村干一辈子革命，等等。文化馆把信公开了，于是，一个笑话在全县传说：有个十八九岁的娃子想当作家……

在野莽非常尴尬时，钱宏山编辑的信产生了作用，年轻的公社书记薛立君带着一伙人到家看野莽来了。

他们盯着一头浓密黑发、白晰皮肤、稚气未脱、且有着好看的单眼皮眼睛的野莽问，你就是那个写长篇小说的娃子？野莽点头。他们又盯着土墙上的几张粘贴在一起的大白纸和白纸上的鲁迅画像，问，这是你画的？野莽又点头。书记笑了。然后说，你以后就不要拉车了，跟我到工地上搞宣传吧。此后，学大寨的水利工地上，人们就天天看见一个拿着铁皮喇叭筒、大声念着快板书和好人好事广播稿、在工地上跑来跑去的青年。

三十年后，野莽对我说起那段岁月，依然很感动。他说，他很感谢那位公社书记，当年起用一个右派的孩子搞工地宣传，是一件多么了不起的事情！他还说，我也不知道那几年我写了多少快板书和好人好事稿子，我只觉着我的心情好极了，因为我开始被人信任了，因为我写作能做些事情了，我感觉命运之神的手在轻轻抚摸我。

后来，林彪坠机了。再后来，“四人帮”倒台了。又过了几年，父亲平反了。那些年，那么多、那么大的国家大事，都无一不牵动着鄂西北乡下一间破败的瓦屋、瓦屋里一个青年孤独的心。应该说，这是所有中国人特有的命运。县里好几家单位开始抢着要野莽了，化肥厂、银行、文化馆什么的，最后到了银行。然而，只会写小说却不会写银行工作报告的野莽，令行长大大地失望了。野莽也陷入了痛苦，他想离开银行。

后来，野莽调到了县文化馆创作组，创作组比银行低两个级别，于是人们笑话野莽，说他傻。野莽说，银行钱多但不是我的，创作组有时间，这时间却是我的。于是，时间追赶着野莽，野莽追赶着文学。1980 年，野莽的处女作《这车好炭》一经在《长江文艺》头条发表，便被《小说月报》转载。当北京年轻的评论家雷达开始为复苏的新时期小说写评论时，他的目光发现了三千里之外秦巴山脉里的野莽，在他为三个青年作者的创作写评论时，野莽和他的小说《这车好炭》被摄入其中。野莽成为湖北文坛耀眼的新星，他连续在全国各类杂志发表作品，他的小说在省刊总是发头条，他很快成为湖北省作协年轻的会员；他一次次参加省作协的文学活动，他不断被邀请去外地为文学青年讲述创作体会。这时，郧阳地委宣传部、郧阳地区文联发现了人才，他们把野莽从竹溪调到了地区文联。这是 1984 年的事。

转眼到了 1985 年，武汉大学在全国率先创办作家班，野莽在省作协开会时知道了这个信息，他坐不住了。自小到大，他的学习成绩总是全班第一，上大学是他怎样的梦想啊！他问年轻的评论家、武汉大学教务处主任於可训，我能来上学吗？於可训说，就是要你们这样的人呢，赶快回去复习准备考试。然而，回到地区文联的野莽，一头扎到一期三十万字的《武当》杂志的编辑中去了。那是工作是任务难以推卸。找不到丝毫复习时间的野莽，万般无奈中给於可训写信说，报考武大的事准备放弃。於可训回信说，你必须来，报名费我都替你交了，不来这钱可作废了。于是，野莽又一次横了心，他趁着出差的机会偷偷跑到珞珈山，以最好的成绩考上了武大。

然而文联知道后说，这哪儿行？好不容易刚把你调来，你又要走？于是不仅不给档案、工资、粮、户关系，还专门派人持函到武大要人，说上级组织已经决定，要将擅自逃离工作单位的野莽遣送到鄂西北郧西。郧西是鄂西北最边远贫困的一个县。千钧一发之际是於可训救了野莽，他对发生的事情笑而不理，一切他兜了。没有粮食关系学校食堂不让吃饭，是朋友们纷纷给野莽寄来了粮票；但没有工资就没有钱念书，怎么办？就在这时，野莽想起湖北作协创办文学院曾给他寄来了合同制作家的通知，招收他为合同制专业作家，合同制作家一旦被聘任，由文学院补发工资。于是，野莽急惶惶拿着通知去找文学院院长徐迟，要求当合同制作家。徐迟为难地说，合同制作家本来有你，现在你上了武大，哪有时间写作？我们规定文学院作家一年要在省市级以上刊物发表十万字作品。野莽说，我先试着当一年，如果不行你们一分钱也别给我……

这一年，野莽完成了十七万字的作品，超了七万！其中一篇小说还被选刊转载，一篇在外省刊物获奖。同时他用作协发给的工资完成了武大的学业，还荣获了大学生科研成果奖，评上了“三好学生”。

1987 年 1 月，全国第三届青年作家创作会议在北京召开，野莽作为青年作家代表要到北京开会了。无疑，这是一个令人振奋的消息。消息传来，郧阳文联的人说，看来，人我们是留不住了，是鸟总是要飞的，我们放人家走吧。于是，他们通知野莽，北京青创会散后，回去办理粮、户和工资关系。但他们要求野莽到北京开会时完成两件事：第一，找几个名作家为文联的刊物题词；第二，找李先念主席给文联批点经费，哪怕 5 万元也行。野莽说，第一条没问题，第二条我怎么完成？我怎能见到那么大的国家主席？文联说，主席的女婿刘亚洲是你武大的校友呀！

野莽又一次遭遇着巨大的兴奋和尴尬。十五年后，一个仲夏的晚夜，野莽向我说起这件往事时，我们禁不住一阵大笑，这是故乡式的幽默与荒诞啊。笑毕，我们依然对那块狡诘而率真、卑微而英雄的土地充满着牵念和伤心。

很快，野莽从北京的会上给郧阳地区文联寄去了汪曾祺、冯牧、王蒙、刘绍棠、邓友梅、姚雪垠等著名作家的题词，他同时打了长途电话，说李先念主席这一段时间不在北京，他在上海过新年，他的女婿也已率团出访法国。这些 1 月 1 日的《人民日报》都已报道，想必你们已经看到，不是我不完成……文联说，看到了看到了，我们给你转关系吧。

这一年的夏天，野莽毕业，隶属文化部的中国文学出版社到武大要一名文科生，学习成绩全班第一的野莽被学校推荐，顺利被中国文学社接纳。自此，野莽开始了在首都北京的人生。

还是那个仲夏的晚夜，野莽对我说，梅姐，其实我们两人的命运是一样的。人生的路上，我们没有任何捷径，没有靠山没有背景，我们就像《国际歌》里唱的那样，只能靠我们自己。苦难与抗争、扼杀与救赎，都是我们的宿命…….

3

有一天，我想起了老家人的话：那娃子打着赤脚片儿也能跑到北京。这是说野莽意志的执着和顽韧吧；老家人又说，山里的凤凰飞出去都是美丽的。这是对野莽文学人生的赞誉吧。在北京，在一个将中国文学翻译传播给世界的国家出版社里，野莽认真地做着一个文学编辑。他曾有机会、有实力到北京市作协当专业作家，但他还是留了下来。单位同事们说，都去写，谁来出版呢？作家朋友们说，你走了，我们怎么走向世界呢？于是十几年了，野莽一直干着编辑，干得很豪爽，很大气，也很倾心。这些年，经他策划、编辑和出版的文学书籍多达三百多种，五千余万字！审读而未出版的不计其数。他告诉我，他一直有一个“百书情结”。那些庞大的书系、书库，他一策划就是一百部！但是出于各种想象不到的原因，他的这个“情结”总是受损。20世纪末，他策划了一套意在诠释20世纪当代中国文学史的“百年百部”大型丛书，书稿都开始排字了因发行问题而中途夭折；他立刻又策划了一套走向世界的百部丛书“中国文学宝库”(中英文对照版本)，不想出版了50部后出版社因故解体；新世纪初，他又策划了一套“中国作家档案书系”，同样是一百部。这次是与中国作协创研部合作，每辑十部，分十辑出版。著名评论家雷达说：“这套书系以全新的方式，以档案的方式进入文学史，不会放过每一颗闪耀在天空的明星。作家以进入档案书系为荣，读者以读到档案书系为乐。”作家们跃跃欲试，读者争相购买，评论界好评如潮。以至文坛书界刮起了“档案风”，模仿出版“社会档案”、“官场档案”，以及其他种种。即使三年前野莽主编的“中国当代精品文库”只有五卷，可那《辞海》式的16开本，总字数竟多达八百万！

他真的很认真很敬业，一心想着把事情做好、做大、做成功。他的生命真的豪气万丈，他的梦想真的波澜壮阔。

在北京石景山区一处显得狭小的公寓楼住宅里，野莽一边亢奋地向我说着他的“百部梦想”，一边从书房抱出了一大摞“中国文学宝库”有幸出版的前50本，一股脑儿摆在了茶几上让我看。因为书很多很沉，他是借助胸脯抱出来的，于是，他的T恤衫和双臂都沾上了灰尘。我说我可以进书房去看的，你干么费这大力气搬出来呢？他说他的书房四壁都是书，地上码的也是，他怕别人进去绊着摔跤。他又说，梅姐你看，就是这套书原本要出到一百部的，可出版社后来不行了，出到50部时就停了，很遗憾。

翻看着茶几上的书，再抬头看站在一旁浅笑的野莽，我很感动。我知道，此刻野莽多么希望我这位故乡大姐能够理解，眼前的一切在他的生命中有多么重要。我说野莽，你有着这么庞大繁重的编辑任务，你那些小说是怎样写下来的？那也是你生命的一部分啊。

1980年迄今，野莽已发表和出版长、中、短篇小说及各类作品五百万字！贾平凹说，野莽不仅是个出色的编辑家，而且也是个出色的作家；林希说，这个拼命三郎是座富矿，没有人能估算出这座矿井里蕴藏着多少矿石；阿成说，这是一个有别于各类冒牌作家的真正作家，他的作品至今燃烧着批判现实主义的光芒；聂鑫森说，我无法想象这个一天到晚在出版大楼风风火火的人，怎么能写出那么多的好作品，他简直要令我嫉妒了……

野莽快乐地告诉我说，他始终是“一人两用”，但他绝对是“一心坚守”。该编书时他一心一意编好书，编书毕竟是他的主业。编书后的间歇，他抓紧时间写作，写作毕竟永远是他最美的梦想。他说梅姐你看，这是“中国作家档案书系”第二辑，十部书稿近三百万字，把它们交到印厂之后，我有两个月的间歇期，这两个月的时间很宝贵，我要写出20个中短篇，都是朋友们的约稿，因为编书都积下了……

野莽说话频率很快，声音浑厚响亮，仿佛总有余音在空气中嗡鸣，是那种透明、豁达、坦荡男人的典型风格。你无法想象慢条斯理、咬文嚼字、遮遮掩掩、玩弄城府于他是怎样的残酷和不可思议。我说两个月写20个中短篇，你不要命呀野莽？野莽说这辈子没有当专业作家的命，我只能这么抢着写。趁着现在还不算老，再写几年没问题。

野莽的单眼皮眼睛闪烁着，总是孩子气的似笑非笑。

还是在去他的住宅之前，我打电话说，野莽我就去你那里！野莽在电话里乐着喊，梅姐我光着膀子干呢，你害得我还要穿衣服！我说你怎么不开空调呢野莽？他说我有肩周炎夏天不敢老开空调。我说今年是魔鬼之夏热死人呢，你不开空调好几百万字怎么编呢？野莽说我买了一把大蒲扇呢！说完大笑。此刻，望着方桌上整整齐齐已经编辑完毕的十部书稿，和站在我面前和我嘻着乐着说话的故乡兄弟，酸楚和敬重一起从我的心中升起。

野莽与我说话时，他文静、秀气的妻子，一直亭亭玉立地靠着窗边一张方桌，露着恬静的微笑；他不满十三岁的儿子，坐在沙发上，一直仰着脸笑望着自己的父亲。那份纯稚和善良，与他的父亲一模一样；还有一位从老家来的朋友——是那种患难相交的朋友——安静地坐在那里从不打断我们。

野莽在老家有许多朋友。一个曾经受苦的人、坎坷的人总是无法忘记人生的险路上给过自己帮助的人，哪怕这帮助只是点点滴滴，是一句话、一个眼色、一个信息……野莽一生不忘记这些人，也十年、八年不忘记对他们的承诺，直到实现为止。野莽说，什么都输得起，人格输不起，实现承诺也是人格的体现。老家的朋友、亲戚、无助的平民，常常求远在北京的野莽帮忙，孩子的上学，工作的调动，还有一些受人欺负的事情。他们认为，大作家野莽能够帮他们解决一切困难。在求助者面前，野莽常常表现得义不容辞。他会立刻关闭电脑，放下正在写的作品，打电话为他们四处求人，求不动时他常常恼火，求动了他感激不尽。直到有一天，我读到了野莽的一篇小说《打死也别跟当官儿的一席喝酒》，我方才明白，在野莽慷慨仗义、挺身而出的背后，有着怎样的无奈、痛楚和义愤，包括为了朋友打肿脸也要充胖子的忍辱和负重……

4

野莽的平民化关怀最辉煌的慷慨和仗义，我以为还不是在现实生活中，而是在他的文学作品里。现实生活中，我们是弱小的、局限的，很多时候是激动、恼火但最终总是无奈和无用的；而在文学作品里，野莽是无所不能、无所不在的。我说的是野莽对现实和非现实生活批判和审美的精神砥砺。在那里，野莽是自在、自由的，也是智慧而理性的。在他不动声色的叙事和从不追逐时髦炒作的心境里，一双审视的目光对我们这个光怪陆离、喧嚣浮华的世界，做着从容的观察、揭示和揶揄；对现代都市人的焦虑、困窘、迷惘、扭曲、无奈和悲凉，以及他们的生活方式和情感态度，做着善意的调侃、传达和寄寓；与此同时，他个人向真、向善、向美的情怀和道德坚守，也有了连续的显现和不断的完成。

野莽文学疆域里最具艺术光华的是幽默。应该说，幽默成就了野莽倜傥不群的文学品位，似乎舍此，已无所谓野莽和野莽文体。休斯说，“所谓幽默是到口的肥鸭竟然飞了而还能一笑置之”。马克·吐温说，“幽默的秘密源泉并不是欢乐而是悲哀”。雷达说，野莽的“幽默是沉重的，苦涩的，即契诃夫所谓的含泪的笑，一种因痛苦无法排解的无奈”。李敬泽说，“好像法国人认为你（指野莽——笔者注）的小说有喜剧精神，幽默，夸张，甚至是荒诞。这真有意思，法国人大概不知道，在中国，生活比想象的更幽默、更夸张、更荒诞”。野莽自己说，“外国人曾经认为中国人不懂幽默，其实错了。不过我并非为让他们读我的书而去硬骨翘皮地幽默，幽默是人对社会现实生活歌唱或者诅咒的第二表达，后者是黑色的，它们取决于生活本身。”

还须再说幽默的意义和艺术魅力么？我看不必了。总之，我们从野莽简洁、明快、幽默、甚或孩子般不无顽皮的叙事里，很容易发现作家的人生向度和艺术境地。

他频频触及都市庸常琐碎、微不足道的日常生活但决不低就媚俗——《开电梯的女人》难道不是对男权世界的卑琐与丑恶淋漓的鞭挞、对屈辱与自我屈辱的女性深刻的悲悯？《窥视》难道不是对扭曲、变态的成人心理和行为的揭批、对无辜孩子不断受到伤害的义愤和痛心？

他不厌其烦地表现现代都市的荒谬和现实生活的怪诞但从不猎奇——《公共汽车上指挥交通的黑呢子礼帽》难道不是对貌似自命不凡的都市人媚俗、阿谀、尚权心态的戏弄和嘲讽？《玩阿基米德飞盘的王永乐师傅》难道不一再地让我们对那些熟悉而陌生的城市百态以及他们的生活遭际啼笑皆非？

还有《纸厦》。《纸厦》是野莽幽默书写的一部宏篇巨制，40 万字的长篇中活跃着 100 多个人物。《纸厦》“以卖香辣豆腐脑的小镇作家朱土改前往出版社投稿为线，揭开了一个有着五十年的悠久历史，在国内外享有盛名的出版社怎样一步步走向衰亡的内幕。”刘恪说，“直接以这种出版社文化事业切入，而构成的这样狂欢化小说的，《纸厦》无疑是第一部。”又说，“如果野莽的长篇小说《纸厦》成为一个起点，以此召唤来当代文坛中国狂欢小说的群体，那么这部长篇便是我们小说视域里的一个新界碑。”

《纸厦》是作者一个痛苦的借喻，全书表达了作者对一个毫无生命力的体制，以及染指这个体制的人的懒惰、推诿、贪占、争权、平庸、无能以及相互猜忌、妒嫉、永无休止地相互牵制的绝望和痛心。《纸厦》最后以出版社三朝元老李享大因无事可做而突发奇想，在勤杂室里用烟盒垒一座企望打破吉尼斯纪录的一百层摩天大厦，后因老鼠的不期介入使垒到九十九层的纸厦突然坍塌、老李因此打击而猝死完成了作者一个历史性的寓言：面对一个僵死的体制，谁也没有回天之力。惟有通过痛苦而无悔的涅槃，才能获得再生。

一段时间以来，我很专注地阅读着野莽的长篇、短篇和中篇，他密布在字里行间的自尊与傲骨、憎恶与良善、困顿与希望，以及他英雄末路般的不屈与悲凉，以及他对平民群体的关怀与抚慰，等等等等，都在我一再的阅读喜悦里得到确认和支持。为此，我想对野莽自称他的小说“从来都不重大，也不严肃，面对中国如此严峻的现实，一点儿也不痛苦和深沉，作者简直不是一个有责的匹夫”的自谑式否定作一否定。

5

就文学而言，野莽无疑是个快乐的天才。他写得又快又好。但我这里，以天才释意于野莽，还应该包含有另外一层指义，那即是塞兰姆所说的那一层：天才是一种变复杂事件为单纯的能力。北京，何等的缤纷繁复，何等的深不可测。站在北京的街头，我常常有一种无依无靠、被吞噬被淹没的恐慌和窒息感，有自己是一粒灰尘、一片纸屑，一阵风都可以被吹得无影无踪的自卑和伤感。即使对十几年生活、工作在北京的野莽，如果不具备这种“能力”，你也无法想象他何以策划编辑出几千万字的图书、写出了几百万字的作品。野莽把这种复杂、叵测、诡谲变单纯的唯一办法是：“我不生气，不斗气，不争官，不争名，我把时间就省下了。还有什么比省下时间进行写作更快乐的呢？”

在政治中心的北京、经济中心的北京、文化中心的北京，弄出点声响提高知名度是国人发现并使用了多年的途径。学者、文学评论家、作家朋友不可说不多的野莽，如果想做，易如反掌。但他于此，真是“洗尽铅华”。他只知道，能够快乐地写作着就足够了。用他自己的话说，他只想把生活“微笑着讲给人听，讲完就算了，也不引发关于什么什么的讨论”。

说两件事以作为我这样认知野莽的证词：野莽和新锐评论家李敬泽相互熟知了十年，现在，许多小说作家以李敬泽写评论引为自豪，但十年里同在北京工作的野莽和李敬泽，连书面的“访谈录”都做过了，两人却居然没有见过一面；前面说过了，1980 年青年雷达就已为鄂西北山里的野莽写过评论，如今，雷达已成为中国文坛举足轻重的文学批评家，野莽也已在北京写作 15 年了，但他从来没有去找过雷达，直到 21 世纪伊始，在一次长江文艺出版社在京举办的新书发布会上，雷达和野莽同被邀请，两人这才见面。野莽说出了二十二年前的那篇处女作的名字，雷达一阵惊喜：你就是写《这车好炭》的野莽呀？！

在繁华的都市北京，野莽的日子永远“三点一线”：家、公交车、单位。妻子单位离家远，中午不回家，于是，十几年里，野莽买菜做饭，做着儿子快乐称职的父亲和厨师。饭毕父子俩或上网或下棋，伙伴一样亲密。也是在这样的日子里，野莽年复一年地体察和书写着被喧哗、浮躁忽略了的都市人生活的本质和深邃。

除却都市里的妻子和儿子，野莽对于故乡亲人、对于大难不死的父亲和含辛茹苦的母亲的张望，最令人动心。父亲十分小心的一个电话“你妈病了，已住院”，就让野莽心惊肉跳，几千里路说走就走。以至进了下楼的电梯才发现脚上还趿着拖鞋。当他日夜兼程奔到母亲的病床前时，生命垂危的母亲望着自己一身灰土的儿子难过地说，你都老大不小的人了，以后出门要收拾一下，莫叫人家看不起。原来，慌乱中野莽根本没顾上换衣服，穿着一件和尚领的大白汗衫、一条裤裆又肥又大的皱巴裤子、脚上连双袜子也没穿就从几千里外跑回来了。母亲看着儿子这样心疼呢。“人活百岁也不能没有妈呀”，野莽永远感激母亲，是母亲给了他生命，给了他真诚、善良、坚韧的秉性。

其实，在野莽的心里，始终存在着两个母亲。除生母外，还有他小时候的保姆周建仙。那个冲着野莽声声呼唤着“我的儿呀”的周建仙，那个能把颂扬忠臣义士的戏文背诵得滚瓜烂熟的周建仙，那个在野莽父亲落难后越发不肯离开野莽家、也不再要工资的正直善良的竹溪女人，始终如一只勇敢的母兽，呵护着野莽兄弟姐妹四个长大成人。那是我的另一个妈妈，野莽说。他甚至认为，是小时候周妈妈给他讲了那么多动人的故事，才使他对文学有了最初的那份懵懂的喜爱和追寻。

永远感恩母亲们，感恩这个世界，成为野莽重要的也是最基本的人生情结。

2002 年夏天的一个傍晚，野莽意味深长地对我说，真的梅姐，我真的很感谢三十年前的那本破词典，如果那晚没看见它，很难说我这一辈子会干什么。我说，好了野莽，我相信那是一份冥冥中的天启，是上苍对你最初的暗示和挑选。让我们一起感谢命运吧……

2002 年 9 月 26 日于石门

2004 年第 1 期《当代人》发表

写给汉江人

来自汉江岸畔的声音

在一个春天的日子里，从遥远的汉江岸畔传来了声声呼唤——

研究过汉江文化吗？汉江文明具有什么样的地位？人类该是从汉江岸畔走来？

……

一个关于“历史的反语”，一种关于“文化的期待”，借助故乡小小的报纸，穿越千山万水，撞击着一个个从汉江边走出去的人。无疑，也撞击了我。于是，一个探寻人类发祥地的热切的骚动，一个对故乡贫困与奉献的深刻思考，一起在故乡十月如火如荼的山峦，在故乡蓝色深情的江面，回归了！

汉江边那座三面环水的小城里，我结识了唐明文——那位向海内外游子发出声声呼唤的我故乡的县委宣传部部长。

就像对光明和希望不懈地追求一样，人类对苦难和创造的记忆总是永恒的。望着那条宽了窄了爱了恨了的汉江，我了解着我贫困而奋进的故乡，也了解着唐明文。

唐明文是武汉人。1966 年大学毕业后，他来到了鄂西北郧阳。郧阳堪称湖北省的西部。西部的苍凉与贫困、淳朴与坚韧同时接纳了他。他本可以留在条件相对好一些的十堰，但他却去了大巴山的深处……

“你的同学不去竹山，怎么办?”负责分配的同志问已经留在了十堰市的唐明文。

“那好办。换一下，我去竹山!”就那么真诚，就那么简单，就那么笑着向艰难与贫困的深处而去了。

在劳工大律师施洋烈士的故乡竹山，在一个 γ 射线超标的地方，他一待就是 23 年！他在那里的一所小学教一个戴帽的初中班，教音乐、体育、历史、政治、语文，他什么课都教。他自己做饭，自己砍柴，自己翻山越岭到 30 里外买粮食。遇着山洪暴发过不了河，他就把粮食倒到裤筒里，驮着浮过去。而最大的享受是苞谷糁里放两勺糖……

大约 8 年后，他到了县剧团做编剧。不，他什么都做：司幕、场务、效果、灯光、打字幕、收票、和演员一起练功、当司务长—— 一盏汽灯、几盏马灯，他们的“背篓剧团”在鄂西北的大山里一天走 100 多里……

再后来他来到了霍河水库，一双深筒胶鞋，一件蓑衣，一顶草帽，他和 4 万竹山民工一起，日里夜里风里雨里加高大坝……再后来的日子里，他做了县里的新闻干事，在一面土墙三面竹笆的竹楼里，他一年见报 150 多篇报道、通讯……对劳动与创造的依恋使唐明文忘却了生存的艰窘与欠缺。

他本可以回到湖北的米粮仓荆州去，妻子和刚刚诞生的儿子在荆州。然而，他竟没有想到提出回去的事，反倒把妻子和儿子接到了竹山，住摇曳的、抬头碰着屋顶的竹楼！心灵的单纯与光明使他做着同样单纯光明的选择；后来，他仍有几次机遇回到武汉去，回到楚人的都市去。然而，他最终还是留下了。留在了贫困与淳朴同时喂养他的地方。

应该说研究《红楼梦》是偶然中的必然。1966 年以后的那个特殊的文化沙漠的年代，他在鄂西北的深山里，严格地说，无书可读，无课可讲。在一间仅有 7 平方米的小土屋里——小土屋的地中央挖一口红薯窖——伴着一盏油灯，他抱着唯一的一部小说《红楼梦》，翻来覆去地读，翻来覆去地想。一部世界文学宝库中的珍品，以它的博大精深，滋养了那段羸瘦贫弱的岁月。听着大巴山里的风声、雨声、河声，唐明文写《红楼三玉》，写《〈红楼梦〉的视点》，写《悲剧人物邢岫烟》……写灿烂的民族文化之光之火，写专家、名家忽略的角落。后来，这些文章就上了各种报刊，上了权威刊物《〈红楼梦〉学刊》。1987 年，唐明文像一只大巴山里的苍鹰，翱翔着飞越千山，到达北京，参加在北京召开的“《红楼梦》研讨会”。无疑，是中国的红学家们注意到了来自鄂西北崇山峻岭里的一种声音。

应该说，这声音是驱逐了卑琐与哀怨后的一种呐喊，一种赞美生命与爱的奋斗！这声音伴随着三千里汉江，滚滚而来，滔滔而去。在鄂西北崛起的江岸，撞响阵阵轰鸣……

1991 年 10 月，当我踏上故乡的土地，鄂西北的文学青年不时欣慰地向我提到他们的部长唐明文，他们称他为“唐大哥”……这时，我就不禁想到唐明文在《呼唤春天》中写道的：“23 年前，当我首次投入大山的怀抱，我曾坐在汉江边的山岗上，看那轻帆点点，听那纤歌声声。我为青山绿水间所蕴藏的原始、然而充满活力的冲动所感染、所陶醉。我知道离开大都市我会失去些什么。我也隐隐感觉到，在汉江峡谷，我将会得到些什么。”

站在故乡发现 110 万年前古人类头盖骨化石的黄土坡上——这一发现动摇了世界关于“亚洲人是从非洲迁徙而来”的定论；望着眼前母亲般祥静流淌的汉江，我仿佛听见古代人和现代人同时呐喊着的一支歌：“举起火把，我们走出山谷……”

古老的汉江文明依然照耀今天。

借天津百花文艺出版社结集出版唐明文 10 万余言研究《红楼梦》的文章之际，我写下这篇短文，以表达我对鄂西北人劳动与创造的礼赞与尊崇。愿深情而美丽的汉江福佑我的故乡。

1992 年 4 月于塞外

寄《诗人岛》

青年诗人海默寄来他们创办的《诗人岛》，并在附信中说："为了等你的贺电，《诗人岛》推迟了将近一周印刷……"在此之前，我没有收到海默的信件——大约邮路出了偏差。

但我觉着，有没有我的"贺电"这并不重要，重要的是有一种"怦然"的心动穿越心灵，然后电闪雷鸣般飞越千山万水，回到汉江三面环绕的我故乡的"半岛"上去，和"岛"上的娃子们厮混在一起，抢着吃柿角、苞谷花或者炒得发黑的红薯丁子，或者稀稀溜溜喝几碗红薯苞谷糁抑或是酸菜面条，然后静静地围着一盆烧得很硬很旺的炭火——炭火吐着蛇信子一样蓝幽幽的火苗——听他们"拍"那年大水淹没的故事；然后端起一碗清哗哗的漂着米粒的老黄酒一饮而尽；然后流眼泪；然后我们一起走向江岸，凭水而立，默默地凝望大河流向大海的风景；然后默默地倾听葬在水下的音乐，默默地理会浮出水面的灵魂；然后我们相互望着，许久之后，我们拉起手，向身后的那片山地走去……

真的，读了《诗人岛》创刊号上的诗作之后，我就有了这种梦幻般的心境。对故乡炽热的忆往，对纯情失落已久的眷恋，对生命潜入心灵之后情感静穆的回归，伴着从故乡的江岸发出的如诉如泣、如风如雨、如阳光如雷电的声音一起拍浪般涌来，扑打着我的心岸——我故乡深情质朴的诗友们啊！

去年10月，我们相识相知在故乡如火如荼的山峦。那些日子，我曾贪婪地想一口气读懂读透久别的汉江，读懂读透故乡山峦上的茇茇菜和牛舌草……读懂读透了才最是故乡啊！读懂读透了才最是平安温馨的家啊！

我常常想，是什么样的智慧之光照耀了我故乡的"诗人岛"？是那块陨落了亿万年的、发着哲学之光的苦难而真实的石头？是那条流经了亿万年的母性般祥静而美丽的汉江？

是石头筑起的山峦是江水哺喂的岁月，修炼了我故乡聪颖灵秀的兄弟姊妹！于是，他们把伤逝、哀怨、孤独、向往、困惑不安的心灵、凝聚已久的渴望与梦想，人生艰窘的体验和尴尬，对生命与美的虔诚与膜拜……以诗的形式（心灵委托的最高境界）歌吟了。这歌吟深深的灼痛了我的乡恋——我那永远魅力非凡的、古老而贫困的故乡啊！

我真的异常欣喜。因为我确实看到了故乡一群热爱缪斯的男娃女娃深深浅浅但却坚坚实实的脚迹。这脚迹不惧怕风尘埋没——即使埋没，那也是我故乡土地上一定要发芽生长的“稻麦和大豆”！

我真的异常感动。因为我确实听到了从故乡的方向传来的情真意切的如雨丝般细细飘忽的诉说，这诉说使我敏锐易感的心灵产生着深深的喜悦和忧伤，深深的颤栗与回应——像故乡山岩一样沉思而冷静、像故乡大江一样飘逸而灵秀的鄂西北的兄弟姐妹们啊！

因为写诗我们痛苦，因为写诗我们幸福；因为写诗我们诚实纯净，因为写诗我们爱人与世界。也因为写诗，我们会“孤独地站在岁月的岸边，瘦成一位饱经风霜的渔夫”（海默《关于诗人》）。

然而，无论怎样，我们已经选择了。那就让我们用胸膛里血液的原色去再造我们生命的内容和过程。在此之前，让我们一起跪下，感谢我们贫困而善良的父亲母亲，感谢他们让我们在这个苦难而美丽的“岛”上诞生……

1992年5月于塞外

1992年第11期《散文百家》发表

江岸歌者

青年诗人海默是我故乡鄂西北郧阳府的娃子。鄂西北郧阳府呈“半岛”状地被古老的汉江缠绕着。我始终认为，这种缠绕属女性的亲爱。唯其亲爱，才使“半岛”上的娃子们有别于其他土地上成长的人们——他们聪颖、灵秀、深情、哀伤；他们纯洁、敏锐、最具感受力又最长于表达，他们一旦把心中的爱与苦闷、惆怅与向往、痛苦与抑郁诉诸于艺术，毫无疑问，其诞生品绝对是撼人心魄和非同凡响的。当然，我是指那些真正的艺术劳动者和归属者。如今，海默以他深沉、大气、优美的诗作奠定了他在诗坛上的地位，就是最好的例证。

两年前，海默在“半岛”上拉竿子成立诗歌协会，接着，很艰辛地办起了一份报纸，起名《诗人岛》。此后，我便从这份报纸上看到了故乡一群虔诚的“听河者”——他们站在江岸，一任古老的汉江漂逝他们的焦灼与深情，痛苦与迷惘，抑或是快乐与梦呓……

我常常想，艺术对于“半岛”上的娃子们来说，几乎是一种天性，除海默外，家麟、翔翎、顺江、霜木、太国、国光、政民、善清、万武、天保、天奎……他们谁不出类拔萃或将要出类拔萃？这个中的秘密大约是和那条太美丽的江有关吧？我常在心里向自己发出诘问。

我曾说过，人的故乡若有一条大江，那他或她的心灵美质中肯定会有一种阴柔、一种细腻、一种向善；人的记忆和情感里，若总有一条大江在缓缓地流过，那他或她与世界对话的方式无论有多少种，其中必有一种是诗意的。于是，我想，江河给予人的或许不仅仅是物质生存的需要，更生动、更激越、更悠远的应该是一种文化或精神的母性般的润泽与照亮。

在万籁俱静的夜晚，每当我伏案写作或读书，我就倏忽想起“半岛”上那一群精神与文化的智者，想起那些从“岛”上走出去和如今仍然留在“岛”上“听河”的心灵。我就仿佛看见那条大江向我远远流来，又远远流去……

许久以来，我都很珍视这种时刻，珍视心灵在这种时刻的感应。我想，对于那条江的情愫已成为我的宗教。

这兴许就是我在读海默诗作的时候，为什么常常不能自控地产生心灵悸动和颤栗的缘由吧。

海默是披星戴月站在江岸上嘹亮的歌者，一个勇敢、坚定而又充满真诚和善良的水手，大江把他的声音带到很远，有江没江的地方都听到了——明亮的、智慧的、充满魅力的、带着那条江湿漉漉的水腥味的海默的声音……

“那块泅渡的舢板/泊在梦里/前方是岸/今夜难耐/今夜/没有船/梦里我们都是水手”（节选海默《北方唱给南方的歌》，发 1991 年 5 期《青年作家》）；“诗人独自快乐/独自在水声中饮酒/在水声中做巢/然后做梦/多少世纪之后/我葬于水声的音乐/灵魂的白马奔向草原/追赶水声/时间的碎片/伤其体肤（节选海默《倾听一片水声》，发 1993 年第二辑《中国诗坛》）；还可以举很多很多。

我感觉，在海默诗的想象和意象里，最美丽动人、最清澈奇丽的构思都与那条母性的大江依恋在一起，这就是为什么海默在创办《诗人岛》时要发自肺腑的呐喊：“感谢汉江！”感谢汉江为我们提供了这样一块艺术的净土，感谢汉江以它最朴素的光芒照彻我们的灵魂和想象，感谢汉江为我们指引了一条通往大海的道路……面对汉江，我们无可言说，我们对汉江最诚挚的报答就是我们的诗歌……

1991 年 10 月，我离别故乡 31 年后回归故里，海默和政民陪我去神农架采访。在吉普车上，海默一路昏昏欲睡，但一聊起诗歌，他便突然地精神百倍，突然地喜形于色，突然地滔滔不绝、侃侃而谈。至今我都能记住他背给我听的他那首爱情诗《如果》："如果泪水总是注释诗句/如果手臂不再是藤的象征/如果拥抱总是温柔的伤害/如果眼睛不再是宁静的湖泊/我退出爱情之外……"

是的，诗使海默振奋，诗使海默陶醉。尼采说过：对于艺术的存在，对于任何美学行为或美学感觉的存在，一种特定的心理上的先决条件是必不可少的，那就是：陶醉。海默具备这种艺术心理的先决条件，于是，诗属于他，他属于诗。

此后两年，我不断读到海默发表在《青年作家》、《诗神》、《长江文艺》、《诗歌报》以及香港的《当代诗坛》等报刊上的诗作。无论是读他的爱情诗还是读他观照现代人生命意识的诗，你都会获得一种艺术和人生的双重享受。他的诗清澈明亮，超凡的哲思冥想不时撩拨和碰撞着你心灵情感中的崇高、圣洁的激情，抑或是对爱的深深依恋和对生命存在的种种启悟。

荣获"全国首届迷你情诗大赛"优秀作品奖的《门》，仅 32 个字："那天/我试着去敲你的门/你醒着/你想/等我敲第八下时/再去开门/而我只敲了七下"。32 个字绝妙地把爱的悱恻、遗憾、折磨，艺术化到了至美境界，给人留下了巨大的想象空间。《门》曾两次获奖，三次入书，1992 年该诗又选入《中国当代青年诗人诗萃精评》一书。海默的许多诗作就是这样精炼漂亮，在很大程度上体现了他创作追求上的一大艺术特色：自然、天饰、含蓄，点到为止。

他的另一首诗《人》："小时候/四条腿/两只手支撑着前行的渴望/长大后/两条腿/在黑夜与白天之间来回奔忙/老了时/三条腿/一根拐杖/常常敲痛年轻的时光。"（发 1994 年第二期《诗歌报》）短短的三节，把人生的内涵作了最精炼的描写和概括，让人回味悠长。

海默发表在《长江文艺》上的《午夜独坐端望一只熟透的苹果》一诗，应该说，更加显示了诗人创作上的成熟和深邃。如果说海默过去的诗作是诗人在风雨飘摇的人生路上记录了他对生命和爱情的思考，那么从这首诗开始，海默似乎已重新地调整了一下观照世界的姿势，站在一个新的制高点上俯视人生，用哲人般锐利的目光解剖人性本质。诗人在这首诗中写道："盘子是她生命中最后一站/午夜独坐/一条雪亮的路/自水果刀的锋刃上/向她逼来/命中注定/红销玉殒之后/深邃的骨头/抛弃鲜花之外"。接下来写道："午夜独坐/盘子里那只熟透的苹果/在一团暗红的火焰中/静静地浮动/我的目光/温柔地切进去/抚摸果核"。诗人以一种超凡脱俗的感觉，借一只盘中的苹果表达他对女性命运的深切观照。海默曾兴致勃勃地对我说，这是他 1993 年创作的最满意的一首诗。

诗是人类最纯粹的艺术。在今天商品经济大潮的冲击下，诗绝对不可能像卡拉 OK、录像带、歌舞厅那样能给人带来刺激和富有，诗人和纯粹的艺术遇到了真正的尴尬。然而，古往今来，真正的艺术生产是不带任何功利目的的，就像毕加索在创作时并不想到他的画日后能卖多少钱一样。海默对诗的挚爱是纯粹的，甚至是"桎梏性"的，他说："诗是鸦片，我是吸毒者。"他的心灵和精神被诗"囚禁"了："我用方块汉字/精心地盖起幢幢别墅/让你定居/你却用感情的岩浆/浇铸一座美丽的监狱/囚我"（海默《献给诗歌》）。无疑，诗歌艺术本身已成为海默生命的一种形式，成为一己的燃烧，成为人生的全部意义和全部价值。

我惊讶，在诗走入低谷的今天，诗人海默依然执着地跋涉在诗歌的路上，这委实悲壮了！诗使海默永远年轻。海默在个人的"艺术档案"年龄栏里填写着：永远 24 岁。是的，青春是美好珍贵的，永葆一颗年轻的心灵，不断地抵达新的艺术峰顶，将成为海默不懈的追求。这种难能可贵的追求，注定海默将走向更大成功。

海默是纯情浪漫的，海默也是深沉内秀的。在文朋艺友们相聚时，海默总是兴致勃勃地为大家表演一番"徒手倒立行走"，令朋友们连声叫绝。海默每顿都喝白酒，但只喝一杯，他说喝酒的时候，可以品尝人生的全部滋味，是一个真正男人的境界和风度。

海默说爱情是他活下去的唯一理由，故在他的诗作中，爱情诗占了相当的比重。早期的爱情诗主要抒写了对美好爱情的向往，近两年似乎很少写爱情诗，但每写一首都让人读后回味无穷。他发表在1993年《诗神》第7、8期合刊上的《穿过词语砌成的门廊》一诗是这样描写了他对至真至纯的爱情的渴盼："通向你的路/被风雪所阻/你的眼睛/是我今生无法抵达的河流/戈桑，我俯首在诗的面前/在词语与词语之间/倾听你迷茫的足音/我知道/我的诗歌/是一块块易碎的玻璃/随时就能划伤你的皮肤和呼吸"。接下来写道："戈桑/今夜请把门虚掩/梦里，我将跨上一匹木马/穿越词语砌成的门廊/抵达你昼夜厮守的村庄"。此诗在《诗神》上刊出后，又在四川作协举办的"93中国现代诗大展"中展出，引起诗坛的广泛关注。

然而，作为诗人，我认为海默终究是忧郁的、孤独的，就像所有浪漫的艺术家那样，他们的艺术是浪漫的，而他们的劳动是丝毫浪漫不了的。他们必须具备真正的劳动者具备的品格：坚韧不拔、不屈不挠、忍受孤寂，创作的痛苦和快乐只有自己慢慢咀嚼。

海默正如他的名字一样，内心像大海一样热情奔放，然而脸上却是一片大山般的沉默。海默说，沉默是一种武器，面对这个纷繁复杂的世界，在"万籁俱寂星星眨着眼睛、银河岸边的月亮姗姗来迟"的深夜，海默总是"双眉紧锁面对稿纸嘴里咯咯响着词语碰撞的声音"。诗人就是这样一天又一天地让"午夜的钟声"把生命摆渡到精神的对岸。

一个月前，海默给我来信说：自从到北京开完"93中国文学创作年会"回来之后，他下定决心要在2000年前出一本英汉对照的诗文集，第一部分是反映海默诗歌理论体系的长篇理论文章；第二部分是海默自赏诗作选。这些诗作将远远超越现在的水平，将在语言、结构以及所反映的思想上全面革新，给人以全新的感觉，并在诗文集的封面署上"世纪末海默在世界诗坛接受审判"字样。诗文集出版后向世界交流，向世界各地诗人挑战！

看了海默的信我很是激动了一阵。我在思考什么叫生命和生命的活力？海默对于未来的狂想是建立在他对诗歌艺术近乎于疯狂的追求之上，也同时是建立在一种生生不息的生命活力之上！海默说不是他选择了艺术，而是艺术选择了他。是的，只有底气十足的天才才会有这样的感觉和自信。我坚信，在不久的将来，海默的诗歌一定会走向世界。当一颗奇迷瑰丽的星星将一束光晕投射到母性般的汉江上时，那一刻，海默肯定是抱拳坐在江岸，深情地望着大江，在心里默默地念着："……阅读母亲的脸……我一贫如洗……母亲的满头银发……如瀑……总在孤独的夜晚……将我淹没"。

1993 年之夏于塞外

寻找生命的层位

——速写东方牧

我不想仅就散文创作本身来谈论东方牧——因为作为博大精深的东方文化的一种载体散文而言，无论是在主题开掘还是语言艺术的修炼，抑或是精神与生命激情的投放，东方牧都还有一段长路要走。然而，作为一个尚还年轻的生命，他所找寻的生命价值的内容，已是多方位的。眼下，真正能够注释和解析他生存意义的依然是他所从事的神圣职业——教师。尽管我们已习惯把这一职业看着并不神圣。

1982 年，年仅 20 岁的东方牧便踌躇满志地走出了华中师范大学中文系。就在那个快乐的瞬间，东方牧却想到求学的酸楚："我的中学，离家 40 多里，全是山路。为减少奔走之苦，我两个星期回一次家。离家时，妈为我准备一袋米，两瓶菜。菜只能管两三天，没菜的日子，就用熟猪油拌点盐下饭……"四年大学生活，他有几个寒假没回千里之外的家——为了省几十元路费。

一个农民的儿子，一个劳动者的后代，本质上的顽韧使他很快度过毕业后的一段人生迷惘，1984 年 7 月

31日，他的名字和事迹就上了《光明日报》“全国优秀知识分子光荣榜”。两年后，即1986年9月他被评为全国教育系统劳动模范，荣获国家人民教师奖章，成为国内外发行的《语文教学通讯》的封面人物；同年11月，他又获湖北省教研成果一等奖，被评为襄樊市十大新闻人物之一。那年，他只有24岁。

殊荣背后的人生价值火焰般点燃着成千上万的24岁们的青春和理想。1985年以来，东方牧先后应邀在华中师大、湖北大学、中南民院及北京、惠州、襄樊等地做教学、文学创作和青年成才问题的演讲300余场，直接听众达10万余人次。《演讲与口才》、《说写月刊》、《湖北日报》等选登了他的多篇演讲词，其中长篇演说词《理想在教育事业中闪光》收入高等教育出版社《初展征帆》一书，全国发行25万余册。

1989年，陕西人民教育出版社出版了他主编兼主笔的66万字的《演讲与说话艺术辞典》，至今已重印3次，全国发行4万余册，获全国教育艺术图书三等奖，填补了我国演讲学研究的一项空白。《中国青年报》、《语文教学通讯》、《湖北日报》、《襄樊日报》分别发表报告文学和长篇通讯介绍他的演讲和教学事迹……

现为襄樊四中高级教师、襄阳市公共关系协会常务副会长、中国教育艺术家协会会员的东方牧，人生成功的秘诀是什么呢？用东方牧自己的话说：“我信奉契诃夫的一句名言：小狗也要大声叫！”

契诃夫把大作家比作大狗，把小作家比作小狗，鼓励“小狗”们不必自暴自弃，要勇敢地在文坛上发出自己的声音。

1994年夏，东方牧的第一本散文集《又是桂子飘香时》由漓江出版社出版，收入散文38篇。他以一个作家、教师、演讲者、公关者的广阔视野，观照了社会生活的各个层面，创造了一系列物象丰富、优美深邃的散文意境，并着力刻画了一个从山村走向都市的当代青年知识分子奋争、向上、坚韧的心路历程，即“从每一次奋斗和失败中，完善和升华不向命运屈服的人格，在生活中永远站立着，绝不跪下！”

我相信一个执着地寻找生命层位的文化心灵，一生不会只囿于散文的操作来记写对生命本体的感悟抑或是与外部世界的对话，值得注意的是东方牧立身立业的是他的教师职业。应该说，几番精神流浪之后，他发现了人生的亮点，他找到了精神坚守的高地。教书之余，他写散文。犹如教师职业赋予它的沉稳和庄重一样，他把人生的感悟、心灵的悸动、世间的沧桑以及生命的潮汐结构成如同职业一样沉稳庄重的散文，奉献给我们这个仍很平庸仍很卑琐的物质时代。他始终用一种朴拙、率直、本色的语言构架属于他自身的文化空间。收在《又是桂子飘香时》里的作品，有多篇透视公关现象、探究公关智慧的散文，如《演讲为"媒"》、《电话拜年》等，他称之为"公关散文"。1989 年 1 月，东方牧创办襄樊市公关协会，那时他任会长，开始业余公关，并探索"公关散文"。他说："公关是人情味很浓的事业，这应该是散文创作的好素材，将公关与散文杂交，或许能搞出点儿名堂，成一家之言。"

当然，任何一种文学式样的出现重要的是它的内容，而不是形式和名称，我倒是希望东方牧能够做一些认真的探索。名字只是符号而已。

鉴于对"公关"这类现代人生活和观念的前卫性认知，在散文书籍普遍印数很低的文化背景下，一本并非纯粹意义上的散文集《又是桂子飘香时》，初版 5000 册，不到 3 个月即销售一空，这实在是应该注意和研究的一个文化现象。

这又使我想起东方牧一段有趣的经历。

12 年前，还是大学读书的东方牧，对未来充满了遐想，他幻想毕业后做一名记者抑或是作家。然而，就在那一年秋天，他却被分配到襄樊四中当语文老师。"从风华正茂到双鬓成雪，永远是一名中学教师，我的一生就将在一批批孩子中度过吗?"东方牧怅惘极了。他"时常倚在窗前的栏杆上，静静地听雨打芭蕉，以排解心中的愁绪"。(《我的象牙美女》)

中国教育现状的尴尬带给教育者心理的困闷和扭曲，远不是东方牧个人所能轻易排遣的。"由于无心教书，精神萎靡，工作上敷衍塞责，结果在年底全地区教学大检查中，我讲课最差，教案也被评为倒数第一。不久，在全国发行的《高教研究》杂志也在头条文章里把我作为反面典型写了进去。"与此同时，热恋了两年的女友也弃他而去。

带着人生价值的负面和苦闷，东方牧回到了鄂西北乡下。在帮父亲往菜园里挑粪时，他抹着汗珠子问父亲："爹呀，村里的劳力都到镇上去做生意，挺赚钱的，就你舍不得丢下这菜园子，会有好收入吗?"父亲回答："什么时候城里人都要吃菜，……我还想靠这5亩菜园子，挣下5间大瓦房，挣下1台电视机呢。"

父亲一生对土地的执着与自信深深感动了他，也许没有什么灵丹妙药可以救治自卑，唯有血脉里流淌的亲情最能抚慰受伤的心灵，站在父亲的菜地边，他突然感到，5尺讲台应该成为自己人生中的1亩菜园，应该也能够收获一片葱绿。只要像父亲那样，对它充满热情充满信心，像父亲那样为它流汗为它劳作。

就像当年不顾父母意愿，愤怒地把扎在头顶9年的小辫子"咔嚓"剪去一样，就像16岁时，满怀热望迎接高考，最终成为讴乐乡中学唯一的大学生一样——返校后，他即默默地把失职的尴尬和失恋的痛苦锁进心底，下决心用另一番真诚去战胜厄运，他创办的浩然文学社，成为全国十大中学生文学社团之一；他开设"学生课前一分钟演讲"，他试验"茶馆式教学"，很快被各级传播媒介传扬开去，而这些又都成为他散文创作的养料——他收获的不仅仅是萝卜白菜！

总之，认识东方牧，是认识他魂魄中的那种不安和躁动。教书也罢，写散文也罢，公关演讲也罢，他都一如父亲经营菜园一样，精明执着，充满自信。他相信这世界上总有一块属于他耕耘的土地；他更相信，人生中的每一次找寻，都有可能使生命抵达一个新的层位。

1994年11月于塞外书屋

1995年第2期《散文选刊》发表

少年的命运

1

我本不想把类似“命运”这样沉重的字眼赐给少年龙华兵，因为他毕竟太年轻，不该就此陷入“命运”的罗网。但他的精神找寻却已分明让其在一种“命运”中站定，那就是他来到这个世界，原本是为着天堂里的一种音乐；抑或是他受这音乐的召唤，而嘹亮着来到了这个世界。一些年之后，少年龙华兵终于听懂了这伴随他生命而来的乐声，于是，他把这乐声译解成第一本人类崇高的语言，这便是龙华兵20岁诗集《少年的天堂》。

我读到少年这个时期的诗时，我就仿佛听到了少年当年临盆时就听到的这种神秘的乐声——我甚至深信，这是少年与母亲断脐时发出的第一声生命的啼哭——乐声从遥远的天宇传来，悠远，深重，美丽，伤感……听到这种乐声的瞬间，我就发现我拥了整整一个世界的幸福和伤心，我就感觉有一种强大的母性走来，走来抚摸少年的忧郁和疼痛。我知道，此刻，人类心灵崇高而自由的天使——诗已经降临。降临给人类以伟大的慰勉、启示与同情。

应该说，这便是龙华兵诗集《少年的天堂》给予我的感动，也是一个生命与另一个生命在诗歌天堂里流泪的搀扶与默契。

中国那位苦难的诗哲艾青曾说："我们即被社会指配为'诗人'，就像畜生之被我们指配为'牛'或'马'一样，该永无止息地为人类开垦智慧的处女地，劳役于艺术形象的生产。"如果说《少年的天堂》已成为一个少年人生的"劳役"，而"劳役"已成为一种庄严的使命。龙华兵对世界还能要求什么呢？对生命还能报答什么呢？我除了说"对诗的劳役是龙华兵与生俱来的命运"之外，还能说些什么呢？

2

也许我不能从纯粹诗歌艺术来解释站在诗阵前沿的龙华兵，但我从感觉的第一敏感——印象，拥有对其有效叙述的可能性。龙华兵比我的儿子毛毛还小一岁，但我觉着，过去的一年和此刻，此刻和将来，龙华兵始终是坐在我对面的一位文学的知音。我们的对话和相互的诉说，总是如同天堂的音乐——旷远，神秘。感动着世界，也感动着我们自己。

仅仅是一年前，我和龙华兵才相识在故乡车城十堰，在十堰红石榴花白石榴花美丽矜持的六月，在王子般高高矗立的十堰市机电宾馆豪华套间里，我和龙华兵不期而遇——年轻的记者刘承炳领来了"少年歌手"龙华兵。

华兵是以十堰大学校报《追天》总编的身份来采访我的。进入我视觉的华兵是一个谦卑、虔诚的文学青年。后来，我到他的大学讲课、签名售书，他跑前跑后地组织、布场、搬书，他脚步如风。汗水不断从他的额头滚落下来，我至今仍怀念着当时的感激。

回塞北不久，华兵寄来了他主编的《追天》报和自己的诗作——很纯粹的文学的报纸，很纯粹的精神的创造。至今。我都十分感谢自己对于华兵的第一次阅读，这一次的阅读使我发现了一个少年生命的出类拔萃和与众不同。阅读的喜悦和伤感一再涌来。于是我给华兵写信说，文学最大的功利是感动这个世界，而你和你的同学们已经具备了创造这种艺术的必然和可能。我发现在故乡的江岸和山崖上。一群站在生命高处吟哦的孩子们，使他们疲惫的母亲再次拥有了崇高的精神受孕。那一刻，泪水注满了我的心灵。

那一年，华兵只是大学一年级学生。可他生命的光芒却四界辐射，除却繁重的学业之外，华兵担任着校团委宣传部的工作。担任《追天》报的总编，担任六卷本《世纪末文丛》的副主编，而《追天》报的经费又是靠着华兵四处募捐和自筹……

我想象着比我儿子还小一岁的华兵，想象着他的奋斗与艰难，想象着一个信仰绝对精神的少年，一个关怀人类悲痛的心灵。想象着诗对于人类精神的滋养和提携。这滋养和提携超越年龄、陌路、局限，使母亲和孩子们手拉着手，一起从生命的高处发出自己的声音。

3

应该说，华兵的诞生是幸运的。

1976年11月，江汉平原一个男婴呱呱坠地时，中国恰好刚刚结束了漫长的政治受难。在松滋的农村，华兵度过了自己的童年。“那些不断耸现的大卓垛、空旷的麦茬地和大片大片的水域”使童年的华兵对远方产生了愈发强烈的渴望。儿时的许多朋友至今留在了松滋的农村，而华兵却走了那么远。“我很庆幸自己能来鄂西北这块神秘的地方念书。十堰市是个诗歌精神很强大的城市。小小的城市中，诗人很多，思想都很活跃。我们时常挤在一张床上，每夜都会聊到半夜三点。”华兵对我这么说后，我便很快发现这些缪斯的孩子们机智纯洁的品格和他们对心灵情感分寸自如的表达。

在华兵已经长大、已经懂得精神的坚守之后，他依然长久地怀念松滋农村“耸现的大草垛”、“空旷的麦茬地”、“大片大片的水域”。那些平易的事物，在他的怀念中“放射出童话般的光芒”。他对做裁缝的父亲和做小学教师的母亲怀着永远的感激和敬重，是他们最早地给予了华兵知识的启蒙，使华兵上小学之前就认识了300多个汉字和全部的拼音。而持有远见的父亲从镇子上为华兵订回的《中国少年报》和《小朋友》，使华兵拥有了比同龄儿童更为弥足珍贵的富有。华兵的成绩一直优秀，华兵的作文获得了湖北省第五届中学生作文竞赛高中组大奖等近十种奖项，而松滋籍诗人刘洁岷的一本诗集几乎调整了华兵日后的生命方式和精神找寻。这种“方式”和“找寻”的最初解释应该是在高三时期。这个时期是中学生最为紧张、最为关键的命运搏斗时期，而此刻华兵却执迷不悟般地扯起了学校已经垮掉的“金蔷薇”文学社，并自告奋勇出任社长和主编。在同学们静静地坐在教室里复习功课迎接高考时，华兵却在沙市、武汉的途中疲于奔命——三天三夜编稿、找人设计封面、联系印刷、面议价格、签订合同、亲自三校，直到刊物面世。出刊的那一天，华兵请假到宿舍哭了一节课——为了沙市、武汉、南京街头的流浪，为了城里人无情的冷遇和警察莫名的盘问，为了一开始就有的隐忍、委屈、老师的压力和同学们的误解。一位数学老师在课堂上劈面讽刺：“你写几篇臭文章当不了饭吃……”这位老师说了一句大实话，但他本意的呵护却如此暴烈地伤害了一个少年内心隐秘的天堂。

“许多日子过去了，我原谅了许多人和事。而那位老师的话我始终没有原谅，或者说不愿意原谅。”华兵说。在那样的日子，他“坐在校外的河滩上，一抬头看见了落日、寒鸦、马匹”，一刹那间，他“理解了三毛、海子、海明威、卡夫卡、凡高和托尔斯泰，理解了命运，一个个天才的命运”。不能说华兵遭受了大苦大难，但那一刻，他的内心已经沧桑。也许是这沧桑使华兵日后诗的路径不再被蹂躏。

4

华兵考上了十堰大学，不是初衷，但已属不易。他热爱着这个城市，热爱着属于这个城市的诗歌精神。为了更有效地接受世界性艺术大师们思想的洗礼，华兵开始了广泛阅读。他从学生宿舍搬了出来，自己租了一间房屋，夜夜进入静心的阅读。尽管这会占去华兵不少的生活费用，也给他生活带来了诸多的不便。阅读有效地进行着，从里尔克到荷尔德琳，从海德格尔到卡夫卡，华兵翻阅一个山头又一个山头。有一次跋涉，就有一次超越。人性的苦痛，心灵的坚守使少年华兵以守望者的姿式站在这个世纪的边缘。在舞厅、在昏暗的灯光里，华兵的眼泪总是情不自禁地流下来，看着那些心灵散失的人群，他感到了忧伤。他开始在诗中呼唤一个明净理想的世界。在《春天的祷辞》里他写道：

让我看见春天带回流浪的孩子
让我听见陌生的人群谈起父亲
让我盘发的青梅骑上早年的竹马
让我离开的草坪还挤满亲人
……

一个纯情少年因善美的沦陷而变得忧郁而沉重。在《菊》中他写道："无需音乐。钟声。或者更远的星光/梦幻大地写下固守者的诗句/一生之中要容忍多少变轻的叶子"。少年歌手把隐秘在自己胸中的悲喜以及对人类的忧患尽情地表达在诗里。他以自己的努力和忠实，守望着精神的天堂。因着这守望，他变得孤独而伤感。在《童话之三：〈寒鸦〉》里。我们看到少年精神的边缘："寒鸦　我天才的苦难兄弟　望穿秋水/日夜坚守北方的爱情。风雪来了/歌声摧开的沿途　我深深的伤口/翻卷一朵西去的云　寒鸦寒鸦/一生的热爱是如此的远"。在这首诗的结尾，华兵写道："我所关注的寒鸦是一只责难的符号/铅重的字句搬运在云下/抬起你高贵的头颅来/我的寒鸦告诉我/这个冬天不会太冷"。

在这里，我们看到，那只固守爱情的寒鸦，那只孤独盘旋的寒鸦，那只是一个责难符号的寒鸦，难道不是诗人自己？诗人的矜持、本真、泪水、苦痛都搬运在"铅重的字句"里了。

艾青说："每个诗人都有自己的一个诗神——惠特曼和着他的诗神散步在工业美利坚的民众里，马·雅可夫斯基和他的诗神以口号与示威运动欢迎‘十六年’的到来……叶赛宁的诗神驾着雪橇追赶着刀形的月亮……凡尔哈仑的诗神则彷徨在佛拉芒特的原野……”而我们有着忧郁、高贵气质的少年歌手龙华兵的诗神呢？写到这里，我想回到文章的开头，我想说少年龙华兵正牵拉着自己诗神的手，无可逃循地走向“命运”的远路。正如华兵自己在诗中注释的那样：“纯粹的声音/是启示之音/一万年太久 / 一个人靠近一场大风……小小季节的果子落在狭谷/命运和庄园如此不可逃离”。

眼下，无论是华兵准备上大学作家班，还是紧张地创立一个文化传播公司；也无论是他正繁忙地编辑庞大的校园文丛（共 15 册），还是计划创办全国性大型文化月报《新文化校园》，华兵都坚信“天堂不远，因此天堂的马匹不远”。

今天，我之所以如此对华兵进行激情地表述，是我坚信即将到来的世纪的星空，必有属于诗人龙华兵的一个星座。我相信这个星座的璀灿我们是看得见的。只要龙华兵坚持和继续。

1998 年第 1 期《长城》杂志发表

穷人的奋斗

我很久地在酝酿着我这篇文章的题目，今天，当我终于写下“穷人的奋斗”这几个字时，不知怎么，我的内心笼罩着一种悲壮的意绪。也许，对生存艰难者的怜惜与生俱来；也许，贫穷与奋斗原本是我们共同的宿命。

1

冰客，是我故乡读者已经十分熟悉的名字，而对于更多的读者，冰客覆盖全国近百家报刊的作品，我相信已使他们对其不再陌生。不再陌生的何止是冰客这个名字？更沉着、更悠远的是弥漫在冰客作品中对贫困、艰难者的同情，对于他们困境中的挣脱、奋斗中的成功以及毁灭后的再生，冰客都寄予了一个受苦者对于受苦的担负，一个希望者对于希望的营救，一个奋斗者对于奋斗的援助……

武当山下的小山村里，有个姑娘叫张玉真，张玉真的身体高位截瘫，伴随着肾结石、大小便失禁、三分之二躯体失去知觉，下身的肌肉已经死亡、萎缩、溃烂，靠着母亲翻身活着。十二年，瘫在床上的张玉真以不死的精神和已死亡的躯体较量着，最终以文学创作撑起了一根坚挺的“脊柱”。

中专毕业留在县种畜场喂猪、做粉条，最后连喂猪、做粉条的活路也已失去的冰客，从大大小小的报刊上发现了张玉真作品和张玉真生命的苦难，于是，他开始自费十几次地到几十里外采访张玉真。他期望把张玉真的生命现象以文学作品的形式告诉更多的人们。冰客成功了。《大山深处，一位高位截瘫者的人生“脊柱”》、《生命在母爱中再生》一发表，便被十几家报刊转载，张玉真的“哪怕活着只是为了鼓励别人”的信念，从此开始鼓励着千千万万的人；

从汉江边走到广州打工的辛子，背水一战，一边打工、一边在酷热简陋的打工棚里完成了27万字的长篇《十七岁的梦与泪》，小说被花城出版社一经推出，便在全国校园产生轰动。在县职业高中养鸡场打工孵小鸡的冰客闻讯采访了辛子，于是，鄂西北一个打工妹成了女作家的《报告》，飞向了全国20多家报刊；

还有，一位城镇下岗女工与一座荒山执着的恋情、一位将军40年寻母的经历、一位受伤战士在书法中寻梦，等等。如果说，几十篇报告文学艰辛的采访与写作使本已受苦的冰客更加受苦的话，那么，《金波：为沙漠而歌》被《作家文摘》转载，便成为冰客“文学之梦”最愉快的一次穿行——因为那是中国作协主办的报纸啊！

2

600余篇（首）小说、诗歌、散文、报告文学、新闻特写的发表，兴许使人们产生了一种感觉：冰客，一定是一位被人们称为“无冕之王”的报社记者；冰客，一定有相对优越的创作条件；冰客，或许有什么深厚的社会背景……

今天，在我企望告诉人们一个真实的冰客时，我感觉我的内心有一种很深的伤怀。

应该说，冰客至今是一个孤独而艰窘的存在。1973 年冰客诞生在鄂西北一个叫安城乡小石村的乡间，未等冰客懂事母亲便撒手人寰，而父亲也是在襁褓中即失去双亲的孤儿。冰客和哥哥、父亲，三个男人在没有母性呵护的岁月里相依为命。天天在书包里装着冷红薯上学的冰客，成绩一直名列全班第一，尤其作文，篇篇能当范文，小小的冰客自小就喜欢写诗，写的诗歌也常常受到老师称赞。也许，缪斯女神不经意间在人世发现了一个可望帮助的艺术小生命，她便悄悄在童年冰客的心灵里播下了一颗艺术的种子。当然，种子能否发芽、结果，长成参天大树，她还需要等待。

小学毕业，冰客考进了离家二三十里远的乡镇中学，上学有一条捷径，那就是乘船渡河。别的学生都走这条捷径上学，但冰客不能，因为他从来没有渡河的钱，尽管船票一次仅两角钱。于是，寂寞的山路上，人们总是看见一个瘦小的只有 12 岁的小男孩，挑着上学用的粮食、柴禾和装红薯叶酸菜的瓶瓶罐罐，上山下山，下山上山，30 里山路小冰客要走五六个小时。三年中学毕业，冰客考上了县城一所中等专业学校学习淡水养殖。中专毕业后，冰客“有幸”留在了一家国营种畜场。后来，冰客又“有幸”赶上了可用钱买城镇非农业户口的时期，他东拉西扯，借了 3500 元买了一个能吃商品粮的户口，自此，冰客摆脱了农民身份而成为一个底层城镇居民，那时，他感到了一种改变命运的冲动和兴奋。农民和居民的两种身份，在近半个世纪里，曾怎样成为一种社会等级，残酷地桎梏着人们的心灵和生存境遇？

种畜厂，说是一个国营事业差额单位，实际也只相当于过去的一个生产队，养猪、生产预制板、水泥砖、盖房、挖土方、砌石坎、种地、生产粉丝……冰客上班的第一年是喂猪，猪圈、猪粪、猪饲料，以及数百头整日哼哼唧唧的肥猪终日与他相伴。喂猪一年后，又让冰客去生产粉丝。粉丝是用红薯加工，于是，数九寒天，冰客每天零晨两点起床，双手便开始插在冰冷的水里洗红薯，在浆水浸泡中过筛箩，每每双手冻得僵硬发木。实在熬不过时，就把手放在自来水管的凉水里冲一下，聊以缓和。因为冬季自来水管的凉水比洗红薯的泥水和制粉丝的浆水温度稍高一些。年年冬天，冰客的双手红肿如桃，裂满了血口。除了洗红薯，冰客每天还要从薯农那里收购红薯。他说他每年都要从农民那里收购800万斤红薯，在种畜场10年，从他手中过的红薯居然达八九千万斤！但他“从未敢有丝毫懈怠薯农之举，他们那晶莹的汗水总是在我眼前闪现”。

夏天，粉丝生产暂停，冰客又被分派去搞建筑，生产预制板、水泥砖，在盖大楼的工地上提灰桶、抬砖、砌墙……白天繁重的劳动过后，晚上，冰客就挤在十几人一间的工棚里，读书、写作，最终他完成了大专自修的全部课程。而此时，署名“冰客”的小说、诗歌、散文也在各种报刊出现。文学的初试成功成为冰客艰难生存的最快乐、最昂奋的精神支柱。

3

劳动、写作是冰客活着的两翼，艰难贫穷的生活赋予了他向善向真的心性，而由此派生的文学忧伤之美在不经意间成就着冰客的大艺术境界，诗歌《草帽》使我们看到了命运的无奈：“你是被新麦出嫁的女儿/总是在夏天/回到自己的娘家/……割倒的麦地里/都是你同宗同族的血缘/而你戴在人们头上/遮去他们一生一世的阳光”；《乌鸦》使我们看到了一种生命的凄清和忧伤：“落满树叶的地上/满眼是伤/离去的乌鸦/离去的北方/一只乌鸦/是谁暗布了一种忧伤”；也许是《鹰》永远给了作者提升和奋斗的力量：“你起飞的姿势/给了我一生的力量/……飘雪的天空里/没有鹰的日子里/我该怎样飞翔”。在远离亲人的、似城非城的日子里，孤独自然常常与冰客遭遇，于是，每当看见一只燕子，也使他想起“乡村里日渐远去的春天”（《燕子》），想起一生没有进过城、找不到回家的路、在船上辨不清家乡风景的母亲（散文《关于母亲的一次记忆》），想起一生和船相依为命的父亲（散文《父亲和船》），想起总是漏雨的乡下老屋：“我时常在梦中惊醒/在老屋的敲门声里/我记忆的老屋/处处漏雨/于是在一个个雨天/我总是幻想在老屋的漏雨处/老泪纵横”（《老屋》）……欣喜的是这些美丽而忧伤的诗除发表外，都分别被华夏文艺出版社、内蒙古少儿出版社收入《青春私语》、《星光灿烂》等文学丛书。

日子在艰苦的劳作与创造里一天天过去，有一天，冰客在种畜场一间牛毛毡搭就的小屋里成婚，后生子。在只有 20 平米、伸手即可触到屋顶的牛毛毡小屋里，冰客年轻的双肩担负起了做丈夫、做父亲、当作家的三副担子。企业不景气，数月拿不到工资的冰客如同下岗，最后，连洗红薯做粉条的活路都已失去。为了养家、还债，他在县职业高中养鸡场找到一份电孵小鸡的工作。白天，冰客穿行在一排排、一架架散发着浓烈的鸡粪臭味的种蛋房里，夜晚，要么在卖冰棍的老妈妈挑起的一盏昏黄的灯泡下，忘情地阅读各种书籍，要么就在种蛋房旁边和学生同住的小屋里写作。夜复一夜，成群的蚊虫把大汗淋漓的冰客当作了最好的美餐；而日复一日，《104 病院》、《故乡的井》、《汉江之子》、《城堡》、《废墟》、《生命之弦》，还有《草帽》、《乌鸦》等一大批精神的养液，却成为喷向如云如雾的蚊虫的强力杀伤剂。

还有什么比如此的战胜更能显示生命的意义？

4

认识冰客是在 1999 年的冬天，12 月伊始，我结束了苏州的“全国散文笔会”后即回到了湖北十堰弟弟家。闻讯赶来接我过江回郧县的文学友人兰善清带来了一位腼腆、拘谨、胆怯、不多言语的青年，他就是冰客。如同善待、爱护他的学生一样善待、爱护冰客的青年教师兰善清，一路向我叙说着冰客的点点滴滴。于是，我第一次知道了那个在夏如蒸笼、冬如冰窖的毛毡房里顽强写作着的青年冰客，知道了因为冰客大量作品的问世使县报发现了一个人才，准备招聘他，正值试用期。我默默为冰客祝福。

2000 年 9 月，诗人海默紧锣密鼓在老家办了一个作家班，他希望我邀请北京的一些作家回去参加开学典礼。典礼会上，我再次见到了冰客，冰客的眼神里有了一些喜气和自信，他告诉我，县报已正式招聘他为记者，十堰日报、晚报也已聘他为特约记者。其实，在此之前，我已从他期期寄我的报纸上，看到了他撰写的大块大块的新闻特写。我很替冰客高兴，为文学改变了他的命运，也为一个穷人因奋斗而有了一个相对好的结果。

第三次见到冰客，是 2001 年 10 月。长江文艺出版社召集一批全国获鲁奖作家赴湖北房县、神农架举办金秋笔会，会散，兰善清和冰客又来十堰接我过江。看望了因事故截去食指而住在县医院的弟媳之后，我们一起应邀来到了湖北郧阳实验中学，实验中学的师生们为我们的到来举办了隆重的文学会面和讲座。当晚，夜色苍茫时，冰客又送我回十堰。迎来归去的路上，我了解到冰客依然住在那间牛毛毡小屋里。在这间 10 年如一日的读、写、寝、食共一间的小房子里，为了写作，也为了不影响妻儿，冰客总是在前半夜睡觉，让妻子、孩子看电视、休息；待凌晨 1 点，妻儿睡熟后他再悄悄起床，把生命交给挚爱的文学。冰客没有钱买书，但一个写作者不读书如同生命断了食粮一样而感到饥饿、恐慌。于是，每个星期五下午下班后，冰客就乘车到 70 里外的十堰，晚上住同学家，星期六就在十堰市图书馆一泡一个整天，饥肠辘辘地读一天书、记一天笔记之后，晚上九点、十点再赶回 70 里外的家。年复一年，书海的乳汁琼浆如同养育着鄂西北儿女的汉江一样，源源不竭地营养着穷人冰客的心智和创造的力量。冰客还告诉我，他的妻子始终没有工作，家里喂了一头母猪，靠下猪崽补贴生活，工作读书之余，他要和妻子一起喂猪……

我多次向我下岗失业、因托人找工作而不断受辱、受挫、受骗的侄儿讲述冰客的故事，我多么希望生活在底层的、无援无助的、只比冰客小三岁的侄儿，能够像冰客那样开始穷人的奋斗。在今天这个物欲横流、势利张狂的时代，我也希望更多的生存艰窘的人们，能够认识贫穷的科学价值。尽管贫穷对人有正面、负面的诸多影响，但它最重要的价值之一是可以锻造我们意志的不屈不挠，它同时赋予我们不致堕落和败德的力量。

2002 年第 7 期《当代人》杂志头条发表

为人为文总是德

373

十年一剑，善清又要“亮剑”了。

十年前，他出版《笔照心海》时，让我为其作序，现今出版《我写故我在》，他还让我还为之作序。为人作序是件非常不容易的事，但为故乡的善清作序，我很乐意，因为我们有着许多的了解和深长的友谊。人们常说，结缘要结善缘，那么，我认为在众多的朋友中，与善清结下的缘是我结识的诸多人缘中最好的善缘之一。

善清总是那么善良，忠厚，踏实，勤勉。我认识他十多年，他一直保持并倡扬着这种品格，应该说，这种品格已化作他生命的内质。我心中的故乡，除了那山那水那城那屋让我毕生难以忘怀外，除了养育了我的亲人和手足同胞让我时时牵挂外，就是一群给我深情厚意的故乡朋友了。他们对我深切的关注和厚爱，让遥远的故乡在我心中变得更加具体更加温暖。善清就是这群朋友中总让我托付、总让我信赖、总让我感激的一位了。

许多时候，善清在我心中是作为故乡的象征来对待的。在我常常回望故乡时，眼前就会浮现出这样一些镜头：憨厚的、默默的为你奔走的善清；细心的、热忱的为你讲述故乡人和事的善清；真心的、亲人般为你的事操心的善清。

尤其让我感动的是：作为故乡教育精英之一的善清，对有写作成就的郧阳儿女的作品，他都认真地阅读，然后热情地讲给他的学生和同行们听，他真诚地做着这些作品的传播者。正是这样的一些文化传递，我和一些成长于外省的郧阳儿女被故乡许多人、尤其是年轻一代更多地认知和了解。那些在南方、北方谋求发展的家乡人说起善清，总是用这样的比喻来表达他们内心的感动，他们说：善清多少年来虽然没有走出故乡一步，但他的心却随大家走向了天南海北。他知道游子需要故乡有迎候他们的人，善清就充当了迎候故人的老艄公，早早晚晚守在汉江河畔，微笑着接迎着回家的人。他们出门时善清给带上一份祝福，回来时善清给端上一杯热茶。多好的善清，有这样的人，故乡怎能不永远在游子心中？

善清是个文化人，也是个优秀的教育工作者，这两年又一不小心做了教育行政干部，但无论怎样角色转化，善清都始终坚守着一种朴实而传统的文化人本色。许多年里，善清在故乡那片朴实的土地上孜孜以求着自己的育人事业，像春蚕吐丝一样奉献着。春去秋来的耕耘，如今他已是谷满仓殷、桃李芬芳了。从传颂他的口碑中我感觉到，他不是个一般的教书人，也不是个一般的教育行政管理者。他有思想，有学识，有修养，有理念。因而，他教书能育人，管理能服人。如此，他的人气指数很高，教书的学他进德修业，写作的学他深练内功。在故乡那片天地里，他深深影响着相当一批人。

善清似乎一直恪守着君子固穷的传统德操，以俭养德，以德育志，以志习业。他一家人至今仍居住在二十多年前的仅六十几平米的房子里，儿大女成了，家不宽，室不敞，一家人过着极为简朴的日子。2007 年春节我回故乡时，善清邀我和堂根、云军、冰客几位故乡朋友去他家做客，我在想，一个当地颇有资历和影响的教育人士，总该是一个宽敞殷实的居室吧？使我万万没有想到的是，他居然住在那种徒有四壁、没有任何装饰布置、没有任何像样家俱、黑乎乎的几近于贫民窟的小屋！这一眼足使我唏嘘寒心，至今我的心还充满同情和悲悯。我曾几次和故乡的朋友说到这些，我也几次问善清，怎么会是这样呢？可善清总是满面露着一种实心实意的知足，他觉得这就够了，有立足之地，有下榻之处，有烧饭之处，就很可以了。他说，生活的再优化，该由孩子们去奋斗、由他们去实现，自己有这么个基础就很好了。

我相信，善清这不是刻意作“简朴秀”，也不是要标榜自己什么生活态度，确实是他一贯的道德操守，他的心思没用到物质的谋求上，而是更多的用到了精神的谋求上。所以，外在的物质享受好坏对他都是一个样。善清是个充满奋斗精神的人。他很自信地对我说，这么多年来，他通过奋斗造就了自己，也造就了妻子、儿女、亲友及无数人。特别是妻子，结婚时，她几乎没到扫盲水平，无业，无生活能力，是他不离不弃地教她识字学习，从中专学到大专，从无业到有业，从不会生活到承担家庭生活，一手造就培养了一个全新的妻子。善清还说，如果妻子不是嫁给他，她人生肯定是另一种样子。这就是善清的德性，他对什么都怀着一颗佛心，春风化雨，菩提开花。

说了善清的为人，该说说他的为文了。一个人有了好的德性操守，为文也就有了很好的根基，可以说德是人的内在文章，德的外化，便是可视的道德文章了。善清的善根自然决定了他道德文章的成就。多年来，他总是先为人后为文，且为人与为文总相宜。古人说财润屋，德润身，他的德由润其身而润其文，因而，他的道德文章一出手就显示了一种成功，拥有了一定的读者群。用今天的时尚说法，在他拥有的一批“粉丝”中，他如皇帝或英雄一样被抬着，爱着。他们品读他，称道他，称道他对世道人心的深刻解析，称道他对纷纭万象的至切把握，称道他对日常生活的郑重态度。“粉丝”中有他的学生，有他的朋友，有他的同行，更多的是那些并不认识他的慕名读了他文章的人，他们或年迈已退休，或就读于学堂，或耕耘于乡野，或商贾于街市，或为官于政坛，他们说到善清的文章总是如数家珍。

善清文章犹如他做人，老到、练达、持重、严谨，诸多经典语言成为人们过目不忘且收藏于身的生活箴言。如“生存是一种交待”、“交往，不能承受其重”、“日记，生命的账簿”、“同学，一世姻缘”等，这些语言生成于他执着而郑重的对待人生的实践中，是他顿悟日常生活之所得，读者对这样的语言自然喜爱有加，认同有加。

生活着，思考着，写作着，奋斗着，这是善清多年来一个基本的生存状态。日复一日，年复一年，善清持之以恒，锲而不舍的奋斗着，收获着。在故乡的日子里，每每听到人们说及他，总有那么一种钦敬之情，这种钦敬让你觉得他倾注的无形心血已转化成了一种有形的生命景象。

善清的写作涉笔广泛，但主要的追求还是散文这种与他情操修养一致的文体。在他的写作实践中，散文、随笔占了相当比重。他专心专意锤炼语言，感受生活，蓄积感情，都是为了很好地运用和驾驭这种文体。他的追求带来了丰厚的收成，《我写故我在》的出版就是最好的说明。这个集子收录了他近十年来在各类报刊上发表的作品，不论情致的美，还是反映现实的真，表达心灵的善，都达到了一定的高度。他缅怀亲人，关注人生，记录成长，放眼风物，体悟人缘，透视世象，种种种种，都站到了人生历练的一个较高视点。善清以洞达世事而成就学问，学问和学识又不时滋育着他的情操，使其练达而中正，其文也便功到自然成了。他的《感觉小说》、《日记，生命的账簿》、《远去的书信》等说理散文就是这样一种造就；他的《婚姻的必然缘分和偶然错位》，写一段失去的恋情，非常注重蕴藉，如书法运足了气而运笔一样，文意舒展自然、跳宕有致。即使这种抒情文字也注入了他的诸多识见，比如“婚姻是有其必然的缘定的”、“完善的婚姻是需要前世缘定后世造化的”等，这是情与理水乳交融后生成的至切感悟，表达了男女二元世界里人们千古反省的新语义。读善清的散文长学问，长知识，长见识，他是一个思想者，也是一个文道统一的成功者。

善清的散文有一种很重的忧患意识和批判意识，这与他身上与生俱来的人民性有关。他总是站在普通人群一边，站在低层人群一边，忧其所忧，患其所患；他的不少散文带有一种批判性，让粉饰世道的人看了多少有些不舒服。《给他一双耳朵》、《交往不能承受其重》、《一帧寄自途中的贺卡》等，是这类文章的代表。在同情弱者中流露出鲜明的对世道人心的谴责，他希望这种谴责能对不平的世道有所补益，对不良的人性有所挽救。这是善清的良心所致。谁又能说，这不是整个社会的良心所需呢？

出于对善清为人为文的厚爱，我兴笔写下了这些感言，权作其序。由衷祝福善清笔健，佳作纷呈。

2007 年 6 月 29 日于北京

一个中学校长的心路

早在 10 年前，我在中国西部就“贫困与教育”“环境与教育”“妇女与教育”进行长达百天的走访时，与一位从澳洲学成归国的教学论学者谈到中国教育的弊端时他说：“什么叫教育？对个体而言，那就是人对命运及其发展过程的关注。作为一个教育者，教育的真义是在改变他人命运的同时，也在丰富着自身的命运……”他向我讲述了他在澳大利亚留学时的房东，“那位坚强的老人启示了我。老人在 30 岁时失去了丈夫，她有两个儿子，小儿子是个残废，靠着国家的资助她为小儿子成了家，她自己也靠国家的救济金生活。可她每星期都要拿出两天时间到医院去义务服务，帮助那些需要她帮助的人，如拿药、擦洗、喂饭水等。有一次，我对老人说，你可以不必这样做。老人回答，每个人都有为他人、为社会生活的权力……老人的回答使我悟出了人生的道理：你在帮助别人时同时也在帮助自己。”

从那以后，我常常在想，我们的教育究竟为受教育者提供了多少这样的精神内质？

应该说，10 年后的今天，当我很专注很用心地阅读《让学生成为最好的自己》一书时，我困惑已久的心灵一再被安慰，被打开。这部书是做了 28 年高中物理教师、14 年中学党委书记、6 年中学校长的苏超时先生的论文、演说、言论、域外考察笔记等文章合集（其中不乏非常优美的、具有文学品质的散文），近 40 万字的文本拿在手中时，我掂出的不仅仅是一个辛苦的教育工作者付出心血的辛苦——对于这样的辛苦每一个教育者都配得上我们一生的感念——让我感佩不已的是苏超时为中国当代中学教育投入的全新的教育思想和教育理念，那就是“让学生成为最好的自己”。

当这种理念成为苏超时教育本质的绝对价值观时，他为自己校长行为注入的一种高尚的严肃性以及精神尺度，便成为他和学校教育使命的坚定信念，所有的努力都在体现这种恒久的利益学生的追求。

“进了襄樊四中，你可以成为最好的自己！”这是每年新生入学时苏超时都要反复强调的一句话。这句话成为苏超时和他的同事们的一种“学生观”，渗透到教育、教学和管理的各个环节、各项工作之中，最终使汉水岸畔的这所湖北名校成为生命成长最温馨的摇篮。

作为校长，苏超时无时不在要求摇篮边的老师做学生的父母、兄长和朋友，在传授知识的同时，呵护学生成长，帮助学生“做人”。他特别强调班主任的榜样作用，他说——

“班主任工作非常辛苦，非常重要，班主任对学生的影响是最大的。作为学生，若干年后，当他们再次踏进曾经学习生活过的校园时，也许会忘记许多，但是，有一个人的名字他们永远不会忘记，这就是班主任。”又说：“好的班主任来自学生的景仰、来自家长的口碑。好的班主任要公正地对待每一位学生，在学生需要帮助的时候得到你的扶持，在学生开心或伤心的时候有你在旁分享，用你的真心，守护每一个学生健康成长。”

为此，苏超时要求每一个班主任要有六个方面的修养，那就是忠诚事业、珍惜岗位、以学报国、善待学生、丰富活动、创新思路。

我注意到苏校长对“善待学生”一条的诠释，他说：“从关心的角度看待学生，用发展的眼光看待学生，平静地欣赏差异的美丽，尊重差异，承认差别，差别是绝对的，差生是相对的，因为有差别，教育才丰富多彩。科学地规范自己的教育行为，牢固树立尊重是生命的需要、信任是最大的幸福、鼓励是最好的教育的观念。”为此，他要求每个班主任结合自己班上的实际，认真研究 5 至 10 名不同个性和特点的学生，写出研究报告。

我想引用一个例子，这个例子让我动心了很久，我把其视为苏校长“让学生成为最好的自己”的一个注解——

何冬丽，在进入襄樊四中的时候，成绩在班里靠后。面对从全市各个学校走出来的尖子生，她很痛苦，一时间找不到方向。教语文的杨老师看在了眼里，通过观察，他发现何冬丽普通话挺标准，有一定的语言表达能力。

如何帮助何冬丽在这方面成为“最好的自己”呢？

高二时，机会来了。襄樊四中组织了一次演讲比赛，优秀选手可以代表学校参加襄樊市的演讲比赛。杨老师找到何冬丽，鼓励她去参加比赛。

何冬丽既高兴，又担心：马上要期末考试了，自己成绩本来就不好，如果再花时间去准备演讲，影响了学习怎么办？

“你这方面有特长，为什么不给自己一次机会？”杨老师鼓励何冬丽。

何冬丽的父母也有些担心：难道有比考试更重要的事情吗？他们找到老师，表达了自己的担忧。

“我们不能只关注孩子在高中的三年时间，而要关注她是否能成长为一个阳光的孩子，一个身心健康的孩子。”杨老师希望家长和何冬丽从仅仅是分数的世界里走出来。

最终，何冬丽参加了比赛。

那次考试，何冬丽的成绩稍有退步，但老师一句责怪的话也没有。

那次比赛，何冬丽脱颖而出，顺利地参加了市里的比赛，并最终取得了全市第 名的好成绩。自卑的女孩，绽放出了笑脸。

更重要的是，何冬丽发现了“自己”，找到了自己的发展方向。她以演讲作为突破口，带动语文成绩提高，最终带动各科成绩整体上升。高三毕业时，她考进了自己心目中理想的大学——北京广播学院（现中国传媒大学），学习播音与主持专业，毕业后走进央视做了节目主持人。

还有有艺术特长的李根，学校支持他在襄阳和宜昌举行了个人钢琴演奏会，并为他制订了特殊学习计划。2007 年 9 月，他被英国皇家天才少年音乐学校录取，并获得了当年唯一的全额奖学金。

“在襄樊四中，不同类型和不同层次的学生都能找到适合自己的成长土壤、发展空间和奋斗目标，每个学生都能体验到成功的快乐，真正做到乐学、勤学、会学，从而奠定终身发展的良好基础。”也许，这是苏超时心底最深刻的慰藉和骄傲。

难道我们不是？

我们见惯了为拼分数而痛苦、而焦虑的学生、家长和老师，我们也目睹了太多以升学率多少和考上北大、清华多少论英雄的残酷竞争，襄樊四中的做法，给我们留下太多的反思、太多的启发，他们挑战着自己也挑战着教育的桎梏和误区。

“要让学生达到自己发展的上限。”在各个场合，苏超时还总是不失时机地向教师们灌输这个观念：“每个学生都是一个独特的存在。每个教师要时刻自问：‘我是否为学生成为独特的这一个而尽了全力，而提供了最大的帮助和服务？’”

为了强化这个教育理念，苏超时向老师们讲了一则寓言——

> 一个水罐完好无缺，而另一个有道裂缝。每次打水回到家，好罐子都装着满满一罐水，而有裂缝的罐子只能打回半罐水。有裂缝的罐子感到很惭愧，对挑水人说：“因为我的缺陷，你没有从辛劳中得到足够的回报。”
>
> 可挑水人对它说：“你注意到了吗？挑水的小路上，你那边长满鲜花，而另一个罐子那边却没有。那是因为我知道你的特点，就在小路的这边种下了花种。每天打水回来，你就给它们浇了水。”

“我们要做‘挑水人’，把那些在别人眼里是‘有裂缝的水罐’的学生，看作能够浇灌花朵的源泉。”苏超时说，“襄樊四中要做的，就是为这些孩子洒下美丽的‘花种’。”为此，学校每年都要举行“小发明、小制作、小论文”比赛；鼓励学生在校园网开设自己的网页、网站；带领学生走出课堂，走进军营、乡村、法庭和社区，走出国门，走向世界；举办体育周、艺术周、科技周、演讲比赛、诗会等丰富多彩的活动……

所有的努力最终把襄樊四中建成了一座名符其实的书香校园、生命家园、创新乐园；建成了一座湖北省一流的示范学校。

作为一个面向21世纪的中学校长，苏超时有着清醒而明确的“人才观”。在苏超时看来，今天的青少年能否担负起21世纪中国走向现代化的历史重任，而担负起这个重任应具备哪些素质，是教育工作者必须回答的问题。他给教育也是给自己在加码。

苏超时着眼培养的“人才”是：有道德素质、文化知识素质、身体素质、心理素质、美育素质、国民素质等。我非常看重并惊喜苏超时在阐释道德素质时强调的新道德规范：要学会“关心他人”，“关心国家、社会、经济和生态”，“关心地球上所有生命的生存”。

实现“从为私利而学习向为公共利益而学习的转变”，正是反映了现代教育的新需求。关心国家、社会、环境的人类意识和价值观与以我为中心的个人主义价值观，是两种根本对立的价值观。苏超时告诫他的同事和教师们：教育工作者不能只考虑智力的开发，同时要把注意力放在如何提高人的道德与理性水平上。要帮助年轻一代树立更高境界的思想、信念与责任感。

苏超时的教育思想使我想起了著名教育家玛丽亚·蒙台梭利。10年前，我在撰写中国西部教育一书时，有幸接触到了一批国内外现代教育的专家、学者，包括联合国的一些负责科教文化和妇女儿童的工作者。我从他们那里得知，为传播建构一种成熟文明，人类已经开始了世界范围内的教育总努力。

各国际组织和各国政府都已先后认识到教育是以寻求基础教育的全面发展来达到人的发展，即教育学生学会生存，有尊严地生活，明白人与自然、与他人、与社区的相互依赖关系，从而决定自己的行为与之未来的关系，以人的发展为核心的教育将为人类摆脱“人口、环境、贫穷”的困境提供希望和可能。

这便是21世纪基础教育价值观的新视野。

60多年前，杰出的教育家玛丽亚·蒙台梭利在首次谈到“教育与和平”的关系时还深感惊恐和不安，她只能小心翼翼将战争使千百万人丧生比作一场瘟疫。几年后，她再次强调这一观念时非常忧愤地指出了教育的弊端，她说：“我们现在所进行的这种教育，鼓励孩子们独来独往和追求个人利益，教育孩子不要互相帮助，不要提醒别人，而只能与同学竞争，超过他们并获奖。这些被心理学家实验证明为精神衰竭的、可怜的利己主义者随后踏入社会，他们如同沙漠中的沙粒一样，一个挨着一个，但每个人都是孤立的，而且都无所作为。一旦强风骤起，这些没有精神生命的人类尘埃将被毁灭性的旋风卷走。”

联合国教科文组织官员科林·N. 鲍尔说道：“如果我们不增强对我们生活在一个全球共同体——即我们分担责任并共享命运这一事实的意识，我们社会所面临的许多问题就可能无法得到解决……这种相互负责的意识对我们共同的幸福至关重要。”鲍尔还说，必须教育学生他们是社会的参与者，参与或承担一部分集体责任的观念，一旦在儿童期获得和形成，“这种观念就会扩展至县、地区、国家以及最终至全球社会。正是在这一意义上，我们看到了基础教育的作用，它应该成为儿童加入共同关心问题和责任的一种仪式。”

我们身处的世界，需要更多的具有人类意识的人出现，需要我们内心更多地存有忧患人类的力量和良知。

在这里，我高兴地看到一个中学校长率领他的学校与人类文明共同前行的身影。

40 多年前，汉水岸畔的襄樊四中改变了我的命运：“她”力排歧议，屡冒风险，硬是将一个档案里写着“政审不合格，不同意升学”的学生录取到了学校。我在那里扎扎实实学习了三年之后考上了大学，此后开始了新的人生，且一生都在努力使自己成为最好的自己。40 多年来，感恩成为时光里永不泯灭的牵念，使我始终关注着这所中学的前行与变迁。

今天，当我静静地阅读校长苏超时的书时，感恩之心依然在穿越岁月走进我的母校，由此使我更多地看到了一个教育工作者全新的理念，以及由此理念支撑起的中国教育的希望所在。

苏超时与襄樊四中有一种宿命般的相依，他的父辈原就是四中教师，他诞生在四中，成长在四中，读书在四中，大学毕业后又任教在四中，一生没离开过四中的苏超时对四中有着恋母般的情结。

因身体的原因，苏超时前不久调离了四中。那天，他把书稿交给我时说："在四中工作了 28 年，现在要走了。把 28 年的一些东西搜集起来，既是对母校的一个交待，也是对自己人生的一个小结……"

现在我想说，苏超时给母校交出的是一颗赤子之心，给自己人生留下的是一行深深的脚印。除却对中国教育的贡献性意义之外，我很愿意把《让学生成为最好的自己》一书视为一个教育工作者一生崇高的理想、责任、激情以及与之相匹配的善美、良知、才华、智慧等精神心路的丰富呈现。

2009 年 4 月 12 日于北京建西苑

一个心潮澎湃的冬天

子丑年交际的这个冬天，我总在心潮澎湃着。其实，我已经很久不心潮澎湃了，即使有好事出现，比如出书、获奖之类，我仅是心怀一种释然、欣慰、高兴、感恩之类，这些心境都不是“心潮澎湃”。心潮澎湃是一种情感的不能自已，是一种被什么震撼后的激动不安，是一种猝不及防的惊喜，是一种精神发见后的心灵哗然……请恕我没有按中华大词典解释“心潮澎湃”，我只是由我的心境脱口自说而已。

我为什么在这个寒冷高阔的冬季心潮澎湃了呢？原因在于阅读。

首先，我阅读了萧岛泉先生撰写的两本书：一本是《一代哲人杨献珍》，另一本是《共和国三次哲学大论战》。这两本书让我第一次立体地、详实地读懂了一个伟大的灵魂，一个真正意义的中国近当代哲学家，在一个几乎不能产生真正意义的哲学家的时代，我却被一个为捍卫真理、捍卫哲学的真义而九死一生的灵魂所震撼。

无论是杨献珍还是撰写杨献珍的萧岛泉，都是我郧阳故乡的儿子，因着他们，我在这个冬天，内心升华着深刻的、不能自已的骄傲。因着这骄傲，我心潮澎湃地书写着读书之感《中国的良心》。

无独有偶，在我还沉浸在书写《中国的良心》的亢奋之时，我收到了依然是同一个故乡的作家野莽发来的电子邮件。打开邮件，是野莽为其81岁的父亲彭云程编辑的一部诗集《晚云集》。野莽说，编辑这部诗集，他花了两个月时间，不亚于编辑自己的一本书。诗集编排得井然而精致，有京城画师魏克先生为彭老先生画的漫画头像，有著名作家聂鑫森为诗集写的序文，有篆刻家施杰云先生为彭父专刻的制印，野莽说出版时还将配上100张父母的照片。大概是考虑父亲写的均为五言、七律古体诗，野莽将其一律地排为汉字繁体。野莽给我写信说，这部诗集“武装到了牙齿”。果不其然。

仿佛让我震撼的还不是这些，真正让我再次心潮澎湃的是彭老先生的诗作本身。彭老先生75岁时开始习诗，短短六载，竟然写出一部厚厚的诗集！仿佛还不是数量问题，而是先生诗作中无处不在的对啼笑皆非的历史的回顾，对苦难悲凉事件的记忆，对世间爱与温情的眷恋，等等。

比如：先生以编年史的方式将解放战争以来的中国当代历史，“含讽带泪，字字如铁似针地进行了总结”。譬如写1957年：“指鹿为马站在左，右边一派是章罗。大鸣大放大字报，五十五万蛇出窝。”写1958年：“红旗歌谣真造谣，地球番瓜五岳苕。亩产万斤放卫星，掉下都是猪尿泡。”写1959年：“人吃人来犬吃犬，地无觅食唤苍天。饿殍多是炼钢汉，一千万人死得冤。”写1966年：“一十七年总爆发，无产阶级革文化。灵魂岂但要触击，身子打倒还得踏。”

一段漫长的、被人们忘却或不再提起的历史，在一个老人未泯的良心中浮泛。

又比如：对历代清官良将的慨叹：“四十年前批罢官，重挖旧坟坑忠贤。至今民间思海公，怒向恶吏指青天。”（《再思海瑞罢官》）“横刀立马大将军，怒发庐山炸未平。君王爱听弥天谎，神州上下多小人。”（《怀念彭德怀》）

一个原本不愿忏悔更不愿反思的民族在一个悲愤的老人心中被惊醒。

再比如：在一些借景抒情的诗中，老人写道："万里白骨万里墙，不写征夫写秦皇。铁马胡骑挡何住，惟留后世一票房。"（《万里长城怀古》）；"画廊故事千百万，未有中华丧国权。枪炮当作鞭炮听，昆明湖上仍划船。"（《赏颐和园游昆明湖》）

此刻，老人笔下的景观已不再是单纯的风景，而是对历史真相的鞭挞和揭批。

还可以举很多。

窃以为，这些诗无论是艺术层面还是精神层面，都称得上是真正意义的诗。它们无愧于时代，无愧于艺术。正是这些诗以穿透历史的力量而震撼了我的心。我对野莽再三谦辞说父亲的诗是"打油诗""顺口溜"表示了不同意见。我给野莽发邮件写道："令尊的诗实在是真正的古风体诗呢，不是什么打油、顺口溜，这是我从艺术层面上的实感，决不是吹捧，我没有必要吹捧一个不相识的耄耋老人；另一层面是这些诗中实在是饱含了一个不衰的生命对国家、对民族、对历史太多的思考和记忆，这些思考和记忆正被一个集体失忆的民族行将丢失。"

我还写道："人们常说创作是生命激情的产物，在一个普遍认知的激情已经淡去或消失的年龄，一个75岁开始写诗写到了81岁还将写下去的老人，生命中的激情依然磅礴如血、如火、如云，我们该怎样去探寻这一生命中藏匿的密码？"

我一直在想，这生命密码肯定是老人曾经经受的苦难所致。

哲学家周国平说："苦难之为苦难，正在于它撼动了生命的根基，打击了人对生命意义的信心，因而使灵魂陷入了巨大痛苦……外部的事件再悲惨，如果它没有震撼灵魂，成为一个精神事件，就称不上是苦难。"彭老先生的苦难在于：他曾与55万被打成右派的中国知识分子一样，经历了世间最残酷的肉体与心灵的折磨。难以承受的折磨使牢友自杀，先生当年仅是"仰脸但看河汉星，颗颗皆是妻儿眸。破镜或有重圆时，偷生为此忍奇辱"而不忍离去而最终活了下来。这是一个民族乃至个体生命中无法泯灭的事件，这个事件完全能够把灵魂震醒，使之在经历了无数痛苦之后，尤其是在痛定思痛之后，全部生机盎然地活了起来，催使老先生拿起笔来，悲愤成诗，这时，年龄已不是阻隔，也不能成其为阻隔。即便是集体失忆也无法阻隔个体记忆的复活。我相信，任何一个个体生命的苦难笔录都有可能成为一个民族整体的精神价值存在。

野莽是彭老先生得意的儿子。这儿子和父辈一样，在那个年代经受了无数奇耻大辱，而这一切，当他成为一个实力派作家之后，便化为他巨大的精神与写作财富。野莽为京城一家出版社编辑，他曾编辑出版了上百部他人著作，与此同时，他也创作出版了数百万字的小说。创作出版这个数目的作家应该说当今不少，关键在于野莽作品中的理想、信念、正义感、乃至崇高感，皆在嘻笑怒骂的书写中凛然彰显。我以为这种生命信息的传承来自于其父亲。生活中野莽给我的印象也是傲然而自信，他“相信自己在精神上无比地优越于那迫害乃至毁灭我们的恶势力，因此我们可以含笑受难”。

野莽这种精神与创作的巨大生命力量和支撑，在我读了《晚云集》之后应该说找到了答案——两代人的血脉流在了一起。我给野莽发邮件说：“彭老先生一生受难但却一生凛然、一腔正气，这就使我想到你的写作你的心性你的万丈豪情，原本与你令尊一脉相承。你为你老父编辑出如此精致诗集，实乃天下大孝之举！你父亲是你的骄傲，你是你父亲的骄傲。”

之后，野莽又发来他为《晚云集》写下的万言“后记”，读完“后记”，我更是感慨万千。我给野莽再次发去邮件，我说：“《晚云集》是你一生编辑的百余本书中最有价值的一本书；而这篇万字后记又绝对是你已写的百篇序跋中最壮美的一篇！野莽呀，你真的完成了你生命中最值得你完成的一件事，这件事无论是作为个人情感史还是作为文化编辑史，都将成为一个极其重要的佳话传给后人，一代代相传，一代代唏嘘。”

好了，让我仍以哲学家、作家周国平先生的话，献给在2008年冬季让我心潮澎湃的、和我同一个故乡的三位老人：杨献珍、萧岛泉、彭云程——

我们是舞台上的英雄，哪怕眼前这个剧场里的观众全都浑浑噩噩，是非颠倒，我们仍有勇气把戏演下去，演给我们心目中绝对清醒公正的观众看，我们称这观众为历史、上帝或良心。

2009年1月11日于北京建西苑

京华北斗寄乡情

2011年，我正处在紧张的《汉水大移民》一书的素材搜集和创作中，在湖北各地多达58位参与这项工作的作者陆续发来的数百万字的邮件中，我读到了郧县李兴艳的《长岭壮歌》，即现在改名的《为了干渴的北方》。在长达10余万字的作品中，兴艳带给我的震撼和感动至今记忆犹新。记得看完作品已是深夜，在京城已寂静入眠的子夜，网波把我心中难抑的激动三千里迢迢发给了兴艳——

兴艳，我真的很惊讶真的很高兴！你如此出手不凡！长达十余万字的大作有一气呵成之韵，无论从全文的结构还是系统性、全面性，以及内在的深度和对各类事件分寸的把握都是无可挑剔的。文章写得既大气又细腻，既有清爽通达的叙述，又有情景交融的细说。

兴艳，实在可喜可贺，你完成了郧阳开发区移民大章！你对生活和文学的智性参悟，凡事认真刻苦和心怀感恩的品性成就了此文，也必将使你获得更大的成就！

应该说，《长岭壮歌》为《汉水大移民》的完成带来了最真诚、有效的支援。

此刻，又是一个深夜，我再次读完修改后的《为了干渴的北方》，此时和彼时，感动的波澜依然在冬夜里弥漫。沉甸甸的文字重新把我带回故乡的山岭，带回到故乡的父老乡亲中间，带进刚刚结束的那场没有硝烟的战役……

位于茶店镇的郧阳开发区移民和移民干部，在那场战役里经历了血与泪的洗礼，灵与肉的考验。触手可及的新生活，日益繁荣、辉煌的属于开发区的新家园，说没就没了，远迁他乡的无可置疑，使开发区移民承受着比其他地域移民更多的疼痛和失望。由此，移民干部面临的艰难与困苦便接踵而至：初进村时移民几乎跑光、家家户户铁锁把门的尴尬与焦虑，实物指标核定时的艰辛与责任，选址新家园时的受挫和奔波，双签协议时矛盾的激化与破解，大搬迁前雨夜抢修路桥的壮怀激越，还有移民远迁时恋乡思土的伤心与疼痛……

兴艳以朴实无华而又深情无限的文字，深度再现了茶店人、开发区人为了共和国良好发展的大局、为了缓解北方人的水困境而进行的一场殊死战斗。缜密而细心的叙述，一丝不苟的汉字敲击，让我们最终看到了那场战役极度的复杂性和艰巨性，让我们听到了无处不在的“枪声”和“炮声”。泪水与汗水，艰难与困苦，责任与使命……

兴艳笔下出现了“中线移民大于天”的波澜壮阔。

我在《汉水大移民》一书中写道：“这是一场没有硝烟的战役，前面没有一个敌人，战胜的全是自己；这是一场没有硝烟的战役，但却是必须用意志、信念、责任和血肉之躯穿越的枪林弹雨！”

在湖北十几万移民大迁徙、数十万甚至上百万人为之迁徙而浴血奋战的移民大图景里，《为了干渴的北方》无疑是一个鲜亮的缩影。

我一直在感慨：外表纤俏的兴艳，居然在心中能撑起如此沉重壮美的叙述；并没有参与移民包保的兴艳，居然能将一个成千上万人参与的战役从头至尾、如数家珍般进行有效激情地书写；还有，白天要进行日常工作，仅仅只靠56个不眠之夜完成作品……怎样估价一个年轻女子生命中韧性、责任和担当的力量？

我还一直在感慨：兴艳弥漫全书的叙述的沉着、扎实、绵密和理性，无不给读者带来阅读的可靠性和信任感；兴艳无处不在的人物对话时的口语化、方言化，使读者在哑然失笑后顿生一种真切、朴实和亲密；兴艳对各类人物、各种事件文字处理时的得当和分寸，使读者感受着作者的成熟和大气……

我由此欣慰：兴艳有对大题材写作的沉稳把握和对词语智性运用的能力。

这样说，《为了干渴的北方》近乎完美？NO！非常遗憾的是从第七章开始，原本通畅无阻的结构突然断裂，原本一气呵成的内在气韵戛然而止。人物单列式、单向度游离出原有的故事，履历化、绩效化、重复化书写使原本的文学框架出现危机。加之，对内安移民工程的粗放式、材料化的简单处理，使本书原有的文学性开始衰减。

我想，如果不是对书写人物的求全求满，如果不是对书写事项的取舍失当，如果不是对文学审美的敬畏有所忽略，如果不是……

如果不是这些“如果”，这部书的文学价值会更好些。

写到这里，我还是想把过去写给兴艳的一句话写到这里，那句话是——

兴艳，真是希望你有真正文学的未来。你要记住，郧阳不是小县，是大郧阳，应有大作家、大作品留世……

写完这句话时又到了深夜，窗外无声的雨雪已下了一天一夜，天上没有北斗。但我还是在心念，愿云中的北斗捎去我对故乡文学的期待。

2012年11月10日于北京建西苑

与呼兰河一样美丽的吟唱

很久没有读到如此让我心动、让我无法释手的散文书籍了，《在呼兰河的这边》却一再让我在沉吟中流泪、在惊诧中欢喜、在艺术的分享中心灵受洗。这实在是一本值得我们静心阅读并细细品味的好书，这是来自呼兰河这边的一首美丽的吟唱。

我曾在许多场合说过：优秀的散文作品必须具备两种品质，那就是提供心灵慰藉的品质和审美愉悦的品质。我还始终认为：好散文在时间的深处，在心灵的痛处。现在，在京城冬日静寂的白天与夜晚，我静寂的心一直沉浸在肖鸿的长达 33 万余字的作品中，两天一夜的阅读，使我深觉《在呼兰河的这边》具有我对好散文认知的同质品格，为此，我惊喜不已。

我还执拗地认为：茫茫人海，相遇知己最好的方法，是在阅读的文字中发现有同气相求、同德相应、同品相行的心灵，那就必是可以携手前行的知音了。此刻，阅读《在呼兰河的这边》，对于过去并不十分熟知的肖鸿，我有“故乡遇知音”和“相见恨晚”的大欢喜和大感动。

我由衷地认为：《呼》书是一部有价值的存在。

价值之一：这不是一部只供个人情感消遣、把玩的纸质品，这是一部隐含着民族历史深刻痛楚的心灵祭场。

作者在《我的父亲叫沧桑》《老师教我对付安东尼奥尼》《漂亮的红裙子》《好小孩坏小孩》《京都梦里向阳湖》等诸篇里，用诚实而纤细的叙述，把我们带进了那段漫长的不堪回首的历史创痛中。尤其是《我的父亲叫沧桑》一文，让我们看到了一代知识分子的命运在历史的荒唐中如何被辗压、被愚弄、被屈辱、被蹂躏的艰难处境和困苦一生的心灵。这是中国整整一代知识分子的缩影！

一个原本清纯的青年就因在国民党部队里呆了七天、就因他人在高压昏溃中交待的一个莫须有的“特务”罪名、就因同样一个被人陷害而捏造的“地主”成分，三座政治大山让一个孱弱的生命背负了一生一世的苦难，在21世纪的今天，86岁的老人还在颤抖着向组织书写“关于正确评价我的三个问题的报告”。看到这里，我的心已疼痛难忍。而作者写到此也是痛心疾首：“我以为，开朗健康的父亲早已将过去的种种怨怼抛诸云端，种种愿望抛之脑后，现在才发现，其实父亲的心从未平静过，过去的种种也从未遗忘。他怎么能够忘记呢！那是他一生的屈辱一生的梦魇一生的创痛一生的眼泪啊。我不知道年纪越大越容易追忆，我不知道父亲的伤疤有多深，我不知道父亲的心灵创痛早已深入骨髓，我不知道年届八十六岁高龄的父亲，内心深处还有一汪泉水和一株嫩绿的小苗，仍然需要明媚阳光的温暖和照耀……”

令人欣慰的正如作者所写：“我为不能替父亲了却这一心愿而心痛，为不能帮他此事于万一而深感遗憾。我能找谁去申冤呢？我又找谁去诉说呢？我只有拿起这支笔，将我可敬可叹的父亲的一生，用生涩的语言潦草地记录下来，以安抚他酸楚不安的心灵。”我想，有女儿这样的书写，父亲沧桑已久的心可以获得有效的慰藉和温暖了吧。

漫长的历史扭曲，造成了中国知识分子深重的创伤，这是中华民族的国殇！好在我们最终迎来了疗伤的时代，而面对风烛残年的前辈，面对无数因此而早逝的生命，我们该怎样表达我们心中深刻而恒久的歉意？

作者在这里悲恸一喊:“爸爸,感谢您给了我生命,感谢您对我的养育之恩。对着苍天大地,对着高山大河,对着云贵高原的父老乡亲,对着北方辽阔无垠的黑色土地,我满怀深情地说一声:爸爸,我爱您!”

这一声恸哭难道不是民族历史的恸哭?这深情一喊难道不是中华大地流泪的一颤?

在《老师教我对付安东尼奥尼》一文中,作者写到在那场浩劫文化的“革命”中,“革命”如何判处一个原本对中国抱着巨大热情的意大利导演的“政治死刑”,以至10岁的小女孩也天天想着上街站岗,抓“大坏人安……”

历史翻过荒唐的一页。2004年,具有历史性意义的安东尼奥尼电影回顾学术观摩在北京举行。安东尼奥尼的妻子特地代表丈夫为《中国》与中国的观众见面写来致辞。因为这个当年表明“我不想拍一部政治影片,因为我不是一个政治家。我是一个导演,很简单,我只想展示中国”的安东尼奥尼,已经是一位偏瘫且年逾九旬的老人了。直到2007年离开这个世界,安也没说过一句怨恨中国的话。

写到这里,作者说:“我心颤抖了。”

接下去,作者写道:“道歉是一个民族的品质,我们的生活中似乎总是缺少点什么。好在历史总有它公道的一面,1995年好莱坞用一座奥斯卡终身成就奖表彰了安东尼奥尼追寻和奋斗了一生的电影事业。更加令人欣慰的是,中国有一对名叫刘海平、侯靖宇的夫妇,他们怀着极大的尊重与歉意,独立制作了纪录片《中国已远——安东尼奥尼与中国》。片尾以这样一个镜头结束:这对夫妇带着他们的女儿,捧着从中国大地上挖的一抔黄土,装在一个透明的玻璃杯里,小心而虔诚地亲手放在费拉拉的安东尼奥尼的墓前。我的眼眶再次湿润……”

我敬佩一个智性的灵魂在这里写到了“道歉”这样沉重的话题,虽轻轻一过,但已窥见一个优秀知识者思考的深景。从反右直至“文化大革命”,中国真是打开了“潘多拉”的魔盒,所有的人性邪魔都纷纷出世,遍布全国的政治“打手”、“棍子”、“造谣者”、“跳梁小丑”极尽迫害之能事,时至今日,有谁真正进行过道歉?

作者怀着深深的歉意，在文章的结尾处深情一唤："费拉拉，安东尼奥尼的故乡，意大利著名的文艺复兴小城。"

朱学勤先生曾经写道："……世界上的优秀民族在灾难过后，都能从灵魂拷问的深渊中升起一座座文学和哲学的巅峰，惟独我们这个民族例外。"

肖鸿的文学思考已经在抵达一个中华文化沉重的命题。

我曾在《我看当前散文》一文中写道："中国散文的繁荣与发展，带给了人们广阔的文化惊喜和深刻的心灵抚慰，但这并不等于说，散文创作已尽善尽美。事实上，商业化语境的侵入，直接导致了中国文学的功利性和虚伪性，为了满足名利的种种欲望需求，写作者毫不犹豫地放弃了对文化良知和社会美德的承担，怎么市侩怎么来，大量的粗制滥造和污秽之作充斥文化市场，社会大面积地陷落为审美的平庸和思想的弱化之中。"

文学博士、散文批评家李晓虹曾说，产生这种情况的原因一是作家缺乏对人们面临的伦理困境和精神痛楚的深切体味，不能真正深入同时代他人的精神困境中，探求其精神出路。也不能对前人的精神处境及他们对待这种状况的努力进行深入探究。因此，他们的作品不能给寻找精神出路的人们提供帮助。再就是缺少对于作品的永久性生命力的追求，因此面对一些关乎人类存在状况的大问题没能进入，即使进入了也缺少超越的力量。

显然，肖鸿的写作与此相悖，她在直面历史，直面人性，她在痛楚"人的精神处境"。由此，奠定了其作品厚重的人文价值。仅此，我向她致以深深的敬意。

价值之二：这是一部以真纯、善美的文字探进生活的细部，以细节描写的动人并慰藉读者心灵的散文真品。

比如，在写到父亲送 8 岁的"我"去北京读书时分别的一幕——

不会忘记那个月黑风清的夜晚。临行前，爸爸语重心长地对我说："到了北京要听舅舅舅妈的话，要好好学习，要做到眼观六路耳听八方。"我半懂不懂地点点头。然后也学着父亲郑重其事的样子跟他说了一句话："爸爸，以后别跟妈吵架了。"父亲蹲下身把我紧紧

抱住，冰凉的泪珠扑簌簌掉在我的脸上。很多年以后，很多年以后，这幅场景我都记忆犹新。”（《好小孩儿坏小孩儿》）

我想，这颗冰凉的泪珠滴在小女孩脸上，也会伤心地滴在读者的心上。

在北京的日子，一个幼小的心灵得到的呵护，成为她一生一世的眷恋，舅舅、舅妈，作为知识分子的正直、善良以及在那个劫难时代的心灵磨难，在作者入微的细节描写中，我们已体察多多——

在舅妈家，如果随着表姐表哥的辈分来叫的话，我们有一个舅婆。

每次去舅婆家串门儿，都要经过官门口。金秋的天气已经有些凉意了，五彩的枫叶铺满长长窄窄的石子小巷。巷口枫树旁的食品摊位，一位大妈正在吆喝着：“冰糖葫芦喽！五分钱一串儿的冰糖葫芦！”舅妈这时就会掏出钱来，四个孩子每人一支。有时遇到糖炒板栗，舅妈会买一小包，每个孩子发几颗。一家人的笑声和着酸甜的冰糖葫芦、就着甜美的糖炒板栗，洒在金秋十月的小巷深处。

……

舅舅走后，家里一下子冷清了许多。舅妈更忙了，忙上班、忙家务、忙几个孩子的吃穿住行。偶尔闲了，习惯性地两手插在裤兜里，坐在床沿上发呆。和善而忧郁的目光透过乳白色的近视镜片注视着前方，好像有想不完的心事，又好像什么都没想。只是那么傻傻地坐着呆呆地望着，好像前面永远有她看不完的生活默片。

在书中我们不时读到作者爱美的天性，那种对美的不可扼制的追求，使我不禁在想：她难道是美之天使的化身？因为爱美，看见妈妈寄来的“灰不溜秋”的灰棉布就难过得大哭；因为爱美，穿得美的同学就成为她的偶像，甚至冻僵了脚也要穿一双好看的单鞋。我们来看她不厌其烦、又栩栩如生的细节书写——

冬天张一平从不戴围巾，而是戴一顶红色毛线帽和红色毛线手套。上身穿过膝的双排扣小大衣。下面穿蓝格黄格或绿格的裤子，在肃杀冷寂的冬天，她的穿着给周围带来一缕蓬勃的生机。下课铃一响，我的眼睛就跟着她转，离她既不能太远也不能太近，远了看不清，近了又怕她发现。只好用那种不远不近不离不弃的目光，追随着我心中的偶像。

有一回我做了一件可笑而又愚蠢的事情。乍暖还寒的三月份天气，张一平穿了一双黑色包脚松紧鞋，走起路来轻盈好看。我是多么喜欢又多么希望也有一双这样不薄不厚又轻又巧的鞋子啊。可我不敢向舅妈提出非分要求，便找出夏天穿的方口布鞋去上学了。坐在教室里，我的脚冻得生疼。好容易盼到下课了，飞快地冲出去，跑到操场上蹦啊蹦，希望能吸引同学们欣赏的目光。可我失望地发现，没有一个人注意到我，更没有人赞赏我脚下的那双单布鞋。当时我后悔极了，因为我的脚快冻僵了，差不多都走不动道了。那一刻，感觉自己完全是只丑小鸭。

爱美，使她把一张张糖纸也珍藏如新："这些玻璃糖纸只要在笔记本里夹一段时间，就会变得光洁明亮而且一点折皱都没有了，平放在手掌心里两头都可以慢慢打卷儿，平滑灵巧得如一条小鱼。"

好的文学作品是一个又一个生活、生命细节的灵光再现。我们不需要词语堆砌，不需要喋喋不休，但我们需要生命跃动的入微。

价值之三：忏悔、悲悯、感恩，这是一个美好生命的标征，也是一个素质生命的重要元素，更是一个知性生命抵达幸福的必修路径。《在呼兰河的这边》无处不在的忏悔意识、感恩意识，以及其善良和悲悯意识，都是我们这个社会亟待呼唤的品质。

在《阴天乐的暗喻》一文中作者对一个患白化病的女同学总受同学嘲笑、挖苦，最终失学而后悔不已，她反思的文字这样写道——

回顾一路走来的求知路程，除了将刻苦读书考百分视为最高目标外，似乎并没接受如何乐观坚强地对待苦痛与挫折，如何对弱者施以爱心和关怀等方面的引导教育，这不能不说是人生课业的一大缺失。如果我们用心去温暖一个处在病痛或困境中的人，给他更多的关注与关爱，那么，他留恋集体、留恋生活的愿望就会强烈一些，我们身边发生的悲剧就会少一些。

遗憾的是，我们没有做到。

一晃三十年了，阴天乐不知生活得怎么样。或许她早已不在人世了也未可知。我也不知道为什么要写她——这个连名字都叫不出的姑娘。似乎只有记下她，心里才能获得些安慰。

我们从这样的文字中看到了一个善心者的悲悯情怀和“悟道”，这一“悟”使我们看到作者在揭示我们教育本质缺失的同时，也使我们感受到一个懂得忏悔的生命的美丽。

而感恩在舅舅家生活的年月，更是成为作者一生一世挥之不去的情结。以至于西四斜对面的一条胡同宫门口，那个“当年黑不隆咚窄卡卡的巷子，一不留神就会钻进我的梦里，让我醒来坐在床上，惆怅发呆半天”。

即便在今天，因京城的旧城改造、舅舅家的四合院已经不再，她依然希望“宫门口胡同的树更绿、石子路更光洁、白塔寺更威武、马式桥的小吃更有名气。尽管宫门口的街坊邻居早已忘记了当年曾在这里走失过的一个小姑娘了，西四的街道也早已模糊了一个外乡人的身影，可我还是忍不住款款深情地念叨着：西四……我的西四……”

以至几十年后，“站在这个童年的梦想之地”，她竟“一下子买了十几个大大小小各式各样的笔记本和一套精致的生肖卷笔刀”，以了却曾留在这里的梦幻般的记忆；“站在这个几十年来魂牵梦萦的故地，它其实早已‘沦陷’得面目全非。但此刻面对眼前的真实，依然难过得无法自已”。

这样的感恩伴随着作者一生的成长，最终成为她人生路上动人心魄的风景。正如作者在《小街记忆》一文的结尾写得那样凄婉也逸丽——

走了，阜成门大街223号红漆大门的四合院，无论在与不在，你都已流放在我记忆的深处；走了，小街，当西边晚霞为京城披上金色余晖，你将更深地沉淀在我记忆的原野。轻轻道别不想说再见，因为我们知道，不管生活还会面对多少繁复的相聚与别离，生命长卷上最动人的，永远是心中深萦于怀的最初一笔。

我们说，在东方文化情感中，从古至今，都有“百善孝为先”的伦理认知。我们从《呼》一书中，不难发见这样的伦理美德，她尊重公婆，而看到虐待公婆的人就气愤，“就总想过去说几句”；而在上大学时，一个十几岁的少女，为了与弥留人世不久的爷爷见上一面，不畏千里迢迢的风险，也不知爷爷家在贵州哪里，只凭着一定不让爷爷留下“一辈子没见过孙女”的遗憾，从长沙坐车到贵阳，从贵阳到安顺，仅从安顺沿六盘山到盘县就又坐 12 个小时的长途车，到达盘县又坐 3 个多小时长途车，之后“又走了八里崎岖山路，才来到我的老家：这个云贵高原上，靠近云南的最偏远、最荒蛮、也是名字最拗口的少数民族聚居地——盘县普古区苏座公社岩博村”。(《寻根记》)

一个十几岁的少女，只为了让病重的爷爷见上一面，她是用怎样的生命真情走过了千山万水？她是用怎样感恩的力量抵达了这个世间已经远去的一种美德——孝悌？

读这样的文字，我总是感动得泪水涟涟。

感动的不仅仅是这些。在《父爱恩深》一文中，我读到一个以纤纤之心在不断自责、不时体谅亲人感受的女子——

爸爸已经耳背眼花，我太大声地说话，他怕又做错了什么事，担心是不是又在训他。正这样想着的时候，爸爸站起身，敞开的衣襟把桌上的茶杯挂掉了，“咔嚓”一声玻璃碎了一地。爸爸连忙蹲下身边捡边自责：“你看我这个人真没用，该死了，真的没用了。”

我一步跨上前扶着他，轻轻笑着说：“爸爸，还记得小时候您教我捡针吗？来，我们一起，别扎着手，应该这样捡……”

读这样的文字，怎能让人不潸然泪下？

我想对那位一生受尽磨难、屈辱的老人说："无论人生有多么难说，你有这样一个女儿，那是你最好的造化了！"

除却已说到的价值存在外，我们在《呼》书中还会大海拾贝般有很多快乐的发现。比如那些短短的文字之后总有深深浅浅的人生哲思，像一枚枚花色别致的贝壳，突然出现在我们漫步的海滩，惊喜如一圈一圈滚来的浪花在心中漫涌——

现在回想一路走来的寻美历程，充满滑稽与辛酸。当把穿衣戴帽这种最平凡的小事与国家政治联系起来的时候，生命该是多么的沉重与尴尬。(《美，在一个特殊年代的劫难浮沉》)

当家里的锁不知道还能锁住什么食物时，才感到：心慌的时代已经过去，而那个"不知道"，才是我们追求一生的最踏实的幸福。(《天狗钥匙》)

母蜘蛛为了繁殖种群，忍痛吃掉自己的伴侣；雄蜘蛛为了延续后代，冒险前行赴死为爱。爱，真的很伟大，但是，能毅然用生命去证明爱的崇高与悲壮的人类，其实并不多。(《赴死为爱》)

还可以举许多。

肖鸿，这个诞生在呼兰河这边的生命，在北京度过了弥足珍贵的童年，少女时代又成长在白山、黑水、雪原、白桦林之中，小木屋近处的狼群，雪野上踽踽而行的红狐，还有呼兰河那边的那个凄美悲怆的文学前辈……在这样一个圣景下成长的女子，所有大自然与人文的奇丽都凝聚为她生命成长的信息。而当这样的生命一生背负着父辈的原罪在遥远的异乡漂泊迁徙时，她与故乡的关系便成为一种神圣的灵魂的相慰相依。当把30余年的青春岁月交付给武当山下这座城市后，对于最终栖息生命的异乡，肖鸿已安然淡定地说，她已把它"揣在怀里""孵成了新的故乡"。

一个女子有如此丰饶的经历，是这经历蕴积了她生命无限的丰饶柔韧和美丽。今天，当她用同样丰饶的文字与我们这个世间对话，我发觉，她的存在是配得上她的经历的。配得上一望无际的黑土地上的诞生，配得上与父辈一起的受苦，配得上小小年纪便开始的四处迁徙，更配得上今天苍翠美丽的栖息。

故此，我还该怎样诠释《在呼兰河这边》的写作意义和价值存在呢？

是因着与肖鸿身世、家境、阅历、情感的相似还是因着缪斯女神的手在牵携着我们一同前行，使我禁不自禁地写下了以上这些文字？我想，回答是肯定的——

世间万象皆由缘……

2014 年 12 月 13 日—16 日于北京建西苑

2014 年 12 月 20 日《十堰日报》发表

我文学的“第一次”

我的第一篇获奖散文

1983年9月，我写好了《在这块土地上》的散文，文章带着我的惶惑和不安在冀中、天津等地游历了两家编辑部后，便又灰灰地回到了我的手中。不灭的企盼使我又打发它走向北上的路。我把文章寄给吉林省《参花》杂志。在此之前，我已在《参花》发过两篇散文。《参花》主编上官缨接到文章后回信说，深感文章写得“高洁”、“不一般”，已荐给《作家》。

1984年，这篇被上官先生称为“高洁”、“不—般”的散文发在了《作家》7月号散文专辑的头条。

以后，我从上官先生那里得知：把我这无名之辈的散文发排在前辈大作家孙犁作品之前的是《作家》主编王成刚，而这篇散文的责编是吉林著名作家中申。

无论责编还是主编，他们居然没改动、没删掉这篇7000多字散文中的任何一字一句！

1985年5月，这篇散文在辽阔的冀中平原上荣获首届河北省文艺振兴奖，我得到了“优秀作品证书”、“立功证书”和奖金。当那位把书教得极漂亮、诗也写得极漂亮的大学中文系青年讲师把获奖经过告诉我时，望着他笑容荡漾、热血荡漾的青春，我很高兴很感激！自此，我的文章和我的名字，不断在全国各类报刊上亮相……

这些年，《作家》发了我七八篇散文，几乎篇篇都被《散文选刊》选载，有的还在《作家》获奖。我和《作家》的编辑们素不相识，是心灵的文章使我们建立了深厚的友情，理解和信任在我们的心上深深地铭刻。

1985年8月，我因我主编的刊物面临困境而北上长春，我去求《参花》主编上官缨先生为我提供一份他们刊物的发行网点联络图。上官先生无偿地支援了我，拯救了我和我的编辑部，拯救了我们的刊物。上官先生花发苍然，先生一生苦难深重……归来后，我伤心地为先生写了篇散文《北方魂》。然而，仅此一次的长春之行，我没去见王成刚，没去他们的编辑部。我匆匆北上，匆匆南归……

1988年，全国108家文学刊物联合举办《中国潮》报告文学大奖赛。我的中篇报告文学《大血脉之忧思》在这次大赛中获奖。年底，大赛评委会在北京“远望楼”宾馆举行颁奖。万万没想到在这次会上我和王成刚先生不期而遇。

没有那种初次谋面的惊异和热情，他极冷静极消瘦极高。在我喋喋不休地向他叙说了我那一阶段的困顿、困境之后，他说：“你不写小说又主持一个通俗小说刊物，又要搞自负盈亏，担子很重；你拼力想办好刊物，又想有大量作品问世，这无疑是一对矛盾；你以全部热情迎接生活，生活中又不断充满猝不及防的烦恼，你缺乏精神准备和心理修养。大约是这三个方面的原因使你心情一直不好，精神走进误区。”我们素昧平生，仅仅听完我十多分钟的谈话之后，他便秋毫般地洞察了我。“能否改变一下自己，改变一下思维方式，这样也许能愉快起来。无论写报告文学还是写散文，我以为还是要发挥你自己的特长和优势，以情为主，以情取胜，这是许多人比不了你的。关于报告文学，雷达在《光明日报》上发了篇文章，写得很好。你没看过？你不知道雷达？”

我当年并不认识如雷灌耳的雷达，也没注意到他的文章。他起身离开沙发拿给了我那张《光明日报》。从他惊愕的语气里我已听出他对我没看过这篇文章不知道雷达而深感遗憾和不满意。留下雷达文章的当天下午，他就离会了，他在北京还有事要办。

临走前，他告诉我他有位朋友正在参加全国优秀散文集评奖，从他那里我得知我那部参评的散文集已从全国推选的几百部散文集里被筛选到了前20名——我真不知如何感激一位在遥远的北方、如父如兄般的好人，他一直在默默地关心我，祝福我——后来我才得知，王成刚和我父亲一样，遭际了反右时的政治苦难，苦难带给他人生的不幸……

后来，我的那部集子最终落选，我为此而伤心地哭过。然而，不久，我居然收到了王成刚那位朋友的来信——

梅洁：你好。

我是《人民文学》的一位编辑，我叫王朝垠。应该说，你至今尚不认识我。而我倒是在此之前便认识了你。编辑总是通过读作品“认识”作者的。我读了你的《爱的履历》，这要比一次见面、握手、互通姓名然后应酬几句那种“认识”会深刻得多。

《爱的履历》的作者与其说属于他的爱人，不如说属于诗神缪斯。她拜倒在缪斯脚下，从娘胎里坠地问世即有一支心灵的歌，坎坷、曲折在表面形态上压抑摧折她，而实际上培养她以更深挚的情愫，而后再寻到那支歌并唱出来，也就更加深沉、委婉、绮丽、悲怆、动人。我以为，文艺女神对她的这位崇拜者有特殊的青睐。以及不同一般的“关照”及宠爱。

梅洁，你开始唱了，歌声非同一般。你要唱得更多，你要唱得更好。

你对此次散文评奖寄以希望是有道理的。在你收到此信时，备选篇目想已公布于世，你也许早看到了。我希望这对你不是一个打击，而是一个激励。有人比你顺利，但我料定，即使得奖，那奖未必代表女神旨意，或许是给一个天真调皮孩子的一颗糖粒吧。甜一会儿嘴，而后玩去吧。你呢？我以为，女神也许基于更深的心计，在扔给别人以糖粒时，正侧过头来，对你一瞥，将你的神情举动迅速映入目中、心中。我觉得天心也许对你寄望更深。这不是安慰之词，而是我从你的过去、现在而对你的未来所作的判断……

这是1988年1月18日王朝垠先写给我的唯一的一封信。

值此，我已知道，王朝垠是《人民文学》副主编，著名文艺批评家。然而，此后的年月里，我没去结识他，1991年以前，我也没给《人民文学》寄过作品，1993年，在《人民日报》社我偶尔听到王朝垠已去世的消息！真是惊愕万分！走下楼来，站在《人民日报》社院内的林荫里，我伤心地开始落泪。一个生前如此关心信任过我的人，我竟然始终没去结识他，没去聆听他的指引，此后，便是永远的不可能了！

人很奇妙，她可能因为什么已经死去，可她又可能因一滴神奇的水，一支神妙的歌，一朵鲜花的抚慰，一片阳光的照耀又活了过来。说真的，那年在接到王朝垠这封信后，我觉得我经历了一场生与死的蜕变，我死寂而近乎神经质的心伴随我的文学一起复苏了。作为一个文学生命，这些年，我收到无数编辑、出版家、作家、文学爱好者的信件成百上千，我珍藏至今的就有数百余封。仅王成刚先生的就有十几封！是的，我们这些为精神、为人类文明而苦着、累着、活着的人，兴许一生一世都难谋一次面，但这些信笺，会永远如一缕缕春风春雨，如一片片绿草地芬芳我们烦恼和忧伤的心园，时时拯救我们的颓丧和孤独。信笺——是心灵寄托者永远的宝藏！

感谢生活中所有能解释友谊并给予我们友谊的人！

我坚信我与《作家》的这种遥远而近在咫尺的缘分。我同时相信我的散文能有今天的局面，是《作家》给了我一把“梯子”。去年，王成刚给我来信，说他就要退休了，并说宋仁发、孙里会继续和我联系的。我从他们10年如一日地一直免费赠送我的刊物上得知，宋仁发、孙里是王成刚退下去之后的主编和副主编。

王成刚——全国优秀编辑，一个为人类文明苦了累了一辈子的好人，一个北方那座城里如星辰般的老人。

长白山的雪光莹泽那座城。

1994年7月于塞外

我的第一篇获奖报告文学

1987年底，中国108家文学期刊联合发表了举办“中国潮”报告文学征文大赛的通知，我先后接到四五家刊物的约稿，他们都希望我能为他们写一篇获奖报告文学。这其中包括河北省文联大型文学双月刊《长城》署名“艾东”的一位编辑的约稿信。我不认识艾东，创作了七八年，我与《长城》没有联系，仅有一次的投稿也被一位编辑说成“婆婆妈妈”给退了回来（即那篇7000字、被《作家》杂志发了头条、后又回到河北获了首届文艺振兴奖、记了三等功的散文《在这块土地上》）。所以艾东的约稿我既感惊奇又不抱希望。

凭心说，对于这次隆重的全国性的大赛我已跃跃欲试，当时，我正酝酿一部反映经济、税收类的大型报告文学。而一些刊物对经济、税收类的报告文学持怀疑态度，担心写不好。

一天，我突然接到艾东的长途电话，从电话里我听到了一个平和而年轻的声音。他询问我是否有了题材，我简单向他吐露了一些想法。与其他刊物不同的是，我得到了一种鼓励：“你自己做决定吧。只要是自己乐意写的，就不愁不成功。”几天后，我又接到了他的一封简信：“听说你是大学经济系本科毕业，又从事了十多年经济工作，相信写这类题材你是有功底的，就按你的步骤开始采访吧。”

此后很长一段时间里，我们就是这样写信、电话，电话、写信地进行着不间断的联系。从他那里我获得的是勇气和信心。当时，我在张家口《长城文艺》任主编，刊物是月刊，还是自负盈亏，工作忙乱得很，我的创作几乎是见缝插针。对于各地约稿我不能一一答应，这期间谁催得紧，稿件写好后自然给谁。何况，艾东几乎在关心操纵着我的每一步进程，稿件写好给《长城》已是无疑的了。

两个月的采访结束后，我进行了初步的谋篇布局。接着，便千里迢迢赶赴石家庄，准备当面同艾东再做进一步商议，问题恰出在我到石家庄之后。其间和此后，我不断遭际到的奚落、冷遇，甚至不明不白的算计将成为我永远的秘密和苦痛。

我竟不见艾东便又返回了张家口。回来后，我和丈夫反复商量，为不“得罪”某些在文学之路上给过我支持、帮助和关心的先生，唯一的办法是放弃这篇文章的写作，不参加这次全国大赛。这是我极不情愿又十分违心的决定。违心地辜负一个对你寄希望的人是件痛苦的事，我经受着这种痛苦的折磨。不久，艾东又打电话来（他压根不知道我去过石家庄），我撒谎说：“没有采访完。”再后来，我写信告诉他说“我病了，文章无法完成了。”请他另外找人写。发走信后我哭了。

1988 年 1 月，高阔寒冷的塞外下了一场大雪，西北风尖啸着，刮起的雪尘纷纷扬扬，扑打在人们的脸上、身上，天气刺骨地冷。

我上班刚走上三层楼梯，便听见单位的人喊：“那不，梅洁来了……梅洁，《长城》的艾东从石家庄找你来了，昨夜上就来了，也没通知我们……”

说话间，我便看见楼道里站着一位高挑英俊的青年，戴着眼镜，极其文静地微笑着看我，一言未发。天哪，这就是艾东？他怎么就突然来了？我撒谎说我在生病啊……慌乱中我请他进了我的办公室。办公室的桌子上堆满稿件落满灰尘。他在桌前一坐，没有任何寒暄与自我介绍，就说：“我来的任务是，如果你病了，我代表编辑部来看望你。如果你没病，我倒要看看梅洁是怎样一个人!”一如他谦和文静的外表一样，我从他谦和文静的声音里分明听到了一种不可抗拒的力量，这力量犹如当头一棒，击得我伤痕累累。我真想当着这位年轻的编辑大哭一场，哭尽我的委屈和两难。

然而我没有。一种人格力量倏然从我心中升起，委屈求全、趋炎附势、辜负他人、不守诺言原不符合我刚烈、正直的本性。我当即答应，文章我马上就动笔写。他认真听完了我采访的内容和初步的谋篇之后，作出了快速敏捷的反应，进一步帮助我完善了结构和内容的布局。第二天，他踏着皑皑白雪，离开了我居住的城市……

我顶着一种压力开始创作，我为人格、正义和艺术创作。我无所畏惧，我为什么要苟活?

显然，时间已经很紧。艾东打来电话：“二期刊物稿件已经进厂。但你不要着急，我们为你留着 3 万字的版面……”

我日夜兼程，终于在 1988 年 1 月 20 日将 3 万字的《大血脉之忧思》邮寄给了艾东。我如释重负。二校的清样出来后，为慎重起见，艾东又约好我们在北京相见，然后一起去找财政部和国家税务总局审一下稿子。

《红旗》杂志社地下室招待所里，我们细心地磋商着；与共和国经济部门的首脑们联系着；我们吃着豆芽炒饼在北京的大街上奔走着。审稿需要三四天，我又急着下一个题材的采访，第二天我便走了，把艾东一个人丢在了地下室里等待部委审稿完毕。直到如今，我一想起当年的失礼，心里便很难过，觉得对不起他。

《大血脉之忧思》如期刊登在 1988 年 2 期《长城》头条，引起社会各界反响。1988 年 12 月，这篇作品终于在“中国潮”全国报告文学大奖赛中获二等奖，此后又获《长城》文学奖，不久又获第三届河省文艺振兴奖，立三等功一次。值此，我蝉联了河北省三届最高文艺奖（第一、二两届是散文获奖）。我会永远记住一个好编辑为一篇好稿子付出的是什么。

许多年过去，我都不会忘记一个年轻英俊、有思想、有能力的青年编辑千里迢迢踏雪到塞外来找我的情景；我也不会忘记车站里无数次为我提着行李接我来、送我走的好兄弟；我还不会忘记，一个穿着短衫短裤、咕咕灌着矿泉水、大汗淋漓地在站台上跑前跑后找我，在火车启动的瞬间从窗口送给我刊物和水果的朋友；更无法忘记一个可以无话不谈、可信赖可依靠的知己……

1994 年 5 月于塞外

我的第一部获奖电视散文

1

四年前的一个日子，我书桌上的电话铃急骤响起，拿起听筒，传来一个女性的声音，这声音快乐而年轻：“梅洁大姐，我叫高德欣，河北电视台文艺部的。我找了你好久……我想把你的作品拍摄成电视散文，我想了两年了……”不久，我接到她的一封长信，娟秀清晰的字体在娓娓告诉我，她如何在书海刊林里发现了我的散文；如何在夜深人静时裹着被子读我的散文，然后泪流满面；如何把我的散文荐给她的小女儿看，然后女儿泪流满面；如何萌动了要把我的散文搬上屏幕的设想；如何向丈夫打听我是何人、在哪儿；她丈夫如何说“梅洁的散文情细得不能读，一读非换一场眼泪不可”等。

真有点“大水淹了龙王庙，一家人不识一家人”的味道。其实，我和她的既是诗人、作家又做文学刊物副主编的丈夫早已是熟悉的朋友，我们已多年姐弟相称了。她丈夫是温存而可靠的丈夫，他把对家人的爱做得悄静而细致；她丈夫是辛苦、厚道而很有能力的文学编辑，他和他的同仁们把一个女性刊物办得轰轰烈烈，影响大江南北；她丈夫还是一位持重而博学的青年学者，他写的文学评论总是在这里那里获奖……

从接德欣信笺之后，我便知道了有一位 39 岁的女记者、女编导，她的设想、热忱和追求以及由此而带给我的兴奋、激动和从未有过的向往。

兴许是创作的紧迫和沉重，也兴许是对“电视”的多年不能敏感，我只是在意不在意地间或给她打个电话，无数次去省城办事、开会我都没有去结识她、拜访她。直到 1993 年春节之后，拍摄之事终于提到了议事日程，仿佛上帝在冥冥中催促她和我“抓紧干！”

我开始昼夜撰写脚本。《母亲的山梁》、《女人河》两部电视散文脚本终于诞生了。两部散文均从不同角度叙写了鄂西北女人坎坷苦难的命运以及古老的汉江哺喂出的一个个女人们美丽忧伤的故事。于是，我们决定把拍摄地选择在我的故乡——湖北郧阳。

改写脚本、创意、构思及和故乡的友人联系、物色演员、选择外景地、服装、道具、拍摄路线……一阵紧锣密鼓之后，在华北大平原的早春三月，在河北宾馆豪华的居室里，我和高德欣真正相识了——为了分镜头，我和她在那里泡了三天三夜……就在这个时刻，德欣从电视台带来令我们激动难安的消息——上海东方电视台来函，将举办“海峡两岸电视散文大奖赛”，并规定了申报选题和片子的时间。记得在德欣说完这个消息时，我们大叫着，然后紧紧拥抱，然后倒在床上滚成一团，笑成一团！我们太感谢上苍的赐予了——我们梦寐筹划了两年的事，在就要付诸行动时，她给予了我们一次竞争的机遇，倘若竞争是公正平等的，我们将全力以赴，以心相许了……

1993 年 5 月，我的故乡鄂西北敞开父兄般的胸怀，迎接了我们。留在故乡清山秀水间的 18 个日日夜夜，值得我一生去回味。我是一个以写作为生的女人，我愿用我的文字为那段日子留下一些美好的回忆。我们都是平凡的人，我们的人生因此也很平凡。不管别人怎么看我们，重要的是我们自己看重自己。这种看重就能使我们的情感和生命一次又一次地轰轰烈烈，就能使我们为着一个又一个魅力非凡的目标去忘我奋斗。而这种奋斗往往使我们忘却着人类生存的艰窘、困惑和痛苦，忘却生活中这样那样的不完善和不公正，从而使我们处在最佳的工作状态之中……

2

鄂西北郧阳宾馆，装饰温馨典雅的“书房”里，饰演《女人河》一片中“我”的演员郭秀梅正伏案沉思，摄像师吕新华将摄像机镜头对准秀梅白净高贵的面庞和满含忧戚的眼睛来回推拉，跪在暗影里床上的导演高德欣说：“停！秀梅，你现在扮演的是一位作家，她此刻正在桌前沉思。她要写故乡那条古老美丽的大江，写那条大江边世世代代演绎的女人的命运和忧伤。你这时的眼睛里一定要有内容，因为要推出你头部和眼睛的特写……好，重来！”

秀梅不好意思地笑了。摄像师继续从各个角度推拉镜头……我坐在床边静静地观看。一侧身，发现刚刚还在“说戏”的德欣裹着毛毯的一个角，居然蜷曲在床头边睡着了！那睡相很可怜，高挑健美的躯体蜷曲得似一只小狗；那睡相也很狼狈，一只长筒丝袜褪在了脚脖处。我心里不禁一阵酸楚：她太累了！

连日来，我们每天工作16个小时以上。白天，我们马不停蹄地在鄂西北的崇山峻岭、江面岸畔拍摄，夜晚，我们全体集聚在监视器前观看拍摄效果，安排第二天要拍的镜头，通知演员第二天的化妆，准备道具，决定外景地……我们把睡眠压缩至不到三五个小时。

德欣和我犯同样的毛病——我们常常失眠。大多数情况下，我们睡前必须服一至两片舒乐安定，强迫自己入睡，否则第二天无法工作。要命的是德欣有时吃安定也睡不着。

记得5月10日我们到达原始森林区神农架松柏镇的那天晚上，本已十分疲劳的德欣仍然睡不着。半夜了，她喊我：“大姐，给我片药！”我为她拿了片安定。以后，我便以为她睡着了。凌晨5点，我翻转身，发现她裹着被子、撅着屁股趴在床上，手中的圆珠笔在分镜头本上刷刷地移动。

“你还没睡？”我问。

“睡不着，大姐，我重新设计了一下《女人河》的开头，你看行不行？”她兴奋地说，“音乐声起，伴着女声忧伤的哼鸣开始旁白：‘绵延三千里的汉江，你从大山中走来，世世代代哺育着汉江两岸的儿女，在你的岸畔，演绎了我故乡女儿们多少长长短短、美丽而忧伤的故事……’旁白声中，推出‘我’伏案沉思、撰写《女人河》的镜头。然后，‘叭’！打出片名《女人河》！字幕用狂草，滴着红点，像女人的眼泪。怎么样？大姐！”德欣披着被子坐在床上，笑容荡漾地望着我。那笑，楚楚动人！薄薄的嘴唇、上翘的嘴角，一笑便牵动出一排整齐、细密、洁白的牙齿。这是一幅独具魅力的组合，这组合使德欣的笑容无比灿烂，无比的光彩照人。当你静静地注视她的这种笑容时，你会被感动、被鼓舞，你的心会突然地灿烂蓬勃起来。透过这充满魅力的笑容，你会毫不费力地窥见一个职业女性特有的开朗、向上、丰富、易感的内心……

此刻，她睡着了。睡得挺委屈，挺可怜。从湖北、陕西、河南三省交界地的古镇荆紫关拍摄归来，我们片子的素材已基本完成。德欣终于忙中偷闲地睡着了！她那上翘的嘴角轻轻地蠕动着，展现出很诱人的微笑。她此刻准是梦见了她远在华北平原的那位持重、文静、学者味十足的丈夫，梦见总褪不了奶味的13岁的女儿甜甜。我想起在河北宾馆的一幕——

“妈妈，你三天都没回家了！”甜甜说。

“妈妈和梅洁阿姨正分镜头呢，明天就回去。”德欣说。

“我想闻妈妈身上的味……”甜甜说。

“把妈妈的被子打开，被子上有妈妈身上的味。”德欣说。

“不，我想闻妈妈身上的……”甜甜开始哽咽。

“你这孩子，怎么回事？怎么老是长不大？”德欣对着电话开始责怪。

甜甜在电话那边开始哭泣。

“这孩子，典型一个恋母情结！”德欣放下电话说。

“你长年累月地忙，孩子见你一次不容易，能不想？”我为德欣能有这样懂得感情的女儿感动着。

不管人生多么辛苦，多么疲累，总有丈夫和女儿的影子与德欣相伴相随。赴鄂西北拍片过程中，我都发现，每到一地，德欣要做的一件事就是不声不响地去和丈夫、女儿拨长途电话。

1993年10月6日，我和德欣应邀赴上海参加“首届全国电视散文研讨会暨颁奖大会”，我们的《女人河》在此次大赛中获奖。后来我们得知，这次全国大赛是著名学者余秋雨先生担任评委主任，他给了《女人河》一片很好的艺术价值评析。

1994年春节后，中央电视台两次播放《女人河》，后来又获了文化部“文华奖”。

此时和彼时，我都在怀念为这部片子付出了无数艰辛劳动和艺术智慧的朋友：德欣、新华、小彬、霜木、申生、唐大哥、太国、谦谦、秀梅……以及无数我叫得出名字和叫不出名字的朋友以及我故乡纯朴、善良的乡亲。

1994年6月于塞外

《山苍苍，水茫茫》与《十月》

1

长篇报告文学《山苍苍，水茫茫》发表于1993年2期《十月》杂志头条。4月21日，《十月》杂志社于北京远望楼宾馆会议厅组织在京的40余位著名作家、评论家、编辑和《人民日报》、《文艺报》、《光明日报》、《文汇报》、《北京日报》、《中国青年报》、《中国文化报》等十几家报社的新闻记者共同就《山苍苍，水茫茫》的社会、文学等诸方面的价值进行了讨论。他们认为这部作品与《西路军女战士》、《朝鲜战俘记》、《沂蒙九章》有同等价值和悲壮美质。那个年代和之前的80年代，是中国报告文学的黄金时代。后来，《山》文与这些优秀作品一起获了“505杯”全国优秀报告文学奖和第五届“十月文学奖”。

此后的许多年里，我都视1993年4月21日是我文学之路上的一个重要的、不能忘却的日子。是我生命中重要的时刻，这种时刻，我们的心灵总会排斥世俗的卑琐，排斥金钱的诱惑而诞生着别一种意义的崇高和博大——对人类精神和人类命运的关怀，需要我们付出整整一生！

我对认真地读了我的作品并就作品提出自己的思考、自己见地的评论家和作家怀有一种由衷的感激，为着他们对鄂西北那块土地那方人民的深切理解和同情，也为着他们的再指引使我的作品有了更为广阔、深远的含意。

《十月》杂志副主编、《山》文的责编田珍颖女士告诉我：这是新闻界、文艺界、期刊界的明友们满怀真诚言说的一次盛会。

作为社会学意义的人类某些精神需要的满足者和某些终极价值的体现者——作家来说，社会对于我们有着一种特殊的期望和标准。判断这种价值标准的，应该说是我们创作的成就。换句话说，就是作家对于人类命运和人类生存环境关怀的程度。为此，一个不甘平庸的作家，总是把创作视同于生命。

就《山苍苍，水茫茫》这篇长篇报告本身来说，我的确是把它当作了一次很痛苦、且怀着极大希望的孕育和分娩。十月怀胎的辛苦和一朝分娩的那种撕心裂骨的疼痛，只有做母亲的女人才有最深刻的体悟。站在评论家和成熟作家的高度，《山苍苍，水茫茫》无疑有诸多可议论处，但我始终把她看作是从我身上掉下去的一个生命——虽然血肉模糊，但我却迫切地希望她发出一声嘹亮的啼哭！应该说这是对孕育最好的拥抱和慰藉！

基于对创作所投入的这种做女人做母亲的崇高的心愿和情感，就不难想象，我是怎样感激1993年那个春天的日子。在那个日子，我听到了一个生命的哭声！也不难想象，我是怎样感激接纳这个生命的产床——《十月》杂志，怎样感激那些怀着崇高人道主义精神和责任感的“助产士”——《十月》编辑部的编辑，尤其是田珍颖女士。我一直尊敬地称她为田姐。

第一次见到田姐是1992年9月。当我和她主述了鄂西北那块土地、那方人民之后，她就和我一起流泪了。田姐曾对我说：“作家最担心的莫过于找不到理解自己作品的编辑。”事实上，这个世界，真诚的理解已越来越少，社会已传统地把人划作了三六九等，抑或是组成了这样那样的圈子。我们常常因着不属于某一个世俗的层次，不属于这一个或那一个圈子而被冷落着，不屑着，轻视着。我们每每像怀揣守护女儿般怀揣守护着自己的作品，在风雪冷巷里茫然四顾，我们为找不到理解者而伤心、落泪。但我们高昂的内心却永远自尊自爱着，决不糟践自己，更不糟践我们的作品——因为那毕竟是一个真诚的创作生命用血肉熔铸造就的另一个生命！

田姐曾告诉我，在接纳作品的那天晚上，她的父亲从香港来到大陆。就是在这样亲人短暂相聚的时刻，田姐向父亲陈述了鄂西北那块土地和人民……父女俩感慨之余，对那块苦难而神奇的土地充满了敬意和同情。此后的日子里，田姐便十几次地给我写信、打电话，就作品本身进行反复地切磋和探寻，直至发表，直至召开作品讨论会。一个正直的中国文人高贵的良心和人格在这样在千百次人类精神活动的诞生中，完美而善良地显现着。

鄂西北因为有了那条古老的汉江，我的故乡演绎了三千年的文明；也因为有了那条美丽的大江，我故乡的人民已经和将要付出沉重的代价，他们将几十年地面临着艰难严峻的生存选择。4 月 21 日，远望楼会议厅的中国文学心灵，解读着这种艰难生存，诠释着这种人类的牺牲与奉献。

我知道，走出那间屋子，外面的世界正热热闹闹。而我们仍然只能是回到我们自己的房间，选择我们书桌前的那一片宁静。对那片宁静的依恋和固守，使我们忘却着生存的欠缺和艰窘。因为我们毕竟可以在属于自己的那份宁静里，用自己的声音去哭、去爱、去倾诉、去咏唱人类的那一份苦难，那一份给予，那一份劳动与奉献！

2

此后不久，因着撰写“中国文化热点透视”电视系列片，我找到了田姐，我们谈起了纯文学期刊的生存问题。田姐说：“市场经济对我们编辑提出的要求十分苛刻。面对这种挑战，我们做编辑的更需要认真投入，我们必须拿出高质量高品位的作品，刊物才能有效地占领市场。过去那种稳坐钓鱼船等作者把好稿送上门的局面已经被打破。如何团结作者，把好作品吸引到自己的刊物上来，就需要我们编辑素质全方位地提高。首先，我们要勇字当头，我们常常面对的是世界性的作家，我们要有勇气平等地去竞争；第二，我们对作者必须竭诚相待，热忱地去理解他们，帮助他们，发现他们；第三，就是提高和完善我们自身文学和人格的双重修养。”接着她又说，“我不会放弃我的这张办公桌的。每当看到桌子上的稿件堆得高高的，我心里就有了底气，觉着还有这么多的人在和我们同行。市场经济带给我们的是机遇和挑战、成功与困难并存的局面。看到我们编辑部的困难，作家的困难，文学的困难，我觉得我们的选择是很悲壮的，用‘严肃’这个字眼是已无法表达我们这些编辑们的心绪的。选择了，我们就走下去。我相信，每一个格子里都会记录下我们的人生和路程。”

田姐对职业崇高的责任和献身，对作者的真诚相待，对作家精神劳动的尊崇以及对鄂西北那块土地和人民所倾注的深情，给我留下了极其深刻的印象，应该说，这印象属于整个《十月》!

以后的年月，我和田姐的相处便是心灵的。

我一再从她高贵、严肃的外表气质中体察着她温婉、谦和、正直的内心。她对作者的关爱是切实的、具体的。记得有一家央企报纸副刊发了我一篇 2 千字短文，稿酬 1000 元我数月没收到，因是田姐介绍、编辑向我约稿的，稿酬没收到前，田姐竟四次给我打电话问询，频频催对方落实。一件我并未很经意的事，她一直搁在心上。田姐严谨、认真、一丝不苟做人做事的风范让我感慨不已。

北京这个城市太大，大得朋友们聚面一次没有一整天时间根本无法实现，为此，心里有了想说的话只好打电话。记得 2010 年一家出版社搜罗了全国的一些作者写“水”与“水利”的文章，出版了厚厚一本书，但没有收我的文章。我二十年如一日地关注着中线调水和几十万调水移民的命运，我写了几十万字的文章并出版了书籍，但编书者没注意我的存在。被忽略的感觉使我拨通了田姐的电话，有委屈、有快乐我总是在电话中向她诉说，对于“被忽略”田姐只说了一句话：真正的好作品是忽略不了的，它存在于人类历史中。

我们的通话进行了40分钟。田姐一直在向我转述她在鲁迅文学院网络作家班讲课时讲到的内容。她说：梅洁的《大江北去》不是一部单纯写水、写工程的书，那是一部写人、写人的命运的书！作家的担当在书中显露无余。20世纪90年代初，梅洁的《山苍苍，水茫茫》就在我主编的《十月》杂志上发表，那是中国第一部反映水利移民命运的文章，那时，作家勇敢的担当感动了我。作家敢担当，当编辑的不敢担当，那叫怎么回事？

这是田姐几十年如一日地对一个作者、一部作品倾注的理解与真情。

在一次又一次的通话中，一个优秀职业编辑的思想、襟怀以及对作者、作品的尊重深深地感动也震撼着我。她说：作家把书写好了，把文章写好了，交给编辑才能发表、见众。编辑这个职业说好听了是桥、是舟，作者是要踏在这座桥上、作品是要乘上这艘船才能抵达对岸，对岸是什么？是亿万渴望精神慰藉的心灵，是民族文化的灿烂星空！还有一个比喻，当编辑就是当文学的背夫、挑夫，就是帮作家把作品背上山、挑上山、扛上山！不做这种责任担当，不把民族、民众的命运扛在肩上，当编辑干什么？

又说：我常常不是看稿子而是闻稿子。我深知，每一篇好作品都充盈了作家的呼吸、布满了他们的生命气息，编辑一定要闻得出来这呼吸、这气息才是称职。

一个中国优秀知识分子的良知，一个文化前行者的使命，始终伴随着田姐做光明行。

我常常在心底感恩：如果当年不遇到田珍颖这样胸怀、这样风范的编辑，我的《山苍苍，水茫茫》怎能问世？没有《山苍苍，水茫茫》的问世，我何以有日后的《大江北去》？

永远感恩田姐在文学路上的真诚搀扶！这感恩同时属于我故乡几十万艰辛、受难的父老乡亲！属于那条对人类有着伟大而悲壮担当的美丽的汉江……

2010年12月于北京建西苑

梦想开始的地方

《张家口晚报》编辑张秀梅打来电话，告知《张家口晚报》创办20周年要出版纪念专号，她希望我为纪念版写文章，她说，她相信我有话可说。作为一个在张家口工作了22年的人，我把生命最宝贵的年华留在了那片土地上；而作为一个写作者，《张家口日报》（《张家口晚报》前身）绝对是我文学的处女地——我相信，当年一首小诗在那张报纸上变为铅字的瞬间，一个文学的梦想便已穿越生命的时空，义无反顾地开始飞翔了。

1

1970年8月，我们天真而狂热、单纯而忧郁的一群青年学生，作为最后一批“臭老九”被打发出学校。我们似一群迷途的羊羔被赶散在黄土高原和蒙古高原的交接地带，“咩咩”地呼唤着人世间的善良、真诚和温暖——塞外张家口一下子分来了1300多名大学生，之后又被分散到张家口各县农村接受贫下中农再教育。

从北京大学、北京农业大学、中央财经学院、天津大学、河北农大等五所大学走来的11个懵懂青年男女被分配到蔚县一个黄土围墙、黄土屋顶的小山村“接受贫下中农再教育”，小村的名子叫石垛。那时，每日伴随我们的是玉米、果林、毛驴、锄头、镰刀、牧鞭……我们每日赶着七八头毛驴来到被洪水冲决而形成的几丈深的断涧深壑里，毛驴在沟底无声息地啃草，我们把草帽往头底下一枕，十几个男女学生就那样齐排排、长条条地躺在草沟里望天望云，心事像天空飘渺的白云，不知归宿在哪儿？

当我们用辘轳从几丈深的水井里一次只搅上半桶水时，当我们赶着毛驴车从吉家庄公社（那时的乡镇都叫公社）粮库买回每人每月几十斤玉米面和二两食油时，当我们十几个男女学生轮流当炊事员在北方炕头大锅里烧玉米秸贴玉米面饼子时，当抽调我们去大南山东杏河搞“斗批改”、恒山六月的雪花棉絮般飘逸在我们纯真的惊诧和虚妄的激情里时，我们是那样虔诚无瑕、无欲无望地接受着北方小山村的“再教育”啊！

我是在北方那个破碎的不长树、也不长草的小山村石垛嫁给了我的北方男人。我的丈夫是我的大学同班，我们在大学前四年里见面连话都不说但在第五年我们相爱了。爱使我伴随他来到了贫远而寒凉的塞外。

1971年3月，我们花三角钱从劳动锻炼的吉家庄公社领了一张结婚证后，就把两人各自的破被子抱到一个屋了——石垛村的村干部为我们两人找了一户农民的一间空房子。没有祝福、没有仪式、没有家具，我们仅花几角钱买了一个装缝纫机的纸箱子装我们的破衣烂衫，我们就这样结合了！我坚信我嫁给这个北方学生一生会有依有靠、有指有望。

在蔚州老镇古老而有些破败的四合院里——遍布古城池的青砖灰瓦的四合院，有着旧日北京四合院的风格和气韵——在四合院西下房冰凉的土炕上，我生下了白晰洁净、体重达八斤三两的儿子，生下来就睁开双眼、骨碌骨碌转着看世界的儿子啊！两年九个月后，我又在北方冰冷的土炕上生下了我的第二个儿子，生下来红光满面、体重七斤六两的儿子，生下三天才睁开双眼看世界的儿子啊！

从此，日复一日，我在蔚州古镇窄瘦的小巷里穿梭，买菜、买粮、买煤、担水、上班、送儿子上学；在漆黑的夜里，我背着或抱着儿子去医院给他们治病；在寒冷的冬天，我认识了北方的煤并学会了在铁炉子里把它们生着，炉子生着后，冰窖般的小屋便逐渐地暖和了起来；秋凉的时候，我向邻居的大妈、姐妹们学会了腌菜：粗实的芹菜梗（在我南方的故乡芹菜只吃叶不吃梗）、硕大肥厚的青椒、鲜红的胡萝卜、嫩绿的黄芥菜、瓷实的圆白菜，我都能把它们切成很细的丝，然后放进蔚州人特制的黑亮黑亮的釉缸里腌起来，几缸腌菜够我们一家人吃整整一个冬天。后来，乡下的婆母来了，她认定我腌的菜比她腌的吃起来香。以至于在物资丰富的今天，我一想起蔚州酸香酸香的腌菜就口流馋水。

我始终怀念在蔚州那段很清贫、很辛苦、很琐碎，也很女人的岁月。

怀念的何止这些呢？作为一个写作生命，我始终认定，我是在蔚州那块土地上开始了我文学的发端。在蔚州度过的漫长的日子，那块土地上的寒凉和艰辛，以及所有的愉快与愁苦，包括屈辱、隐忍、奋斗，包括高尚、卑劣、劳动、创造……最终都成为我文学永远的营养。

2

我是在蔚县这块土地上度过了人生最宝贵的一个时期，从 1970 年 8 月我大学毕业分配至蔚县，到 1984 年 3 月调往山城张家口，我在那里生活、工作了近 14 年；1992 年我又调离山城到河北省作家协会从事专业创作。无论怎么说，25 岁至 47 岁绝对是生命时光里的一段精华，我怎能忘记和亏欠这段时光呢？

应该说，我是在不断地写作与回眸中认识世界的，也是在不断地写作与回眸中，我人生的过程清晰了起来，我生命的青春度地清晰了起来，我对接纳我文学处女作的那张报纸的认识也清晰了……

20 世纪 80 年代，中国迎来了文艺全面复苏的时代，伤痕文学、反思文学以前所未有的力量震撼着亿万国人的心灵。已在非文艺部门做了 10 年经济工作的我，一颗曾经屈辱、压抑而渴望倾诉的心复活了！1980 年，以父亲苦难人生为原形的中篇小说《遭遇》被《人民文学》退稿之后，我便开始了诗歌的写作。我断定没有强大的虚构能力写小说会成为我的大障。

我的丈夫14年不在蔚州老镇上上班，他分配在一个地直煤矿，每月只回来两三天看我和儿子，忙了就不回来。我把所有的思念和爱缝合在我和两个儿子相依的日子里。一只15度的低功率灯泡从窑洞房的穹顶垂挂下来，垂成一只橙黄色的小太阳，夜夜照亮睡熟的我的两个儿子，也照亮落在稿纸上的我的诗行和文字。

一首小诗《金色的衣衫》诞生了——

穿起金色的衣衫/他，就要去参加“六一”狂欢/望着他纯美无忧的眼睛/我想起了没有“金色衣衫”的童年。

一袋黑色档案/出身、父母的污点/不！即便是一桩冤假错案/也会像幽灵、像大山/逃不脱它的跟踪/摆不脱它的羁绊/入队么？需长期考验/升学么？先看看档案……/幼小的心灵早熟了/人生的道路如此坷坎。

没有“金色的衣衫”/失去了金色的童年/多少个遇罗克在呼喊/金色的衣衫，给我金色的衣衫……

告别扭曲的年代/结束了“血统论”嚣张的长年/路，自己去走/用自己的脚印填写履历表的空栏/再不用担心/有没有金色的衣衫

穿起金色的衣衫/他，就要去参加“六一”狂欢/啊，金色的阳光/金色的花环/金色祖国啊/孩子们都有了金色的童年。

小诗短而清浅，仅有30行，却用了12个同样的词汇“金色”，那实在是一个“金色”的梦想开始插翅了！实在是一个感恩、反思的生命开始萌芽了！

我把小诗装进信封，寄给了《张家口日报》。这是我文学之路上的第一次投稿。

今天，我已成为一个发表、出版了16部书、500余万字作品的作家，

但我难以忘怀投寄这首30行小诗时的紧张和盼望。1981年“六一”儿童节不久，我发现《金色的衣衫》在报纸文艺副刊发表了（那时每个单位都订有《张家口日报》）！作为写作者，我有过无数次发表或出版作品的幸福和快乐，但我始终不能忘怀《金色的衣衫》发表后的震撼和惊喜——我高举着发表作品的报纸，在20平米大的一间办公室里，欢呼着、蹦跳着、旋转着。同室工作的女孩善善地望着我，嘻笑着、羡慕着。

此后的年月，我的诗歌、散文、报告文学在《诗刊》、《星星》诗刊、《诗神》、《作家》、《散文》、《十月》、《人民文学》、《长城》、《长城文艺》等全国百余家报刊连篇累牍地发表，我与我数百篇（部）作品的许多责编有着深深浅浅的交往，但我难以忘怀与我的处女作责编的一段友谊。《金色的衣衫》的责编叫孙新民，这是作品发表两个月后我知道的一个姓名。

20世纪80年代的编辑作风实在是太好、太让人怀念。那时的投稿不用贴邮票，把信封的一角剪掉即可免费邮寄。各报刊编辑部每天收到邮局送来的稿件都是以麻袋计量。要知道，一个麻袋的容量能盛近100公斤玉米啊。编辑们每天一麻袋一麻袋地对自然来稿进行拆封阅读，采用不采用都一封封给作者回信。《金色的衣衫》发表后，我没等收到编辑部回信就又把信封剪角后再寄去了几首诗，孙新民在以麻袋计数的来稿中发现了我的诗，然后他给我来信了——

梅洁同志：

你的三次来稿都是我处理的，来信我也都看过了。不知你什么时候开始写诗的，也不知你原来在什么地方工作。初次接触你的诗就有一个较好的印象：你的诗构思好，节奏欢快、舒畅。你站在一个年轻的母亲的角度在写孩子的生活，很有特色。观察细腻，有时代感。希望你能挖掘新的题材，写出更好的作品来。

在指出二次投去诗稿的优缺点后，孙新民又写道——

请注意留底稿。来稿要尽量短些，要注意诗歌的感情，不要过多的悲叹，要明朗（与晦涩相对而言）、向上，鼓舞人心。

落款处是一个红色方块印章“张家口日报编辑部副刊科”，“孙新民”三个字签在了红色方块章的下端，时间是 1981 年 8 月 6 日。

在岁月走过了 32 年零 5 个月之后，在今天我为晚报写这篇怀念文字时，我从过往岁月里保存的百余封全国各报刊编辑来信中，找到了我处女作责编孙新民的这封来信以及他后来的几封书信。读着这些简朴的信函，就觉着有一缕暖流从岁月深处流淌而来；就看到清瘦的、俊朗的、戴着黑色边框眼镜的孙编辑站在不远处向我微笑；就开始深深怀念文学新质扑面而来的 80 年代。

3

前面说过，我始终怀念在蔚县那段很清贫、很辛苦、很琐碎，也很女人的岁月。

我把这岁月里的点点滴滴不断写成诗、写成散文。

比如，我写了许多关于儿子的诗：《妈妈的寄托》《啊，云朵》《深夜，我守护着儿子的梦》《孩子，如果妈妈爱你》……我写了许多在蔚州那块土地上的思思念念：《爱的履历》《在这块土地上》《童年旧事》《贺坪峡印象》《牛牛》《考场小记》《乡归》《腊月》……这些作品在 20 世纪 80 年代，多篇都获过省内外很高的奖项，比如先后 5 次获河北省文艺振兴奖、吉林省的“作家奖”；当年在塞外写就并发表的《童年旧事》《那一脉蓝色山梁》《爱的履历》《贺坪峡印象》等，迄今已被收入中国 128 种文学选本和经典文库，塞外那片寒凉的土地是放飞我文学梦想的驻地；1987 年，北岳文艺出版社隆重出版了我的第一部散文集《爱的履历》，首印 8000 册一销而空，以至于我自己后来想买些书也难以购到。1989 年我去青海格尔木参加青冀两省散文研讨会时，才从西宁市新华书店买回仅剩的两本《爱的履历》。

今天，在我写这篇怀念文字时，我非常感恩的是在这部收有我 45 篇作品的处女著中，竟有21篇散文是发表在《张家口日报》上的。我至今都很惊讶，塞外山城的这张报纸曾给了我怎样的牵携和支撑呢？很多年里，我都把我的文学之路看作是生命对于大山的攀登，我曾在《女人的风景》一诗中写道：“最初上山的时候/女人看到山顶的岩石都在开花/女人被感动得泪水涟涟”……对于我这样的创作生命而言，谁能说山城那张报纸不是我艰难攀越中不断张望的“岩石都在开花”的峰脉呢？

至今，我都怀念那些在许多年里举着山野之花在山顶向我不断招手的报人：杜玉发、吴德源、杨兆祥、孙新民、李志强、杨炳海、张美华……

我怀念1997年《张家口晚报》（1993年《张家口日报》改版为晚报）以头版套彩、图文并茂发表了“梅洁散文研讨会”的报道文字（这是迄今为止对我散文创作的唯一一次研讨），那时，我已调离山城6年，在省作协从事专业创作，但这张帮助我成长的报纸还是在继续帮助我。

我也很怀念2005年，素昧平生的晚报编辑张秀梅打来长途电话，告诉我张家口大清河要蓄水了，秀梅知道我曾在那里生活了几十年，她让我写篇文章，她说我听到这个消息肯定有感受。我从秀梅的电话里仿佛听到了那条曾经干涸、荒芜了半个多世纪的河的水声……怀着感恩与祝祈，我写下了《梦中的河流》。

我也难忘2013年5月伊始，我奔赴张家口寻找陈静时终于见到了秀梅的情景（我在互联网上发现5年前陈静以研究我的散文创作撰写的3万余字的硕士毕业论文）。文静、端秀、言语不多的秀梅让我把寻找陈静的故事写出来给她发表，可我至今没能写出，我为欠着一份友谊的诚邀而时时牵挂和惦记……

惦记的何止这些呢？

对于在塞外度过了四分之一世纪的一个创作生命而言，也许弥漫一生的都是那块土地上的四季悲喜，以及悲喜中悠远的伤感和温暖之情。

在《张家口晚报》创刊20周年庆典的日子里，仅以此文寄托我深深的怀念和祝祈。

2013年12月2日于北京建西苑